未成形的王座

❸ 最後凡塵羈絆〔上〕

The Last Mortal Bond

CHRONICLE of the Unhewn Throne

BRIAN STAVELEY

布萊恩・史戴華利——著　戚建邦——譯

各界好評推薦

「未成形的王座」三部曲的高峰在各方面都成功了，史戴華利向讀者呈現了一個真正史詩級的故事，充滿了令人難忘的人物、聰明的政治、智慧魔法系統、殘酷的戰鬥場面和機智對話。

——Fantasy Faction科奇幻部落格，10星級評價

深度滿足。

——《科克斯書評》（*Kirkus Reviews*），星級評論

這是我曾經有幸閱讀過最殘酷、撕心裂肺、原始、情感豐富、講述精彩、情節巧妙、文字美麗的系列小說之一。

——The Book Eaters

「未成形的王座」三部曲每集都超越前集，不僅格局越來越龐大，故事也越來越精彩。我很高興地告訴你，《最後凡塵羈絆》毫無疑問是史戴華利最令人印象深刻和沉浸式的作品。我沒有預料到它會讓我屏住呼吸，但它確實做到了。

——Tor.com 出版社

這是一部絕妙三部曲的完美結局。

——Beauty in Ruins

比前兩集更加黑暗凶猛。史戴華利精心構思的結尾，將一切匯集在一起，非常巧妙。

——Speculative Herald 網站

「未成形的王座」第三部結局令人驚歎，簡單的「史詩」一詞已無法形容它的壯闊。

——Bibliosanctum

史戴華利展示了如何以《最後凡塵羈絆》結束奇幻史詩。

——io9 網站

未成形的王座 3 最後凡塵羈絆〔上〕

目次

給我的朋友：

比凱卓烏緩慢、比辛恩大聲、比瑟斯特利姆人散漫，

儘管如此，基於某種原因，你們依然是這一切的靈感來源。

序章

那些狗比之前更接近了。

艾絲塔閉上雙眼，將混雜的聲音拆解成個別的犬吠聲線：四分之一里外有三十幾隻狗。她對聲音的來源做了五十種不同的角度計算，將記在腦中的地形與長期建立下來的聲音傳播模式進行比對。

「他們上鉤了，分成四組。」她說，同時指向對方越過粉碎巨石、高到大腿的蕨類植物和布滿青苔的腐敗大松樹幹而來的方向。「那裡和那裡，那裡和那裡。」

索斯沒有轉頭查看，目光集中在樹林中那座將天空一分為二的明亮高塔上。只要艾絲塔的陷阱設置得當，那麼守衛塔底的人類將只剩不到四十名，四十名凡人。而在他們身後，在那座難以解釋的神器裡，他們的神正受困於肉體凡胎中。

頭頂的樹枝上，有隻松鴉朝天發出四下刺耳的叫聲，然後安靜下來。

艾絲塔解下她的弓和僅存的箭枝。

如果她早知道這裡的情況，知道人類的神會在此時聚集此處，她就會設置更好、更致命的陷阱，但是她當然不知道會是如此。她是在和索斯一起執行另一項任務時，無意間撞見這支護送隊伍的，他們沒時間回去召集殘存的瑟斯特利姆部隊，甚至沒時間多做幾支箭。

「我會掩護你的攻擊。」她說。「但他們也有弓。」

索斯點頭。「我會往他們的箭射不到的地方跑。」

這種說法令人難以置信，但艾絲塔曾親眼目睹他這麼做。她自己擅長追蹤、帶兵、玩弄石頭，而沒人比索斯更懂得運用戰場地勢。他曾單槍匹馬殺光帕里安夸爾的人類駐軍，在第一松林陰暗林地中的冬季戰役裡守住了瑟斯特利姆軍西翼，穿越樹幹和黑影，日復一日、週復一週地消滅敵軍，直到他們士氣瓦解、逃之夭夭。索斯打起仗來就像製圖師，依照自有的一套完美地圖前進，穿越由盲目、受挫、迷失之人組成的世界。

他從劍鞘拔出雙劍。

艾絲塔打量他在月色下劃出的弧光。

瑟斯特利姆人中就只有索斯給武器命名：一支名叫「清澈」，另一支則是「質疑」。數千年前，她曾見他用同樣兩支劍一次對上三個內瓦利姆人。

「你怎麼分辨哪支是哪支？」她問。兩件武器看起來一模一樣。

「一支比較沉，一支比較鋒利。」

數呎外有隻蝴蝶落在蕨類植物的鋸齒葉片上，縮起靛青色翅膀。艾絲塔在幾千年前曾花一世紀研究蝴蝶，但她從沒見過這種品種。

「哪支劍是哪支？」她問，將注意力轉回戰士身上。

「我還沒決定。」

「這樣很奇怪，取兩個與世界如此脫節的名字。」

索斯聳肩。「語言就是這樣。」

艾絲塔分心思索這個說法。如果有時間，她會繼續追問，但他們沒有時間了。吠聲之後傳來人類拿劍的聲響。她轉頭面對那座塔。

「如果今天殺了那些神，我們就贏了。這是坦尼斯的想法。如果把祂們趕出這個世界，就等於除掉荼毒我們子嗣的腐化。」

索斯點頭。

蝴蝶振翅起飛。

「如果戰爭結束，」她問。「你要做什麼？」

劍客漫長的一生中從未做過蝴蝶研究。

「準備。」

「準備什麼？」

「下一場戰爭。」

艾絲塔側過頭去，不知道他怎麼會看不清如此簡單的事實。「如果我們今天擊敗祂們，人類就會消失。」

索斯看著自己的古劍，彷彿它們是陌生的，是來歷不明的法器、務農工具，或是樂器。

「總是會有下一場戰爭。」

他轉眼間砍倒震驚的守衛，從一個安全區趕往下一個安全區，彷彿研究過戰場局勢，事先花了一週規劃屠殺路線。艾絲塔跟在他身後，割斷一個女人的喉嚨和一名大鬍子男人的腳筋，隨後一起進入了塔內。

瑟斯特利姆人當然研究過這座塔。這座源自史前時代堅不可摧的明亮軀殼，在戰前的漫長歲月中一直無人居住。現在這座塔不再是空的了，人類在裡面搭建巨大的木頭鷹架，大松樹幹交疊固定，粗略形成蜿蜒而上、通往日光的階梯。

艾絲塔身後，士兵大呼小叫地擁入門廊，而索斯就像小心翼翼維護傑作的工匠般屠殺他們。艾絲塔開始往上爬，在上方某處刺眼光線中，諸神——黑奎特、卡維拉、厄拉、麥特、奧雷拉和奧利龍——正在污染她的同胞，而同胞的腐敗將瑟斯特利姆人變成下面那些擁向索斯、拿柔軟的脖子給利劍砍的低賤生物。

艾絲塔宛如受困於太陽琥珀中的昆蟲般奮力攀爬，如此持續移動也是一種形式的寂靜。她不知道那些神為何跑來這裡，也不知道人類為何要花那麼多時間建造鷹架和旋梯。當火熱的心臟往血管中灌注鮮血時，她試圖分析各種可能。理智在掙扎，在倒退，推論和演繹也都失敗了。說到底，所有知識都需要證據，於是她繼續爬。

艾絲塔抵達塔頂，從塔內的光線步入陽光下，索斯緊跟在後。雲將藍天沖刷成藍銅色，顯得明亮光滑。在寬敞的塔頂，六神全部到齊。黑奎特，擁有公牛般的肩膀，渾身都是疤痕；纖瘦的麥特；奧雷拉和奧利龍，一個白得像骨頭，一個黑得如暴風；手指修長的卡維拉；厄拉，頭髮蓬鬆，看來像女孩。祂們全都閉上眼睛，動也不動地躺著。

去。

微風吹過索斯裸劍上的隱形血肉。

艾絲塔一動不動。

最後，劍客將其中一支劍插回劍鞘，跪下，手指抵在黑奎特的脖子上，然後一個接著一個摸下去。

「死了。」他終於說，從屍體前站起身來。

死了。艾絲塔在心中反覆思索這個概念，像測試晚冬的冰一般輕輕檢驗它。數十年來，這些神附身在祂們挑選的人類軀殼內行走於世間，坦尼斯殺了兩個，但其他神倖存下來，逃過所有的追捕行動。人類至今依然存在就是祂們還活著的證明。

「不。」她說。

索斯挑眉。

「這些是人類屍體。」艾絲塔繼續說。「附身在他們體內的神已經走了。」

劍客收起另外一支劍。

「走去哪裡？」

「從哪裡來就回哪裡去。」她研究著那些充滿缺陷、毫無生氣的屍體。「奇怪，挑在他們快贏了的時候。」

索斯搖頭。「不是快贏。」

艾絲塔轉向他。「他們已經攻占所有重要的堡壘，奪下每條道路。我們殘存的人數已經不到數百了。有些人類甚至學會利用坎它。」

「他們不是快贏，」索斯又說一次。「他們已經贏了。這就是他們的神離開的原因。」

他們已經贏了。

艾絲塔試著從這個觀點中找出漏洞，但她找不到。

她腳邊，那些曾經承載著殘缺之神的殘破軀殼，現在已經如同一堆肉塊，在午後的陽光下開始腐爛。

01

如山的巨人們一步步走進世界的海洋中，直到海水深至腰際。拋光的刀刃反射著陽光，每一把都長到足以夷平城市。他們的鞋子踏爛美麗的海岸線，摧毀漁村，在席亞和克拉西的翠綠田野留下許多坑洞。

這就是世界終結的方式。這是凱登自上空凝望毀滅景象的第一個想法。

畢竟，城市只是一堆石頭，森林也不過就是濕漉漉的木頭。河道是什麼？地上的一條縫罷了。只要施加足夠的力量，整個世界都會變形。山脊和河谷的形狀毫無意義，有足夠的能量就可以切開懸崖、撕裂高山、扯破床岩，看著它散落在海浪各處。給些火，世界就會焚燒；灑些水，就會沉於洪水之下。大海和石頭的形態可以在洪水和爆燃中重塑，至於其他形狀，人類想像出來那些標明國家、小帝國疆界的可悲線條，都會在世界末日的瞬間與所有的一切一起消滅殆盡。

不。這是凱登第二個想法。這不是世界，這只是一張地圖。

沒錯，一張大地圖，一座小閱兵場的規模，全世界最昂貴的地圖，受虛榮的安努共和國委託為他們的議會廳建造的，但依然只是一張地圖。大量工匠日以繼夜趕工數月才完成這項計畫，石匠雕刻出山岳和沿海懸崖，園藝匠種植各式草皮和完美的矮樹，水利工程師負責引導河道流向，珠寶匠用藍寶石雕刻山間小湖，並以玻璃和鑽石打造冰川。

這張地圖占據整座大殿，從頭到尾足足兩百呎長。製作骸骨山脈的花崗岩來自骸骨山脈，製作安卡斯的紅石來自安卡斯，藏在表面下的唧筒讓瓦許和伊利卓亞的河道持續流動——雪維安河、維納河、阿嘉瓦尼河、黑河——還有幾十條凱登不知道名稱的溪流，流過高岸之間，繞過牛軛彎道，形成激流，穿越柔軟青苔鋪成的潮濕沼澤，最終匯入小世界的海洋。那些海洋透過巧妙的設計隨著月亮運行而漲落。

人們可以走過地圖上的展示台，低頭凝望鉅細靡遺的大城複製品：奧隆、席亞、唐班和大彎。安努占地足足有凱登一條手臂那麼長。他能看見英塔拉神殿明亮的琢面、諸神道的寬敞大街及道旁的無數小雕像、貝辛區有小型運河船錨定在水面隨波漂蕩、黎明皇宮的顯眼紅牆，以及宛如長槍般聳立得比展示台還高，高到不必彎腰就能伸手觸摸塔頂的英塔拉之矛。

這座大地圖就和日復一日坐在上方吵嚷的男男女女一樣，既華麗又卑微。在此之前，它都只有一個功能——讓坐在上面的人覺得自己像神。就這方面而言，它所展現的也不過就是一個夢中世界，一個沒有因為他們的失敗而受到損害的世界。

北方森林中沒有不受控制的大火，南方也沒有城鎮淪為焦土，沒人把干城的綠地攪成泥濘，或封鎖情況險惡的奇歐剛港。小小的彩繪士兵代表外派部隊的所在位置，小人是艾黛兒的叛國大軍，還有議會本身為數眾多的共和護衛軍，高舉長劍，擺出挑釁或勝利的姿勢。那些假人全部都站著，永遠不會流血。地圖上沒有留下遭蹂躪和破壞的痕跡，顯然安努沒有懂得雕刻飢荒、恐懼或死亡的工匠。

*我們不需要工匠，*凱登心想。*我們需要穿著重靴的士兵，提醒我們幹過什麼事，把這個小世界磨成泥地。*

一陣突如其來又難以忽視的騷動大幅增加了這座地圖的精準度，讓它變得更加真實，但這些武裝人員並不是來為全世界最複雜的地圖增加真實感的。凱登將目光自下方的騷動轉向迅速衝過展示台的另一群武裝人員，那是艾道林護衛軍，負責護衛安努統治者的人。

儘管他們訓練有素，凱登還是感到胃部翻滾。情況顯然不太對勁，毛特・阿暮，護衛軍第一護盾，不會在其他情況下命令手下闖入議會的機密會議中。這絕非演習，每個士兵身上的閃亮盔甲都有他們體重的一半重，而且全都拔出闊劍，於大廳散開，大聲下令，形成外圍防護圈，守住大門不讓某個人出去……或進來。

半數議會成員連忙起身，卻被長袍絆倒，把酒灑在做工精細的絲綢上。有些人高聲提問或驚慌大叫，剩下的人則瞠目結舌地僵坐在原位，試圖在混亂中看出端倪。凱登沒理會他們，目光集中在艾道林護衛軍身上。

看著這些盔甲士兵，凱登心中浮現另一些士兵的回憶——艾道林護衛軍血洗阿希克蘭修道院、屠殺僧侶，並在山裡追殺自己。回黎明皇宮後，他花了幾個月排查剩下的艾道林護衛軍，在他們的個人紀錄中找尋背叛的蛛絲馬跡，確認他們是否效忠艾黛兒或朗・伊爾・同恩佳。所有護衛軍暫時停職，讓數百名書記調查數千個故事，最後，議會開除了超過一百名護衛軍，才讓剩下的人復職。

凱登提醒自己，他已經對這些士兵採取措施了，但還是感覺到肩膀變緊繃。

要看世界，不要看你夢中的世界。他深吸一口氣，然後吐出來。

二十幾名艾道林兵衝到懸於半空的展示台上，包圍議會桌。

凱登拋開內心的恐懼，站起身來。

「出了什麼事？」儘管不安，他的語氣依然沉穩。

毛特．阿暮迎上前來。艾道林護衛軍驚天動地的出場已經結束。浪花拍打在地圖的海岸上，掀起一波小海嘯。陽光自上方的天窗灑落，溫暖寧靜，在士兵的盔甲上嬉戲，自他們的裸刃反射出閃光。議員們安靜下來，僵立不動，如散落在展示台上的雕像，定格成各種意外驚惶的姿勢。

「攻擊，首席發言人。」阿暮嚴肅回應，雙眼掃視牆壁和門。「皇宮內部。」

凱登環顧四周。

「什麼時候？」

阿暮搖頭。「我們不確定。」

「誰？」

第一護盾皺眉。「動作迅速，很危險的人。」

「多危險。」

「危險到能夠神不知鬼不覺地混進皇宮，進入英塔拉之矛，制伏我的三名手下，三名艾道林護衛軍，然後消失。」

02

黑夜宛如異國。

艾黛兒．修馬金尼恩一直都有這種感覺，彷彿日落之後世界就會改變。黑影掩蓋了銳利的邊緣，隱藏形體，使陽光下熟悉的空間變得陌生。黑暗抽走亮眼絲綢上的顏色，月光為水面和玻璃增添一抹銀，讓白天的基本色調褪去色彩，變得冰冷。就連油燈，如面前桌上那兩盞，也透過火焰的晃動導致世界偏移顫抖。黑夜能讓最熟悉的環境發生這種令人不安的變化，而位於艾爾加德邊境石堡上的冰冷房間卻從來也沒讓人熟悉過。艾黛兒在這裡住了將近一年，仍然沒有被接納或安全的感覺，就連白天也沒有。而黑夜更是把她送往更艱困、陌生、野蠻之地。

黑夜的聲響也要翻譯。早上聽見走廊上傳來腳步聲很正常，因為僕役與城堡人員忙著工作。然而過了午夜，這些腳步聲就變得鬼鬼祟祟。中午有人喊叫就只是喊叫而已，晚上有喊叫聲就代表危險和災難。白日，艾黛兒窗戶下方的院子人來人往，但這麼晚了，城門早已上鎖，外面通常靜得詭異，所以當她聽見馬蹄踏在石板地上的噠噠聲，聽見被風颳走的簡短指令時，立刻放下官印，小心翼翼地防止墨水滴在紙上，然後在激烈的心跳中走向緊閉的窗戶。

午夜的傳信兵與正午的傳信兵代表的意義也不一樣。

她壓下恐懼，推開窗葉，北方的寒意竄至她汗濕的皮膚上。這個時間騎馬傳訊可能代表任何意義——厄古爾人渡過黑河、長拳的蠻族焚燬另外一座邊境小鎮，或他的瘋狂吸魔師包蘭丁將艾黛兒子民的恐懼轉化為某種全新的邪惡法術。傳信兵可能意味著她要輸了，也可能是她已經輸了。

她反射性地先往河的方向看去，哈格河沿著城牆下方南流，她隱約能看見唯一用以渡河的石橋，但黑色掩蓋了橋上哨兵的蹤跡。她深吸口氣，放開握著窗葉的手。她發現自己有點期待看到厄古爾人出現在四分之一里外的地方，迅速奪下石橋，展開圍城。

因為妳太愚蠢，她冷冷地告訴自己。不過如果包蘭丁和厄古爾人突破了朗·伊爾·同恩佳的防線，她就不會只聽到幾匹馬的馬蹄聲。她將注意力轉移到下方庭院。

艾爾加德是座古城，與安努一樣古老，而她強行徵收的城堡，則是帝國興起之前統治南羅姆斯戴爾的國王王座所在。城堡和城牆看起來都符合它們的年代。雖然建造者技巧高超，但過去一個世紀其實都沒有防守艾爾加德的必要。艾黛兒可以看見城牆頂端的裂縫，巨大的石塊因冰蝕而崩落下方河流中。她有下令修復城牆，不過石匠人數稀少，而伊爾·同恩佳在東邊長期對抗厄古爾人的戰線更需要他們。

月光將南城牆鋸齒狀的牆頂投射在院子的粗石板地上。傳信兵正在黑暗中下馬，艾黛兒能看見他和馬匹的身影，但看不清長相和制服。她試著解讀對方的姿勢、肩膀狀態，任何能提早透露他所帶消息的一點跡象。

一陣哭聲打破黑夜的寂靜，她身後傳來嬰兒啼哭聲。艾黛兒皺眉轉身面對桑利頓·修馬金尼恩二世，嬰兒在他的小木床裡翻身，不知道是被馬蹄聲還是窗口吹進來的寒意吵醒。艾黛兒迅速走到他身邊，希望他沒有真的醒來，希望能用溫柔的手掌和言語安撫他，在她面對傳信兵的訊息前再度沉睡。

「噓，」她輕聲道。「沒事的，我的小寶貝。噓……」

有時候要安撫他很容易。情況較好的夜晚，艾黛兒會輕聲細語幾句沒有意義的慰藉，這讓她覺得像是別人在講話，一個比她年長、徐緩、自信的女人，完全不懂政治和財務的母親，連用手指算數都不會，卻打從骨子裡知道如何安撫腹痛的嬰兒。然而，多半時候，她都十分迷惘，不懂如何當母親，因為深愛孩子而沮喪，為了無法安撫他而害怕。她會緊抱他，對他耳朵低語，而他的身體會輕輕發顫，停止動作。接著，當她以為災難過去而退開來打量他的臉時，他的胸口會開始起伏，張開小嘴哭泣，眼眶再度湧出淚水。

他的眼睛像她，在他哭泣時凝視他的雙眼感覺像在看著高山上的潭水，水面下有道不肯熄滅的黃金餘燼隱隱發光。艾黛兒不知道自己的眼睛在淚光中是否也是這個樣子。她似乎已經很久沒哭了。

「噓，我的小寶貝，」她輕聲哄道，反過手指輕撫他的臉頰。「沒事的。」

桑利頓揪起小臉，在襁褓中掙扎幾下，又哭了一聲，然後安靜下來。

「沒事的。」她又輕輕地說。

直到她回到窗邊，再度向窗外望去，看見步入月光下的傳信兵，才發現自己錯了。並非沒事，或許孩子比她先發現來的人是誰，或許驚醒他的不是寒意或冷風，而是嬰兒察覺父親接近時的本能反應。他的父親，瑟斯特利姆人，肯拿倫，艾黛兒衰敗帝國的將軍，謀害她父親的凶手，可能是她的死對頭，偏偏又是她唯一的盟友。朗・伊爾・同恩佳來了，大步穿越庭院，讓馬夫牽走半死不活的馬。他抬頭看向她所在的窗口，直視她的雙眼，隨意地敬了個禮，幾乎有點輕蔑。

他突如其來的到訪在白天就夠奇怪了，更何況此刻並非白天，而是深夜。艾黛兒關上窗戶，努力壓抑發抖的衝動，抬頭挺胸，轉身面對房門，在他進來前整理好儀容。

♛

「妳應該將城門守衛處以鞭刑，」伊爾．同恩佳一關上房門就說。「或死刑。他們有檢查，確認是我本人，但是看都不看我的護衛就讓他們通過。」

他一屁股坐在木椅上往後靠，用鞋跟推開另外一張椅子，把腳蹺在上面。夜間騎行讓馬累得半死，卻似乎沒對肯拿倫造成任何影響。他的靴子上沾了點泥巴，黑髮被風吹得有些淩亂，但他的綠斗篷和訂製服都一塵不染，腰帶也擦得發亮，劍柄上的寶石反射謊言的光芒。艾黛兒直視他的雙眼。

「我們的士兵有多到可以為一點小錯就處死了嗎？」

伊爾．同恩佳揚起眉毛。「我不認為在皇帝安全方面怠忽職守算是小錯。」他搖頭。「妳應該派我的士兵守衛城門，而不是火焰之子。」

「你需要士兵對抗厄古爾人。」艾黛兒解釋。「除非你打算獨自進行這場戰爭。火焰之子是能力強悍的守護者，他們放你的手下進城是因為他們認得你，也信任你。」

「桑利頓也信任我。」他指出這一點。「我在他背上捅了一刀。」

艾黛兒呼吸一滯，彷彿喉嚨上被插了根鉤子，皮膚發燙。

我父親，她提醒自己。他是在說我父親，不是我兒子。伊爾・同恩佳謀害了先皇，但沒理由傷害她兒子，他的親生骨肉。儘管如此，艾黛兒還是有股衝動想轉過椅子，看看在身後安穩沉睡的嬰兒，這種衝動就像緊握的手掌般強烈，但她強忍住了。

「你此刻的影響力已經不及殺死我父親的時候了。」她回應，迎上他的目光。

他微笑，伸手觸摸鎖骨，彷彿想測試妮拉圈在他脖子上的隱形套索。如果能看見那條天殺的套索，艾黛兒會覺得安心許多，但一條冒火的套索會吸引不少目光，而她此刻的問題就已經夠多了，不能再承認她的密斯倫顧問是吸魔師，她的肯拿倫則是不值得信任的殺人犯兼瑟斯特利姆人。妮拉堅持那道法術依然有效，那就足夠了。

「這個項圈真輕。」伊爾・同恩佳說。「有時候我都忘了它的存在。」

「你什麼都不會忘。你來做什麼？」

「除了來看我的皇帝、我兒子，還有我兒子的母親？」

「對，除了這些。」

「我印象中的妳比較感情用事。」

「感情用事能餵飽部隊的話，我就會感情用事。你到底來做什麼？」

桑利頓在她身後不安地蠕動，以此抱怨她提高音量。伊爾・同恩佳瞄向她肩膀後，饒富興味地打量著孩子。

「他健康嗎？」

艾黛兒點了點頭。「他兩週前得了感冒，因為羅姆斯戴爾山脈天殺的大風，但現在好得差不多了。」

「妳還是把他帶在身邊，就連工作時也一樣？」

她再度點頭，準備為自己辯護，再次辯護。她抵達艾爾加德至今九個月，淪為自己帝國的流亡者。桑利頓出生六個月，才六個月，但她覺得自己已經一年沒睡，一輩子沒睡了。儘管與祖父同名，這孩子卻完全沒有遺傳到他的冷靜和沉著。他不是餓了，就是尿了、吐了或生氣了，只要醒來就黏著她，睡著也會踢她。

「找奶媽——」伊爾．同恩佳開口。

「我不需要奶媽。」

「把自已累垮對誰都沒好處。」他緩緩說道。「對妳和我們的孩子沒好處，對我們的帝國也是一樣。」

「我的帝國。」

他點頭，笑容帶刺。「妳的帝國。」

「女人一直都會撫養自己的孩子。六個孩子、十個孩子。我認為我能應付一個小男孩。」

「牧羊人會養育六個孩子，漁夫的妻子會養育孩子，那些女人只要擔心點燃爐火和餵飽綿羊就好。但艾黛兒，妳是安努的皇帝，是先知。我們兩線開戰，節節敗退。漁夫的妻子有資格享受養育子女的樂趣，妳沒有。」他的聲音有點不同，語氣或音域出現變化。換作是別人，這可能表示對方的語氣有所緩和。「他也是我的孩子……」

「別跟我提你的孩子！」她吼道，靠回椅背，拉開兩人間的距離。「我很清楚你從前是怎麼對待自己的孩子。」

如果這話是打算砸凹他的盔甲、捶歪他的面罩，那她可要失望了。伊爾・同恩佳露出懊悔的笑容，再度搖頭。

「那是很久以前的事，好幾千年前，艾黛兒。我犯了錯，花了很長的時間糾正那個錯誤。」他指向桑利頓，攤開手掌，做出既像父親又不近人情的手勢。「妳寵愛他不會讓他變得更強壯或聰明。如果妳不理會其他事務，他甚至沒有機會長大。」

「我沒有不理會其他事務。」她大聲道。「你有看到我在睡覺，還是不停抱怨無關緊要的小事？我每天早上天還沒亮就待在辦公桌前，而你也看見了，我還在這裡。」她比向桌上的文件。「我在這些條約上蓋上官璽，部隊就能多得到一季糧食。等我處理完這堆文件，還有另外一堆拉爾特的請願書要看。我住在這個房間裡，不在這裡時，我就和李海夫一起審視南方的策略，或閱兵，或起草文件。」

「算我們走運，」伊爾・同恩佳順勢補充。「妳遺傳了妳父親的腦袋。就算缺乏睡眠，就算抱著孩子，妳腦袋還是比大部分我認識的安努皇帝清楚。」

她不理會他的恭維。伊爾・同恩佳的讚美聽起來就和他其他方面一樣真誠，也和其他方面一樣，都是謊言，是經過謹慎思考和計算分析的，只會出現在他認為有必要和有用的地方。這種說法的重點還是一樣：她在做她的工作。

「那就對了。我會養育桑利頓，還——」

肯拿倫打斷她的話。

「我們不僅僅是要妳表現得比妳大部分祖先強，艾黛兒。」他稍停片刻，用將領的眼神凝望她。感謝英塔拉，那不是他真正的凝視，不是她曾在安特凱爾戰場上見過的眼神，瑟斯特利姆人竭力思索時那種深不可測的黑眸。這是另一種凝視，他肯定為此研究過好幾世代——嚴厲的目光，但是像人。「我們要妳表現得比所有祖先更強。為此，妳需要休息，必須放棄親自照顧孩子，至少偶爾放棄。」

「我會做好所有必要之事。」她吼道，即使在說這話的同時，懷疑都像噁心的花朵在她心裡綻放。

事實上，過去六個月是她這輩子過得最艱困的日子，每天都要做不可能的決定，晚上還會被桑利頓的哭鬧折磨，在床上翻來覆去，把孩子拉到床上喃喃低語，向英塔拉和貝迪莎祈禱他會再度入睡。多數時候他都會吸她的奶頭，貪婪地吮上幾下心跳的時間，然後推開奶頭開始哭鬧。

當然，她有僕人，一打女人坐在她房間外面，一聽到艾黛兒叫喚立刻會衝進來，手裡捧著乾襁褓或新被單。她願意接受那樣的幫助，但是把孩子交給其他人照顧，訓練他去吸其他女人的奶……她不能要求他這麼做，也不能要求自己。每當她想為了疲憊而哭，為了血液中睡眠不足造成的混亂狀態而哭，她便會低頭看看孩子，看著他胖嘟嘟的臉頰貼在她腫脹的乳房上，她就會知道自己永遠不能放棄他，如同世間所有偉大真理一般。

她曾眼睜睜看著母親死去，看著她把肺的碎塊咳到柔軟的絲帕上，也曾站在父親身邊，看著他躺入他的陵寢，用帝國禮袍遮蔽身上的傷口。她親手殺死一個弟弟，又和另外一個弟弟展開絕望慘烈的戰爭。她的家族現在就只剩下這個孩子。她看向他睡著的嬰兒床，看著他的小胸口起起伏伏，然後回頭面對伊爾・同恩佳。

「你來做什麼？」她第三次問，語氣疲倦到瀕臨爆發邊緣。「我不覺得你會為了討論我教養孩子的方式離開前線和戰場。」

伊爾・同恩佳點頭，指尖交抵，打量她片刻，然後再度點頭。

「我們有個機會。」他終於說。

艾黛兒攤開雙手。「如果我都沒時間養育兒子，當然也沒時間猜你天殺的謎語。」

「共和國打算和妳談判。」

艾黛兒瞪著他。

「我的手下攔截了傳信兵，那傢伙正在底下等。我想在妳見他前先跟妳談談。」

慢慢來，艾黛兒告訴自己。慢慢來。她觀察著伊爾・同恩佳的臉，但看不出任何蛛絲馬跡。

「派來找誰的傳信兵？」

「找妳。」

「而你的手下還是攔截了他。這可不是互信合作的典範。」

伊爾・同恩佳輕蔑揮手。「攔截、絆倒、護送。他們發現他——」

「然後帶去找你，」艾黛兒努力壓抑怒氣。「而不是來找我。你的手下在南方幹什麼？那條戰線由火焰之子負責。」

「只盯著一個方向看是在找死，艾黛兒。儘管我不懷疑火焰之子對於女神和先知的信仰，」

他微微朝她側頭。「但我很久以前就學會不要仰賴不歸我管轄的部隊。我的人發現傳信兵，他們來找我，當我得知他的信息，我就直接過來了。」他搖頭。「並非所有事都是陰謀。」

「請原諒我並不這麼認為。」她靠回椅背，伸手拂過頭髮，強迫自己專注在此事的重點上。「好吧，傳信兵，來自共和國。」

「提出談判並企圖談和，聽起來他們已經開始瞭解自己無力管理帝國。」

「他們可真聰明。不過花了九個月，損失兩個貴族轄地，死傷數萬人，弄得飢荒處處，就讓他們瞭解到自己有多失敗。」

「他們想要妳回去，再度讓皇帝坐上王座。他們想要修補裂縫。」

艾黛兒瞇起雙眼，強迫自己穩定呼吸，打算謹慎評估形勢後再開口。誘人，十分誘人。但同時也是不可能的事。

「不可能。」她搖著頭說。「安努四十五個最有錢、最陰險的特權階級絕不可能放棄新獲得的權力。就算四周的城市陷入火海、皇宮失火，他們也不會改變方向。他們太恨我了。」

「好吧……」伊爾・同恩佳狀似抱歉地聳肩道。「他們不想放棄權力，不真的想。他們要妳回去當個傀儡，然後繼續自己制定法律、決定所有政策。他們要妳吠，妳就要汪汪叫，大概就是這樣……」

艾黛兒一掌拍上桌子，比她預期中大力。

桑利頓在小床上扭動，她停下來，等著他淺淺慢慢的呼吸恢復正常。

「他們那些天殺的政策正在摧毀安努，由內而外宰割帝國。」她嘶聲道。「他們的政策在害死人民，而現在他們拉完屎還想要我幫他們擦屁股？」

「據我所知，不只是要妳擦屁股，他們要妳坐在那坨屎上微笑。」

「我不幹。」她搖頭拒絕。

他揚起一邊眉毛。「幾個月前，妳會認為或許有和議會協商的空間，當時妳還派遣傳信兵去和他們聯繫。」

「他們囚禁我的傳信兵，說不定那些好人早就死了。我從前認為我們之間的嫌隙可以修補，現在不這麼想了，一切都太遲了。」

伊爾・同恩佳皺眉，彷彿吃到餿掉的食物。「『太遲了』不是皇帝該說的話。」

「我以為皇帝應該要面對現實，而不是逃避問題。」

「當然，面對殘酷的現實，但必須私底下面對。妳可不想在追隨妳的人心裡種下恐懼。」

「我就算拿鏟子播種也沒辦法在你心裡種下恐懼。」

「我不是在說我。」

「這裡就只有你。」

「妳必須練習表情，艾黛兒，」他說。「隨時隨地。」

她張口想要爭論，但他揚起雙手，搶先制止她。「我不是來吵架的，我來是想把握機會。」

「什麼機會？放棄過去九個月來奮鬥的一切？讓那些白痴摧毀安努僅存的一切？」

「我要拯救的是安努。」伊爾・同恩佳的語氣突然轉為嚴肅。「我需要妳回去，修補帝國和共和國之間的裂縫。如果沒有必要，我不會請妳這麼做。」

艾黛兒皺眉，最後終於說：「戰況吃緊。」

肯拿倫點頭，然後聳肩。「就連天才也有極限。我的部隊像昨日的炊煙一樣分散。厄古爾部隊人多勢眾，他們的陣營中有情緒吸魔師，領導者還是神。」

「你仍相信長拳是梅許坎特。」艾黛兒說。她第一百次嘗試接受這種說法，第一百次失敗。

「我現在比之前更篤定了。」

「你怎麼知道？解釋。」

「妳無法理解。」

艾黛兒怒道：「試試。」

肯拿倫攤開雙手。「……攻擊的模式，還有節奏。」他起身走到地圖前。「同時攻擊我們這裡和這裡。接著，半天過後，這裡、這裡和這裡。而整個過程中，另外一隊人馬又在往西前進，在第一支部隊撤退時抵達厄費斯淺灘。」

艾黛兒看著地圖，研究伊爾・同恩佳指出的那幾個地點。已經發生的事都很清楚，但攻擊模式——如果有攻擊模式的話——毫無意義。他揮手安撫她。「人類的心智無法理解。」

她望向河川、高山、森林，和代表部隊位置的線條，努力讓自己從中找出模式。「長拳做了什麼聰明的事？」她終於問。

將軍聳肩。「沒什麼特別的。」

艾黛兒忍住咆哮。「那是怎樣？」

「做了……不是人類會做的事。」

「所有人都不同，」艾黛兒搖頭表示。「沒有所謂『人類』的攻擊模式。一百個將領會做出一百個不同的決定。」

「不，沒這回事。」他露出微笑，燦爛的大微笑。「艾黛兒，有時候妳會忘記，我曾和數千個人類將領交過手。兩千零八個，如果妳要精確數字的話。你們喜歡自認獨特，認為所有男女都不相同，但妳錯了。在那些戰役和戰爭中，我看見同樣的事情反覆上演，同樣的小把戲，同樣的拙劣手法和戰術一再出現，只有些許微不足道的變化。我知道人類攻擊的模式，但這次不一樣。長拳就是梅許坎特，我可以向妳保證。長拳想把血腥崇拜推廣到瓦許和伊利卓亞，儘管我不願承認，不過確實快做到了。」

「我以為你說對方並不聰明。」

「不需要聰明，長拳的部隊比我多二十倍。我需要更多人手，艾黛兒。我需要火焰之子，也必須鞏固南方陣線。至少撐到戰爭結束。」

艾黛兒審視著她的將軍。肯拿倫看起來很飢渴，他雙眼凝望著她，微張的嘴唇露出牙齒的陰影。他一副想笑或想吼叫的模樣，像是隨時想要咬人。在他眾多模仿的人類表情中，這是最容易讓人信服的一個。在那些漫不經心的玩笑和明亮的服飾鈕釦之下，朗・伊爾・同恩佳是獵食者、殺手、安努從古至今最偉大的將領，而這個殺手表情浮現在他的臉上看起來很自然，很真實。

*他表現給妳看的一切都不是真的，*她提醒自己。

他只是摘下一張面具，僅此而已。她相信，這個飢渴殘暴的表情只是其他面孔下的另一張面孔，更維妙維肖的表演。她可以瞭解爭權奪利的野蠻手段，她能控制那種東西。然而，真正的伊爾・同恩佳絕非如此簡單的粗暴野蠻，在那之下還藏有更加古老可怕的東西，恐怖非人之物，就和星光間的空間一樣難以衡量。

恐懼爬上她的皮膚，立起手上根根寒毛。她努力壓抑發抖的衝動，強迫自己面對他的雙眼。

「戰爭結束後呢？」她問。

「擊敗梅許坎特、趕走厄古爾人後……」他笑容擴大，身體後仰，翹起兩個椅腳，在前後傾倒間找出平衡。「好吧，那我們就能開始研究……該怎麼說……長期實施共和實驗的可行性……」

「所謂的研究，」艾黛兒冷冷說道。「是指殺掉所有不想讓我回去的人。」

「這個……」他攤開雙手。「我們可以一次殺幾個，直到其他人回想起馬金尼恩家族統治的黃金歲月。」

艾黛兒搖頭。「這樣不對。安努史上偉大的皇帝與和平統治帝國的名君，會懲罰叛徒、獎勵忠臣。我讀過《大編年史》，而現在你要我對這天殺的議會的叛行和愚行睜一隻眼閉一隻眼？」

肯拿倫微笑。「我是《大編年史》裡的人物，艾黛兒。其中兩本還是我寫的。安努偉大的皇帝之所以偉大，是因為他們會做必要之事。當然，妳這樣做會有生命危險……」

艾黛兒輕蔑揮手。他說有生命危險這點並沒有說錯，如果她回到安努去參與議會，可能立刻就會被拖出去處死。這個想法令她掌心冒汗，但此事多想無益，她曾去過前線，前往厄古爾人剛掠奪完的村落，目睹開膛剖肚的殘軀、插在木樁上的屍體、男女老幼的焦屍，有些還趴在臨時搭建的聖壇上，有些則被隨意疊成幾堆。這是厄古爾人所謂敬神留下的恐怖殘局。

全安努，不論是帝國還是共和國，都掛在一座血腥深淵的邊緣，而她是安努皇帝。她取得那個頭銜，奪得那個頭銜，不是為了漂漂亮亮坐在不舒服的王座上聽朝臣奉承，而是因為她相信自己會是個好皇帝，肯定能做得比謀害她父親的男人好。她取得那個頭銜是因為她自認能讓帝國內數百萬人過得更好，能保護他們，帶來和平與豐饒。

目前為止，她做得很失敗。

不管凱登是不是讓情況變得更糟，不管她是不是數百年來頭一個要應付蠻族入侵的皇帝，不管是否連父親都沒料到會有這種混亂局面，她都取得了那個頭銜。她必須讓一切回歸常軌，修補撕裂安努的裂縫就是她的工作。她回去有可能被凱登的議會大卸八塊，也有機會拯救安努和安努人民，趕跑蠻族，令和平與秩序恢復到一定程度，而那點機會值得用自己乾枯的腦袋被拿去裝飾木樁的可能性交換。

「還有一件事，」伊爾．同恩佳補充。「當妳抵達安努時會發現的事。」他稍停片刻。「妳弟弟交了個朋友。」

「我們都會交朋友。」艾黛兒回應。「人類，也就是我們，會形成依戀，與其他人發展感情之類的關係。」

「如果他是和人類交朋友，我就不會擔心。議會第三安努代表，化名基爾的男人，他不是人，他是我的同胞。」

艾黛兒面露困惑。「凱登有個瑟斯特利姆人？」

伊爾．同恩佳輕笑。「基爾不是馬或獵犬，艾黛兒。我認識他幾千年了，我可以向妳保證，如果有誰擁有誰，肯定是基爾擁有妳弟弟。他會影響凱登的心智，毒化凱登的意志。」

「為什麼告訴我這個？」艾黛兒問。

「我也才剛發現這個事實。我發現我不認得第三安努代表的名字，於是要人弄了幅畫像和描述過來。不幸的是，負責此事的笨蛋送來的畫像畫錯人了，那人顯然是克拉希坎的代表之一，我直到最近才發現這個錯誤。」

艾黛兒努力想弄清楚此事所代表的意義。伊爾．同恩佳是把武器，毀滅的工具。她用項圈鎖住他，逼他臣服，但她還是擔心自己遺漏了什麼，擔心有朝一日當她拉扯他的繩索時，會發現繩索對面空無一人。得知世界上還有另外一個瑟斯特利姆人，和她弟弟結盟的瑟斯特利姆人，一個她無法掌控的瑟斯特利姆人……讓她胃裡翻江倒海。

「基爾就是擬定共和憲章的人。」她說。

伊爾．同恩佳點頭。「他向來不喜歡你們帝國。事實上，數百年來他一直致力於摧毀安努。所有重要政變，所有反抗馬金尼恩統治的陰謀，都是他在幕後指使。」

「當然，除了你指使的政變，你殺死我父親的那場政變。」

他微笑。「對，除了那個。」

艾黛兒打量他，再度期望能從那雙無法解讀的雙眼中看出端倪，看見謊言的微光或真相的強光。一如往常，她看出很多端倪。一如往常，什麼都不能相信。

「你擔心凱登知道你的身分。」她說。

「我很肯定凱登知道我的身分了，基爾會告訴他。」

桑利頓在她身後扭動，然後大哭。一時之間，艾黛兒心頭浮現厄古爾人衝過橋來的可怕景象，膚色蒼白的馬背民族擊碎城牆，闖入她房間，抓走她的孩子……

她突然站起來，轉過身去不讓伊爾·同恩佳看見她的臉，然後走到小床前。她看了兒子一會兒，看著他呼吸，然後輕輕將他抱起。她在確定能控制好表情後，才轉身面對肯拿倫。

「我去。」她語氣疲憊地說。「我會嘗試修補裂縫，但不能承諾更多。」

伊爾·同恩佳微笑，油燈照亮他的牙齒。「先修補。之後，或許，我們可以研究更……永久性的解決方案。」

03

「他們要找的是你。」毛特．阿暮說。「入侵者想要的是你。」

凱登爬到一半停步，靠在欄杆上喘氣，然後搖頭。「這你無法肯定。」

阿暮繼續前進，一步跨兩階，毫不在意艾道林盔甲的重量。他走到下個平台才發現凱登落在後面了。

「很抱歉，首席發言人，」他說著鞠躬。「羞愧令我失去耐性。」守衛雙眼直視樓梯，一手放在闊劍劍柄上，靜靜等候。艾道林護衛軍第一護盾即使在心情極好的時候，也是個僵硬死板的人，彷彿大理石般一板一眼、舉止得當。他一動不動地站在原地等候凱登恢復力氣，看起來像是雕刻而成，或是在鐵砧上打出來的東西。

凱登再度搖頭。「你不必為了我養尊處優而道歉。」

阿暮沒有移動。「就算身強體壯，英塔拉之矛也很不好爬。」

「我的書房才三十樓而已。」凱登回答，強迫自己的雙腳再次移動。他幾乎每天都會爬上來，向來步調從容，並且已經逐漸習慣，近日有越來越輕鬆的趨勢了。不過，今天阿暮從離開議會廳後就走得很急，這使得凱登的腳才爬到十樓就開始灼痛。他暫時不去多想今晚打算爬上遠超過三十樓的殘酷事實。

「我和僧侶一起生活時，」他說，在抵達阿暮所在的平台時再度停步。「爬這種樓梯簡直像在放鬆休息。」

「你是共和國的首席發言人，有比爬樓梯更重要的事情要做。」

「你是艾道林護衛軍的第一護盾，」凱登反駁。「你每天早上依然抽空來跑這些樓梯。」他見過對方全副武裝操練數次，向來都是在黎明之前，扛著沙袋重重踩在台階上，神情異常堅決。

「我每天早上都跑，」阿暮冷冷回道。「但還是沒有盡到我的職責。」

凱登目光自上方的台階轉向守衛，語氣嚴肅地表示：「羞愧夠了。我還活著，議會安全，如此自責是在縱容自己，對查出事情的真相一點幫助也沒有。」

阿暮看著他，咬牙點頭。「如你所言，首席發言人。」

「邊走邊說。」凱登說。書房還要再爬十五層樓。「這回說慢點。上面出了什麼事？」

阿暮的手依然握著劍柄，重新開始往上爬。他說話時沒有轉頭，彷彿在和眼前空蕩蕩的樓梯對話。

「有人混進皇宮裡來。」

「不難。」凱登說。「每天都有上千人進出宮門——僕役、傳信兵、商人、車夫……」

「他們還混入英塔拉之矛。」

凱登試圖解開這個謎團。英塔拉之矛只有一個入口，一道高大的拱門，不知道是用燒的、刻的，還是從堅不可摧的鐵玻璃塔牆上挖出來的。艾道林護衛軍日夜守護那扇門。

「你的手下……」

「英塔拉之矛算不上是封閉的堡壘，帝國……」阿暮搖頭，糾正自己。「共和國的事務會在這裡處理，一直都人來人往。守門的護衛軍奉命阻止明顯的威脅，但他們不能擋下所有人，不然會導致難以估量的騷動。」

凱登點頭，大概看出問題所在。

英塔拉之矛很古老，比人類的記憶還古老，甚至比最珍貴的瑟斯特利姆記載還老。黎明皇宮的建築師圍繞著高塔建造堡壘，卻沒人知道它是由誰建造的，也不知道是如何建造、為何建造。凱登隱約記得小時候聽姊姊讀了一本又一本的書，企圖解開這個謎團，一本又一本手抄本，每一本都有個理論或爭議，還有看起來像是證據之物。最後，桑利頓對她說：*艾黛兒，有時候妳必須接受知識有其極限。我們很可能永遠不會得知英塔拉之矛的真相。*

當然，他一直都知道真相。

「我告訴過你父親英塔拉之矛的用途。」基爾於幾個月前，接管黎明皇宮之後幾天，告訴了凱登真相。「我現在也要告訴你。」

他們兩個，剛上軌道的安努共和國首席發言人，和不會死的瑟斯特利姆歷史學家，盤腿坐在貴婦花園小池塘旁的血柳樹蔭下。一陣風吹皺了棕綠色的湖面，小波浪反射點點陽光，一旁的柳樹低垂樹枝拂過陰影。凱登靜靜等候著。

「那座塔，」歷史學家繼續說。「頂端有座祭壇和聖地，是這個世界與諸神接觸之地。」

凱登搖頭。「我去過塔頂十幾次，那裡除了空氣和雲，什麼都沒有。」

基爾指向掠過水面的小蟲。池水在小蟲微不足道的體重下盪出漣漪。小蟲抖抖細如睫毛的長腳，從陰影滑向光明，又遁入黑暗。

「對水蜘蛛而言，」他說。「水是不會破的。牠永遠不會穿透水面，永遠不會知道真相。」

「真相？」

「還有另外一個世界，一個黑暗、遼闊、無法理解的世界，在熟知的世界表面下滑動。水蜘蛛的心智沒有理解真相的能力，深度對牠而言毫無意義，潮濕也毫無意義。多數時候，當牠看向水面時，只會看見樹的倒影、太陽或天空。牠完全不知道池塘的重量，對沉入水面下的東西造成的壓力。」

那隻蟲掠過英塔拉之矛的倒影。

「塔的倒影不是塔。」基爾接著說，目光從池塘和水蜘蛛上移開。接下來一段很長的時間，他們兩個就盯著黎明皇宮心臟部位的光亮謎團瞧。「這座塔也一樣，」基爾終於說，指著在陽光下分隔天空的巨槍。「只是倒影。」

凱登搖頭。「什麼東西的倒影？」

「我們世界底下的世界，或上面的世界，或旁邊的世界。方位不能用來描述這個真相。語言是種工具，就像鎚子或斧頭，不適合用來執行某些任務。」

凱登轉回去看水面，發現水蜘蛛已經跑了。「諸神能夠穿越塔內的表面？」

基爾點頭。「我們在對抗人類的漫長戰爭晚期才得知此事。我們有兩名戰士碰巧遇上那個儀式，但當他們爬上塔頂時，諸神已經離開了，只剩下人類屍體。」

「新神的人類軀殼。」凱登思考片刻後道。

基爾點頭。

「怎麼做到的？」

「大消除。崔絲蒂拿匕首抵住胸口時，席娜要求的儀式。」

凱登皺眉。「如何運作？」

「關於這點，」歷史學家回答。「我的族人無從得知。我們可以肯定那座塔是門，但似乎只有諸神握有鑰匙。」

神專用的門。

凱登跟著毛特・阿暮爬樓梯，一邊胸口起伏呼吸灼熱，一邊嚴肅思考著。沒有證據顯示稍早闖入英塔拉之矛的人知道這個真相，但也沒有證據顯示他們不知道。

他刻意小心地繞過那個想法。他彷彿能聽見希歐・寧在說話，老院長的語氣沉著冷靜：專注在手中的問題，凱登。想看更多，只會錯過更多。

「入侵者可能假扮成僕役或官員，」阿暮解釋。「或外交使節。什麼身分都有可能……」

這很合理。英塔拉之矛，這座永不破碎的閃亮巨殼裡大部分是空的，安努帝國最早期的幾任皇帝在巨殼內施工，以木材建造其中的三十層樓，在能夠容納三百層樓的巨塔中建造三十層樓，然後放棄，留下上方數千呎空蕩蕩的空間傳遞回音。人造樓層中最底下幾層用以處理平淡乏味的事務：行政辦公室、覲見廳，與一座能俯瞰整座皇宮的圓形大餐廳。整整三層樓都是專供外來顯貴住宿的房間，那些男女回家後就會大肆吹噓他們在全世界最高的建築中住過，肯定是神建造的巨塔。當然，還有各式必要的服務設施，以及提供那些服務的廚師、奴隸和僕役。

如果有什麼值得一提的，那就是阿暮的說法過於保守——英塔拉之矛隨時人來人往，艾道林護衛軍絕不可能搜索每一層樓的每一個人。然而，入侵者並沒有在廚房裡潛伏，他們不知怎麼爬上第三十樓，去了理應很安全的地方。

「我的書房裡出了什麼事？」

阿暮回答時語氣緊繃。「他們解決了我派駐在那裡的三名護衛軍。」

凱登看向第一護盾。「殺了他們？」

阿暮輕輕搖頭。「打倒。他們昏迷不醒，但沒有受到其他傷害。」

「誰？」凱登放慢腳步思索。「誰有辦法通過三名站哨的艾道林護衛軍？」

「我不知道。」阿暮回答，下巴僵硬，彷彿努力忍住什麼不說。「我就是打算查明此事。」

「我開始瞭解你為什麼會覺得他們危險了。」凱登說著，回頭看向身後的樓梯。

終於抵達書房時，裡面擠滿了艾道林護衛軍。凱登站在門外探看。護衛軍大部分都在善後，將手抄本放回書架上，收拾地圖，鋪平席特大地毯。

「安全了嗎？」凱登問。

他發現自己肩膀緊繃，背也是，彷彿隨時都會有殺手一刀捅進他的後頸，有陷阱緊扣他的腳踝。他花了一點時間瓦解緊張感。

看事實，別看恐懼。

書房看起來和原先一樣，占地半層樓的半圓大房間，弧形的鐵玻璃牆壁提供無比壯麗的安努景觀，而桑利頓沒擺多少東西遮蔽景觀。書櫃沿著內牆排列，房間中央擺有幾張大桌，但是牢不可破的玻璃牆旁幾乎沒什麼東西，就只有一張桌子、兩張椅子、一個古董棋盤、一張放置化石的台座，和一株矮松盆栽，樹幹乾枯扭曲。

「我命令手下搜過十幾次了。」阿暮說，在護衛軍魚貫而出時跟著凱登進入房內。「我檢查了所有我知道該如何架設的陷阱，然後派狗在這裡聞了一個下午的毒。我們翻過每個抽屜、卷軸、手抄本，去找尋炸藥。」他搖頭。「一無所獲。乾乾淨淨。」

「太乾淨了。」

凱登轉向說話之人，發現基爾站在遠方一座書櫃前，手指沿著櫃框輕撫。

「你們搜尋陷阱時抹除了所有入侵者的線索。」

阿暮手指緊握劍柄。「根本沒有線索。對方很高明，比高明還高明。」

基爾打量艾道林護衛軍片刻，然後點頭。他表情毫不擔心，只是好奇。歷史學家在死亡之心裡就是這個樣子，當時他被打定主意要殺光他族人的狂人關在那座遭人遺忘的堡壘地底。基爾已經學會偽裝情緒，但他通常不會費心假裝。人們會誤以為他是個天才怪人，不過，安努到處都是怪人和天才。

凱登看著歷史學家朝自己走來，因為體內某道傷口沒有完美癒合而走路有些瘸。基爾已經行走人間數千年，但他嚴肅又沒什麼皺紋的臉看起來只有四、五十歲。他遲早都必須離開議會和皇宮，甚至得離開安努，以免被人發現他毫無改變，不會變老。

如果我們沒在那之前就全部死光的話，凱登暗自更正自己的想法。

「他們所為何來？」歷史學家問。

「偷東西。」阿暮回答。「肯定是。」

凱登揚起眉毛。「有掉東西嗎？」

「我不知道，首席發言人。艾道林護衛軍是守衛，我們站在門外。既然確定書房安全無慮，我希望你能告訴我裡面有些什麼。有掉東西嗎？」

「好吧。」凱登走到書房中間，慢慢轉了一圈。「看來夠安全了，我還沒被殺。」

「此刻這裡是黎明皇宮中最安全的房間。」阿暮說。「我願意用性命擔保。」

凱登搖頭。「但是黎明皇宮，」他輕聲問。「究竟有多安全？」

♛

毛特・阿暮離開書房後，凱登才又轉向基爾。

「你怎麼看？」

瑟斯特利姆人看著關上的血木門。「觀察艾道林護衛軍讓我瞭解『驕傲』這個人類詞彙。」

「我是說書房。你覺得阿暮說的對嗎？這是一次精心計畫的竊案嗎？」

歷史學家搖頭。「無法判斷。所有東西都被守衛動過了。」

凱登點頭。他幾乎每天都來書房，動念之間就能調出這個半圓形房間的影像，根本不用費心使用沙曼恩。記憶中書脊的模樣有點模糊，卷軸的擺放位置也不完美，儘管如此，如果艾道林護衛軍沒有一個早上都在這裡亂翻的話，這會是個很好的起點。凱登查看記憶中的影像片刻，然後拋到腦後，專注於書房本身。

太陽要下山了，自西方的天際垂落，掛在安努房舍的屋頂上。雖然屋內的燈還沒點上，不過夕陽餘暉仍夠讓兩人粗略檢查一遍房間。然而，凱登沒有轉向桌子或書櫃，而是走向俯瞰城市的玻璃牆，來到一塊擦得比其他部分光亮的血木地板邊。不難想像桑利頓坐在這裡的樣子，安努最後一任真正的皇帝以僧侶教導的方式盤腿而坐。凱登放開自己的想法，嘗試進入他遭人謀害的父親心中。

安努是全世界最大的帝國中最大的城市，是將近兩百萬名男女老幼的家園，房屋、商店、神殿、旅社比鄰而建，人們在這裡吃飯、打架、相愛、說謊、死亡，而這全都發生在距離鄰居不到幾步之地，與生產陣痛的母親和慾火中燒的情侶之間僅隔一道有裂縫的柚木牆。在經歷過阿希克蘭修道院那種空洞、遼闊和寧靜後，這裡實在……太難受了，即使身處黎明皇宮也是一樣。凱登可以感受到父親想脫出人群喧囂的慾望，站在那之上，可以想像桑利頓無視沉重的木椅，坐在地板上，緊閉雙眼，對清澈堅固的牆外那片城市喧囂置之不理……

他施展貝許拉恩。

也許情況和他想得完全不一樣，也許那塊地板是被其他東西磨得發光，某隻在皇宮裡出沒的銀煙貓，或是張打掃時一直被推來推去的小桌子，完全與父親無關。凱登可以看見父親完全靜止坐在那裡，就像坐在阿希克蘭花崗岩架上的辛恩僧侶。他能看見那個畫面，但從未真正見過。桑利頓是道陰影，被他留下的事物投射到此刻的模糊形體。

凱登拋開父親的回憶和他所統治的龐大城市，再度觀察起書房本身。艾道林護衛軍收拾得很乾淨，把紙張都疊在桌上，將書本放回書櫃，所有書脊對齊。可惜那些士兵的記憶力都比不上基爾或凱登。他輕嘆一聲，走到最近的桌前，翻閱幾張紙，然後放回桌上。

「我不認為我有在這裡放任何值得偷的東西。」他說。

「這裡有些文件有記載部隊行動的細節。」基爾回道。「補給清單。」

凱登搖頭。「有其他方法可以輕易取得那些文件，沒必要大費周章滲透進英塔拉之矛，解決三名艾道林守衛。」他停頓下來整理思緒。「情況不同，沒有……那麼簡單。」他望向那扇沉重的三吋厚強化血木門，門後還有艾道林護衛軍在站崗，瘋子才會想要通過這裡。瘋子，或是意志異常堅定之人。「是伊爾・同恩佳，對吧？」

「根據可靠消息，你姊姊的肯拿倫此刻人在北方，但他勢力龐大。」

凱登緩緩點頭。「他知道這間書房，他來過這裡。如果有需要什麼東西，他會知道要在哪裡找，也認識能辦到這種事的人。」凱登遲疑片刻，繼續說道：「而且他和你一樣，知道英塔拉之矛的真相和它的功能。」

基爾微微側頭。「他知道。」

凱登的胸口感到一股冰冷的壓力。他抬頭看了一眼，彷彿能看穿天花板，看穿數千呎空蕩蕩的空間和掛在上方的牢籠鋼板，直視那名黑髮紫眼的年輕女子。她美得不可方物，既是女祭司又是殺人犯，體內困住一名女神，被鎖在上面等著面對命運。

「我們得把崔絲蒂弄出來。」他終於說。「我們必須立刻想個安全的辦法動手。如果伊爾・同恩佳能混進這間書房，他就能混進牢房。」

「但那個女孩只有待在塔頂才能做那件非做不可的事。」

「她不知道方法。就算知道，她也不會去做。」他曾向她解釋真相，他們談過幾十次了，但都沒有幫助。「如果她無法或不願意施展大消除，把她關在塔裡就沒什麼意義了。大家都知道她被關在這裡，就算現在還沒人跑來殺她，也遲早會有的。」

「你說的都沒錯。」基爾回道，目光變得遙遠。一段時間過後，瑟斯特利姆人轉過身去，走到擺著桑利頓棋盤的小桌旁，坐在其中一張椅子上。凱登看著他。從死亡之心逃脫以來，他與基爾相處的時間已經足夠他習慣對方這種出神狀態。即使在人群中生活數千年，記錄了好幾世代人類的生活、習慣和歷史，在他毫不起眼的舉止和人類外表之下，基爾的說話和思緒的節奏還是很奇特，讓人難以理解。凱登耐著性子看瑟斯特利姆人打開兩盒棋子的盒蓋開始下棋，黑棋對白棋，唯一發出的聲音就是落子聲，白子、黑子、白子，一再重複。

不認識基爾的人或許會以為他在專心下棋，但凱登知道不是這麼回事，這傢伙下棋就和呼吸一樣輕鬆，可以完全不看棋盤就下完整盤棋，而且絕對不會輸。不管他此刻內心在打什麼祕密戰爭，總之都與棋無關。

下了四十步棋後，他停下來研究棋子，然後看向凱登，繼續之前的話題，好像兩人的交談沒有中斷過。

「有可能是伊爾．同恩佳要你移監，這次行動就是為了逼你這麼做。」

凱登皺眉看著棋盤，彷彿錯綜複雜的棋子中間躺著某種答案。「趁她離開監牢時襲擊她。」

基爾點頭。「此刻，崔絲蒂遭受全共和國最嚴密的看守，想要襲擊她的人，就算已經混進黎明皇宮，也必須穿越五道上鎖的門，外加二十名守衛。那可不是什麼微不足道的阻礙。」

「他們混進這裡了。」

「一扇門。」基爾指出這一點。「三名守衛。今天的入侵可能只是虛晃一招，為了讓你驚慌失措。無論如何他都會來找崔絲蒂，但如果你放棄她，他就沒有必要來。」

「如果我們繼續把她關在這裡，」凱登說。「當他解決北方的長拳後，就可以好整以暇跑來找她。」

基爾點頭。

沮喪感令凱登難以冷靜。「所以如果移監，我們就輸了。不移監，我們還是會輸。」

「一切都回到大消除。你必須說服她。她或許不知道方法，但她體內的女神知道。」

「那個儀式會害死她。」凱登說。「你們的戰士數千年前就發現這一點了，是吧？」

基爾沒有眨眼。「她是席娜的監牢。」

「她是人，不是監牢。她沒有要求席娜住進自己體內，肯定也不會自願執行解放女神的屠殺行動。那是謀殺。」

「那叫獻祭。」基爾糾正他。「獻給女神。」

「我們怎麼知道，」凱登問。「殺死崔絲蒂不會抹消席娜對我們世界的影響？伊爾・同恩佳就是想要那樣，對吧？」

「方法有差異。大消除不是謀殺，而是一種儀式，崔絲蒂同意釋放女神的儀式。我們不是偷偷捅她一刀。這樣可以給席娜時間安然無恙地離開人類軀殼，大消除是讓席娜安全離開人類世界的道路。」

「至少你如此認為。」凱登看著瑟斯特利姆人說。

基爾微微點頭。「我如此認為。當年新神就是這樣。」

「如果你弄錯呢？」

「那我就弄錯了。我們必須根據手頭上的線索行動。」

凱登凝視瑟斯特利姆人許久，然後偏開頭去，望向安努街道上逐漸昏暗的屋頂。他一聲不吭地擺脫情緒，進入空無境界的無盡空虛中。他現在可以隨意進出空無境界，在走路甚至是說話時都能辦到。希歐．寧的話回到他心裡，直接穿越一年的時間而來：你能成為很好的僧侶。

在出神狀態下，所有壓力全數消失，沒有緊迫感，沒有憂慮，只有事實。伊爾．同恩佳會想辦法殺掉崔絲蒂，也可能不會；她有可能同意進行大消除，也可能不會；他們會找出辦法解救受困的女神，也可能不會。如果他們失敗，如果所有歡愉都從這世界消失，那和空無境界裡的廣大寧靜又有什麼不同？

「離開空無，凱登。」基爾說。「你不該花這麼多時間和自我完全脫離。」

凱登在寧靜中猶疑。起初，空無境界那種遼闊、差異、冷酷和絕對的平靜令他恐懼，現在想想，那種恐懼就如同底下的安努人，一個一輩子都在城市喧囂中過活的人，忽然某天早上醒在骸骨山脈的冰川上，面對突如其來的遼闊空間、無盡虛無，以及沒有足夠的自我填補雪地和天空之間的空間而感到恐懼。只不過，冰川之於凱登是家一般的存在，當世界變得太吵、壓力太大時，他會不願意離開那種無盡的空白。

「凱登，」基爾又說，語氣更為強烈。「出來。」

凱登不太情願地步出空無，進入他個人的惱怒迴廊中。

「你一直都住在裡面。」他指出，刻意不透露絲毫情緒。

基爾點頭。「我們的心智天生就能適應空無，但你們不行。」

「什麼意思？」

瑟斯特利姆人沒有立刻回答。他起身點燃一盞油燈，然後又點一盞。燈光照亮書房，溫暖如水，向外漫溢至英塔拉之矛的鐵玻璃牆。直到燈火照亮整間書房，他才回到椅子前，專注打量棋盤，然後坐下。片刻過後，他放下一枚白子，接著是黑子，又一枚白子。凱登看不出那幾步棋有何意義，基爾似乎忘記了他的問題，或是忽略不管，許久後才終於抬頭。

「你也看到伊辛恩的情況了。」他輕聲道。「某些伊辛恩的下場。」

凱登緩緩點頭。在伊辛恩潮濕石牢裡度過的那幾週令他難忘，就算是對於比凱登更擅長遺忘的人而言也一樣。他還能看見崔絲蒂激動地瞪大雙眼，還能看見伊克哈·馬托爾前一刻在大吼大叫，下一刻就露出駭人燦笑。他們瘋了，全都瘋了。他們兩度企圖殺害自己，一次在死亡之心的迷宮地道裡，一次在坎它環伺的小島上，天氣晴朗，海風吹拂。據他所知，他們仍在想辦法除掉自己。儘管如此……

「伊辛恩不是辛恩。」凱登回答。「他們的手段……」他頓住，想起那些人身上的傷疤和自殘的痕跡。「那種手段會令任何人崩潰。」

「沒錯，」基爾說著，又落下一子。「也錯了。辛恩的訓練方式提供了較為柔和婉轉之路，不過目的地是一樣的。空無境界就像……深海……你可以持續下潛，但大海並非你的家園。待在下面太久，它就會壓扁你。你肯定從僧侶那裡聽過這種事吧？」

過去幾個月來，凱登一直努力不去回想阿希克蘭修道院的事。天空和寧靜的回憶都和後來的殺戮糾纏在一起。他完全救不了僧侶，救不了帕特或阿基爾或希歐・寧的事實，與另外一個更殘酷的事實離得太近——他什麼都沒做。在安努，他很容易對當時的錯誤耿耿於懷。

「你待在那裡的期間，都沒有辛恩放手嗎？」

凱登凝視棋盤，不願直視對方的雙眼。「放手？」

「我的族人有個形容此事的詞彙——*Ix acma*。意指無自我，無中心。」

「我以為那就是重點。」凱登反駁。「我肯定已複誦這句禱文上千次了：心靈是火，吹熄心靈。」

「十分鮮明的比喻，但是不夠精確。根據這個比喻，火焰會黯淡、搖晃，但會繼續燃燒。你需要你的情緒，它們讓你……和世界保持聯繫。」

「離開修道院。」

基爾點頭。「我上次造訪阿希克蘭時，他們是這麼說的。」

凱登剛到修道院沒幾個月，就有個辛恩離開修道院。此事沒有什麼值得一提的，該名僧侶——凱登當時太小，訓練不足，不記得他的名字——就只是在冥思廳中站起身來，對在場其他僧侶點點頭，然後步入深山中。向來好奇心旺盛的阿基爾想知道他會出什麼事，什麼時候會回來。希歐・寧搖頭表示：「他不會回來了。」那不是需要悲傷或慶祝的事，只是一個人，他們自己人，離開了，不在了，寢室突然間空了。但是話說回來，辛恩長年以來都在過這種空無的生活。

「我一直以為離開修道院的人就代表失敗了，」凱登說。「因為受不了那種生活。你是要告訴我，他們才是真正掌握空無境界的人？徹底進入其中？」

「成功還是失敗，」基爾看著棋盤說。「完全取決於個人目標。對大部分人類而言，死在荒山裡並不算什麼成功，但是離開現實的人找到了他們要找的東西，他們吹熄了火。」

「那其他人呢？倫普利・譚、希歐・寧他們呢？」

基爾抬頭。「他們沒有吹熄。完全隔絕情緒，你們就活不長，所有人類都一樣。」

「這就是伊爾・同恩佳想要斬斷情緒的原因，他打算殺死席娜和梅許坎特的原因。」

歷史學家點頭。

凱登緩緩吐一口氣。「我去找崔絲蒂談談。」

「你要怎麼說？」

好問題。關鍵問題。凱登只能搖頭，啞口無言。

04

妮拉的目光如鐵鎚般砸在鐵砧上。「告訴我，」老女人說。「如果妳不打算聽取顧問的任何意見，妳請天殺的顧問究竟有什麼意義？」

「我有聽妳的意見。」艾黛兒試圖壓低音量回答，保持理性和耐心。她突然想起小時候去過父親位於安努東北方的狩獵行館。桑利頓不是獵人，不過他在那裡養了許多狗，有些來自外國使節的禮物，還有些是在行館裡誕生的小狗。艾黛兒喜歡在僕人和奴隸上工前的早晨去看那些狗。其中有隻凶神惡煞的紅皮老母狗，瞎了一隻眼睛，有點跛腳，艾黛兒特別喜歡牠。她會從廚房帶點骨頭丟進狗欄裡給老母狗，後退看著牠用好牙齒多的那一側啃骨頭，同時凶狠地瞪著自己。

那隻獵犬十幾年前就過世了，但是與妮拉談話會讓艾黛兒回想起之前見過的那些本能行為。如同那隻獵犬，這個女人到嘴的東西就絕不鬆口，她會咬向任何朝自己伸去的手掌，就連餵食她的手也不例外。如同那隻獵犬，她在大小戰鬥中倖存，而那些戰鬥殺死了她所有的同伴。

*不過，也有與獵犬不同之處，*艾黛兒冷冷提醒自己，*麗希妮拉已經一千多歲了，而且曾經摧毀半個世界。*

「我想要妳和我一起去安努，」艾黛兒緩緩說道，試著在避免被咬的情況下搶走妮拉嘴裡的骨頭。「但我更需要妳待在這裡。」她望向書房的門。即便此時房門緊閉上鎖，她還是盡可能壓低音量。「我有盟友，妮拉，但是除了妳之外沒有朋友。」

「朋友，是嗎？」老女人叫道。「朋友！」

艾黛兒略過她的回應，說道：「妳現在是我唯一真正信賴的人。願英塔拉幫助我。」

「這就是為什麼，我該在妳跑去參加那場愚蠢會議時待在妳身邊，妳這頭蠢牛。」

「不，這就是我需要妳待在這裡的原因，幫我監視伊爾・同恩佳。」

妮拉一聽到那個名字，神情就變得冷酷。「愚人才會依賴眼睛。如果我只有用眼睛監視他，他幾個月前就已經跑了，消失了，完全脫離妳那雙纖弱的小手掌握。」

「我不這麼認為。」艾黛兒緩緩說道，第一百次回想去年發生過的事。「他不是為我打這場仗的，也不是因為妳在他脖子上套了隱形項圈。他早在我們抵達的數週前就已經跑來北地。他對付厄古爾人和長拳都有他自己的理由。」

「喔，我敢說他有他的理由。每個生物都有理由，就算是像妳的將軍那種玩弄人心的卑鄙混蛋也一樣。特別是他那種傢伙。」老女人搖頭。「不過棘手的部分在於，那些都是他天殺的理由。」艾黛兒在她微笑時瞧見一點棕色的牙齒。「我的項圈就是為了那個。」

「但如果妳跟我走，如果妳遠離此地，妳就沒辦法……」

「沒辦法幹嘛？」妮拉揚起一邊眉毛。「妳突然變成吸魔師了嗎？妳光鮮亮麗的頭銜又多增加一項了嗎？」

艾黛兒搖頭，努力壓下不斷升騰的怒火。

「我當然不是吸魔師。」她輕聲說道。

妮拉驚呼一聲，諷刺地將五官皺成驚訝的表情。「不是吸魔師？妳不是吸魔師？妳的意思是妳沒辦法動念之間扭轉這個爛世界？」艾黛兒還來不及開口，便被湊上前來的老女人伸出細指戳擊胸口。妮拉輕浮的態度蕩然無存。「那就別對我說我的法術能辦到什麼，不能辦到什麼。」

她收回手指，指向北邊的窗戶。「我知道他現在在哪裡，這是那道項圈的功能之一，妳這個充當皇帝的奶頭。如果他決定明天早上騎馬西行，我會知道。如果他折返，我會知道。不管是待在這裡，妳稱之為宮殿的小茅舍，還是身陷拉爾特農田裡新挖出來的茅坑裡，我都會知道。」

「另外再奉送妳一個我本來應該高價出售的情報：我不管身在何處都能縮緊那道項圈。我能在唐班海岸附近的小船上曬太陽，讓裸體美少年幫我瘦痛的腳抹油，同時，如果想要妳的將軍去死，只要輕彈手指，感覺到他死亡就行，然後我就能翻身讓抹油少年揉屁股。」

「所以，妳要我待在這裡監視伊爾．同恩佳，不是比死牛更蠢，就是在說謊。而我很難斷定自己比較不喜歡哪種情況。」

艾黛兒強迫自己在老女人終於住口後數到三，接著數到五，然後再數到十。

「妳說完了嗎？」她終於問。

「還沒。」妮拉大聲說道。「妳還可以仰賴歐希。就算妳不相信項圈，還有我弟弟和那個混蛋待在一起，監視他的一舉一動。」

艾黛兒搖頭。「歐希不是去監視伊爾．同恩佳的，他去是希望肯拿倫想出辦法治好他，治好他的記憶和他的瘋狂。他根本連伊爾．同恩佳是誰都不知道。」

妮拉哼了一聲。「那個瑟斯特利姆混蛋最好維持這種情況。萬一歐希想起真相，就會立刻把他燒成灰燼。」

她們互瞪對方。艾黛兒還記得，就在幾個月前，老女人曾同樣義正嚴詞地對她說教，令她既羞愧又氣餒，但現在不會了。幾個月來，她和李海夫爭論南方兵力，又和伊爾・同恩佳討論北方戰線；幾個月來，她和當地商業公會協商穀物價格，和貴族商議稅率，接見凱登天殺的共和國派來的廢物使者，裝模作樣地承諾一堆鬼話，又提出雙倍要求，這些作為卻沒有帶來任何效益；幾個月來，她生活在極大壓力下，深怕只要犯個錯或運氣不好，就可能辜負所有她誓言保護的人民；幾個月來，每天晚上她都要聽兒子哭喊著入睡。經過這段時日，她早就不是一年前逃離黎明皇宮的慌亂公主，不會輕易受人恐嚇。儘管如此，和自己的密斯倫顧問對立沒有任何好處，特別當那個女人說的沒錯時。

「我說謊。」艾黛兒坦言。「我是要妳待在伊爾・同恩佳附近，但更重要的是，我要妳照顧桑利頓。在我離開的期間照顧他。」

「啊，」妮拉緩緩點頭。「所以這才是重點。妳終於願意和孩子分開了。」

「我別無選擇。」艾黛兒說，即使在說話的同時還是希望自己弄錯了。「我必須前往安努。部隊人數不足、補給不足、精疲力竭。如果我救不了他們，他們就救不了安努，沒辦法守護安努人民，那樣的話我有什麼用處？如果任由蠻族屠殺人民，我當這個皇帝還有什麼意義？」她嚴肅地搖頭。「那個天殺的議會找我去，搞不好只是為了方便捅我一刀，但這個險我非冒不可。我是非冒不可，但我兒子卻沒必要冒險，他待在這裡比較安全。」

她在說那個詞的同時打了個寒顫。安全。彷彿在厄古爾大軍壓境、虛假議會那堆無能又想奪權的貪婪敗德之人控制安努、南方近乎潰散的軍隊、帝國境內所有維持治安的勢力全部消失、宵小橫行、盜賊肆虐、海盜猖獗的情況下，還有任何安全之地。留下桑利頓很可能意味著會讓他死在遠離自己懷抱的地方……

她強迫自己不要去想。

艾爾加德城牆年久失修但屹立不搖，往東流的哈格河水流急且深，是這座古城與厄古爾人之間最後的防線。伊爾．同恩佳的部隊還在哈格河外死命掙扎。危險無處不在，但與安努等待她前去的可疑之人相比，艾爾加德還是更安全一些。

「聽著，艾黛兒，」妮拉難得壓下嘲諷和怒氣，語氣彷彿也變了，拋下她說慣的街頭俚語，換上更單純、古老、嚴肅的口吻。「基於十幾種不同的理由，留下孩子是很聰明的做法，但不能留給我。」

「不，要留給妳，妳是我的密斯倫顧問。」

「沒錯，我是妳的顧問，不是妳的奶媽。我的奶一千年前就乾了。」

「我又不要妳餵他奶。」艾黛兒說。「也不用換尿布、洗澡、包包巾。我有十幾個女人負責那種事。我只是要妳照顧他，保護他的安全。」

妮拉張嘴欲言，然後又突然閉嘴。艾黛兒震驚地發現，老女人眼中湧出淚水，在燈火下閃閃發光。

她有過孩子。這個念頭宛如一拳擊中艾黛兒的臉。打從在安努諸神道上遇見妮拉以來，她一直沒想到要問妮拉有沒有孩子。她用半下心跳的時間在記憶中搜索阿特曼尼史，但是歷史會鉅細靡遺地記載數十年間戰爭發生的細節，卻不在乎孩子的問題。據艾黛兒所知，妮拉從未結婚，雖然這個事實並不表示她沒有過孩子。

「我不適合，孩子。」老女人說，歲月的壓力完全壓在她肩膀上，使她的聲音像沒磨過的木頭一樣粗。「我不適合照顧小孩。」

艾黛兒凝視她。她早就學會該如何對付老女人的咒罵和威嚇，但這種猝不及防的坦白讓她不知所措。「出過什麼事？」她終於問道。

妮拉搖頭，粗糙的雙手交握在面前的桌上。艾黛兒看著她，試圖理解那股可怕而無聲的悲痛所代表的意義。

「我辦不到，孩子。」老女人最後說。「我不能再經歷一次。不能。」

短短幾個字，艾黛兒就聽到自己午夜夢迴時的深沉恐懼。自從桑利頓出生後，她就一直告訴自己，她的噩夢、清醒時的恐懼、因為擔心孩子而不斷唸誦的禱文，全都出於疲憊不堪和過度工作的心靈。他很健康。她會在看著孩子胖嘟嘟的棕色臉頰、強而有力的小手緊握著她時提醒自己。他很安全。她會在透過窗口看向城牆時低聲說道。沒有理由害怕。

桑利頓出生後的幾個月來，艾黛兒一直在自己和外界那些恐怖的可能性之間搭建不堅固的牆壁。她努力說服自己，透過愛、關懷和無止盡的警戒，她就可以不讓那個焦躁的胖小子受到任何傷害，這個比她自己的心臟還重要又不會說話的小傢伙。妮拉眼中的淚水、纏扭的雙手，以及輕聲細語的隻字片語——我辦不到，孩子——卻似匕首劃開濕紙般貫穿這道牆。突如其來的絕望緊扣艾黛兒的喉嚨，之後幾下心跳的時間裡，她只能努力將空氣吸入肺中。

「我不……」她聲音沙啞地開口，深吸口氣，望向妮拉的雙眼，試圖讓老女人看見，讓她瞭解。「我知道這樣不完美，我知道妳不可能在所有情況下守護他，但我沒有其他人可以託付。」

妮拉一聲不吭地搖頭。艾黛兒伸手到桌上，握起老女人的雙手。

「妳很聰明。」她輕聲道。「妳很強。我信任妳。」

「世人曾信任我到把整座大陸交由我來統治，孩子。而我卻任由這座大陸陷於火海之中，我親自放的火。」

「我們不是在講大陸。」

「我知道我們在講什麼。」妮拉大聲說，之前發牢騷的語氣又回來了。「我也有過兒子，我的親生兒子。我救不了他。」

艾黛兒點頭。她可以想像那種恐懼，但她試著不去想。「我求妳，妮拉。」

老女人透過淚水瞪她，然後把手抽回來擦眼淚。「皇帝不求人，皇帝下達命令。」

艾黛兒搖頭。「這種事不能下令。」

妮拉轉身背對她。「所有事都能下令，妳這個蠢女人。當皇帝就是這樣。」

「那妳願意嗎？」

「這是命令？」

艾黛兒默默地點頭。

「那我會執行。」妮拉長長吐出一口氣。「妳不在的時候，我會照顧那坨愛哭的大便。」

艾黛兒體內一股繃緊的情緒突然鬆懈，她覺得自己也快要哭了。

「謝謝妳，妮拉。」

「皇帝不會為了子民奉命行事而道謝。」

「好吧，我還是要道謝。」

妮拉面無表情地搖頭。「等我把那個小子放回妳懷裡，而他還在呼吸的時候，再來謝我。」

05

凱登帶著灼熱的肺和抽筋的大腿強迫自己繼續爬上旋轉木梯。毛特·阿暮曾對他保證入侵英塔拉之矛的攻擊只到凱登書房，也就是古塔最高的人造樓層，第三十層。然而，在經過焦躁不安又輾轉反側的一夜後，他發現自己必須去見崔絲蒂，必須親眼確認她仍安全活著，或者至少是他所能保護她的最安全程度。

從書房旁的平台走上十幾步，就能離開最後的底部樓層，離開人類建造的房間和走廊，進入上方不可思議的神造空間。當然，上面還有樓梯，那是高塔充滿迴響的虛空中唯一的人造物，巨塔中央狹窄的木製旋轉梯，端賴設計精良的鷹架支撐，以驚人的高度垂下手腕粗的鋼纜懸掛。剩下的部分就只有空氣、虛無、光線，以及位於上方很遠很遠處，全世界最高的地牢。

可能是凱登五歲或瓦林六歲時，他們有一個人發現了《地牢設計》這本書。他不記得是怎麼發現那本古老典籍，也不記得在哪裡找到或為什麼想拿那本書來看，但他對書的內容記得一清二楚，包括其中的每一頁，每幅精心繪製的圖表，以平淡、冷靜、學術用語呈現的每個描述囚禁、瘋狂和酷刑的恐怖故事。那本書的作者尤阿拉巴斯克，花了十年造訪安努境內十五個貴族領地中至少八十四座監獄和地牢，甚至見過屋瓦希—拉馬的石坑、自由港的熱牢，和惡名昭彰的一千零一間牢房，也就是安瑟拉國王和女王把敵人丟去等死之地。地牢的形式無窮無盡，但還是有幾個共通點：全都在地下、黑暗、用石頭建造。就這三點而言，黎明皇宮的地牢完全是特例。

儘管司法廳底下有幾間嚴密看守的關押室，供等待審判或處置的囚犯使用，但安努最偉大的監牢並不是挖空岩床而建的簡陋地洞，甚至根本不是地洞。因為地洞可以被挖穿，就算是石洞也一樣，只要有足夠的時間和正確的工具，就能挖洞進出。然而，在整個安努帝國史，甚至更早期，都沒人能想出在英塔拉之矛的鐵玻璃上留下任何刮痕的方法，這也就是皇宮監牢的建造者挑選英塔拉之矛的原因。

當然，他們沒有用上整座塔，畢竟整座英塔拉之矛足以囚禁十萬名囚犯、整個國家的間諜、叛徒和被征服的國王。只要一層樓就夠了，離地數千呎的樓層，藉由令人眼花撩亂的鋼條和鎖鏈固定在半空中，僅能走這道旋轉梯穿越光線和死寂上去。

從遠處看，英塔拉之矛顯得無比纖細，塔的周長根本不足以支撐這種高度，彷彿一陣清風就能把這根巨針從中吹斷，雲碰上塔側就能撞爛它。不過，從塔內看，在走出人造樓層後，就可以判斷出這座塔的直徑。手勁夠強的人可以從中央旋轉梯把石頭丟到透明牆上，不過不容易。在經歷過下方的人造樓層後，進入這座巨大的圓柱空間令人望而生畏。蜿蜒向上的旋轉梯看起來既脆弱又徒勞，彷彿是一種大膽又註定失敗的嘗試，努力地攀登根本不該攀爬之物。

凱登數了一千階，然後停在一塊平台上調適呼吸。這道旋梯並沒有骸骨山脈那些山道難爬，也不比在第一場雪後跑兩、三圈渡鴉環費力，但正如阿暮所說，他已經不是辛恩侍僧了。在黎明皇宮中居住將近一年後，他的腳已經變得軟弱，肋骨周圍也長了肉，當他做吃力的動作時，就會像現在一樣心跳加劇，心有餘而力不足地奮力掙扎。

他倚著木欄杆低頭往下看。數以百計的燕子入侵，棲息於鷹架上，在空蕩蕩的塔內翱翔，光滑漆黑的身影在強光下穿梭舞動。抬頭仰望，幾百呎外有另一座人造樓層橫貫英塔拉之矛，用橫跨整片塔內空間的巨大鐵木拱道支撐實心鋼鐵地板。塔的鐵玻璃牆無法雕刻，也不能鑽洞，但是塔牆本身具有天然紋路，就像凱登多年以來攀爬的岩壁，上面有淺淺的裂縫和凸架，大大小的莫名鑿痕，可能是自然風化導致。不過塔內其實沒有氣候變化，也沒有風。

不管那些不規則的紋路從何而來，建造者都巧妙地利用它們將結構固定在塔內三分之二高處，建造單獨一層立於拱道之上的監牢。凱登現在已經近到能瞧見懸掛其下那些如醜陋墜飾一般的笨重物件——由沉重鎖鏈掛著的鋼鐵牢籠。他放慢心跳，將更多血液推入顫抖的四肢，然後繼續爬樓梯。

再走一百步後，旋轉梯轉入一條金屬套管中，如同開瓶器插入鋼瓶瓶頸。監牢設計師傅魯恩一世在樓梯木梁上安裝巨型鋼板，每塊都比馬車車床還大，遮蔽了光線，並摧毀任何跑來劫獄之人往囚犯拋擲繩索或毒藥瓶的可能性。

凱登在突如其來的黑暗中停步，汗水浸濕長袍，肺臟劇烈起伏。他讓雙眼適應光線，接著邁開顫抖的雙腳繼續往上爬，強迫自己一次走完剩下的三百呎樓梯。在近乎全黑的樓梯井中完全無法得知什麼時候會抵達地牢層。他腳踏樓梯，手握欄杆，接著，突然來到一座用油燈照亮的平台。樓梯繼續旋轉而上貫穿監牢，進入另一片難以估量的開闊空間，最後抵達英塔拉之矛塔頂。凱登忽視上方的樓梯，轉過身看向鋼牆上用沉重鉸鏈吊著的一扇鋼門。門的兩側各站著一名武裝守衛，他們是獄卒，不是艾道林護衛軍。

「首席發言人。」比較接近他的守衛微微鞠躬說道。

凱登點頭回應，盯著兩人身後緊閉的鋼門。看來阿暮說的沒錯，不管入侵者是什麼人，都沒有跑來劫獄。

「您請。」守衛說著，轉向鋼門。門在上油保養得宜的鉸鏈下無聲開啟。

爬了這麼多層樓梯上來，黎明皇宮監牢的入口廳卻更像建在地底，如同低矮石造堡壘底部一間沒有窗戶的房間。本來可以引入充足光線的天窗設計被傅魯恩否決，這表示掛在牆上的油燈就是唯一光源。凱登在身後大門關上時停下腳步打量這個空間，尋找任何不同或不對勁之處。油燈下有六名書記坐在一排書桌後，埋首於自己的文件中，寫字的聲音會被提筆蘸墨水時的細微聲響打斷，然後他們會在墨水瓶的玻璃邊緣點去多餘的墨水。凱登深吸口氣，放鬆肩膀。這裡也一樣，一切都很寧靜。

事實上，除了冷酷無情的鋼鐵，這裡就和普通行政辦公室沒什麼不同——鋼牆、鋼化天花板、粗糙鋼地板、三扇通往空間外的鋼門，以及對門坐在同款書桌前全副盔甲的人。

那人一見到凱登，立刻站起身來鞠躬。

「您大駕光臨令我們蓬蓽生輝，首席發言人。沒記錯的話，這是本月第二次來訪。」

「希密特隊長。」凱登緩緩回應，一邊觀察著對方。

他每次爬上地牢層都會刻意在心裡刻劃出一幅沙曼恩，再對照之前每週的沙曼恩，尋找此人嘴角和眼周肌肉緊繃程度之類的變化，任何可以預先察覺背叛的跡象。在三名典獄長中，哈蘭・希密特隊長是他比較信任的一名。此人看起來比較像是學者，而不是守衛。他體格纖瘦，微微駝背，頭盔下是一頭用頭巾包住的灰髮，但他從容不迫的動作，和讓凱登聯想到辛恩的目光，都給人一種穩重的感覺。凱登瞧著他的臉，和過去幾個月中積累下來的沙曼恩比對，不過沒找到任何變化。

「您是來看那名年輕女子的？」希密特問。

他相當注意用詞，從來不說吸魔師或妓女，甚至不說囚犯，總是說年輕女子。

凱登點點頭。他表情沉穩，不動聲色地問：「艾道林護衛軍有上來嗎？有人通知你下面遭人入侵了嗎？」

希密特嚴肅點頭。「昨天第三鐘響過後不久。」獄卒遲疑片刻又問。「或許我不該問，但是到底出了什麼事，首席發言人？」

「有人襲擊了三名阿暮的手下。他們闖入我的書房，然後失去蹤影。」

希密特臉色一沉。「不光潛入紅牆，還潛入英塔拉之矛……」他頓了頓，面無表情地搖頭。「您要小心，首席發言人。安努已經和從前不同了，您應該要更加謹慎才是。」

儘管對方在警告他，凱登卻鬆了口氣，彷彿沁涼雨水滲透衣物一般。*她還活著，毫髮無傷*，他對自己說。霎時間，站立變得十分吃力，而他不清楚此時雙腿發軟，是因為終於放寬心，還是純粹出於疲憊。

希密特皺眉。「我希望您不會覺得有必要大老遠爬上來檢查。我可以向您保證，這裡非常安全，首席發言人。」

「我相信。」凱登說著，擦掉額頭上的汗水。

希密特看了他一會兒，然後比向椅子。「您想休息一下嗎？爬上來很累，即使對我們這些常爬的人而言也一樣。」

「你已經是這兩天內第二個這樣跟我說的人了。」凱登搖頭。「現在坐下，我不確定還站不站得起來。」

「明智的選擇。」典獄長微笑說道。「我會讓牢籠守衛知道您來看那名年輕女子。」

「謝謝你。」凱登回道。

希密特走到鋼門旁的牆邊一條不顯眼的鈴繩前，伸手拉了十二下，有些間隔短，有些間隔長，然後等著鈴繩扯動回應。

「暗號不同。」凱登說。

希密特微笑。「大部分人都沒注意到。」

「你們多久改一次？」

「每天。」

「我要是沒拉暗號就進門會怎麼樣？」

希密特皺眉。「我不會允許您這麼做。」

「假設入侵我書房的人跑來這裡，闖過了你這關，那下方牢籠的守衛會怎麼做？」

「我們有防範措施。」

「防範措施？」

典獄長無奈地攤手。「我不能告訴您，首席發言人。」

「連我也不能說？」

「連您也不能說。」

凱登點頭。「很好。」

♛

門後是條陰暗的長走道，有著鋼製天花板和地板，鋼牆上的鋼門還掛了沉重的鋼製鉸鏈。凱登的便鞋踏在粗糙的金屬地面上幾乎沒有聲響，但是前來護送他的守衛——烏里，滿臉傷疤、耳朵不對稱的年輕人——腳上的重靴每踏出一步都發出巨響，彷彿整片監牢的地板就是一面大鑼。監牢深處傳來相呼應的金屬撞擊聲：其他靴子、其他門開開關關，以及鎖鏈扯過粗糙面的聲響。他們停下兩次，讓烏里打開沉重的門。監牢劃分為幾個區，崔絲蒂位於最深處，是最難進入的區域。

「她還好嗎？」凱登在他們抵達她的牢門時詢問。門上刻蝕了個小小的「1」字。

烏里聳肩。不同於熟悉黎明皇宮生活禮節的希密特，烏里向來不愛說話，看起來比較像是陰鬱的旅店老闆在深夜裡服務酒鬼。大部分議員會因為這種態度發火，但是話說回來，大部分議員根本不會爬數千階樓梯來監牢。這個年輕人冷淡的態度反而讓凱登覺得鬆了口氣。

「她還有在進食嗎？」他繼續問。

「如果停止進食，」烏里回答，推開牢門。「那她就會死，不是嗎？」

「她還會作噩夢嗎？還會慘叫嗎？」

烏里再度聳肩。「大家都會慘叫。你把人關到牢籠裡就是會這樣。」

凱登點頭，步入牢房。將近一年前第一次來探監時，他被空無一物的牢房嚇了一跳，狹窄的鋼牢裡完全沒有崔絲蒂的身影。當然，那是因為崔絲蒂根本不是被關在牢房裡，吸魔師兼殺人犯肯定需要更嚴密的囚禁措施。

烏里關上牢門，上鎖，然後比向擺在角落的沙漏。

「開始輪班時給她注射了阿達曼斯，她看起來還算健康。」

「還算健康？」

「多說無益，你自己去看吧。」

烏里指向天花板上垂下的鏈條，末端有塊和凱登前臂差不多長的鋼板。那東西看起來像簡陋的鞦韆，功能也大同小異。凱登走過去，兩手抓住鎖鏈，坐上鋼板，然後轉向守衛。

「準備好了。」他說。

「你要安全帶嗎？」

凱登搖頭。或許每次都拒絕使用安全帶是很愚蠢的行為。坐在寬鋼板上並不困難，帝國境內每天都有數千名孩童坐在差不多的東西上玩耍，但那些小孩都是掛在樹枝或穀倉椽架上，離地數呎高，滑下去不會像凱登一樣直墜數千呎摔死。

沒什麼理由須要冒這種風險，但月復一月，凱登還是堅持不用安全帶。在高山裡可能會有上千種死法：在冰封的岩架上滑倒、捲入早秋的暴雪中、遇上飢餓的崖貓等等。然而，在下方的議會廳裡，危險只是個遙遠又抽象的概念。凱登擔心自己會忘記危險的真正含義，於是選擇了這種牢記危險的方法——獨自坐在鋼板上，不用安全帶。

下方的金屬門開啟。凱登往下看，瞧見崔絲蒂的牢籠垂在更粗重的鎖鏈下，位於右方數十呎下的位置。牢籠下方一百呎處，有一對燕子慵懶地繞圈飛行，牠們之下只有空氣。凱登抬看，剛好看見烏里拉開囚室角落精密絞盤的卡榫。鋼板抖動，突然降低半呎後又穩住。凱登放慢心跳，舒緩呼吸，強迫自己放鬆抓握鎖鏈的手。接著，伴隨著一陣響亮的機械雷鳴聲響，他降離地牢層，進入英塔拉之矛耀眼明亮的虛空之中。

崔絲蒂的牢籠不是底下唯一的牢籠，這裡起碼有二十幾座牢籠，彷彿有稜有角的生鏽巨型水果般垂在鎖鏈下，特意為最窮凶惡極的囚犯所準備。每座牢籠都有三面實心牆和一面粗鋼條牆。牢籠搖搖晃晃，有些接近上方的地牢層，有些垂得比較低。所有牢籠都面對塔牆，囚犯可以看見下方的安努街道，不同方位的牢籠會看見不同的城區，但他們無法看見其他囚犯。少數幾名能清楚看見凱登降下來的囚犯，有人大叫或咒罵著，有人把手伸出牢籠懇求他，還有人困惑地看著他，彷彿他是某種從天而降的未知生物。

這之中有個可憐人連牢籠都沒有，他瞪大雙眼，喃喃自語，坐在一塊一步見方單靠鎖鏈支撐的平台上。希密特稱之為「座位」。為了懲罰囚犯反抗、侵略或暴力的行為，他們會把人放到那上面一週。接受懲罰的囚犯可能會摔死、發瘋或學會守規矩。對凱登而言，「座位」具有強烈的提醒意味——厄古爾人公開崇拜梅許坎特，安努人則透過自己的方式向苦難之神致敬。

他將目光轉移到下方崔絲蒂的牢籠，看著它隨烏里逐漸放下自己而越來越接近。那座牢籠有著手腕般粗的鎖鏈、沉重的鋼板和鋼條，似乎是在關押什麼傳說怪物，某種恐怖到難以想像的東西。然而，當凱登的鋼板終於在震動中停止下降，當他望向牢籠和自己間的狹窄空間，當他的眼睛適應到足以看清內部時，裡面只有崔絲蒂。她嬌小、受縛、幾近崩潰，在這可怕的地方卻依然美艷無方。

入獄的第一個月，她一直縮在鋼籠的最後面，盡可能遠離鋼條。凱登頭幾次探監時，她一直偏開頭，彷彿光線會刺痛雙眼。她會在他開口說話露出畏縮神色，嘴裡反覆說著：你把我關進這裡。你把我關進這裡。你把我關進這裡。

如果凱登放任自己受影響的話，這句話就足以令他受傷。在經歷過茉莉殿屠殺事件，並清楚她體內埋藏了一位女神這種可怕事實後，凱登還是忍不住把她當作盟友，甚至是朋友。這也是他堅持要用這座牢籠的原因。無論要付出什麼代價，至少這裡都能保證她的安全。惡毒的議會成員動不了她，稍早闖入他書房的外來入侵者也動不了她。他努力解釋過了，但崔絲蒂已經聽不進任何解釋。儘管這幾個月來他做了預防措施，仍然擔心她會被內心的絕望掏空而死在牢裡。

不過，她最近不再畏畏縮縮了，也不再縮在鋼板上，而是盤腿坐在牢籠中央，雙手貼在腿上，雙眼凝視眼前的鋼條。凱登認出那是辛恩的冥想姿勢，但不知道崔絲蒂是從哪裡學來的，也不清楚她為什麼要這麼做。這讓她看起來不像囚犯，而是像個女王。

就像女王一樣，最近來探監時，她似乎都沒有注意到他。根據希密特的說法，這是幾個月來大量服用阿達曼斯所造成的影響。如果要阻止她取用魔力源，這麼做就有其必要。然而，今天崔絲蒂緩緩揚起雙眼，彷彿在打量凱登穿便鞋的雙腳，然後上移至胸口，許久之後，目光移向他的臉。他試著解讀她的目光，將皮膚表面的變化轉譯為想法和情緒。一如往常，他失敗了。辛恩很擅長觀察自然，但是和僧侶一起生活使他沒有多少機會觀察人類。

「我昨天晚上數了一萬道光。」崔絲蒂說，聲音低沉而沙啞，像是有什麼東西快要被消耗殆盡了。「外面，」她微微抬起下巴。他認為這個動作是指她的小牢籠之外的整個世界，英塔拉之矛的透明牆外。「掛在竹竿上的燈籠，有錢人廚房裡的廚火，市場裡的魚攤，香水區的街道。上千座神廟的屋頂都有祭祀之火，而那些火上還有星光。」

凱登搖頭。「妳為什麼要數光？」

崔絲蒂低頭看手，又看向牢籠的鋼板牆。「越來越難相信。」

「相信什麼？」

「這是真實世界。每堆火都有人在照料，煮東西、唸誦禱文，或只是在烤手。」她抬頭仰望天空。「當然，星星沒有。又或許星星也有。你覺得星星也在燃燒嗎？」

「我不想妄加猜測。」

崔絲蒂輕笑，聽起來費力又無奈。「你當然不會猜。」

凱登對她滔滔不絕的胡言亂語早有預料，但崔絲蒂這種語無倫次的對話還是讓凱登很難跟得上。那種感覺像是眼睜睜看著正常人的心智慢慢分崩離析，彷彿她是用泥土捏成的女人，被丟進一條隱形大河裡。

「妳好嗎，崔絲蒂？」他輕聲問道。

她又笑。「為什麼要問你根本不在乎答案的問題？」

「我在乎答案。」

有那麼一瞬間，她似乎在看他，真的看見他了。在那不到一下心跳之間，她睜大雙眼，露出一抹微笑，但笑容隨即消失。

「不。」她緩緩搖頭，動作誇張地後搖晃，令凱登聯想到尚未完全馴服的動物在測試項圈和繫繩的模樣。「不、不、不，你在乎的是那位，你那位寶貴的女神。」

雖然其他牢籠距離這裡幾十步遠，聽不見他們說話，凱登仍反射性地扭頭查看。不過就算其他囚犯聽得見，也不太可能知道他們在說什麼，即使聽懂了，也不會相信附近牢籠裡的年輕女子體內藏著女神。但此事一旦洩露出去，就會是一場災難。凱登壓低音量。

「席娜是妳的女神，崔絲蒂。不是我的。那就是祂挑選妳的原因。」

女孩瞪他。「這就是你一直跑來的原因嗎？趁我被人下藥時和祂聊天？」

凱登搖頭。「祂沒開口過。妳在天鶴塔拿匕首威脅要捅自己肚子後就沒現身過了。」

崔絲蒂第一次伸出了手掌，動作緩慢地摸索著，彷彿某種盲目的生物一般，在衣服下尋找舊傷疤。

「我當時應該做個了結。」她終於說，聲音很小，但語氣堅決。

凱登默默看著她。塔利克・阿迪夫帶著一百名艾道林護衛軍和崔絲蒂抵達阿希克蘭宣告皇帝之死，感覺已經是上輩子的事。她當時是個女孩，現在不是了。

他和她認識不過一年，而這一年中她每一天都在逃命、戰鬥、躺在牢房裡，或在伊辛恩的刑具下慘叫。沒有一天不是這種日子。凱登自己的經歷令他憔悴，也使他堅強，但他的經歷完全不能與她相提並論。一整年的痛苦和恐懼會改變一個人，永遠改變她。崔絲蒂不再是個大眼睛的黎娜之女，而是被捲入無法游走或逃脫的洪流之中。這點顯而易見。然而，她變成什麼樣子？痛苦和恐懼讓她變成什麼樣的人？她讓自己成為什麼人……凱登一無所知。

「如果妳將那把刀繼續插進去，妳殺死的就不會只有妳自己和妳的女神，妳會切斷祂對世界的影響力。妳將扼殺我們感受歡愉和喜悅的能力。」

「那只是你的瑟斯特利姆人告訴你的說法，」崔絲蒂啐道。「他告訴我的說法。」

凱登搖頭。「我不是只有聽基爾的說法，我做了很多研究。黎明皇宮擁有全世界最完整的編年史書，包括人類和瑟斯特利姆人的。我沒待在議會的時間幾乎全都花在圖書館裡。基爾的說法符合史書中記載的諸神歷史和瑟斯特利姆戰爭。」

「我以為他想殺我。」她說。「那是唯一釋放他的女神的方法，對吧？」

「祂是妳的女神。」凱登又說一次。

「已經不是了，祂不是。當祂強行進入我的腦袋時就不再是我的女神了。」

「祂選上妳。」凱登反駁。「因為妳信仰虔誠。」

「不可能。神廟裡有幾十名黎娜，她們全都比我還熟悉席娜的技巧，也都全心全力在服侍她們的女神。」她皺眉。「我只是……意外。某個官員的私生女。」

「塔利克．阿迪夫擁有燃燒之眼。」凱登指出這一點。「不管關係有多遠，妳父親顯然都和我有血緣關係。這表示妳也是英塔拉的後裔。」

這種說法依然令他驚訝。數百年來，馬金尼恩家族帝王血脈的正統性完全奠基於那些燃燒之眼，建立在這個世界只有一個女神後裔家族的基礎上。家族出現旁支可能會引發內戰，進而摧毀安努。

崔絲蒂搖頭。「這種說法毫無道理。」

「其實非常合理。」凱登回道。「算是唯一合理的事情。根據傳說，英塔拉於數千年前產下第一個馬金尼恩。家族都會開枝散葉，我們家族不可能是唯一的血脈。」

「我沒有燃燒之眼。」她反駁。

「瓦林也沒有。」

崔絲蒂齜牙咧嘴。「就算是真的，那又如何？它有什麼價值嗎？那和躲在我腦袋裡的婊子有什麼關係？」

凱登只能搖頭。就連基爾的猜測也止步於此，看來即使是瑟斯特利姆人也沒辦法看穿諸神的心思。

「我們並不瞭解一切，」他輕聲道。「我不瞭解一切。」

「但你還是想殺我。」

她的語氣並不憤怒，不再憤怒了，有東西捻熄了她的怒火，宛如拳頭緊握燭火般迅速確實。她聽起來筋疲力竭。凱登也感到筋疲力竭，一方面是因為登階上樓，一方面也是擔心有人闖入監牢，找出崔絲蒂，傷害她。

「不。」他低聲說，思索另一個詞，一個適合用來表達擔憂的詞。不幸的是，辛恩完全沒有教他安慰人。如果有辦法，他會一聲不吭地伸手搭在她肩上，但他的手搆不到鋼條。他所有的話就只有那個字，於是他只得無奈地再說一遍。「不。」

「我道歉。」她回道。「我說錯了。你是想要我自殺。」

「大消除並非自殺，要經過一定的程序，要舉行儀式。不那麼做，女神就無法離開，不能升天。」他稍作暫停。「而且那也不是我想要的。」

「不能升天。」崔絲蒂說，不理會他最後那句話。「不能升天。」她突然大笑，聲如銀鈴，然後笑聲消失。

「這有什麼好笑？」

崔絲蒂搖頭，指向牢籠的鋼條。「這是個好問題。就這樣。別管升天了。我只要能離開這座牢籠一個晚上就很開心了。」

他們沉默了一段時間。

「祂有……跟妳說話嗎？」凱登終於問。

「我怎麼會知道？我從來不記得祂控制我時的情況。」她用那種不容置疑的明亮目光看他。「在我看來，搞不好這一切都是你瞎編出來的，和女神有關的事情。又或許我只是瘋了。」

「妳看見了茉莉殿裡的慘狀，」凱登嚴肅地說。「妳曾目睹自己做的事情，席娜透過妳做的事情。」

崔絲蒂微微顫抖地吸了一大口氣，張嘴欲言，然後閉嘴轉過身去。屠殺的景象出現在兩人之間——那些血肉模糊的屍體和粉碎的頭顱——沒有形體，但又無可抹滅。

「我不會那麼做。」她終於說。「你的儀式。」

「那不是我的儀式，我也不是來勸妳參與儀式的。」

「但你想要我參與。」她還是沒看他。「你希望——或對僧侶來說類似希望的反應——希望我接受它，擁抱它。好了，我不會。你必須把祂從我身上挖走。」

凱登搖頭。「不是那樣運作的，我之前就解釋過了。要進行大消除需要妳的同意，妳必須主導一切。」

「好吧，我不會主導一切。」她咆哮，突然衝他發火。「我他媽的不會那樣做！我母親把我交給我父親，我父親又把我丟給你。這個天殺的女神住在我腦子裡，問都不問一聲就闖進來，而現在你還想要犧牲我。你可以犧牲我，很明顯，你們全部都可以放棄我，拿我去和別人交易，只要喜歡就丟給其他人。」

「你可以打我，你也打過了。你可以傷害我，你也傷害過了。你可以把我關在這座監獄或另一座監獄裡。」她揮手比向四周。「你也關了。你可以把我丟給天殺的倫普利・譚，或是伊辛恩，或是你的議會。」她瞪著他，眼中映著晚霞。「我已經習慣被拋棄。我等著被人拋棄。但我告訴你我不會做什麼！我不會配合，我不會讓你稱心如意。有那麼一段時間，很短的一段時間，我以為你不一樣，凱登。我以為我們真的能⋯⋯」她停了下來，雙眼噙著淚，憤怒地搖頭。再次開口時，她的聲音很低沉，充滿怒意。「所有人都把我當成棋盤上的棋子任意交易，但我不會拿我自己做交易。」

凱登點頭。「我知道。」

她瞪著他，微微齜著牙，喉嚨嘶嘶作響。「那你來幹嘛？」

他遲疑，但想不出理由繞過這個問題。「來看妳。有人入侵。」

她看著他。「這裡？黎明皇宮裡面？」

「英塔拉之矛裡。」他指向下方令人頭暈目眩的空間，數千呎外的人造樓層。

「你需要告訴我嗎？」

「我需要，」凱登小心回答。「確定妳沒事。」

崔絲蒂動容了半晌，然後表情自臉上融化。「確定祂沒事。」她又說。「你認為是伊爾．同恩佳想殺女神。」

凱登點頭。「我認為有這個可能性。」

她又瞪了他一眼。「好吧，既然你問了，那我告訴你我並非沒事，凱登。我已經很久沒有好過了。」她瞪大雙眼，空洞的目光沒有聚焦在他身上。「我甚至不知道什麼算是沒事。我們全都會死，對吧？大部分的人可能會死得很慘。或許你唯一能做的就是死在想死的地方，用你自己的方式結束一切。」

「很少有人能用自己的方式面對一切。」凱登搖頭。「我不能。」

「但你不在牢籠裡，對不對？」崔絲蒂說著，舉起手來，第一次握住鋼條。「你自由。」

凱登默默看了她一會兒。「如果身獲自由，崔絲蒂，妳會做什麼？」

她凝視他的眼，意志忽地消沉，彷彿被自由的概念壓垮。當她回答時，聲音聽起來單薄又遙遠：「我會前往某個地方，盡可能遠離你這座天殺的皇宮。我母親以前常提一個地方，安卡斯山脈陰影下的綠洲旁有座小村落，死鹽地外緣。她常說，那是離這個世界最遠的地方。我會去那裡，那座村落，那就是我要去的地方……」

他很難判斷該不該嚴肅看待這些話。崔絲蒂的目光沒有焦點，說話也因阿達曼斯的影響顯得有些含糊。她的目光停留在凱登肩膀後，似乎在注視著遠方某個看不見的東西。

「如果我能把妳弄出去，」他緩緩說道。「如果我能讓妳離開監牢和皇宮一段時間，去其他地方，妳願不願意考慮——」

她的注意力一下集中在他身上，對他大發雷霆。「我已經說過了。」她吼道。「不幹。不管是誰要來殺我，伊爾・同恩佳，或基爾，或你，都必須親自動手。」

「那女神……」

「我希望祂會他媽的感受到匕首捅下去的那一刻。」

♛

凱登下樓所花的時間和上樓差不多久。他的雙腳在接近父親的書房時劇烈抖動，手掌也因為緊握欄杆而扭曲成爪。崔絲蒂還活著的事實理應令他欣慰，但除了她還活著，整體而言並沒有什麼值得欣慰的事情。

所有可見的未來都不樂觀——崔絲蒂沒有施展大消除儀式就自殺或是被殺，伊爾・同恩佳的殺手砍掉她腦袋，或是議會義正嚴詞地說點跟法律和正義有關的鬼話就把她丟進火堆燒死。在某些未來裡，凱登親手殺了她，在沒有其他人能拿匕首的情況下拿起匕首。他感覺到女孩的熱血染紅他的手，在從她體內挖出女神時看見她憤怒無助的雙眼瞪著他看。

當他終於從明亮虛空中步入下方的人造樓層時，他只想把自己鎖在書房裡，拋開所有情緒，飄入空無境界。

然而，基爾還待在大書房裡，一動不動地坐在黯淡的光線中研究面前的棋盤，慢慢下子，白子、黑子、白子、黑子，依照已死去無數世紀的人類或瑟斯特利姆人下過的棋譜擺棋。凱登默默看了一會兒，但是看不懂。

看了十幾步棋後，他搖搖頭，不再看棋盤上令人費解的棋局，也不再看基爾堅定的目光。凱登看了安努一段時間。這座城市比棋局更令他不解，城市的景象本身就是一種責備。凱登在阿希克蘭攻擊事件中存活下來，撐過了坎它和死亡之心，擊潰塔利克·阿迪夫，奪下黎明皇宮，建立共和國，挫敗了艾黛兒和伊爾·同恩佳，結果呢？安努陷入混亂。而根據基爾的說法，遠在數百里外的伊爾·同恩佳在所有關鍵衝突中都占了上風。凱登吐出一口長氣，走到寬敞的木桌前，心不在焉地翻閱堆在上面的文件。

英塔拉知道他努力想要跟上所有文件，努力看懂一切形勢。徵兵令、用以抑止強盜和海盜的新法律、提供不穩定共和國中所有不周延計畫資金的新稅，他全都看過，但他對這些東西瞭解多少？那一切對於——

他停了一下，翻開一張沒見過的紙。裡面只寫了幾行字和一個簡單的署名，沒有蓋章。他難以置信地搔搔頭。

「怎麼了？」基爾問。

凱登瞪著那張紙，再度閱讀內文，然後又讀一遍。

「怎麼了？」基爾又問。

「不是竊案。」他終於說。「他們闖入書房不是為了偷東西。」

瑟斯特利姆人挑眉。「喔？」

「他們闖入我的書房，」凱登說著，揚起那張字條。「是為了留下這張字條。」

06

一開始，弓箭穩定射中木頭發出的咚咚聲聽起來很舒壓，至少在奎林群島的上千個回憶中，一遍又一遍拉開弓弦，直到肩膀痠痛、手指流血的漫長受訓期間，這個聲音是熟悉的。然而，他們此刻身處的狹長倉庫並非奎林群島。這裡又悶又熱，灰塵多到令呼吸困難。葛雯娜基於戰術理由挑選此處，因為這裡視野寬闊、出口多，如果情況失控，離河流也近。但這地方開始感覺像是陷阱了。超級無聊的陷阱，但依然是個陷阱。而持續傳來的拉弓射箭聲對這種情況也沒有幫助。再也沒有了。

「安妮克，」葛雯娜低吼。「妳覺得今天練習夠了嗎？」她指向插在木樁上的箭。「我認為它已經死了。」

狙擊手拉弓，撐住，然後轉頭。「妳覺得還有其他方法可以打發時間嗎？」

「休息怎麼樣？或許睡一覺。妳知道的，我們才剛剛溜進黎明皇宮，妳其實可以先暫時休息一下。」

安妮克看了她一會兒，然後放箭。箭尚未觸及木樁，她已經搭好另外一支箭，放箭，然後又是一支箭。

咚、咚、咚。

聲音宛如啄木鳥，只是啄木鳥不會這麼堅持不懈，啄木鳥也不會殺死人。

安妮克腦袋側向一邊，欣賞自己的射擊成果。箭柄全都集中在一起，插在一顆眼珠大小的靶上。很小的眼珠。不過就算狙擊手對這樣的表現感到滿意，她也沒有顯露出來。

「不累。」她說，然後走過變形的木板地，打算把箭取回。

葛雯娜張嘴想說些什麼，又閉上了。與安妮克爭論毫無意義，她說不累就不累。只不過葛雯娜現在疲憊不堪，覺得自己已經累了一輩子，至少從逃離奎林群島後就是如此。過去的九個月應該算是休息。算是。安特凱爾之役後，他們三個全都負傷，而且傷得很重。有個厄古爾人插了半根長槍到安妮克腳裡。塔拉爾斷了三根手指和三根肋骨，還碎了一塊肩胛骨——應該都是重創包蘭丁的最後那場爆炸裡搞出來的。那場爆炸還導致一塊石頭嵌入葛雯娜的頭骨中，另外一塊擊中她的腿，打爛膝蓋上面一點的骨頭。

他們應該已經死了，三個都是，那些傷對其他人來說都是致命傷。不過塔拉爾提出了一個理論，說是史朗獸的蛋保住他們的性命，讓他們能夠盡快恢復體力和療傷。葛雯娜並不覺得精力恢復得有多他媽快，畢竟他們三個在戰役結束後都沒辦法一次走超過四分之一里，她更是稍微走快一點就會昏倒。他們慢慢搜索瓦林的蹤跡，卻徒勞無功。一個月後，他們已經無地可搜，除非去把羅姆斯戴爾山脈南方的森林整個翻過來。

他們三人在安特凱爾東南方找到一間廢棄小屋，某個幾乎淪為廢墟的獵人小屋或法外之徒藏身處。接下來幾個月裡，他們盡量保持低調，努力求生。事實證明，這項任務比他們想像中困難許多。他們靜躺、咳血、包紮傷口，並靠著小屋附近的蘑菇和安妮克的長弓射下的鳥維生。但數個月後，他們仍然看起來像是屍體，而非戰士。

能跑之前先用走的，能游之前先用漂的，能揮劍之前先把劍舉起來。他們又花了一個夏季和秋季的時間休養，葛雯娜才覺得自己稍微有資格自稱是半個凱卓。在那之後，他們開始考慮前往其他地方，或是殺人。葛雯娜不知道該往哪裡去，該殺什麼人，但感覺他們會去很多地方殺很多人。當他們終於恢復到可以上路的程度時，屋簷上已經積滿雪，要走半天才能前進半里路。於是，他們又被迫低調了整整一季，吃燉鹿肉過活，努力不要自相殘殺。

在北方過冬不完全是件壞事，那表示出發南下時他們已經都痊癒了，至少和他們在島上時一樣敏捷強壯，根本不該能癒合的傷口也終於癒合。不利之處在於，世界其他地方並沒有在積雪的小屋裡休養九個月，當葛雯娜、塔拉爾、安妮克三人終於重新與世界接軌後，他們完全不清楚現在是什麼情況。

情況不妙，他們才剛走出北方森林就明顯察覺到這一點。到處都是燒殺擄掠的厄古爾人，他們為自己的苦難和神建立祭壇，令所有東西染血。更糟糕的是，包蘭丁還活著。葛雯娜本來期待這個凱卓叛徒吸魔師在安特凱爾的混亂屠殺中被人砍爛腦袋。感覺很有可能，因為有兩支安努部隊沿著疤湖兩側掃蕩湖岸。

希望通常都會淪為悲慘的婊子。

他們甚至還沒離開森林，就聽說有個不是厄古爾人的厄古爾指揮官，一個黑皮膚黑頭髮的吸魔師，肩膀上停著兩隻黑鷹，是名比厄古爾人還要嗜血的戰士。馬背民族稱那人「安維爾」，但他顯然就是包蘭丁。傳聞中，沒人是他的對手，沒人贏得了他，他一揮手就能點燃整片森林，彈指間就能炸爛敵人腦袋。

「我們可以殺了他。」安妮克提議。

葛雯娜仔細考慮了一下。這很誘人，但是在誘惑前低頭很容易害死自己。

「不，」她說。「不能殺他。」

「為什麼不能？」

「我們沒有鳥，隊伍也不完整。」

「不是一定要有鳥或完整的隊伍才能殺人。」

這話令塔拉爾搖頭。「他不是普通人，安妮克。他的力量能自給自足。北方所有人都怕他，而那種恐懼令他更強大。」他神色嚴肅地繼續說。「他在島上，甚至在安特凱爾做的事情……都不能和現在相提並論。」

「他應該被制裁。」安妮特堅持。

「他會有報應的。」葛雯娜說。「但既然看起來讓他得到報應的人會是我們，那就讓我們試著一次把事情辦好，嗯？我們需要一隻鳥，需要更多人手，還得弄清楚現在是什麼情況。」

「我們要上哪裡去弄那些東西？」安妮克問。

「首先，我們要找出瓦林的兄弟，從他身上弄到一些答案。」葛雯娜回道。「這表示我們要先去安努。」

她本來預料會有一番爭論，或許安妮克會堅持直接去殺包蘭丁，或許塔拉爾會想立刻回到奎林群島。

然而，塔拉爾卻點了點頭。「好吧。」他輕聲同意。「安努。」

安妮克只是聳肩。

這種服從的態度令她窘迫不安。葛雯娜不是小隊長，瓦林和萊斯死了，幾乎已經沒有小隊可以指揮了，但這兩人基於她完全無法理解的原因，竟然開始把她的決定當作命令來執行，彷彿她不是臨時做出那些決定的，彷彿除了一天天活下去外，她心裡還有個更遠大的目標。她肯定沒有那種東西。

沒道理。塔拉爾和安妮克都是比她更強悍的士兵。安妮克早就是凱卓狙擊手中的傳奇人物，而塔拉爾雖然沒有安妮克那麼搶眼誇張的技能，卻擁有卓越的軍事頭腦，也足夠冷靜到能將之派上用場，即使身邊的世界都在燃燒。他們兩個都比自己更適合領導這個半殘的小隊……但他們卻沒那麼做。

安妮克或許會爭論一些戰術上的小問題，但大多數時候她只想保養她的弓和練習射擊。塔拉爾的意見比較多，不過似乎只是想提供建議，不想親自領導小隊。所以葛雯娜成為做決策的人，儘管她根本不知道自己在做什麼。整個情況讓她渾身發癢且焦躁易怒，但又能怎麼辦呢？總要有人做出天殺的決定。

於是他們來到安努，在倉庫中安頓下來，勘查並潛入黎明皇宮，闖進英塔拉之矛，打倒看守凱登私人書房的艾道林護衛軍，留下字條，再溜出去。整個行動簡單到荒誕可笑的地步。擁有全世界最大堡壘的問題就是，它真的天殺的太大了。裡面有好幾千名男男女女，搞不好是上萬名。有處理文書的官員、修補牆壁的石匠、照顧花草的園丁，以及請願者，愚蠢到以為當權人士真的會在乎他們的捕魚權、稻米供給，或公會執照之類的瑣事。只要稍微計畫加上隨機應變，基本上想去哪裡就能去哪裡。葛雯娜甚至肯定，他們花點心思就能殺了凱登或任何議會成員。但她不想殺凱登，至少現在還不想，在她弄清楚目前情況之前不想。

「他有看見字條了嗎？」她沒有特定要問誰，掃視著陰暗的倉庫，彷彿答案就躺在那些塵封的箱子之間。

安妮克沒有理她，可能是因為同樣的問題葛雯娜已經問十幾次了。

「如果還沒看到，」塔拉爾說。「我想應該也快了。修道院的訓練……」他搖頭。「顯然他什麼都記得，記得清清楚楚。」

「但你想他知道字條上的意思嗎？」

「我想，」安妮克插話，一邊從木樁上拔下她的箭，一支一支檢查她的箭柄和箭羽。「我們現在管不了凱登有沒有看見字條，此刻重要的是要準備好應付他真的趕來的情況。」

葛雯娜語氣惱怒。「幹，安妮克，妳到底想要準備到什麼地步？我在每扇門窗上裝了炸藥，妳在射的那根木樁已經快爆炸了，箱子裡也放了足夠的鋼鐵，」她比向牆邊。「這個量應該能讓塔拉爾……」她瞇眼看向吸魔師。「這些鋼鐵能讓你做到什麼程度？」

塔拉爾走向其中一個木箱，伸手放在上面，像在測試暖爐的溫度。片刻過後，他轉過身來，手掌依然抵著木箱，瞇起雙眼，接著安妮克手中如致命花束的箭突然竄起，排列成方陣，懸在空中微微顫動。

狙擊手毫不畏縮。「別弄壞了。」

塔拉爾輕彈手指，箭飛到倉庫另外一端，插在對面的木牆上。這一手足以讓他在安努境內除了奎林群島以外的地方被人活活燒死，但還算不上什麼強大的武力展示。

葛雯娜皺眉。「就這樣？」

「這種事沒有看起來那麼簡單。」

「我敢說確實沒有。但要射箭有安妮克就夠了。我本來希望你能，我不知道……」

「夷平整座小鎮？」塔拉爾說。「平空造橋？」

「沒錯，這兩種能力都可能會派上用場。」

他搖頭。「我不是包蘭丁，葛雯娜。有這幾箱鋼鐵，我幫得上忙，不過我的魔力源永遠不會在作戰中扮演關鍵角色。我寧願信任這些，」他說著，伸手到背後摸摸他的雙劍，然後聳肩。「但希望不會派上用場。凱登沒理由不信任我們。」

葛雯娜輕哼一聲。「我開始覺得大家都不需要理由。重點在於——」

一陣細微的鈴鐺聲令她猛地停住。聲音不大，但也不需要多大聲，自從昨天拉好鈴鐺線後，她就一直在等鈴響，連睡覺時都豎起耳朵聽。鈴鐺響了，表示終於有人來了。她向浩爾祈禱來的人是凱登。她希望沒必要殺他。

她轉向另外兩名凱卓士兵，還沒來得及下令，安妮克和塔拉爾已經往門口移動，無聲無息地溜到門兩側的木箱堆後。弓箭手半拉弓，吸魔師則拔出一把短劍。葛雯娜走出幾步，來到放有各式炸藥引信的木樁後，點燃一根慢引信，計算裝在門廊的炸藥距離——二十四步，然後走過去，輕易超過燃燒引信的距離。

她抵達門口時，鈴鐺再度輕響。她拔出腰間匕首，回頭瞥了塔拉爾和安妮克一眼，然後拉開固定雙扇門的長鐵門閂，隨即後退。門在忿忿不平的尖銳聲響中沉重開啟。沒多久，一道頭戴兜帽的身影步入倉庫，在看見手持煙鋼匕首、距離一步外的葛雯娜時，腳步一頓，接著轉身關上倉門，鎖好門閂。

這混蛋有兩下子，他曉得如何保持冷靜。葛雯娜心想。

「哈囉，葛雯娜。」對方說著，轉身面對她，然後拉開兜帽。

是凱登。她記得他在骸骨山脈時的模樣，就算記不清楚，她也不會認錯那雙燃燒之眼。是凱登本人沒錯，但是過去幾個月他變化很大，臉頰沒有之前那麼消瘦，整個人胖了一圈。這很合理，統治共和國可不像在冬天的山裡跑來跑去那麼容易擺脫肥肉。任何人在安努住上幾個月都會變得軟弱。

但他並不軟弱，她心想，原地不動打量他。

肉是變多了，但凱登身上有什麼東西……被削尖了，整個人感覺更加冷酷。葛雯娜這些年見過很多冷酷的男女，他們接受為了完成任務而夷平整座村莊，甚至可以說是樂意為之。凱登的站姿不像戰士，沒有凱卓士兵或顱誓祭司那種氣勢，但是那雙馬金尼恩燃燒之眼還是令她不寒而慄。不過她可不能讓他看出來。

「哈囉，凱登。」

「妳在皇宮裡引起不小的騷動。」

「我認為我們已經很克制了。」

「艾道林護衛軍認定是伊爾．同恩佳終於派來大批殺手。」他聳肩。「我也是。」

「殺手會殺更多人。」葛雯娜說。「順帶一提，你的艾道林護衛軍比廢物還廢。你應該撤換掉他們。」

「換成誰？幾乎所有安努士兵都已經投身戰場，試著對抗艾黛兒的部隊、厄古爾人、魏斯特部族，或嘗試維持帝國僅存的秩序。有嘗試，不過失敗了。我們兵力不足。」

「人數不是重點。一支凱卓小隊都比那幾百個叮噹作響的笨蛋有用。」

凱登遲疑了。自從步入倉庫以來，這是他第一次不確定該說什麼。

「怎樣？」葛雯娜問。

「瓦林呢？」凱登左顧右盼，抬頭打量木椽，視線掃過成堆貨物。葛雯娜咬緊牙關。她知道此事非提不可，但她沒必要喜歡這個話題。

「他死了。」她的語氣和想像中不同，太冷漠無情了，但凱登是個成熟的混蛋，不需要別人用蜂蜜調味事實。「他是在暗殺朗．伊爾．同恩佳時死的。」

之後的幾下心跳時間，她以為他沒聽見自己說的話。他一直打量那些木桶和木箱，彷彿在等著瓦林從中走出來。又或許他有聽見，只是認定整件事情都是天殺的陷阱或測試。葛雯娜想找點話說，最好是同時能說服他並安慰他的話。這時，凱登轉回來看她，冷酷的雙眼明亮如烈焰之心。

「妳確定？」

「那種情況下就只能確定到這樣。我們沒找到屍體，但整個安特凱爾就像屠宰場一樣血腥。」

「那就還有機會——」

「我本來也是這麼想的，」葛雯娜打斷他的話。「直到現在。」

凱登默默看著她。「妳以為他會跑來這裡。」他終於說。

「我很肯定他死了。我唯一想不透的是伊爾・同恩佳怎麼殺得了他。我知道那個混蛋是很高明的將領，但是擅長戰術並不等於劍技高超。」

「他不只是個普通將領。」凱登回道。

「什麼意思？」

凱登緩緩吐氣。「我們要討論很多事。」

葛雯娜看向他身後的門。

「你一個人來？」

「算是。」

「我希望聽見你說『是』。」

「但妳並不期待我會這麼說。」

「我知道不要抱太多期望。」

「他們接收到的命令是待在外面，不被發現。」

「命令是很美好的東西，」葛雯娜說著，走過凱登，放下兩扇門上的沉重門閂。「但請原諒我拿點鋼鐵鞏固你的命令。」

她在門閂扣至定位時觀察他的反應。或者說，研究他的無動於衷。大部分的人，包括凱卓，獨自和一群動機不明的精銳士兵待在密閉空間時都會緊張。不過目前看來，凱登的情緒裡似乎沒有一絲緊張。

他朝倉門點頭。「那道門閂看起來不太堅固，妳確定這裡安全嗎？」

葛雯娜又看了他一會兒，然後轉身，順勢舉手一揮，將匕首射向房間對面。匕首割斷了倉庫護壁板上的細黑引信。

「現在安全了。」

凱登揚起眉毛。「那是怎麼回事？」

葛雯娜指了指引信。幾下心跳後，一排木箱後冒出嘶嘶作響的火焰，如小星星般明亮，沿著引信蜿蜒燃燒，最後撞上切斷引信的匕首。火焰啪啦幾下，隨即熄滅。

「炸藥。」凱登說。

葛雯娜點頭。

「如果放著不管會怎麼樣？」

「就少講幾句話，」她冷冷回道。「多幾聲慘叫。」

凱登打量匕首片刻，然後沿著黑線看向門兩側木樁上的火藥。

「看起來很危險。」

葛雯娜大笑一聲。「不裝炸藥才危險。我們上次碰面時，大家相處融洽，但那是上次。你做了些……意想不到的政治決策。我沒辦法確保在我們聊天的時候，不會有另一支凱卓小隊準備撞破那扇門，是不是？」

凱登回過頭來，一臉嚴肅地看著她。「你們過去九個月待在哪裡？」

「附近。」葛雯娜順手一揮。

他瞪著她。「妳不知道，是不是？」

「不知道什麼？」

「已經沒有凱卓了，葛雯娜。猛禽已經被殲滅了。」

這話如一塊磚般砸在她臉上。

「太荒謬了！沒人會打猛禽的主意。誰能摧毀一座都是凱卓的島？」

凱登直視她的雙眼。「其他凱卓。」他面無表情地回答。「你們組織自相殘殺。」

♛

「有一半的凱卓支持帝國，」凱登攤開雙手解釋。「另一半支持新共和國。整件事情短短三天就結束了。」

他們身處的倉庫低矮石地窖突然之間變得又擁擠又悶熱，靜止的空氣幾乎令人難以呼吸。原本拿著武器站在門口兩側的安妮克和塔拉爾似乎也忘了自己的任務，一起轉頭看向凱登。

葛雯娜搖頭。「我不相信。如果凱卓真的沒了，當初是誰告訴你這個天殺的故事的？」

「有幾個凱卓逃出來了。」凱登說。「有個叫妲文‧夏利爾的女人在戰鬥結束的幾天後騎鳥而來。那隻鳥第二天就死了，還有她的一個隊員也是。幾週後又有個士兵出現，名叫甘特，獨自划船過來。他自稱是一路從奎林群島划過來的。」

「他們現在在哪裡？夏利爾和甘特？」

「妲文．夏利爾人在魏斯特，我們讓她指揮那裡的部隊。根據報告顯示，她是前線至今尚未潰敗的唯一原因。上次聽到甘特消息的時候，他正在負責搜索及摧毀海盜的船上。」

「就只有他們兩個？」葛雯娜問，聲音幾乎細不可聞。

凱登迎上她的目光。「夏利爾說還有幾個人活下來，或許還有一、兩隻鳥，但都走散了，沒人知道他們往哪裡去。」

葛雯娜覺得自己在發愣。整個猛禽指揮部被殲滅。這幾乎是不可能發生的事情。奎林群島是全世界最安全的地方，沒有任何國家或帝國膽敢進攻那塊土地。但是話說回來，凱登的故事裡攻擊者也並非其他國家或帝國。

「聽起來很合理。」塔拉爾輕聲說道。

葛雯娜轉頭看他。

「或許這是事實，但這個瘋狂的故事怎麼會合理？」

「仔細想想，葛雯娜，把自己想作是待在島上的小隊。妳的敵人受過和妳一樣的訓練，對方和妳一樣擁有凱卓鳥，也和妳一樣具備足以攻陷小城的武器和炸藥。」

「而且不會手軟。」安妮克冷淡地補充。「這點很重要。」

塔拉爾點頭。「妳知道對方會攻擊妳，因為妳也可能會攻擊對方。」

「『可能會』和『將會』不一樣。」葛雯娜指出這一點。「這些男女都住在同一座島上，一輩子都站在同一陣線，如果願意花半個下午的時間坐下來談談，就有可能找出避免衝突的辦法。」

「交談是有風險的。」安妮克說。「如果妳想交談，對方卻想開打，妳就會輸。」

「我告訴妳什麼時候會輸。」葛雯娜厲聲說道。「當整個天殺的猛禽都在自相殘殺時，妳就會輸了。」

「沒錯。」塔拉爾說。「要交談必須互相信任。」他搖頭。「猛禽教了我們很多東西，但其中信任所占的比例不大。」

「幹。」葛雯娜搖頭，視線轉向凱登。「幹。」

他的表情看不出是否有為猛禽的命運煩憂。

「事實上，」他片刻過後說。「對我們來說，這是件好事。」

「好事？」葛雯娜低吼。「你這狗娘養的，怎麼會是好事？」

「我對你們朋友的遭遇深感遺憾，」凱登回道。「對妳失去認識的朋友感到遺憾。但如果伊爾・同恩佳控制了凱卓，讓他們效忠於他，我們就死定了，絕對無法與之抗衡。」

「或許那也不是什麼壞事。」葛雯娜回嘴反駁。「我確實不喜歡肯拿倫，但我在南下時聽說的傳聞顯示，你的共和國可比艾黛兒的殘破帝國還要無能。至少她和伊爾・同恩佳還能抵擋住厄古爾人。」

凱登皺眉。「厄古爾人並非唯一的威脅，也不是最大的威脅。」

「一個沒被厄古爾人囚禁過的人竟然敢這麼說。」葛雯娜隔著桌子伸出手指戳他。「我們都在他們的營地裡待過幾週。長拳，願安南夏爾幹爆他，強迫安妮克和我參與他們的變態儀式。」她搖頭，一時之間無法說話，對凱登的愚蠢感到憤怒。「或許你不知道此事，」她終於說。「因為你一直待在你的王座上——」

「王座已經被廢了。」他打斷她。「我已經不是皇帝了。」

「真是方便。如果你是皇帝，大概已經知道包蘭丁和他們合夥。」她揚起一邊眉毛。「記得包蘭丁嗎？」

凱登點頭。「情緒吸魔師。凱卓。」

「對，不過他已經不是凱卓了，那混蛋已經完全加入厄古爾人的陣營。」

「我們聽說過長拳有個副手的傳言。吸魔師。沒有其他可靠的情報。」

「好吧，給你一些情報。長拳是個變態，是個危險的混蛋，包蘭丁也是。他的力量會隨著那些傳遍開來的駭人傳說變得越來越強大……」她對塔拉爾揮手。「你來解釋。」

塔拉爾打量凱登片刻。「你知道包蘭丁是情緒吸魔師，他的力量源自別人的情緒，特別是在他身邊直接對他生出的情緒。」

凱登再度點頭。「我記得在骸骨山脈的那場戰鬥。」

「問題在於，骸骨山脈上只有我們幾個能提供他力量。」塔拉爾冷冷說道。「現在他的力量源自成千上萬的人。他的傳說流傳越廣，力量便會隨之增長。如果他突破北方防線，情況只會更糟糕。等他抵達安努，他就會變得和艾利姆．華一樣強大，和最強的阿特曼尼人一樣強大，甚至還會超越他們。」

「而這傢伙，」葛雯娜插嘴。「就是你認為沒有朗・伊爾・同恩佳那麼嚴重的威脅。據我所知，他還是唯一在對抗那些混蛋的人。」

「我不知道……」凱登開口，然後閉嘴。

那雙燃燒之眼中浮現新的情緒，舉止也出現細微的變化。葛雯娜想弄清楚那代表什麼意義。憤怒？恐懼？在她確認那種情緒前，情緒已然消失。

「那為什麼，」她逼問。「你會認為你姊姊和她的將領如此危險？」

「或許他們沒那麼危險。」他輕聲承認。「和妳所描述的威脅相比的話。」

葛雯娜警惕地看著他。她是在要求他看穿自己對於殺父仇人的恨意，看穿對奪走王位的姊姊的忌妒。這可不是什麼隨隨便便的要求，她本來以為至少要過幾個小時才能說服他，如果真的有辦法說服的話。結果，他似乎在短短數秒間就接受了新的事實。

「但你還是堅決要和艾黛兒打下去。」她搖頭說。

「事實上，我並沒有。」

「什麼意思？」

「意思是議會向她提出和談。不只是和談，還有停戰協議，結束所有敵對行為。她會保有所有頭銜和榮耀重登王座，議會則保有立法權。」

「就是說你們制定法律，交給她去執行？」

凱登點頭。

「沒用的。」門邊的安妮克頭也不回地說。

凱登轉向她。「為什麼？」

「掌權之人將會摧毀無權之人。」

「協議有平分我們之間的權力。」

「平分權力。」葛雯娜嗤之以鼻。「聽起來很厲害。」

「不久之前，」凱登回道。「妳還要我去跟艾黛兒和伊爾．同恩佳和談。」

「我是希望你們達成能夠維持一週以上的協議。」

凱登沒有回答。他隔著桌子看了她很久。葛雯娜感覺到他的目光，抗拒用言語填補空洞的衝動。如果他能忍受那種沉默，那她也可以。

「你們為什麼回來？」他終於問。「回安努？」

「我們要知道究竟出了什麼事。」她猶豫了一下，然後全盤托出。「確定瓦林不在這裡，確定他已經死了。」

「現在妳知道當前情況了。」凱登輕聲問。「確定瓦林死了之後打算怎麼做？」

他看起來對瓦林之死漠不關心。

葛雯娜回頭瞄了安妮克一眼，又和塔拉爾交換眼色，然後轉回去面對凱登。「我要跟隊員討論一下。」

「如果我能幫你們弄艘船回奎林群島呢？」

「戰爭會殺來這裡，」安妮克說。「不是猛禽指揮部。」

凱登點頭。「如果有凱卓鳥，對戰局會有不少幫助。就算兩、三隻也能幫上大忙。我們可以取得部隊行動的精確情報，可以加快命令傳達的速度，甚至可以嘗試暗殺……長拳，或包蘭丁，不用穿越整個厄古爾大軍。」

葛雯娜瞥了一眼他毫無情緒的臉，然後轉過身去，凝視著空氣中翻飛的灰塵，試圖理性地過濾情緒。

「聽起來很合理。」塔拉爾終於說。「在戰鬥中存活下來的凱卓鳥會留在島上，牠們不會離棲息地太遠。」

「我可以幫你們弄艘船。」凱登補充道。「明天早上就能出發。」

葛雯娜憤怒地搖頭。「坐船太久了，而且安妮克說的沒錯，戰爭會殺來這裡，此刻正步步進逼。你九個月前為什麼不派人去？」

「我派了。」凱登說著，直視她雙眼。「我們派了六支遠征軍。」

「然後呢？」

「全都沒回來。」

「出了什麼事？」塔拉爾問。

凱登搖頭。「不知道。」

「我先搞清楚情況。」葛雯娜說。「你是說，你把妲文．夏利爾派回島上去找鳥，而她就這麼失蹤了？」

「不。夏利爾想去，但議會拒絕了。她是存活下來又回到安努的凱卓中官階最高的人。就算少了鳥和隊員，我們還是不能讓她去冒險。」

「但我們可以犧牲。」葛雯娜說。

凱登迎上她的目光。「對，你們可以犧牲。」他揚起眉毛。「願意去嗎？」

「該死。」她轉向她的隊員。「塔拉爾？安妮克？」

「我看不出還有其他選擇。」吸魔師嚴肅表示。

安妮克只是點頭。

葛雯娜打量他們一段時間。再一次，又輪到她做天殺的最終決定了。

「好吧，」她終於說。「不管那裡有什麼，除非我們搞砸，不然絕對殺不了我們。」

07

「二十步。」李海夫冷冷地堅持。「必須手持武器。」

艾黛兒搖頭。「五十步。不能把劍露出來。」

「太瘋狂了。我的手下趕到之前，妳已經被暴民殺十幾遍了。」

「那必須是非常有效率的暴民才行，李海夫。不然就是你帶了一百名動作最慢的手下。」

他已經說過好幾次他的新名字了，女神英塔拉託夢賜予他的名字——虔誠之盾偉斯坦・阿莫雷德，不過她還是繼續用初次見面時她得知的名字稱呼他。當時是在安努香水區，兩人都站在深及腳踝的泥巴地裡。

保護信徒固然重要，但圍繞在艾黛兒身邊的人都有新的名字和身分，到處都是為了掩飾真相精心設計過的謊言，以及為了抹滅過去而虛構出來的生活。至少，她可以用李海夫剛出生時母親為他取的名字叫他，那時的他還不認得安努、英塔拉或艾黛兒。堅持使用本名其實沒什麼好處，但艾黛兒認為那代表一種真誠，而她身邊的真相並沒有多到可以隨便放棄。

這名火焰之子指揮官很年輕，可能只比艾黛兒年長六歲，但他擁有戰士的手和狂熱分子的眼神。艾黛兒見過他因為手下懶散和褻瀆神而鞭打他們，見過他黃昏和黎明時跪在艾爾加德的雪地裡祈禱，也在塔上見過他沿著圍牆跑步，在冰冷的空氣中吐出白霧。她記得一年前在奧隆，他威脅要把她丟去餵火。他或許年輕，但比她見過大部分男人都來得堅強。作為護衛她的人，他用面對生命中其他事物的熱情來對待這份工作。

此刻，他盯著她搖了搖頭：「妳允許我帶的一百個人都很可靠，但一百個人沒辦法對抗整座城市的人……光輝陛下。」

火焰之子指揮官至今依然會在說起這個尊稱時拖慢語調，不會不恭敬，但大部分時候，就像現在，聽起來像講完一件事後想到什麼要補充，然後接上一個他並不是很在乎的頭銜。

這是個很好的提醒，讓她知道自己的處境有多複雜。伊爾．同恩佳和安努軍為她作戰，是因為她是馬金尼恩家族的人，也是唯一看起來願意坐上王座的馬金尼恩。然而，李海夫和所有火焰之子還是和從前一樣不信任帝國。他們追隨艾黛兒是因為在永恆燃燒之泉發生的奇蹟、她皮膚上的明亮疤痕，還有她眼中的火焰。他們相信的是英塔拉有接觸到她的證據，而她努力守護的帝國對他們來說只是順便守守，放棄也無所謂。

「儘管我們在艾爾加德奮鬥了九個月，」艾黛兒繼續說。「安努還是我的城市，我的首都。我在那裡長大。」

「我也是。」他回答。「但我很早就學會不要相信它。不相信安努，不相信安努人。」

「很好。」艾黛兒說，放眼望向南方的城市。「你的工作不是相信別人，而是保護我。」

這也是個改變。艾爾加德有二十個艾道林護衛軍，那是一年前弗頓路經安努時召集的人馬。艾黛兒沒有理由懷疑他們的忠誠和職責，但在阿茲凱爾後，她開始有些擔心。

根據瓦林的說法，有一隊艾道林護衛軍前去暗殺凱登，並且在失敗的行動中殺害了兩百名僧侶。弗頓，從小看著她長大的艾道林護衛軍，已經用性命證明他的忠誠十幾次了，但其他人只是隱約見過的熟面孔，一群身穿明亮盔甲的壯漢。艾道林護衛軍誓言守護皇族，不過艾黛兒可沒忘記，幾百年前是伊爾・同恩佳透過其他化名成立艾道林護衛軍的。

火焰之子就完全是屬於她的部隊。她在奧隆冒了很大的風險與他們結盟，他們則跟隨她北上要對抗伊爾・同恩佳，接著又和厄古爾人浴血奮戰。他們已經在她麾下作戰將近一年，在守護她的營地和城堡時吟唱聖歌並禱告，為他們的光明女神和艾黛兒流血犧牲，因為他們相信這個女人是英塔拉的先知。於是火焰之子南下前往安努，艾道林護衛軍則待在原駐地對抗厄古爾人。

前往安努的旅程令她精疲力竭，而且不光只是生理上，艾爾加德到首都之間的景象呈現了艾黛兒從各方面辜負帝國的種種表現。此時正值春季，但他們通過的半數田地都在休耕，農民跑光了，艾黛兒不確定是因為厄古爾人，還是強盜。他們途經三座燒成廢墟的城鎮，幾乎每天都會經過屍體，有些靜靜躺在溝渠中腐爛，有些吊在黑松樹枝下。大部分都無法判斷這些人是死在罪犯手裡，還是被草率行刑。

是哪種情況都沒什麼差別。安努正在崩潰，艾黛兒十分擔心抵達首都後將面對的情況，以及她在那裡的命運，但每走一里都讓她更加確信自己必須回到安努，至少必須嘗試修補分裂她帝國的大裂縫。他們遇見的每具屍體都像身側的馬刺，每座燒燬的農莊都在催促她加快腳步，現在他們抵達安努了，該是弄清楚她有沒有可能在這次歸返中存活的時候了。

「你有一百名手下，李海夫，」艾黛兒低語。「足以在路途中保護我，但在這裡不行。」

「如果接近一點，」他說。「我們就能設立警戒線——」

她打斷他，伸手搭上他的肩膀。「李海夫，如果街道上有上萬暴民等著要把我碎屍萬段，你沒辦法阻止他們，你的手下離我再近都沒用。」

話說得輕鬆，卻是在掩飾她的胃部絞痛。在艾爾加德放逐九個月後，她已經忘記帝國首都究竟有多大了，到處都是神廟和高塔，半個內克區擠滿住宅和房舍。從西城門進城後向東沿諸神道走一上午才會抵達黎明皇宮。皇宮周圍的紅牆向下傾入破碎灣的海浪中，而南北向的大道幾乎差不多長。

當然，這裡並非一直都是安努，並非全都是。從艾黛兒所在的帝國大道上可以看見幾棟窪地上的古老建築，那些從前都是獨立的村落——百花鎮、翡翠鎮、老鶴和新鶴鎮，每個村落都有市集廣場和矮神廟，獨立自主，在被安努吞併前，由領主、商業議會或村長統治。

如今，舊村落之間在百年前用以務農或畜牧的土地，都已擁入新的居民。簡陋的棚屋和酒館雜亂無章地搭建在沒有系統規劃的街道上，新的房屋建造在舊地基上，覆蓋市場的屋頂涵蓋全區，一路延伸到她南面的所有土地，以及東面直至薄霧瀰漫的大海，整片連結成綿延不絕的人類居住區——安努北臉。

艾黛兒可以研究那張臉一整天，問題是她什麼也看不到。她身處的平地無法俯瞰城內高地、看穿移民的家園，或窺探首都中央的情況。她能見到的只有擠成一堆的簡陋房舍、遠方高塔的閃光、墳場區斜坡上豪華宅院屋頂的斜度、生鏽的銅呈現出銅綠色，還有那一切之上，宛如插在天空大肚子上的明亮匕首——英塔拉之矛。

微紅的午後陽光照映在英塔拉之矛的玻璃牆上，透過反射和折射讓巨塔綻放橘黃色的光芒，彷彿在塔內放火。艾黛兒仰起頭來。經常會籠罩在雲裡或破碎瀰霧氣中的塔頂今天清晰可見，在城市和塔頂間遠得不像話的距離下看起來宛如針頭。艾黛兒曾站在那座針頭上數十次，每年會在夏至和冬至時站在上面欣賞點火儀式，小時候還曾上去看父親命令手下焚城。現在感覺那一切都很不真實，彷彿那座塔不是她的家，而是什麼陌生的地方，遙不可及，來自另外一塊大陸或上輩子的遺產。

艾黛兒目光自英塔拉之矛移開，再度面對李海夫。

「我信任你，」她輕聲道。「我信任你的手下。最重要的是，我信任女神的意志。」

這並非實話，不全然是，不過李海夫通常都會接受。然而，今天他卻搖了搖頭。

「妳不該把對女神的信仰和對我的信任相提並論。」他比向安努。「就算整個談判過程我都站在妳身旁，我還是不能保證妳的安全。太多變數，太多攻擊線，太多——」

艾黛兒打斷他。「這就是我要說的重點。」

這話令他住嘴。

她放軟語氣繼續說道：「我不需要保證，李海夫。我們兩個只要竭盡所能就好，英塔拉會決定我們該不該活下來。我需要你命令火焰之子待在後方，不要露面，因為當我騎馬入城時，我要安努人民見證一個皇帝自信滿滿地回到家園。」

「皇帝會有護衛。妳父親不會在沒人守衛的情況下跑去諸神道。」

「我父親的政權穩固，不必擔心王位，可以不在乎形象。」

事實上，「不在乎」這個詞並不適合用來形容她父親。桑利頓是個小心謹慎且深思熟慮的統治者，甚至有點謹慎過頭，但艾黛兒卻不能太謹慎。她已經離開安努將近一年，而那個天殺的議會每天都會散布關於她的惡毒謠言。起初她派去的間諜不太敢回報她大部分的不利謠言，因為在皇帝面前提起那些毀謗言論很可能會斷送前程或性命。然而，艾黛兒堅持要聽沒有粉飾過的真相。如果要服務人民、統治人民，她就必須瞭解他們的想法。於是她全都聽了——

她是伊爾・同恩佳的妓女，精明將領的性飢渴傀儡皇帝。她是利用法術害死烏英尼恩的吸魔師，後來又在永恆燃燒之泉假造奇蹟。她親手殺了桑利頓，引誘父親前往光明神殿，趁他禱告時下殺手。有人說安瑟拉在資助她，也有人認為是曼加利，或同盟城邦——不同的人有不同的說法——目的是要顛覆安努，打定主意要把帝國送給她的世仇。

無止無盡的謊言聽起來令人疲憊又氣憤不已。在為了守護安努持續對抗厄古爾人九個月後，聽人說她是打算摧毀安努的壞蛋，讓她想尖叫，想扣住某人的喉嚨開始搖晃，想帶半打馬背民族回首都，然後放任他們在街上亂跑，給那些混蛋瞧瞧她每天努力對抗的怪物。

她指節疼痛，於是低頭去看，發現纏在手上的韁繩已經被自己勒得陷入肉裡。她慢慢放鬆韁繩。問題都在議會身上，不是安努百姓造成的。不能因為城內的商店老闆、洗衣工、工匠和建築工遭受領袖欺騙而去怪罪他們，畢竟他們沒去過北方，不認識艾黛兒，不瞭解她的心路歷程。大部分人民就算真的見過馬金尼恩家族成員，也只是在皇家隊伍中，透過擁擠的人群、護衛和士兵瞥見她一眼。

現在，她為了修補這種情況而獨自騎馬入城，為了讓人民看見她。

她深吸口氣，看向李海夫，不知道他是否能看出她有多焦慮。不過就算這個人之前有在觀察她，此刻也已經轉頭望向城鎮。「我不想死。」她終於說。「但我們在打仗，李海夫。我對劍和陣型一竅不通，但我知道想要打贏就得冒險。仔細聽我說——如果這座城市的人民沒有看到我，沒有看到一個相信自己、相信帝國、相信他們的女人的話，那麼我們將無法在這場戰鬥中倖存下來。你不能，我不能，這些人都不能。」

「他們是笨蛋。」李海夫回答。「他們不知道該信什麼。」

艾黛兒陰鬱地搖頭。「我父親告訴過我一件事，我至今不曾忘記。他說：『如果人民愚蠢，那都是因為他們的領袖失職。』」

♛

很長一段時間裡，沒人和她說話。她在寧靜的漩渦中騎馬穿越喧囂的街道。她經過的每一個人，不論是店家老闆、車夫、清潔工，還是雜貨商，全都拒絕正視她。就某方面而言，這並不是什麼新鮮事，艾黛兒的眼睛向來都令身邊的人侷促不安，連高階官員和貴族都常常在從她身邊走過時移開視線，並在她走近時加快腳步離開。

這個情況維持了很長一段時間。全城的人都拒絕看她，不過他們跟著她，宛如在麵包屑前聚集的鳥群，保持著看似安全的距離，竊竊私語、低聲交談，用幾乎細不可聞的音量爭辯。十個人、二十個人，人們紛紛丟下日常工作，跑來等著看是會展開慶典還是喋血事件。

希望是慶典，艾黛兒禱告。

但事與願違。

她朝安拉頓巨像前進，然後轉道往東。當她抵達諸神道時，她入城的消息已經傳開。跟在她身後的人民越來越多，他們紛紛從側街和小巷中擁向大街，一看到她就連忙停步，後退，突然安靜下來。所有人似乎都在經歷同樣的震驚，彷彿他們本來並不相信鄰居的話——最後的馬金尼恩皇族，獨自入城，騎馬南行。但隨著時間過去，那種震驚感逐漸消退，暴民開始逼近。

艾黛兒越是深入諸神道，心臟在肋骨下跳動得越激烈。她已經看不見李海夫和火焰之子了。他們跟在後面，消失在人海裡。如果她大叫，他們或許會聽見，但距離太遠也救不了她。她開始懷疑自己要他們退開是否是明智的決定。她回到安努，上千隻眼睛在看她。兩千隻。五千隻。她沒辦法算清楚。喧囂聲越發大了，大到她幾乎聽不見闍馬踏在大片石板上的蹄聲。她壓抑想在袍子上擦拭手汗的衝動，兩眼直視前方，凝望遠處的英塔拉之矛。

至少我沒帶桑利頓來。這個想法起了安撫作用。不管接下來發生什麼事，無論聚集而來的暴民會幹什麼，她兒子都遠在數百里外的艾爾加德，待在城牆後，有妮拉照看。他很安全，艾黛兒提醒自己。

接著第一塊石頭飛來。

石頭擊中她的眼睛上方，一陣火熱刺眼的炸裂感差點令她墜馬。一時之間，艾黛兒就只能盡力待在馬背上，嘗試透過劇痛視物。不知道是因為好運、神蹟，還是意志力，總之她成功待在馬上。火熱的鮮血淌過臉頰，腹部絞痛並劇烈起伏著。她以為自己要吐了，接著，就在她努力嚥下嘔吐感時，她發現群眾在呼喊，一遍遍喊著可怕的字眼：暴君。暴君。暴君。

她的馬想逃跑，但她緊緊抓住韁繩。如果暴民認定她要逃走，他們就會把她撕成碎片。她想退縮，想縮成一團，在下一塊石頭來襲前伸手遮住血淋淋的臉，她卻沒這麼做，反而在她成功控制住馬後放開了韁繩，緩緩張開雙臂，在群眾面前露出毫無保護的身體。群眾安靜了片刻，她趁機開口說話。

「你們叫我暴君，暴君會毫無防備進入痛恨自己的城市嗎？」

她這番話根本傳不出十幾步外，但艾黛兒看出這話對附近的人產生效果。他們困惑、遲疑，彷彿突然間希望自己站在後排，遠離即將到來的風暴中心。暴民仍在後面推擠，利用強大的壓力逼迫他們。

千萬不要跟群眾說話。特別是超過千人的群眾。永遠只對單一個人說話。她父親謹慎穩健的聲音說道。

痛楚模糊了她的視線，艾黛兒隨便挑了一個對象，腰間掛著籃子的削瘦中年女子，在好奇心驅使下跑來這裡的普通人。再度開口說話時，她直視對方的雙眼，彷彿那是撐住她的木樁，可供依靠的長矛。

「我的將軍請我帶領部隊入城，但我沒帶。我的護衛請我穿戴護甲，但我拒絕。我的顧問求我偽裝或趁夜入城，遮住雙眼，掩飾容貌，偷偷溜過街道。」她微微揚起下巴。她臉上的血是熱的，她的頭陣陣抽痛，不知道自己會不會摔下馬鞍。「我沒那麼做。不會那麼做。」

第二顆石頭掠過她下巴。第三顆比前兩顆小，但銳利如刀，割傷她的臉頰。她血流滿面，鮮血滴在她的袖子上，滴在皮馬鞍上。那匹馬察覺到群眾的怒氣，再度開始退縮，大聲吐氣，搖頭晃腦，尋找出路。

這可憐的動物不瞭解真相，也不可能瞭解。動物的心智太黯淡了，根本看不出這裡其實毫無退路。一直都沒有。打從一年前艾黛兒逃出黎明皇宮後就沒有了。打從伊爾．同恩佳拿匕首捅她父親之後就沒有了。

這下他們會殺了我，艾黛兒心想。這裡就是我的葬身地，這個地方，我出生的城市街頭。

暴民的暴戾之氣已經累積到頂點，隨時都會爆發，這些人將會一擁而上，壓垮她所處的脆弱空間。會有另外一塊石頭襲來，然後再一塊，又一塊，直到她終於被打下馬背為止。她的馬再度噴息，即將陷入恐慌。艾黛兒用腳跟驅馬前進——最好是在前進時死去，不要站著等死。一步。再一步。令人意外的是，她和暴民之間的空間竟然維持住了。

她試圖解讀附近圍觀者的表情，憤怒、驚訝、難以置信、抿起的嘴唇、瞇起的雙眼、舉起的手指。有些人還想繼續喊暴君，但大部分人都停止了。他們並不愛戴她，不過至少暫時而言，他們的好奇心蓋過了怒氣。這是機會，艾黛兒立刻把握住。

「我來，」她提高音量說。「是要治療安努心臟的傷痕，抹除之前的損傷，就算要犧牲性命也在所不辭。」

「或是厄古爾人把妳從北方趕回來。」幾步外有個男人譏諷道。他身材高大，五官歪斜，鬍鬚凌亂。艾黛兒直視他的目光。

「我的軍隊依然守住北方戰線——」

痛楚和驚訝的叫聲打斷她的話，還加上了士兵呼喊和馬蹄聲。在場群眾困惑地轉身，恐懼之花在他們心中綻放。艾黛兒跟著轉身，尋找聲音的來源，在看見騎馬的士兵時，她心生恐懼，擔心李海夫違背命令指揮火焰之子攻擊人群。

然而，隨著騎士逼近，艾黛兒看出他們不是火焰之子。那些騎馬的士兵闖入人群，用木棒和劍刃平面驅趕聚集的群眾。他們穿的護甲並非精鋼所製，也沒有青銅裝飾，不是火焰之子的護甲，而且人數太多，有三百，甚至四百人，還有更多人從側街擁出，毆打安努百姓，一邊咒罵一邊前進。

他們明顯不打算殺人，但是用力揮舞鋼鐵，就算是劍刃平面還是有可能會出人命。艾黛兒一臉驚訝，瞪大雙眼看著一頭高大戰馬人立而起，鋼蹄反射陽光，踢碎一名女子的頭顱。她身邊的男人在尖叫，悲痛憤怒地抱住那名女子，護住顯然已經不須要保護的人。此時，一根棍棒擊中他的後腦杓。他摔倒在地，雙手依然抱著女人。兩具屍體都消失在靴子和馬蹄之中。

「住手！」艾黛兒尖叫。「快住手！」她感到噁心，恐懼趕跑了痛楚。「住手！」

但這麼做毫無意義。片刻前還想動手殺艾黛兒的暴民轉眼間就把她拋到腦後。他們一心只想逃離現場。驚慌失措的男男女女撞上她的馬匹，抓著她的腳，扯著她的轡頭和馬鞍，企圖爬到高處遠離暴力。有個男人抓住她的膝蓋，在身後不滿十歲的男孩企圖推開他時破口大罵。艾黛兒死命抓著馬鞍座，出腳亂踢，掙脫那個男人，然後又一腳踢中對方的臉。那人慘叫一聲，鼻梁粉碎，摔倒在其他人的腳下。沒死，但死定了。

人群被趕入諸神道旁的側街，擠在門廊和商店前方，爬到雕像底座上，逃離瘋狂的殺戮。而那群士兵還在繼續前進，明亮的盔甲反射陽光，武器在日落的斜陽中上下揮動，一再砍落、砍落、砍落。

終於，有個比其他人矮小的士兵接近艾黛兒，舉起他的棍棒指向她。「在這裡！」他回頭大叫。「馬金尼恩！找到她了！」

他根本不用大叫。艾黛兒發現，就這樣，一切都結束了。剛剛還人聲鼎沸的諸神道，現在安靜得可怕。士兵持續逼近，但艾黛兒沒再管他們，目光都在死者身上。

地上躺了幾十具軟癱的身軀，有些仍在抽動、呻吟、哭泣，但大部分都沒有動靜了。有個死去的男孩手臂扭曲成恐怖的角度，宛如折翼的鳥，還有個慘死的女人，慘白肋骨刺穿皮膚和衣服露在外面。大塊石板地上血流成河。

矮士兵踢馬前進，遇見一堆屍體、抱在一起死去的男女，然後勒馬停在艾黛兒身邊。她曾短暫地考慮逃跑，但根本無處可逃，最後她轉頭面對士兵。

那人摘下頭盔時，她發現他在流汗喘氣，頭皮側邊被什麼東西劃開一道傷口，但他毫不在意，宛如西下太陽般明亮的雙眼正凝視著她。

「你就這麼迫不及待要殺我？」艾黛兒問，沒想到自己的聲音竟然沒有發抖。「不惜在自己人前殺出一條血路？」

士兵遲疑，鬆開棍棒。他低頭看看屍體，然後轉回來面對艾黛兒。

「殺您？」

「還是抓我，」她冷冷回應。「用鐵鏈銬起來。」

男人搖頭，一開始搖得很慢，接著越搖越大力，一邊反駁一邊在馬鞍上鞠躬。「不，光輝陛下，您誤會了，是議會派我們來的。」

「我知道是議會派你們來的。」艾黛兒說，腹部劇烈攪動。那是唯一的解釋。

「他們聽說此事，立刻以最快的速度派我們過來。您未通知就先行入城，冒了很大的風險，光輝陛下。他們一接到消息立刻派我們趕來。」

艾黛兒看著他。

我是笨蛋，艾黛兒神色陰鬱，被真相甩了一巴掌。她渾身是血，臉上黏黏熱熱的。她伸手一抹額頭，滿手鮮血。

「您傷得重嗎，光輝陛下？」對方問。他開始擔心了，語氣聽起來有點害怕。

艾黛兒研究著手上的血，在深色的手掌中顯得十分鮮艷。她凝視鮮血片刻，然後低頭看石板地，看向躺在地上的數十具屍體——被鈍器打死，雙眼突出，四肢扭曲，姿勢詭異，模樣驚慌。

我是笨蛋，這些人都是因為我的愚蠢而死。

當然，他們確實打算殺了她，要不是士兵趕到，搞不好她已經被殺了。但無所謂，他們是她的人民，安努人，是她曾私下和公開發誓要保護的男女。現在他們死了，只因為她白痴到自以為能夠以勝利者的姿態回到自己出生的城市，以為她冒險只會讓自己陷入險境。

極為愚蠢。

「您安全了，光輝陛下。」士兵說著，將棍棒掛回腰帶上，再度於馬鞍上深深鞠躬。其他士兵在她身邊圍成一個十人寬的警戒圈。艾黛兒不知道他們還覺得會遇上什麼敵人。「有我們在，您就安全了。」

艾黛兒搖頭，凝視躺在地上的一具屍體。是那個女人，她對著人群說話時看著的女人。女人棕眼無神地望向天空。

「安全。」艾黛兒喃喃自語。她想哭、想吐、想尖叫，但安努皇帝不能哭或叫。「安全。」她又說一次，這一次音量變小，彷彿這個詞語令她作嘔。

08

葛雯娜站在**寡婦心願號**的船頭，瞇眼看向地平線。此刻頭上一片晴朗，但暴風雨和夜晚的來臨還是讓東方天際變成比大海更深的紫紅色。她無法在洶湧浪潮中看清陸地的輪廓，不過船帆索具上站著的海鳥意味著他們離陸地不遠了。

「我們從這裡換小船。」葛雯娜對著船長說。

昆・羅安揚起濃眉。「我不建議這麼做。」

「我不是在問你意見。」

葛雯娜並不討厭羅安。他們上船十二天，船長尊重小隊成員，甚至堪稱順從。他指揮他們穿越破碎灣東方的風暴，嚴格管理手下，也不亂問問題。葛雯娜曾在風平浪靜的午後看著他腰纏繩索潛入海中撈起飄在海面上的信天翁羽毛。給我女兒的，她從未見過信天翁。他在水手把他拉回船上時說。羅安是個好水手、好船長，甚至可能是好人。這也是她更努力不讓他遇害的原因。

「我不知道你對於這次任務瞭解多少……」葛雯娜說。

羅安舉手打斷她。「讓我去哪我就去哪，就這樣。這次我被告知要送你們前往奎林群島，而奎林群島還要再往東三、四十里，實際距離要看我們今天趕了多少路。等太陽下山，星星出來後就能確定。但不管距離多遠，都不能划小船過去。」

葛雯娜嗤之以鼻。「甘特和我曾划著小船航行一百里，那還是我十三歲以前的事。距離遠才是重點，船長。接近那些島的船都沒回來。」

「我知道有風險。」羅安語氣生硬地回應。他往東瞥了一眼，彷彿期待看見其他船隻的風帆出現在起伏的海面上。

「好吧，沒必要去直面風險。你沒必要。放小船下水，我們自己走。」

羅安遲疑了。葛雯娜可以在他的遲疑中讀出他的自尊心、對未完成任務的不甘心，以及不願逃避看不見的威脅。他很勇敢，但沒有受過專業訓練。

她堅定自己的語氣。「這是命令，船長。」

他與她對視片刻，然後輕輕點頭，轉身對甲板上的六名水手發號施令。他們都是很稱職的船員，太陽西落前，小船已經下海，船身輕撞大船，彷彿依偎在母鴨身邊的小鴨。兩桶補給品早在一週前就備妥，大部分是食物和水，還有備用武器。塔拉爾沒花多少時間就把它們固定在小船的橫板下。

「你們會需要船帆，」羅安說。「至少會有一段航程需要。」

葛雯娜搖頭。「不，我們不需要。」

她剛要轉身，就被船長按住肩膀。葛雯娜伸手拔匕首，在頭腦冷靜下來之前，那把天殺的武器已經拔到一半了。羅安看向匕首，抿了抿嘴唇，然後縮手。

「世界已經天翻地覆了，」他低語。「這點我承認。但並不是所有人都想殺妳。」

葛雯娜強迫自己聳肩。「我的經驗不是這樣。」

他看著她一段時間。

「妳幾歲？」他終於問。

葛雯娜直視他。「重要嗎？」

男人緩緩搖了搖頭。「我想不重要。」他轉而向東，面朝地平線上的島嶼。「妳覺得會有什麼發現嗎？」

「出海兩週了，你現在才想起來問這個？」葛雯娜問。「問題會害死人，就和刀劍一樣。」

他沒有退縮。「我只是想知道機會有多大。」

「那要看你在問誰的機會。」

「我們的。」他嚴肅道。

「你還是我的？」

「安努的。」

葛雯娜想笑，但忍住了。這是一個誠實的問題，值得得到真實的回答。她低頭看向小船。塔拉爾和安妮克已經上船，吸魔師抓起一支槳，狙擊手一手輕握短弓站在船頭。日光迅速變暗，落日照亮東方海面，讓小浪峰在漆黑的海面上看來宛如爪痕。奎林群島在黑暗之後等待著，那是一個凸起環礁，勉強足以養活人類聚落，再過去就是整片冷酷無情的遼闊大海了。她回頭看羅安。

「我們的機會渺茫。」

他搖頭。「妳聽起來並不擔心。」

「我？」葛雯娜問。「我隨時都在擔心。」

「這種日子不好過。」羅安喃喃說道。

葛雯娜看他一眼，這個為遠方的女兒蒐集羽毛的男人，正在擔心世界將會分崩離析。她用力拍拍他的肩膀。「我不知道日子有好過的。」

♛

安妮克用葛雯娜談論槳會讓手掌磨出水泡時的語氣，告知凱卓鳥即將來襲。事實上，她的語氣聽起來甚至還不如擔心手掌起水泡的葛雯娜。然而，水泡只會造成小小的不便，凱卓鳥卻有可能殺光他們。

葛雯娜握著船槳扭身望向東方，在烏雲前尋找動靜。

「那裡，」塔拉爾指向上方，比她看的位置更高處。「看起來像一支巡邏隊，約莫五里外。」

「好吧，狗屎。」葛雯娜說。

她回頭看向西邊。他們距離**寡婦心願號**不遠，約莫一里左右，太陽完全落入海中也不過數百下划槳前的事。她還能看見船桅的漆黑輪廓，船帆吃滿晚風並映出殘陽最後一絲紅光。在逐漸深邃的黑暗中，飄動的船帆異常顯眼。

「狗屎。」葛雯娜又說一次。

事實上，這對她的隊員而言算是好事。對方絕對不會錯過那艘船。不管鳥上的是什麼人，肯定都將注意力集中在船上，但願這能讓對方忽略他們這艘悄聲破浪前行的無帆小船。她突然想起和羅安交談的內容，那時她輕率地說：「那要看你在問誰的機會。」

「全速前進。」她說，目光依然保持在大船上。羅安一放她們下水就轉而向西，船頭背對奎林群島，但這麼做沒有意義，沒有船能跑得過凱卓鳥。「鳥背上有人。塔拉爾，船上的鋼鐵夠你鑿穿這艘船嗎？」

「他們還沒發現我們，」他低聲說道。「四十里要游很久。」

「幸好我們喜歡游泳。」葛雯娜說。「你能把船鑿開嗎，還是我該開始拿匕首戳船縫？」

塔拉爾看了她一眼，然後點頭。不久後，一塊船板在呻吟聲中崩落。小船抖動，彷彿撞上暗礁，但是這裡沒有暗礁。葛雯娜料到會這樣，也是她要求要這麼做的，但她還是在海水湧入船身時感到腹部翻滾。他們針對這種情況演練過數百次，但在漆黑夜裡的茫茫大海裡，眼睜睜看著自己的船沉入波濤海浪中，還是有些令人不安。

葛雯娜將兩支槳從槳架中翻出，甩離正在下沉的小船，翻身越過船舷，踢水遠離小船，然後轉身。她浮在水面上，看著小船消失在海浪下。在那短短的一瞬間，她幻想沉沒的小船穿越海水不斷下沉，宛如樹葉般來回飄盪，在魚群好奇的目光下深入黑暗之中。她等著它撞上海底，但小船只是在她內心的黑暗中不停下沉。

「敵人來襲。」

葛雯娜目光自沉船處移開，抬頭望天。

巨鳥比之前更近了，幾乎就在正上方，看來高度有降低一點。牠在掃視海面，葛雯娜冷冷地想。但在白天就已經很難看到波浪上方游泳者的頭，更不用說在夜幕降臨之後。她讓自己深深地沉在水中，只露出鼻子和眼睛浮在水面上，屏息觀察那隻鳥橫越雲層，無聲無息，宛如夜風。

「不管對方是誰，」塔拉爾輕聲說道。「他們的目標都是**心願號**。」

「可能只是來看看。」安妮克說。

葛雯娜凝視狙擊手。「妳真的這樣想？」

安妮克搖頭。「不是。」

他們靜靜看著**心願號**船身傾斜，無助地朝西航向落日。葛雯娜呼吸急促，但不是因為在海中踩水的緣故。

「妳想回去嗎？」塔拉爾問。「距離不到兩里。」

「回去幹嘛？」安妮克反問。她已經用短繩把一個木桶綁在自己腰上，一手勾著一支船槳。這是種笨拙的方式，雖然速度慢，但省力。在有這麼多東西提供浮力的情況下，他們可以漂上好幾天。安妮克已經開始行動，將大船拋到腦後，側身慢游，朝東方的目的地前進。

葛雯娜看著巨鳥朝大船低空滑翔而去。

「他們甚至不是海軍軍艦……」她低聲道。

一道火光打斷她的話，明亮熾熱的爆破火光，然後又一道，再一道。爆炸聲傳得比較慢，而這種距離，加上耳邊的海浪聲，讓爆炸聲聽起來很像遠方的雷聲。很像，但不是。葛雯娜一輩子都花在凱卓炸藥旁研究、設計、設置炸藥，不管聲音多輕、距離多遠，她都認得出碎星彈凶狠的怒吼，以及爆炸產生的火煙形狀。她轉頭，爆炸殘像跟著轉，再回過頭去時，真正的火焰已經開始燃燒，甲板、桅杆和帆布爆燃。

羅安的人會盡力滅火。他們現在可能正拚命往火源潑水希望船不會沉，但他們會失敗。葛雯娜以為會聽見慘叫聲，不過風吹的方向不對，聽不太清楚。即使吃了史朗獸蛋，她的耳朵還是沒那麼敏銳。

「回去？」塔拉爾又問一遍。

火光沖天，葛雯娜已經看不見飛在火焰後方的巨鳥，但如果任務還沒完成，上面的人應該會繞回來。她想像羅安握緊欄杆、咬牙切齒地看著巨鳥。葛雯娜傻愣著，無意義地想著那根信天翁羽毛燒掉了沒有。

這是她有生以來第一次覺得凱卓——巨鳥和鳥上的士兵——不再是戰士，而是勢不可當、無以形容的恐懼代言人。不管羅安有多少能力和尊嚴，他都無法應付飛鳥上射出的炸藥。從空中擊沉船隻根本不算戰鬥，那叫屠殺。

葛雯娜又看著船焚燒一陣，然後轉身，任由冰冷的海浪打在熱燙的臉上。

「安妮克說的對，我們幫不上忙。我們去執行此行的任務。」

她開始往東游，全速破浪而行，完全沒回頭去確認塔拉爾和安妮克有沒有跟上。

09

艾黛兒推開議會大門時，臉上和頭皮的傷口還在流血。她本來打算猛力將門推開，但巨大的血木門板——每一塊都比她高一倍，和她手臂一樣粗——重得像牛一樣，她使盡全身力氣去推，門也只不過在潤滑的鉸鏈下不情不願地轉動，悄然劃過弧線，輕輕停下，以至於議會廳裡大部分的人都沒注意到門打開了。

一時之間，艾黛兒就這麼看著。她當然聽說過議會大名鼎鼎的地圖廳。儘管共和國所有國界都在崩潰瓦解，安努百姓都在奮戰、挨餓、死亡，這些新上任的安努統治者仍繼續大興建設，將能夠餵飽上萬人的資金投入他們金光閃閃的殿堂。艾黛兒聽說過很多關於這座天殺地圖的事情，但聽說和親眼目睹是兩回事。站在兩扇大門內，腳踩著懸在世界上方的木製展示台上，看著海洋在凹地中翻騰，河水流過精心打造的河道，她突然感到一絲遲疑。

讓她遲疑的並非議會，也不是圍坐在地圖廳中央圓形展示台上的貴族。她從小就在應付他們，而從過去幾個月來的愚行判斷，這群貴族比其他大部分貴族更加無能。讓她突然停步的，是安努本身。她當然也有地圖，數十張，數百張，有瓦許和伊利卓亞的地圖，有這兩塊大陸上所有城市的地圖，還有戰略要道和可能成為戰爭地的地圖。她的地圖都是最好的，鉅細靡遺地用墨水繪製海岸線、徵稅區、分水嶺和有爭議的疆界。她本來以為那些地圖已經涵蓋了崩潰帝國上所有的必要資訊，但在這點上，就如很多事情一樣，她錯了。

她忽略了帝國的規模。她凝視地圖，近期發生的暴力事件損壞了一個區塊，但是無關緊要。這裡的城市是用玻璃、石頭、珠寶打造的奇景，每座宮殿和房屋都是工匠大師耗費上百小時製作出來的。矮松樹林圍繞羅姆斯戴爾山脈，地勢崎嶇的魏斯特則布滿糾纏的藤蔓。她看向北方的艾爾加德，過去九個月來作為帝國首都的古城，高傲聳立在俯瞰哈格河的岬角上。她兒子就在東北角那座矮塔上，或許哭著要吃晚餐，抑或是哭著要找她。她強迫自己不要去想。

太難承受了。整件事情都太難承受了。

第一次回安努，當她決定要繼承父親衣缽時，她本以為自己已經瞭解這份職責有多沉重。她以為，從奧隆趕往安特凱爾之路，就已經見識過帝國廣袤；她以為，見過被厄古爾人逼得南下逃難的悲慘男女，就算瞭解職責；她以為，見證過疤湖北端的血戰、弗頓遇害、捅親弟弟一刀後，就探訪過犧牲的深淵。

在那一切過後，一幅地圖，就算是一座巨大的地圖，也不該令人如此震撼。然而，看著帝國疆域在自己面前展開，看著議會廳裡她統治的廣大領土，看著她誓言要守護的土地，還是讓她停下腳步，雙手握拳，臉上熱血沸騰，心跳加速，對她肩負的責任感到驚懼，對她可能完全失敗的可能性感到恐慌。

「……如果她受傷，協議就談不成……」

議會廳裡的人正在爭論什麼，還沒人發現她。

「我們有些人根本不想要這份協議。」

「那你們就是笨蛋。我們必須團結。」

「如果暴民殺了她，我們就團結了。不要忘記是艾黛兒自己決定不經宣告、不帶護衛、不警告議會或請求允許，就擅自入城。她的死可賴不到我們頭上。」

「我們不知道她死了沒。」這個人的音量稍小，聽起來有點熟悉。「我們一聽說她入城立刻派出部隊。他們有可能及時趕到。我們現在還什麼都不知道。」

艾黛兒咬緊牙關，將目光從腳下的大地圖移開，沿著展示台前進。展示台是由雪松和鋼鐵構成的優雅曲線，被粗索懸掛在天花板上。她通過新月形的曼加利帝國，再越過維納河，然後是達維沙漠的金紅沙，走過顯然在模仿星月的油燈和吹成大圓球的玻璃。大部分的燈都沒點燃，寬布燈芯默默漂浮在油上。

議會繼續爭吵。

「巡邏隊說她孤身一人。」

「一點也沒錯，這表示那個蠢女人八成已經死了。這表示——」

艾黛兒用自己的話蓋過對方。

「她沒死。要說蠢，我承認，但是沒死。」

她無視人們困惑和驚訝的呼喊、椅子匆忙往後的刮地聲，以及各種驚慌和警覺的姿勢。她又走了十幾步，越過安卡斯山峰，血紅色的砂石聳立得與展示台一般高。她臉頰漲得通紅，但這同樣被她無視。

「我很肯定我活下來讓大家失望了。」她繼續說，止步於莫爾的土牆和低圓頂西側。「但是人生本來就充滿失望。鑒於你們共和國滿目瘡痍的慘狀，我想你們應該已經很習慣失望了。我當然已經很習慣。現在的問題在於我們打算怎麼辦。」

她揚起一邊眉毛，首度仔細打量議會廳中的人。當然，她知道四十五名議員的名字，研究過他們的家族和歷史，盡可能找出他們加入凱登這個註定失敗陣營的原因。這些人大多數只想得到權力，他們會把握任何剷除馬金尼恩家族的機會。包拉・包里就是其中之一，她輕而易舉地找出他，那個滿身大汗、身穿絲服、怒氣沖沖之人。亞夫・摩斯和昂努・安也一樣。這群人中有幾個理想主義分子，最顯眼的就是紅衣蓋伯瑞爾。他坐在她正對面，一雙黑眼宛如老鷹，銳利得像在捕獵。從前那道強烈的目光會令她偏頭，但現在不會了。她直視他，點一點頭，然後又把注意力轉回安努代表團。

如果艾黛兒突然現身有令絲薇特・凱潔蘭感到絲毫驚訝，她也沒有表現出來。安努最危險的罪犯舉起一隻肥手掌，比出很不搭調的小女孩招呼手勢，透過紙扇朝艾黛兒微笑。艾黛兒點頭，就像她對蓋伯瑞爾一樣。凱潔蘭可不是靠端莊地坐在紙扇後得到那些綽號的——街頭女王、殺不死的婊子。這女人至少和議會廳裡所有人一樣致命，不管有沒有拿扇子或翹指頭。

換個時間，艾黛兒可能會進一步觀察她，或觀察坐在她身旁那個只有可能是基爾的瘦子。然而，此時此刻，她的目光投向安努代表團裡的第三名成員——凱登，她弟弟。她還沒殺掉的那個。

「光輝陛下。」他輕聲說道，在她的視線對上他時站起身來，然後深深鞠躬。

他的動作絲毫不溫順謙恭。

「我聽說，」她冷酷回應。「你給自己也弄了個頭銜，首席發言人。」她稍微側了側頭。

他看起來不太符合那個頭銜。他的袍子不管在做工和質料上都比不上議會其他成員。在隨處可見寶石的廳堂裡，他鄙視所有飾品。他比她想像中高，比瓦林還高，更瘦一點。他的光頭讓她聯想到她所統馭的大軍，舉手投足間也有著士兵的紀律感。不過，與她在前線見到的那些士兵不同，凱登身上沒有虛張聲勢，沒有故作姿態，他的力量體現於他的靜止和寡言之中。還有那雙燃燒之眼。

我弟弟。她看著那兩道火焰暗自讚歎。接著，她想起自己身在何處，立刻抹去臉上的表情。

在她出場所引發的困惑和錯愕消退之後，與會議員突然陷入一片沉默。艾黛兒記得這種沉默，她第一次遇見這種場面是在母親臨終之前的醫務室裡。那時，一群毫無用處的內外科醫生在皇帝之妻生病末期幫她看診，在她對著仔細消毒的床單吐血時以學術用語低聲爭論。然而，當艾黛兒踏入那明亮的白房間時，這群帝國中最聰明的醫生突然陷入死寂，彷彿艾黛兒會因此忘記他們在場，相信自己與母親能保有一點隱私。

當時效果不彰，現在也是。不管她和凱登要談些什麼，都必須公開交談，難脫政治。這種沉默方式沒有提供任何私密空間。雖然她和凱登也沒什麼好私密的。

「所以這就是你共和國的核心。」她毫不掩飾輕蔑語氣，透過言語表達她的怒意。讓他看見她在生氣不是什麼壞事，就是要讓他們全都看看。

他搖頭。「不是我的，是我們的。」

艾黛兒在他冷靜從容的應對中瞧見父親的影子。他眼中沒有震驚，沒有沮喪，只有那兩道持續燃燒的火焰，冷酷、明亮，又遙遠。他在這方面也很像父親。艾黛兒不記得有見過桑利頓驚訝的模樣。

「真是包容。」她冷冷回應。

凱登攤開雙手。「如果妳有事先告知，我們就會派人護送妳安然入城。我請醫生過來看看妳的傷。」

她輕輕搖頭。這個動作讓她脖子疼痛難忍，但她不予理會。

「沒必要找醫生，也沒時間。你到底在想什麼，竟然命令武裝部隊上街，命令他們對你的人民動武？」

凱登眨眼。至少那是新的表情。桑利頓不會眨眼。

「我們聽說街上有暴民聚集。憤怒的暴民。」

「所以你就派遣幾百個白痴去謀殺他們？」

「謀殺？」蓋伯瑞爾大聲問。

「沒錯。」艾黛兒說著，轉向對方。「殺人。人民被馬踩死，頭顱被劍刃打碎，屍體像垃圾般散落滿地。我認為那就是謀殺。」

「守衛奉命保護妳，」凱登說。「不惜一切代價。」

「不惜殺害安努人民？」

這一次他沒有眨眼。「必要的話，沒錯。少了妳，我們什麼都沒有。沒有同盟，沒有和平，沒有維持安努團結的任何條件。」

「那你認為在諸神道上留下幾十具屍體能夠團結多少人？能有多少天殺的和平？」

她的憤怒先前還很有用，現在已經蓋過了理性。她也聽得出自己講話太大聲了。妮拉一再告誡她管好舌頭和情緒的重要性，雖然這話從老女人嘴裡說出來很諷刺，但依然是很好的建議。如果議會一個瘋狂的決定就能讓艾黛兒大發雷霆，她根本就不可能統治帝國。皇帝會聽取意見、耐心等候、在心中寂靜的空間裡評判他人，只有在必要時才開口說話，當她準備好要將言語化為行動時。艾黛兒很清楚這些，但她沒辦法管住自己的怒氣。事實上，她越壓抑就越火大。

「我瞭解風險。」她轉身面對其他議員說。「獨自騎馬入城時，我就瞭解了。」

「顯然不是很瞭解。」亞夫·摩斯插話。克拉希坎人伸手碰碰臉頰，彷彿在提醒她那裡有受傷。這個動作輕柔低調，如果是其他男人，甚至看起來會有點恭敬，但摩斯不是恭敬順從之人。此人來自帝國最古老的家族之一，他全身都是黑的，頭髮油亮，溫文儒雅。他說話的語氣很輕柔，但枕頭也很輕柔，而艾黛兒讀過統治者在睡夢中被枕頭悶死的記載。

「我接受風險。」她說。「你們那樣毀謗我，我一定要讓人民看見我手無寸鐵獨自入城，不是以征服者的姿態帶著一百名護衛歸來，而是一名走在人群中的皇帝。」

「看起來他們不喜歡自己看見的東西。」

艾黛兒轉身面向說話的人，一名擁有鹽色頭髮、古銅色皮膚，已經六十好幾的女人。蘭迪·海帝，船女士。除了凱潔蘭，海帝是議會廳裡唯一自己努力賺取財富的人，對貴族沒有任何敬意。

「重點不是喜歡，而是看見，海帝船長。」艾黛兒比向頭上的天花板，巨大的窗戶宛如寶石般鑲在上面，在午後的陽光下呈現金色。她朝展示台、椅子、大得荒謬的地圖揮手，一路揮到剛剛走進來的巨大血木門。那兩扇門又無聲地關上了，就像它們被打開時一樣安靜。「你們以為可以在這間議會廳裡做好所有工作？」她轉而面對其他人。「你們以為可以坐在完美無瑕的椅子上統治帝國？」

「妳膽敢……」包里氣急敗壞，身體前傾，最後被摩斯揮手制止。

「我們統治共和國，」克拉希坎人柔聲道。「已經將近一年。我們會繼續統治。唯一的問題在於妳的……角色對於此事有沒有幫助。」他皺眉，一副真心感到失望的模樣。「我想是沒有。妳一直待在外面，在北方跑來跑去，親近寶貴的人民，結果得到什麼，嗯？」

艾黛兒瞪著他。「得到什麼？」她腦側的血管劇烈跳動，鮮血再度漲滿臉頰。「我天殺的得到了什麼？」

「妳打算回答這個問題，」摩斯揚眉問道。「還是只想重複問題，順便加點粗話進去？」

「我這麼做得到的，」艾黛兒吼道。「就是我們的生存。我的。你們的。全安努。」

「我們都很感激妳的熱忱，但妳肯定是在誇大事實。這種誇張的言論對普通士兵或許有效，不過在這裡不用來這套。這個議會的成員都是老成世故的知識分子，妳沒必要大聲嚷嚷，也不必那樣誇張揮手，或是誇大北方的情勢。」

艾黛兒雙手握拳。「我沒有誇大。」她嘶聲道。「北方情勢危急。長拳在殺人，他烹殺人，把他們大卸八塊，然後拿屍塊堆成雕像。還有包蘭丁，受過凱卓訓練的吸魔師，他的力量日益壯大，而且和他的主人一樣邪惡。」

坐在桌子旁的大多數面孔都變得嚴肅——緊閉的嘴唇、瞇起眼、繃著下顎。他們不喜歡得知真相，肯定也不喜歡被人說教。凱登在仔細地觀察她，雙掌穩穩平放在面前的桌面上。她無法解讀他的表情，他看起來想告訴她什麼，又或是想警告她，不過現在已經太遲了。調解的時刻——如果真的有過的話，也已經過去了。

別的皇帝會想辦法避免這種情況。她父親絕對不會對著議會吼叫，絕不會當面指責他們的失敗。凱登似乎也是同一塊料子剪裁出來的，冷靜、謹慎、謀定而後動。別的皇帝會想辦法和議會和平共處，但話說回來，這裡沒有別的皇帝，桑利頓死了，凱登又……天知道他算什麼——懦弱、自滿或自我放棄。她是表現得不怎麼樣，但至少有努力做好她天殺的工作。

「我們收到的情報顯示，」包里從桌上拿起一根長木桿，指向地圖北方，那片小松樹之間的眾多小湖。「妳不需要和我們說妳的……困境。」

「我的困境？」艾黛兒厲聲說道。「我的困境？如果你們打算統治全安努，打算依照協議所述制定法律和政策，或許應該開始把這個華麗議會廳牆外的事情都當成是自己的問題。」

摩斯抬手要大家安靜，彷彿他是擠滿任性小鬼的議會廳裡唯一的成人。

「一時失言，年輕女士。」

「光輝陛下。」她吼道。

他抿了抿嘴唇，彷彿光是想起這個頭銜就感到噁心。

「如果你們打算彌補嫌隙，」她繼續說。「如同你們宣稱的那樣，如果你們打算遵守我們雙方都已簽署的協議，那我就是皇帝，安努的皇帝，你們的皇帝，要用正式的頭銜稱呼我。」

「我向來認為最看重頭銜的人，」摩斯回道。「就是最沒資格霸占那些頭銜的人。」他搖了搖頭，溫雅低調地表達遺憾。

坐在隔壁幾個座位外的凱潔蘭微笑。「同意極了。」她愉快地表示。「我建議我們都放棄頭銜，不管是皇帝還是貴族。立刻，如果可能的話。」她揚起一手，輕輕揮動。「我提議。」

眾人侷促不安。這群人都是仰賴名號和頭銜過日子、打從出生開始就享受各式特權的人，挑釁艾黛兒的皇帝資格是一回事，突然讓自己本身地位遭受威脅又是另外一回事。

摩斯皺眉。「我們當然會遵守協議的規範，光輝陛下。但先回到眼前的問題，我相信我們錢納利的代表只是認為，妳如此……聲嘶力竭提出的緊急形勢，我們早就知道了。」

「我們有看過報告。」包里再度吼道。「每天都看。」

艾黛兒瞪著他們，一一掃過每個人。很多人在點頭。一個腦袋四方的歪鼻子男人比向攤在他們面前的一疊文件，彷彿文件的存在就足以證明他們有在為安努做事。摩斯十指抵在臉前，冷冷地看著她，凱登的燃燒之眼也從未離開過艾黛兒。她一度考慮朝他走去，接著轉過身去，緩緩繞過桌子。

「或許這些報告沒能傳達事態嚴重性。」她說，第一次設法壓低音量。她繼續走，眾人會在她經過時於椅子上轉身看她。好像他們以為我會從背後一刀一個捅死他們，她冷冷想著。而他們甚至不知道瓦林的事。

「或許，」她接著說。「你們報告裡優雅的文句缺乏當前形勢的急迫性。」她臉上的傷口灼痛，光泉在她皮膚上留下的傷痕也在灼痛。她臉上的鮮血滾燙。「或許你們沒弄清楚國家的本質，不知道自己職責有多重大。或許你們不瞭解失敗的代價。」

她逐漸逼近包拉·包里。他的臉皺成一團。

「妳的假設太多了。」他怒道。「我們每天都在這裡開會，開一整天，為了統治共和國。」他對著下方地圖揮舞手中的長桿。就連那根長桿都是頂級工藝品，拋光的桿身上鑲以貴金屬，整根木桿上的金銀價值超過一座農莊，超過辛苦工作的大家族十年能賺到的錢，而它卻只是為了拿來指地圖上的地點。包里用長桿比向帝國邊境附近。「妳和妳的將軍在北方快活時，我們可是在統治安努。」

艾黛兒不理會他的嘲弄。「你連安努是什麼都不瞭解，」她輕聲問。「要怎麼統治安努？」

「那妳，」桌子另一端的亞夫·摩斯慢悠悠地問道，看起來有些無聊。「要我們瞭解什麼，光輝陛下？」

她看了摩斯一眼，然後突然轉向包里，雙手抓住議員手中的長桿，將它奪過來。他大叫，欲起身搶回來，但她已經高舉長桿猛力揮開。

「這個。」

木桿與頭頂上一顆大圓球相撞，玻璃被擊碎。她沒有在碎片落下時有絲毫退縮。臉上多幾條傷痕不會讓情況變得更糟。燈油灑在展示台上，流過木板滴到地上，刺鼻又閃亮。她上前兩步，又打爛另外一顆玻璃球。

「這個，」她又說。「還有這個……」打爛。「和這個……」打爛、打爛、打爛。

議員紛紛起身大聲抗議，揮動雙手，或毫無意義地擰著手。或許和寶貴的報告送來時的反應差不多。一個留鬍子的疤面大漢想搶走長桿，艾黛兒當頭給他一桿，打斷了桿子，將他打到差點翻過欄杆。她繼續揮動斷掉的長桿，不停打爛玻璃油燈，終於來到一盞有點火的燈前面。

「我要你們瞭解的……」她幾乎是用吼的，但她不在乎了。「我要你們他媽的瞭解，你們這群天殺的混蛋，就是這個……」她拿斷掉的長桿指向下方完美的造景。從這裡幾乎看不見落在河裡和樹上的燈油。「這不是安努。這地圖和外面發生的事情一點關係都沒有。和你們的共和國裡發生的事情完全無關。」

「好了。」凱登出聲制止。他依然冷靜，但是提高音量。「好了，艾黛兒。」

她將長桿伸向油燈，這一次動作比較輕。吸滿燈油的木桿一下子就點燃了。她將斷桿當成火把般舉在面前，看著火焰扭曲晃動。

「不好。」她轉向弟弟，借用他的冷靜。「一點都不好。我要告訴你的就是這個。」

她將燃燒的斷桿丟過展示台的欄杆。

就聽見一陣響亮的風聲，宛如大地最後一口恐怖的氣息，然後火焰翻飛。

到處都是火。

10

過了一天一夜又半個晚上後，葛雯娜終於從碎浪中爬到濕滑的石頭上。她嘗試站起來，發抖無力的雙腿卻讓她又跌回重重浪花中。她在那裡坐了一會兒，然後伸手抓住塔拉爾的手腕，把他拉上岩石。

「比我……想像中困難。」吸魔師跪在地上呻吟。

虎克島和夸希島約莫中午時分就出現在海平面上，三人卻被補給桶和疲憊的身軀拖累，直到午夜才終於上岸。葛雯娜曾猶豫過是否要去夸希島，但是虎克島比較近，況且在與騎鳥的人交戰之前，他們需要一些時間恢復體力。虎克島西岸是最安全的著陸點，所以她的目標是兩座懸崖中間一小塊岩岸。如果她沒記錯，這裡午夜時分不會有人。

「我們要設警戒區。」安妮克說。

狙擊手搖頭甩開短髮上的海水，踉踉蹌蹌地走了幾步，然後整個人摔在岩石上。這彷彿在提醒他們，不管形象有多冷酷，安妮克都不是所向無敵，她跟其他人一樣需要食物和休息，只是她拒絕承認而已。

「別管警戒區了。」葛雯娜說。

「沒有警戒區，我們就毫無防備。」

葛雯娜輕哼一聲，躺回凹凸不平的岩石上。「妳連站都站不起來了，安妮克。我們現在也都沒辦法好好走路。先想辦法在不淹死自己的情況下把木桶弄上岸。大老遠游過來，最後昏倒在岸邊可就太遺憾了。」

天上的雲終於散開。葛雯娜可以分辨出星座，翡翠峰座、鐵匠座、大蛇座，星光明亮到彷彿著了火一般。她不該為看到星光感到高興，凱卓崇拜浩爾是有原因的，祂的黑暗斗篷能替進攻和撤退打掩護。但在深不見底的汪洋和多雲天空之間連續漂游兩個晚上後，能躺在堅硬的岩石上仰望明亮的星空，感覺很棒。

拍打在她腳上的海水溫暖得讓她差點就此倒下，放任自己置身於陸地與海洋之間。不過這樣她就得擔心溺水的問題。安妮克已經開始獨力將木桶拖出海面，每個木桶幾乎都和狙擊手一樣重，她拖得十分吃力，繩索扛在肩膀上，頂著狂風奮力前行。葛雯娜哀鳴一聲也爬了起來，搖晃著走到桶子旁，肩膀抵住木頭開始用力推。腳下的小石頭不斷移位，但她拒絕停下，直到木桶避開海浪，沿著礁石滾上岸，然後塞進懸空的石灰岩壁底下。第二個木桶比第一個還重，但是勞動讓葛雯娜的雙腳恢復一點活力。當他們把所有裝備都儲藏在岩壁下後，她開始覺得自己可以活過這個晚上了。

「喝水。」葛雯娜打開一個桶蓋，將裝滿水的水袋交給塔拉爾。「吃東西，然後睡覺。」

塔拉爾就著水袋喝了一大口水，咬了口醃牛肉，細嚼慢嚥。

「妳覺得今晚待在這裡安全嗎？」

葛雯娜咳了一聲笑道：「我們大概在浩爾試煉之前就沒安全過了，但這個地點……」她又看了一眼狹窄的岩石區塊，以及貪婪的大海。「我會說這裡夠安全。空中看不見我們，岩石又多到不適合船隻停靠。他們不可能徒步巡邏所有地方。」

「他們——」吸魔師說，用力強調這個詞，並沒有將顯而易見的問題說出口。

「凱卓。」安妮克冷冷地說。她沒吃東西，而是開始保養她的弓，從木桶中取出乾燥弓弦，檢查平板弓的機械結構，確保沒有損傷。葛雯娜突然發現他們在夜裡行動和白晝沒什麼兩樣。現在已經很難回想在浩爾試煉喝下史朗獸蛋之前是什麼模樣了，但她很確定以前晚上要看見面前的手掌都很困難。摧毀**寡婦心願號**的混蛋是否具有同樣的優勢？

「我們不知道對方是不是凱卓。」塔拉爾說。「無法肯定。」

葛雯娜揚眉。「乘鳥飛行的士兵？使用凱卓炸藥？」

吸魔師皺眉。「有可能是平民。猛禽指揮部被毀後找到鳥和炸藥的人。」

「不太可能。」安妮克說。

葛雯娜凝望夜空，試著理出頭緒。摧毀**心願號**的人不但弄到凱卓鳥，還能技術純熟地駕鳥飛行，再加上炸藥。要引爆碎星彈並不需要多聰明，但要從高處擊中船隻，計算炸沉那種規模的船所需的火藥量……

「好消息是，」她終於說。「凱卓鳥還在，至少有一隻。至於剩下的事——我們本來就猜到會有凱卓留在島上，一、兩支脫離掌控的小隊。」

「我希望是海盜。」塔拉爾回道。「醉醺醺的海盜。」

葛雯娜微微一笑，看起來像是萊斯那種輕笑。接著她想起萊斯的遭遇，笑容消失。

「說起期待希望渺茫的事，」她面色嚴肅。「我們學到過什麼教訓？」

♛

葛雯娜聞到煙味醒來時，天還沒亮。

安妮克在數呎外縮成一團睡覺，塔拉爾則坐在洞外負責守衛。她透過他的肩膀看見鐵匠座的鐵鎚剛剛觸及海面，那表示還有兩個小時天才會亮。這個時間生火有點奇怪，還是大火。

葛雯娜慢慢坐起，努力不出聲呻吟。在岩石上睡兩個小時讓她肩膀和背部的肌肉揪成一團。她朝一邊轉頭，然後轉向另一邊，將劍扣回背上，走到洞前。

「你聞到了嗎？」她問。

塔拉爾點頭。「不久前聞到了。有考慮要叫醒妳，但距離很遠，情況並不緊急，我想妳那樣游泳後應該多睡一個小時。」

「那樣游泳後我可以睡上整整一週。」她轉動腰部，在肌肉痙攣時皺起眉頭，接著肌肉又放鬆了。她用指節按摩了一會兒，然後深吸一口氣，辨別黎明之前島上的氣味。

有鹽味，鹽味之下是沙味。懸崖上方散發著溫暖的綠色氣息，懸掛的藤蔓和盤旋的嫩芽慵懶地蜿蜒著。每次靜下心來思考，她就會覺得自己的嗅覺實在好得不像話。那感覺彷彿她當了一輩子瞎子，某天醒來卻看見各式形狀和色彩。海灘上有一些腐爛的魚，她可以聞出被太陽曬乾的海鳥糞便，乾硬結塊在岩石上。還有煙味。

「有可能只是早起的人，」塔拉爾說。「巴薩德灣某間廚房裡的火。」

葛雯娜閉上眼，將空氣送上舌頭測試、品嚐。有人在燒木頭和糞便，但不止如此，空氣中還有其他氣味，有點奇怪，而且感覺不太健康。即使過了一年多，她還是能輕易地回想受訓時的情景。油漆在燒。毛髮。肉。

她重重吐氣，突然迫不及待想把空氣吐出體外。

「不光是廚火。」

塔拉爾打量她片刻，然後點頭。

「要去看看嗎？」安妮克問。

狙擊手在葛雯娜分析煙味時無聲走來。安妮克睡得不比葛雯娜久，但她看起來沒有絲毫疲憊，或顯露出任何因游泳而導致的痠痛。她的煙鋼劍已經扣好，手裡拿著短弓，背上揹著箭袋。

「我們的身體狀況不適合作戰。」塔拉爾說。「不管這裡發生了什麼，應該都已經持續好幾個月了，多一天不會改變什麼。」

「你說的或許沒錯。」葛雯娜同意。煙味比之前強烈許多，更濃了。這讓她聯想到安特凱爾整座村子陷入火海的景象。「話說回來，有些日子比其他日子重要。」

「你認為今天是那種日子？」

「只有一個方法能知道。」她回道。

通往山脊線的路多石且陡峭，葛雯娜必須在石灰岩壁上尋找落腳點，在搖搖欲墜的地方保持平衡，利用各式突出的支撐點盪過層層岩架。

*至少不是又要夭殺的游泳，*她安慰自己。

然而，當她抵達鋸齒狀的山脊時，游泳聽起來像是一種解脫。雖然可能會被淹死，但海浪不會一刀一刀將人凌遲至死。她的掌心和膝蓋鮮血淋漓，她能聞到自己的血滴在石頭上的血腥味，還有塔拉爾和安妮克的。

「印象中攀岩沒有這麼難。」她喃喃自語，挺直身子。「從前……」

剩下的話被她嚥了下去。站在山脊頂上，她幾乎能俯瞰整座虎克島、遠處深邃的海灣水域，以及北方夸希島的低矮輪廓。也就是說，她有心要看的話就能看見夸希島。但是她的目光被下方的大火吸引了，島上唯一的聚落陷入一片火海中。即使在最好的時期，虎克島都只是個糟糕的小鎮，是海盜和走私者的避風港，也是在大陸上走投無路的罪犯、妓女、毒販、漁夫的天堂。其中有進取向上的人，也不乏瘋子。虎克島與全帝國最強軍力隔水相望其實十分諷刺，但猛禽認定，不論該聚落有多腐敗，島上有平民聚落有其用處，於是這座小島存活了下來，甚至透過扭曲的方式逐漸繁榮。

不過現在不繁榮了。

「有人放火燒掉小鎮西側。」葛雯娜輕聲說道。「我想他們是受夠那裡的臭味了。」

「有人故意縱火？」塔拉爾問。「妳確定？」

「看看那些火焰。」葛雯娜指著火說。「同時從三個地點燒起。那裡、那裡和那裡。」

塔拉爾看向安妮克，狙擊手只是聳肩。

「多久以前？」吸魔師問。

「不久，房屋都還沒倒塌。」

房屋還沒塌，但快塌了。已經有六座屋頂開始下陷，火焰竄出窗戶和門縫，木框發出哀鳴，在突如其來的壓力下變形，主屋梁也開始位移。整個巴薩德灣被火焰照亮，海浪反射搖曳不定的紅黃火光，彷彿海水也在燃燒。

「有人火大了。」葛雯娜說。「我想這點是可以肯定的。」

「這裡是虎克島。」安妮克回道。「隨時都有人火大。」

「沒有凱卓在管事，」塔拉爾說。「監督他們守秩序。」

葛雯娜緩緩點頭。猛禽指揮部向來不會費心去維持南方島嶼的治安，巴薩德灣上經常會出現浮屍，建造在水面木樁上的低俗酒館中也常有人發出慘叫聲。凱卓不在乎海盜和奸商的私怨，但只要出現公開衝突，或有海盜船長打算把虎克島變成私人領土時，猛禽就會迅速做出回應，明明白白放出信息：喜歡的話就殺死對方，但要私下解決。

顯然沒人在傳達那則信息了。

「不關我們的事。」安妮克下了結論。「我們是來找鳥的，不是把虎克島帶回安努帝國。」

「共和國。」葛雯娜漫不經心地糾正。

塔拉爾還在觀察小鎮。「我們可以去看看。」他說。

葛雯娜看著大火焚燒。或許安妮克說的沒錯，虎克島上積累已久的火熱暴力終於爆發。話說回來，不管是誰縱的火，都有經過一番精心策劃，合理懷疑這可能和在島上的傢伙有關，擊沉心願號的混蛋。

「我們下去，」葛雯娜最後說。「找幾個沒在救火的混蛋，弄清楚究竟是怎麼回事。」

♛

走近之後情況更糟。

葛雯娜能聽見火焰燃燒的劈啪聲響，以及憤怒、恐懼和痛楚的哀號。虎克島的居民跑來跑去努力滅火，但他們做得很差，非但沒有攜手合作，還互相指責、威脅對方。葛雯娜走出小鎮，來到沒有失火的外圍小巷，感受到熱風迎面襲來，比正午的陽光還要熾熱，即使這裡已經距離火場很遙遠了。

完全沒有人在看她，或看安妮克和塔拉爾。這樣很合理，畢竟當半個鎮都陷入火海時，幾張陌生面孔並沒有什麼意義。掩飾行蹤如果沒處理好反而會引人注目，所以葛雯娜三人決定不要遮遮掩掩，快步穿越街道，彷彿和其他人一樣都有地方要去。重點在於保持移動。保持移動，豎起耳朵，努力從混亂中蒐集有用的訊息。

不幸的是，雜音雖然多，虎克島的居民卻都沒提供什麼有用訊息。大家似乎都知道是有人刻意縱火，也知道小鎮西側陷入火海，東側相對安全。少數幾個投機分子手裡捧著可疑的財物，試圖找人一起洗劫焚燒的房舍。太愚蠢了。葛雯娜光從他們越來越大聲的貪婪咆哮就能聽出，進去的人不太可能活著出來。但她遠渡鐵海，游過最後幾十里海，可不是為了阻止幾個洗劫財物的傢伙。

北方幾條街外突然傳來騷動，先是一陣怒吼、尖叫、吶喊，接著在一聲猛烈爆炸聲後陷入了寂靜。

「那是甩芯彈。」葛雯娜說。

安妮克伸手一指。「在北方，碼頭附近。」之後她轉換成凱卓手語，手指成勾。出發？

葛雯娜看向塔拉爾，點點頭。

「碼頭。三方前進。安妮克，西邊。塔拉爾，東邊。會合點在海灘上方的山崖。」

不遠處，約莫一百步外，建築物在碼頭前的開闊廣場上讓出一條路。葛雯娜站在街頭看向碼頭，西岸大火連天，東岸只有幾扇窗口內有透出油燈搖曳的火光。虎克島大部分居民都聚集在廣場上，兩千多名汗如雨下的男女擠在一起，遭濃煙和煤灰熏黑的臉時不時被鎮上肆虐的火光照亮。儘管西方火勢猛烈，他們還是全都在看北邊的碼頭。

中央碼頭有隻和房子差不多高的凱卓鳥停在腐爛的木板上。巨鳥十分安靜，冷酷的黑眼閃閃發光。葛雯娜已經將近一年沒有近距離看過凱卓鳥了，一時之間，她就和面前的鎮民一樣，只能瞪大眼睛看。根據安努境內流傳的故事，凱卓鳥是榮耀非凡的飛行坐騎，是擁有鳥喙和翅膀的巨馬。錯到家了，葛雯娜心想，抬頭看著巨鳥。凱卓鳥受過訓練，願意給人騎，但訓練並沒有抹滅古老真相——牠們並非坐騎，牠們是掠食者。

葛雯娜努力將視線從巨鳥上轉移到站在鳥前的五個人。他們身穿凱卓黑衣、揹著凱卓劍、手握凱卓弓，但葛雯娜一個都不認得。他們採用標準鑽石隊形，原因很明顯，他們面前二十呎外躺了十幾個人，有幾個還在無力抽搐、扭動、想爬離現場，不過大部分都靜止不動、皮肉鬆垮、身殘體破地癱在地上。

情況很明顯，也很醜陋，這群暴民跑來找騎鳥而來的人，企圖攻擊他們，結果被幾顆甩芯彈放倒。那五名「凱卓」占有優勢。其實一個技術還行的狙擊手就能解決他們，但看來這場混亂中沒有多少狙擊手。大部分人顯然是被延燒的大火吵醒，幾乎都衣衫不整。除了凱卓外，葛雯娜只看見一個人有拿武器，從動作來看是個水手。他拿著一把軍刀，一絲不掛，老二隨風擺盪，可能尿到一半或幹到一半，或睡覺解宿醉到一半。這不算什麼威脅，特別是在凱卓小隊面前。

葛雯娜目光轉回碼頭上的那些人。最前方有個魁梧的光頭，膚色幾乎和她一樣白，他笑容得意地舉起一手，彷彿是深受愛戴的貴族，正要為狂熱支持者發表演說。

*如果他打算發表演說，那他可要失望了。*葛雯娜心想。

然而，在大火和喧鬧中她只能勉強聽見數呎內的人在說什麼，那名凱卓的聲音卻能清晰銳利地傳來，就像直接在她耳邊說話一般。

這表示那些凱卓之中有吸魔師。凱登請葛雯娜返回奎林群島時，她就知道此行絕不輕鬆。她在從安努出發前就很清楚要讓整件事情落幕會流很多血，但現在情況變得越來越慘烈了。她咬緊牙關。

「這座島是座糞坑。」男人笑容不減地開口，彷彿獻上最誠摯的讚美。「是糞坑，但我們本來不想燒光它。」

暴民擁上前去，發出憤怒和羞愧的吼叫，眼看著就要衝到碼頭，此時一名士兵舉起一顆碎星彈，那顆碎星彈的引信已經被點燃，明亮光點在黑暗中閃爍。群眾顫抖著，遲疑著，然後紛紛退縮。這群人彷彿是一個單一生物，在可怕的教訓中學會要避開那點恐怖的火光。

說話的人笑容燦爛，白牙在火光中更加明亮。

「所以，為了表示我們的善意……」他戲劇性地伸出一隻手，掌心朝向小鎮西側。「我們只放火燒掉一半……至少暫時如此。」

人們大聲抗議、指責和咒罵。

「這裡沒人虧待過你們！」

「我丈夫死了。他死了！他死了！」

「如果不想放火，那你們這些混蛋為什麼放火？」

那人聽到最後一個問題，把手放在耳朵後。

「為什麼？」他側著腦袋，彷彿想聽清楚他們說話。「有人問了為什麼嗎？」他等了一會兒，又聽了幾句咒罵和問題，然後大力點頭。「啊，我想我瞭解難處了。如果是在其他地方，我們就不會有問題。其他地方的人瞭解法律、犯罪和這些帶來的後果。然而，在虎克島上，你們都……缺乏這些概念。」

他身體後傾，拇指塞入腰帶，笑得更加燦爛。這人其貌不揚，臉很大，嘴角在不說話時總是狡猾地扭曲著，但這混蛋有一副受過訓練的演說家嗓音，聲音渾厚有勁又飽滿，而他顯然很喜歡這樣說話。

「那當然不是你們的錯。」他繼續說。「在缺乏外來法律與秩序強制規範的情況下，沒有人會想克制自己……的原始慾望。從前，猛禽放任你們不管，因為他們想要你們像一盤散沙般混亂無序。那是很嚴重的錯誤。幸運的是，我們趕來讓各位瞭解這些概念。這個，」他伸手指向火焰。「就是正義。」

一時間，暴民都瞪大了雙眼，先是看著這名穿凱卓黑衣的男人，又轉向吞噬他們家園的熊熊大火。在葛雯娜聽來，這些都是鬼扯，長篇大論但毫無重點。不過，現在沒人要動手殺那個混蛋，所以他肯定做對了什麼。事實上，葛雯娜轉頭觀察周遭的面孔時，發現群眾臉上充滿恐懼和怨恨，唯獨沒有困惑。他們提出抗議，但清楚這些黑衣人為什麼要放火燒燬他們的家。她將目光轉回碼頭。

「當你們心生反抗時，」領頭人接著說下去，語氣增添了點怒意。「就會引發這種後果。當你們在簡陋的地窖和茅舍裡窩藏亂黨時，我們就會燒光它們。」他朝碼頭吐口水。那個動作看起來很假，像是在營房裡排練過的演出。「你們應該心存感激。我們燒掉的棚屋簡陋到連老鼠都不該住在裡面，重建時請加油。當那些低賤的鼠輩再度跑來哀求你們收留藏匿時，記住我會支付每顆人頭一枚安努金陽幣。另外，如果又有黃花田被燒，我也會再回來燒房子。」他聳肩。「你們自己選。」

暴民再度開始叫囂，但是另一個聲音貫穿不滿的聲浪。

「你要人頭嗎，混蛋？」

葛雯娜轉身，看見一個女人站在她身後的矮台階上。那女人很高，比葛雯娜還高，手長腳長，膚色黝黑，頭髮短到可以看見頭皮。她五官標緻，儀態高雅，雖然說話時下巴上揚、黑眼閃爍，葛雯娜還是聞得出恐懼的氣味，極力壓抑的深沉恐懼。黑夜中，火光搖曳，乍看之下手無寸鐵的女人，在暴民的注目下從右肩後方拔出一把劍。短劍，煙鋼製成，以凱卓的方式攜帶。然而，除了劍以外，女人的穿著打扮和碼頭上的男人完全不同。

她沒穿黑衣，而是無袖短衫搭配黑褲，在島嶼炎熱季節很實穿，但打架時就有點過於寬鬆。她懂得如何持劍，這就比在虎克島上混的大部分笨蛋強，而且有慎選站位——地勢高，背對房屋，雙倍逃亡路線——不過有一側缺乏防禦，那條長巷很適合進攻。要看出這一點不需要一下心跳的時間，但用看的當然很簡單。那代表什麼意思？在碼頭上反抗凱卓的女人看起來也像個凱卓，不過不夠完美，彷彿是窺探猛禽多年卻始終沒有真正參與訓練的人。

「如果你要人頭，」她又叫道，逐漸加劇的恐懼導致她的聲音幾近崩潰。「何不過來砍我？我沒有躲在地窖裡，你們這些殺人凶手。我就在這裡。要我的頭？過來拿。」

碼頭上的人目光全集中在她身上。她突然現身抹除了領頭凱卓臉上不可一世的笑意，他身後有兩名士兵也半舉起弓箭。那個動作毫無意義，女人可以在他們放箭的同時閃回屋內。碼頭上的人似乎也瞭解這一點，所以沒人真的拉弓放箭。

群眾紛紛避讓，遠離即將爆發的衝突，在凱卓和台階上的女人之間清開一條道路，彷彿要迎接皇帝駕到。那名心中恐懼的女子待在原地沒動，那表示她要不是蠢到極點，就是除了單純挑釁外還有其他目的。

「我希望妳很開心，克——拉。」領頭凱卓說，刻意拉長她名字的第一個音節。「有不少人因妳而死。」他的口吻帶著漫不經心的慵懶，但葛雯娜看到他變換站姿。在濃厚的煙味和汗味中，她聞到他身上散發一股渴望的氣味。

克拉冷冷搖頭。「我可不記得有放火燒屋。」

「妳應該知道當妳挑選平民當盾牌時，盾牌會被打爛，會粉碎。」

克拉臉色一沉。「沒人會聽你這種鬼話，漢克。他們知道是誰在動手，也知道原因。人們分辨得出誰是暴君。」

「他們分不分辨得出躲在小孩後面的懦夫呢？」

她攤開雙手。「我現在沒躲了。想要我，我就在這裡。」

原來這是個陷阱。

葛雯娜再度掃視廣場，研究角度和接近路線。那名叫克拉的女人想把凱卓引向南邊，離開碼頭。引去哪裡？有幾個地方適合放置炸藥，不過炸藥不會區分敵人和平民。這未必是問題，但這個女人似乎很想區分開來。

那就是有狙擊手了。

克拉知道碼頭上的人會有狙擊手掩護，搞不好有好幾個。她顯然希望她的出現能誘出那些人來，期待躲在暗處的凱卓弓箭手，不管他們在哪裡，都會跑去能狙擊自己的位置。有個很明顯的位置——葛雯娜看向街道東側，克拉右邊缺乏防備的方向。如果有凱卓躲在巷子裡，他們就會往那裡移動展開狙擊。這表示若克拉事先有設置陷阱，她就會派人在巷子裡等著，準備在那裡解決狙擊手。

克拉的同夥躲在一扇門的陰影中，並且已經拔出劍來，一把煙鋼劍。作為陷阱，這裡設置得極為糟糕且一目了然，不過幾下心跳的時間就被葛雯娜識破了。但不得不佩服那個女人有站在台階上當誘餌的勇氣，敢於面對五名凱卓和一隻巨鳥，希望能引誘一、兩個人進入巷子。你必須佩服她，還得盡快佩服，因為她即將遭遇各種攻擊。

兩名弓箭手——葛雯娜心知肯定存在的凱卓狙擊手——從四十步外進入巷子裡。葛雯娜等著拿劍的男人，也就是克拉的祕密同夥啟動陷阱。但他沒有。他沒有跳出黑影，而是僵立原地。弓箭手拉弓搭箭穿越小巷，完全沒注意到他，而當他們輕聲上前專注在獵物上時，那個男人退回陰影中，就此消失。

「夏爾的大便插在木樁上。」葛雯娜喃喃說道，轉身對安妮克打信號。

她手還沒落下，安妮克箭已離弦，巷子裡的兩名狙擊手中箭倒地。至於克拉的懦夫同夥，依然不見蹤影。葛雯娜緩緩掃視群眾，眼光放遠，不去在意每個人的臉，在大批人群中尋找不對勁的舉動。既然有兩名狙擊手，很可能就有第三名。

她只花了幾下心跳的時間就找到了目標人物。十幾步外，某條側巷巷口，兩個男人在人潮中奮力逆向而行，在其他人都努力遠離時擠向台階上的女人。還有一個人從反方向逼近，三人全都放慢速度，但他們的行動似乎不像表面上看來那麼簡單。他們都沒持弓，要殺女人也不是非弓不可，只要距離夠近就行，而他們確實越來越接近了。

「操，好吧。」葛雯娜罵得比預期中大聲。

她拔出腰帶匕首，眼睛依舊在觀察局勢。

碼頭上的凱卓一動不動，但至少有三名同夥在人群中移動，而她發現不止這些，四個、五個、六個……葛雯娜本來以為還有一隊人馬分散在廣場上，現在看來至少有兩隊，而且兩隊人馬顯然都打算掩護碼頭上的主隊，全朝向台階上的女人移動。克拉似乎毫無所覺，只偷偷瞥了同伴在這個爛計畫分崩離析時消失的巷子一眼。

有一瞬間，葛雯娜考慮讓那個女人自生自滅。在還沒弄清楚誰是誰、誰該死、誰只須要教訓一頓的情況下就拿匕首捅人其實很沒道理。不過局勢其實滿清楚的：騎鳥的人為了找出其他人，他們所謂的亂黨，縱火燒屋。克拉是亂黨。只有浩爾知道還有多少亂黨，那些人又躲在哪裡。目前看來這兩則情報似乎都很有用。

「操，好吧。」葛雯娜又罵了一聲，在第一名凱卓經過時將匕首捅入他肋骨之間。

對方瞪大雙眼，痛到呼吸困難。他無力地摸向匕首，用發麻的手指胡亂摸索。葛雯娜一手摟著他的腰，彷彿他是個喝多了的朋友，接著輕輕將人放倒。這是她在一整個大陸之外的地方和一個顱誓祭司學來的招數，而那彷彿是上輩子的事了。她沒有再對安妮克或塔拉爾打信號，他們不需要更多天殺的信號。很顯然，殺人的時候到了。

她站直身體，發現他們也都和自己一樣開始動手了。一名凱卓慢慢向前彎腰，抓著插在胸口的箭，另外一人跌跌撞撞，口吐鮮血。不過還有更多人前來，而安妮克無法射中所有人。

「克拉。」葛雯娜大喊，試著在不驚動廣場上所有人的情況下吸引台階上那名女子的注意。

「克拉。」

克拉低頭。她一臉困惑地瞪大雙眼，眼中反射西方的火光，充滿恐懼與憤怒。葛雯娜朝她比向最近的街道。

「該走了。」

女人唯一的反應就是壓劍指向葛雯娜，不幸的是，這個動作引來了所有人的目光。數呎外緊逼而來的另一名凱卓轉頭看向葛雯娜，在注意到她手中染血的匕首時，從斗篷下拔出一把劍。

葛雯娜搖頭。「我是你這邊的人，混蛋。」她朝對方嘶聲道。

他遲疑，轉頭看向低頭盯著他們的克拉。葛雯娜幾步上前割斷他喉嚨，旁觀的人開始尖叫。她身後的碼頭上，巨鳥旁的人開始行動。情況急轉直下，而且即將變得更糟。

「我並不真的是他那邊的人。」葛雯娜看著克拉的雙眼急吼。「現在真的該走了。立刻。人群裡有很多他們的人。」

克拉搖頭，朝身後的門廊退後半步。「妳是誰？」

「聽著，婊子，」葛雯娜失去耐性。她右手邊有個男人開始衝鋒，被安妮克一箭射穿眼睛。「妳很勇敢，但是很笨。現在給我下來，該走了。」她朝附近的街道一比。「那邊。」

葛雯娜身後有個女人放聲慘叫，痛楚夾雜著驚慌。她只是大半夜跑出屋外目睹小鎮陷入火海的居民之一，和眼前的衝突一點關係也沒有，但那叫聲似乎令克拉回過神來，她衝下石階，終於展現出一點葛雯娜期待中的能耐。

然而，克拉沒有跟她走，而是瞪著東邊的巷子看。「還有一個人，」她輕聲道。「傑克——」

「別管他，」葛雯娜說。「他跑了。」

「他本來應該要——」

「我知道他本來應該要幹嘛。他沒做。」

克拉猶豫不決，繃緊下巴，最後決定跟著葛雯娜走，一起衝向泥濘的街道。葛雯娜聽見十餘步外傳來追兵的腳步聲，立刻抓起女人的手肘，在弓箭插入木牆時將人拖入一條側街。塔拉爾在那裡，手握雙劍，其中一把劍上染滿鮮血。

他指向兩棟房子中間的矮牆，剛好可以爬過去。

「那裡，」他低聲道。「可以直接從另外一側出鎮。」

葛雯娜把女人推向矮牆，但她掙脫了，轉身衝向廣場。「傑克！」她語氣迫切。「我的夥伴呢？他在哪裡？」

「我他媽哪會知道？」葛雯娜怒斥。「東邊某處。」

「我必須去找他，我要回去找他。」

「不行。」葛雯娜又伸手去拉女人的手臂，一邊打量著她。克拉比葛雯娜高上一、兩吋，但比較瘦，體重也更輕，萬一她一定要當英雄的話可以打昏了帶走。葛雯娜換個位置，用胳膊勾住她喉嚨，但塔拉爾迎上前來。

「他長什麼樣子？」他問。「傑克。」

克拉的眼睛大得和月亮一樣。她轉頭看葛雯娜，又看向塔拉爾。

「矮、壯、白、光頭，肩膀上有刺兩隻凱卓鳥……」

那算不上什麼描述，但塔拉爾點頭，然後在她說完之前沿著巷子飛奔而去。

葛雯娜怒吼一聲，張口要叫吸魔師回來，接著閉上嘴巴。塔拉爾可以照顧自己，他的承諾也讓克拉冷靜下來，而且他們分頭跑有機會能擾亂追兵。

「會合點集合。」她在他身後叫道。「別他媽給我死了。」

11

艾黛兒坐在碼頭的盡頭，泡在水中的赤腳隨著拍打木樁的海浪起伏。這不是帝王會做的動作，但她已經努力擺出帝王姿態一整個早上，端坐在高高的椅子上，俯瞰安努地圖廳冒煙的廢墟，試著不被一日前的煙灰嗆到，將用以修補帝國及共和國之間嫌隙的協議簽署為正式法令。能用手肘靠在皇家碼頭上的感覺真好，看著海灣上的大船在海風吹拂下傾斜，短暫忘記自己差點摧毀一切的感覺真好。

如果能忘記那一切的話肯定會更好，但她弟弟拒絕讓她忘記。

「妳怎麼知道，」凱登輕聲問道。「整座地圖廳不會都燒起來？」

「我不知道。」

「妳怎麼知道不會有議員出手攻擊妳，或殺了妳？」

「我不知道。」

「妳怎麼知道在妳幹出那種事情後，他們還會願意簽署協議？」

「我不知道，凱登。如果你想知道真相，那就是我他媽的嚇壞了，但找不出任何其他可行的辦法。」她沮喪地長嘆口氣，轉身面對他。

凱登盤腿而坐，雙手放在大腿上。他的姿勢就和他整個人散發出的一切一樣，內斂封閉。艾黛兒不知道為什麼他燒傷後還能這樣坐著。議會廳的火一瞬間就將所有空氣化為火焰，艾黛兒自己的皮膚也燙傷發痛，棕色的皮膚下呈現暗紅色。她的腳和腿在冰涼海水中泡得十分舒服，讓她很想跳進海裡，漂浮在碼頭陰涼的陰影下。

她小時候很喜歡在碼頭下游泳，或許是因為那樣能夠支開她的艾道林護衛軍。但伯區和弗頓都已經離開了，一個辭職，一個去世，她也不再是小孩而是成年女子了。今天早上簽完協議後，她還正式成為了全安努的皇帝，已經不可能再去碼頭下漂了。

「妳無法想像，」凱登緩緩說道。「要說服議會牽署這份協議有多麼困難。他們並不想讓妳回來。」

「你就想？」艾黛兒問，謹慎打量他。

眼前這個坐在碼頭粗木板上的男人，和她印象中那個小男孩沒有多少相似之處。八歲時的凱登瘦骨嶙峋，手肘和膝蓋都很明顯，雜亂的黑髮在跑步時會在眼前亂飛，而他似乎隨時都在跑步。凱登、瓦林和艾黛兒三人一起在皇宮裡長大，接受同樣的父母和守衛管教，同樣的老師授課，但是她兩個弟弟還是有辦法在紅牆內找到艾黛兒從未感受過的自由。

倒不是說她小時候討厭黎明皇宮。她會在走過長廊時、於古神殿的芳香寂靜中祈禱時，或站在王座旁的涼爽陰影中時，感受到內心盈滿自豪，為她的家族、她的姓氏、她的皇宮，以及皇宮所代表的歷史感到自豪。每當她走過完美無瑕的花園，走過大片茉莉花和梔子花下，或者停下來仰望懸浮於庭院上方百步高的飄浮大殿的優雅角度；每當她站在英塔拉之矛塔頂，眺望帝國遠方的大海、森林和農地朝地平線延伸而去；每當她想到這一切有多宏大、遼闊、壯麗，就會覺得自己十分幸運。

然而，這種幸運也有負擔。如同父親在夏至、冬至、春分和秋分時參加慶典所穿的金袍，艾黛兒本身閃亮美麗的地位也在她纖瘦的肩膀上形成重擔。打從有記憶以來，她就一直感受得到那種負擔。身為馬金尼恩就必須瞭解所有歷史，感受當前形勢宛如一條價值連城的絲綢在她的小手之間滑動。黎明皇宮的高聳紅牆不是為了將世界隔絕，也不是為了阻擋它，而是保護其內精巧的帝國體系，是支撐這個世界運轉的樞紐。艾黛兒感受到那股旋轉的力量，每天都能感受到，幾乎從她醒來時就開始……即使她知道自己永遠不會成為皇帝，父親難以估量的重大職責永遠不會屬於她，而是屬於凱登。

至於凱登，向來都是一副天真無知的模樣。

這個她所認識的男孩總是跟在瓦林身邊，沒事就翹課，努力甩開護衛，在城牆四周奔跑，或溜進最深層的地窖。他跟桑利頓和艾黛兒一樣擁有燃燒之眼，但似乎完全不知道那雙眼睛所代表的意義，以及擁有燃燒之眼必須做的事情，或是可能他根本不感興趣。大部分時間，艾黛兒都會想像犬舍管理員克林趕在凱登之前坐上王座，至少犬舍管理員嚴肅認真看待自己的職責。

艾黛兒唯一一次看過他靜下來，是在凱登自覺獨處以為沒人看到他的時候。有一次，艾黛兒為了解不開一道數學題而感到沮喪，於是在下課後爬上面海的城牆，打定主意要坐在那裡，不管海風多麼刺骨，都必須研究題目直到解開為止。她沒想到會在那裡遇上凱登。他的艾道林護衛軍站在一百步外，擋住所有通往高牆的路線，而他則靠在牆邊，朝東凝望壁壘之間。艾黛兒向他走了幾步後，突然停了下來，超乎尋常地意識到，她從未見過弟弟這一面，又或許曾經見過，但不曾留心。她看不出他在看什麼——碼頭上的船？天上的海鷗？破碎灣崎嶇的石灰岩地？他身上散發出一股寧靜感，一動也不動，靜止到彷彿他永遠不會再動了。他隔了許久才轉過身來，發現她在看自己時，他瞪大燃燒之眼，幼稚的笑容又回到臉上，迅速跑開。他的艾道林護衛軍大聲抗議，連忙追上去。

現在看來，那個笑笑鬧鬧的男孩已經消失，將近十年的辛恩僧侶生涯磨光了他臉上輕鬆的笑容，黑髮也沒了，剃光了。他的眼睛仍在燃燒，眸中的火焰卻顯得遙遠又冰冷，就像父親從前那樣。要不是十年前在面海的城牆上見過他的另一面，艾黛兒可能根本認不出他來。此刻看著凱登，她看見的就是那股寧靜、那股沉默、那道難以理解的目光。

「妳回安努並非想不想的問題。」凱登終於說。「而是有其必要。」

她搖頭，疲憊又困惑。「如果我們終究必須站在同一陣線，你可以早點跟我合作。比方說，當你回到安努的時候。我們這段日子本來可以聯手，馬金尼恩聯合陣線，而不是自相殘殺。」

「馬金尼恩聯合陣線。」凱登複誦，打量著她。艾黛兒在那道目光下覺得自己像是稀有昆蟲，來自北方森林的品種。「需要瓦林在場。」他過了一會兒問道。「妳知道他現在在哪嗎？」

艾黛兒心跳加速。她強迫自己保持冷靜，將視線停留在海面上，雙腳慵懶踢水，但心中再度浮現那些可怕的場景——瓦林突然出現在安特凱爾的塔頂。瓦林刺殺弗頓，她最後一名艾道林護衛。弗頓盔甲下湧出熱血，艾黛兒想去扶他，守衛的身體卻異常沉重，鋼鐵拒絕被解開。瓦林威脅伊爾·同恩佳，威脅要殺害唯一能夠拯救安努的將軍。艾黛兒手中匕首閃光，插入弟弟身側。她自己的慘叫聲宛如腦中的尖刺……

或許她有其他選擇，但當時看不出來。少了伊爾．同恩佳，他們就會戰敗，厄古爾人早在幾個月前就會騎馬踏爛安努。瓦林失控了，從他的眼神來看，他已經精神失常。他和艾黛兒印象中的男孩完全不同，所有玩性全都消失，所有喜悅和惡作劇被仇恨、恐懼、黑暗和毀滅性的憤怒取而代之。於是為了拯救帝國，她做了非做不可的事。自從目睹他軟癱的屍體墜入塔下的海浪以來，艾黛兒已經反覆審視自己這麼做的理由數十次、數百次。她找不出其他選項，當時找不到，之後漫長的幾個月也找不到，但這種想法完全無法阻止她作噩夢。

「上次看到瓦林，」她回答，謹慎面對凱登的目光，保持語氣平穩，不會太大聲，遊走在漠不關心的邊緣。「他還是要上船前往奎林群島的男孩。」

她強迫自己吸一口氣，再緩緩吐出。說謊，如同在冬夜生火，不能操之過急。

凱登沒有反應，只是透過那雙燃燒之眼看她。他臉上沒有一絲情緒，像一堵空白的牆，或是一片雜草，但他一直看、一直看，直到艾黛兒感覺有汗水沿著後頸流下。

他不可能知道，她提醒自己。他絕不可能發現。

那雙眼睛持續燃燒。她覺得自己像是野兔，受困於獵人陷阱中的熱血小動物。

萬一有人看見呢？她腦中的聲音聽起來像妮拉。下面有數千名可憐的混蛋在混戰，搞不好有人看見妳一刀捅進瓦林身體裡。

幾個月來，艾黛兒一直擔心此事，畢竟屍體從高塔上墜落不是很容易錯過的景象。不過瓦林身上插著自己的匕首一邊噴血一邊翻滾墜塔時，是朝南墜落，面湖那一側，遠離任何人的視線。更重要的是，整件事情發生在下方激烈交戰之際，視線範圍內的所有人都在拚命戰鬥，不是在揮劍，就是在躲劍，他們沒有時間和空間去研究安特凱爾受限的天際。

至少，艾黛兒是這樣告訴自己的。而日子一天一天過去，沒人提出異議，沒人要求答案，艾黛兒心中逐漸燃起沒人發現瓦林已死的希望，永遠不會有人發現真相。一直沒人提起此事理應令她鬆口氣，她現在最不需要的就是姊弟鬩牆的流言在殘破的帝國中傳開。她應該感到慶幸，但是她並沒有。

歷史的殘酷真相，戰爭、飢荒、暴政和屠殺，是由數百萬人共同面對承擔。然而，塔頂謀殺事件的真相，艾黛兒必須獨自承擔。唯一的證人，伊爾．同恩佳，是瑟斯特利姆人。儘管他態度和善、語氣輕鬆，但他打從骨子裡無法理解艾黛兒將刀子捅向她弟弟所要付出的代價。這個故事是她的，那片死寂也是，有時候這兩者沉重到超乎她所能承受的極限。

她搖頭。「我希望我們知道瓦林在哪裡。我願意拿半個拉爾特去換一支凱卓小隊。」她凝聚目光，注視凱登。「我的間諜說你或許知道他在哪裡，他逃離奎林群島後曾和你聯絡。」

「間諜？」凱登揚眉詢問。

「對，」艾黛兒回答。「間諜。假裝和你站在同一陣線，其實是幫我做事的男男女女。你們無能的共和國肯定也有間諜。」

他緩緩點頭。「他們是怎麼跟妳說的？」

「瓦林背叛凱卓，逃出奎林群島。他跑去找你，或許救了你，是這樣嗎？」

凱登又點頭。「算是。而我們的間諜回報安特凱爾有凱卓小隊。他們說有個紅髮女人在北境軍團抵達前出面指揮。戰場上發生的爆炸是凱卓炸藥造成的。有人見過身穿凱卓黑衣的女人，看起來和男孩差不多。」他看著她注視自己的雙眼。「這些描述聽起來像是瓦林的隊員，葛雯娜・夏普和安妮克・富蘭察。」

艾黛兒點了點頭。「我在塔頂有看到她們。」她說的盡可能逼近事實。「但沒有人知道他們的身分。」

「就連伊爾・同恩佳也不知道？他是肯拿倫，凱卓是他在管的。」

「那並不表示他會記下所有學員的長相。再說，怕你的間諜沒提，那天是在打仗，伊爾・同恩佳努力阻止長拳入侵，不是在玩猜猜誰是凱卓的遊戲。」

「但是沒有瓦林的蹤跡？北邊都沒有？」

艾黛兒搖頭。「如果他在場，我沒見到他。當然，當時在打仗，數萬名士兵……」

凱登猶豫了一下，似乎在考慮要不要繼續逼問此事，接著皺眉。這是兩人一起來到碼頭後，他第一次露出真實的表情。

「那長拳呢？」他終於問。「厄古爾大酋長有參戰嗎？」

這又是另外一個話題，危險，但是沒有討論瓦林危險。

「沒有。」艾黛兒回答。「一個名叫包蘭丁的凱卓逃兵指揮厄古爾部隊。他顯然是個吸魔師，撐起了橋。」

「我知道包蘭丁。」凱登冷冷說道。「我在骸骨山脈差點殺了他。他很危險。」

艾黛兒抑制內心的驚訝。她沒聽說過吸魔師與凱登有關係，但父親死後的亂局之中有很多事情她都沒聽過。她難以想像凱登殺害任何人，更別說是凱卓吸魔師。凱登不是戰士，這點一眼就能看出來，但那雙眼睛……她顫抖著，然後偏頭，望向在船錨固定下隨浪起伏的船隻。海鷗聚集在索具上，三不五時會鳴叫，俯衝而下，從海裡叼出掙扎的魚。

「危險完全不足以形容那名吸魔師。」艾黛兒片刻過後回道。「他把俘虜拖到空地上大卸八塊。有時候他旁觀，有時候親自動手。」

凱登只是點頭。「那是他的魔力源。他吸收他們對他的恐懼、仇恨、厭惡，拿去做……他做的事。」

「我來告訴你他都做了些什麼。」艾黛兒說。即使經過好幾個月，那段記憶依然鮮明恐怖。「他撐起整座橋讓部隊通過，還推倒了城牆。」她搖頭。「他可以在一百步外捏捏手指，人頭就會在頭盔裡爆炸。」

「隨著越來越多人懼怕他，他的力量與日俱增。」凱登說。「情況只會日益惡化。」

「這就是伊爾．同恩佳和我試圖阻止那個混蛋的原因。你在這裡跟議會那些白痴假扮製圖師，但是一切都在北方上演，凱登。」

「一切？」他冷冷問道。「我知道包蘭丁的事，但長拳在北方嗎？」

艾黛兒遲疑，努力思索真相扭曲的布料。一切都編織在一起，伊爾．同恩佳的身分、瓦林之死、長拳的真相，以及關於妮拉和歐希的真相。一旦放棄其中一個真相，將難以阻止其他真相浮出水面。它們絲絲相扣，要不了多久就會發現整塊布料被扯爛，散落一地。

「艾黛兒，」凱登看著她說。「我必須知道那裡的所有情況。如果不採取行動，會發生很可怕的事情。」

「可怕的事情已經發生了，發生在我身上，在你身上，在安努身上。」她朝北揮手。「事情他媽的還在上演，凱登。你沒見過厄古爾人留下的剝皮屍體。小孩的焦屍。女人被慢慢分屍，一條手，一條腿。你回來之後有離開過首都嗎？」

他慢慢搖頭。「要辦的事都在這裡……」

「到處都有事情要辦。如果我聽說的傳言有一半是真的，那麼強盜封鎖了半數道路，漁夫發現當海盜賺得更多，貿易活動減少，偷搶拐騙增加，半個漢諾和錢納利都落入魏斯特部族手裡，曼加利人覬覦安卡斯，自由港和同盟城邦在謀殺我們的稅收。整體形勢都在分崩離析。」

「你以為我魯莽行事，因為我沒有宣告就孤身入城，還燒掉你的白痴地圖廳？」她用手指戳他。「你呢？你跟你的共和國小心翼翼，你們老謀深算，為了是否要在黎明皇宮牆上多掛幾面旗幟爭論八、九天，這樣做會害死你們。」

她稍停片刻，喘著粗氣，然後糾正自己。「不，你們不會害死自己。其他人，安努百姓，沒有紅牆保護的人，他們才是被你們的決定害死的人。或是因為你們沒能做出決定。」

凱登沒對這些激烈的言論表現出任何吃驚，只是冷冷看著她，然後點頭。「我瞭解妳在急什麼，但毫無頭緒就展開行動並不能拯救人命。」

艾黛兒已經開始搖頭了。「這是父親會說的話。他一切謀定而後動，遠比你考慮得周詳，努力考量所有方面，擬定天殺的計畫，結果呢？肋骨被插一刀。」她用力閉嘴，一方面為了不讓自己繼續說話，一方面為了壓抑悲傷。

凱登坐在那裡，雙手交疊在大腿上，他看著她，彷彿她是條在碼頭上垂死掙扎的藍鰭條紋魚。提起桑利頓遇害之事並沒有讓他露出任何表情。

「殺害他的是妳的將軍。」他終於輕聲說道。「朗．伊爾．同恩佳殺了我們父親。」

「你以為我他媽的不知道嗎？」

他眨眼。「很難知道該怎麼想。」

「對，凱登，很難。但那並不表示你就可以放棄思考。」

「我沒放棄。」

「是這樣嗎？」艾黛兒問。「那你過去這九個月都在做什麼？你摧毀了數百年來為世界帶來和平與繁榮的帝國，這點我承認，然後呢？」

如果是其他人，任何人，都會回應她的挑釁。妮拉會甩她一巴掌，李海夫會跟她爭辯，朗．伊爾．同恩佳會嘲笑她，而朗．伊爾．同恩佳還是個天殺的瑟斯特利姆人。凱登卻只是搖頭。

「情況比妳瞭解的複雜多了。」

「你怎麼會認為，」她控制自己的音量。「你知道我瞭解什麼？」

「除了厄古爾人之外，還有其他威脅，更迫切的威脅。」

「當然有。」她啐道。「我剛剛才理好半份清單，威脅多到有時候厄古爾人彷彿不算什麼。至少他們只是嗜血蠻族，有著明確的目標，突破北境軍團的防線，染指整個帝國。平心而論，他們真的是很傳統的威脅。」

「厄古爾人或許是單純嗜血的蠻族。」凱登回道。「但指揮他們的大酋長不是。而妳的將軍，朗．伊爾．同恩佳，也不單純是個將軍。」

艾黛兒感到毛骨悚然。她張口欲言，隨即閉嘴。就這樣，他們又回到半真半假、不盡不實的危險地帶。凱登直視她的雙眼，沒有迫切感，也沒有困惑。她沒辦法在那雙燃燒的虹膜中看出蛛絲馬跡。她預料過這種情況，早就做好準備，但沒想到一切會來得如此突然。

她回頭看。艾道林護衛軍位於百步之外，背對碼頭盡頭。儘管如此，她還是盡可能壓低音量說：「朗·伊爾·同恩佳是瑟斯特利姆人。」

凱登點頭。「我知道。這表示妳幫他生的小孩也是瑟斯特利姆人，至少有一半是。」

他的聲音很輕，幾乎毫無起伏，彷彿他只是個低聲傳達無關緊要訊息的僕役。艾黛兒竭力克制想要打他的衝動。

「我沒有幫他生孩子。」她嘶聲說道，聲音宛如憤怒磨尖的利刃。「生孩子並不是我幫伊爾·同恩佳做的事情。桑利頓不是物品，不是我為了取悅偉大將軍而從兩腳中間製造出來的獎品。我的孩子只是我的孩子。」

面對她的怒火，凱登眼睛都沒眨一下。「但是妳兒子還是讓伊爾·同恩佳更接近王座。」

「伊爾·同恩佳不想奪取天殺的王座。」

「或許那並不是他的目的，但那是手段，是工具。他是瑟斯特利姆人，艾黛兒。」

她緩慢又痛苦地控制狂跳的心臟，嚥下湧到喉嚨裡的言語，強迫自己保持冷靜。海浪宛如不會疲倦的活物般拍打碼頭下方。她看著弟弟，試圖在他眼裡搖曳的火光中判斷接下來的行動。片刻過後，她決定賭一把。「你的基爾也是。」

「他是。」

有一瞬間，他們坐在原地，彷彿剛剛透露的真相大到無法跨越。太陽落至皇宮後方，海水逐漸變冷，於是艾黛兒縮回雙腳，膝蓋貼胸。東風吹拂，頭髮打在她臉上，她瑟瑟發抖。

「伊爾．同恩佳警告過我基爾會在這裡。」她終於說。「他說不要相信基爾。」

「基爾叫我不要相信伊爾．同恩佳。」

艾黛兒攤開雙手。「聽起來是個僵局。」

「不一定。」凱登緩緩回應。「除了在兩個瑟斯特利姆人之間選擇，我們還有赤裸裸的事實可以考量。」

「事實。」艾黛兒謹慎地說。「會被陳述的人扭曲。」

「至少我們知道這些事：妳如此倚重的將軍就是殺死我們父親的凶手，他還派了將近一百名艾道林護衛軍暗殺我，派凱卓小隊在瓦林離島前暗殺他。」凱登搖頭。「如果要決定該相信誰，我認為應該想想他們有何目的，他們做過什麼事情獲取我們的信任。」

艾黛兒整理思緒。當然，這些她都知道，但是從別人口中聽見這些天殺的話被大聲說出口，感覺完全不同。

「有原因。」

凱登動也不動。「所有事情都有原因。」

海灣遠處有艘船逆風而行，船身傾斜，破浪前進，先朝一個方向，又換另一個方向，以一種難以捉摸的方式接近它看不見的目標。艾黛兒看了老半天也不知道它要開往何處。過了很久，她轉回去面對弟弟。

她必須透露一些事情，這點很明顯。他已經知道伊爾・同恩佳的事，明白她清楚自己的將軍是殺人凶手，如果什麼都不透露，不說出她做那一切的原因，他就會相信所有他顯然相信的事情：她奪取王位完全是出於對權力的渴望，她和伊爾・同恩佳聯手是為了鞏固權力，她在乎的是自己的地位而非安努百姓的福祉。如果他相信那些，她就不可能和他合作，而她若想拯救人，就得和他合作，和整個議會合作。她必須告訴他一些事實，必須解釋。問題在於該透露多少？

「奪取王座時，」她終於開口，輕聲說道。「我以為你死了。」

「我不在乎王座，艾黛兒。」

「如果知道你還活著，你會回安努，我就不會那麼做，沒必要那麼做。但父親的葬禮已經過去好幾個月，你杳無音訊太久了，如果我不奪取王座，伊爾・同恩佳就會動手。」

「我不在乎王座。」他又說一次。

她審視他，試圖看穿那雙眼睛，尋找符合人性的東西，真實的東西。

「那你為什麼要摧毀安努？如果你不在乎王座，為什麼花這麼大心力阻止我坐在上面？」

「我要阻止的不是妳，是伊爾・同恩佳。安努是他的……武器，我不能讓他使用這把武器。」

「你有沒有想過，」她問。「我或許已經控制住伊爾・同恩佳了？」

「控制他？」凱登揚起眉毛。「妳和他上床，然後在他的支持下自封為皇。妳不光沒有控制他，還確立了他的地位，然後把自己的軍事力量投入到他的部隊中。我沒看出妳有做過任何違逆他意願的事。妳知道他是瑟斯特利姆人，知道他謀害父親……讓情況看起來更糟。」

她很想打他，在那雙沒有情緒的目光中打進一些情緒。

「你以為自從得知真相後，」她吼道。「我沒有每分每秒都想割開他的喉嚨？」

凱登直視她的眼。「那為什麼不割？」

「因為有時候必須壓抑本能，凱登。有時候就是要犧牲，接受最令人厭惡的狀況，就算只是權宜之計。」她搖頭，突然感到非常疲憊。「想到什麼就脫口而出感覺很好，不是嗎？一輩子都只要跟誠實正直之人打交道肯定很棒。永遠不必妥協，永遠不必做出痛恨自己的決定，這絕對讓人非常非常滿足。」

她凝望東方，看著晚風拂過海面，吹出浪花。議會廳依然在她身後悶燒，但清爽的東風、鹽和涼意，會把煙清除乾淨。

「跟著感覺走或許是很不錯的生活方式，」她輕聲道。「卻是很糟糕的統治之道。」

凱登眨眼。「好吧。」他頓了頓，然後把頭側向一邊。「妳怎麼發現伊爾·同恩佳的事？」

「他犯錯了。」艾黛兒直接回答。

凱登皺眉。燃燒的眼睛望向遠方，彷彿在研究地平線下的東西。「似乎不太可能。」他終於回道。「比較可能的情況是他主動讓妳得知妳曉得的事情。」

「為什麼？」她問。「因為我就是個愚蠢的蕩婦？因為我不可能有點自己的想法和能力？」

「因為他是瑟斯特利姆人，艾黛兒。他比我們還聰明，而且有數千年的時間策劃陰謀。他是他們最偉大的將領……」

「你沒必要告訴我他有多聰明。」她冷冷回道。「你忘了我在安特凱爾之塔上。我見過他指揮作戰，知道他能力多強。我讓他活下來是為了他的聰明才智，因為我知道我們有多需要他。」

凱登揚眉。「而妳還是自認比他聰明？」

「我認為就連瑟斯特利姆人也有運氣不好的時候。」

「什麼意思？」

「意思就是還有其他勢力牽涉其中。你不知道的勢力。」

「告訴我。」

她大笑一聲。「就這樣，嗯？」

他聳肩。「有何不妥？」

「因為我他媽的不信任你，凱登。那就是不妥之處。你回安努的第一件事就是摧毀安努。你想阻止伊爾・同恩佳，至少你是這麼說的，但朗・伊爾・同恩佳是唯一真正在保衛安努的人。」

「他不是保衛安努。」凱登輕聲道。「他只是要殺長拳。」

「此時此刻，這兩件事是同一件事。」

「如果長拳只是厄古爾大酋長，那就能算是同一件事。」

於是，在大費周章轉移話題後，話題又回到長拳身上。艾黛兒根本沒見過那傢伙，但這人似乎無所不在，是所有謎題的答案，所有濃煙下的火焰，所有漫長行軍盡頭的血戰。條條大路都指向長拳，所有慘叫聲都能循線反推到此人明晃晃的尖刀。她說過的每個名字——凱登、伊爾・同恩佳、瓦林、包蘭丁——之下或之上，似乎都能聽見厄古爾大酋長的名字。

「你以為他是什麼？」

凱登深吸口氣，屏息片刻，然後緩緩吐出。「長拳是梅許坎特。」

艾黛兒瞪大雙眼。手臂和後頸寒毛同時豎起。傍晚很涼爽，並不寒冷，但她忍不住打了個寒顫。伊爾·同恩佳已經這麼說好幾個月了，但她從未相信，不算真的信。「你為什麼這麼說？」

他瞇起眼打量著她。「妳知道。」

「我知道有這個可能。」

「伊爾·同恩佳告訴妳的。」

她謹慎點頭。

「他有沒有告訴妳，為什麼他這麼急著想要摧毀長拳？」

「和我的理由一樣，」她說。「和你也應該抱持同樣的理由，為了保護安努。」

「他為什麼會想保護安努？他的目的是要摧毀人類，艾黛兒。他之前差點成功過，怎麼可能會在乎一個人類帝國？」

「因為安努並非我們的帝國，」她回答。這話很苦澀，但她還是說出口。「而是他的帝國。他建立、照料的帝國。」

「就跟士兵保養他的武器一樣。」

「你一直那樣說，」她說。「但你一直沒說他打算拿那把武器去做什麼。」

「殺梅許坎特。」

「為什麼？」

凱登遲疑，然後偏頭。

艾黛兒氣呼呼地吐氣。「想要我相信你，想要我幫助你，你就必須告訴我真相，凱登。你為什麼這麼關心長拳的健康，或說梅許坎特，或天知道是什麼玩意兒？那個混蛋拿劍和火對付我們的人民，而且還透過這些天殺的傳送門跳來跳去——你的門，那些坎它。他在安努各個角落煽風點火。只要伊爾・同恩佳能阻止他，他為了什麼阻止根本無關緊要。」

第一次，凱登瞪大雙眼。她說的事情終於穿透他臉上那張盾牌了。

「長拳在使用坎它？」他問，聲音中浮現新的語氣，但聽不出所以然。「妳怎麼知道？」

「我不知道。聽起來不可能，但伊爾・同恩佳堅持那是事實。」

凱登搖頭，彷彿在抗拒這種說法。

「我知道你以為你和你的僧侶都很特別，」她說。「但如果伊爾・同恩佳說的沒錯，長拳就是神，顯然神能穿越那些門。」

「那並非——」

凱登突然閉嘴。

「怎樣？」艾黛兒逼問。

那一瞬間，他似乎打算和她展開真正的談話，撇除之前的刻意迴避或忽視。那感覺就像他們即將推開某道看不見的屏障，那道即使在平靜的夜空下依然阻擋在兩人間的可怕隱形牆。在一下心跳之間，他似乎打算開口，不是政客與政客的交談，而是姊弟之間，一個瞭解她的損失有多大多複雜的人，瞭解那股可怕迴盪的空虛，能分享那種感覺的人。接著，那個時刻過去了。

「我很驚訝。」他突然說。「不過很合理。邊境的暴行太完美了，配合得太好，不可能是隨機進行。」

艾黛兒凝視他，用意志力逼他繼續說，但他沒有。

「一點都不合理。」她終於說。「但並不表示不是真的。」

凱登緩緩點頭。

「所以，」艾黛兒喘著氣說。「你還是打算堅持我們該擔心伊爾・同恩佳，而不是長拳？」

「我開始覺得，」凱登回應。「我們要擔心所有人。」

「好，我不光只是擔心。」艾黛兒說。「我制伏伊爾・同恩佳了。控制住他。」

「怎麼辦到的？」

「等我信任你就會告訴你。」

突然之間，信任不再那麼遙不可及。凱登知道的比她想像中多，她不需要像之前預期中撒那麼多謊，漫天大謊。他們之間的縫隙就是縫隙，不是深淵。英塔拉知道她需要盟友，沒有永生不朽，也沒有發瘋的盟友。

「凱登，」她輕聲道。「我們得對彼此坦白。」

他直視她，緩緩點頭。「同意。」

「你是我弟弟，我們可以同舟共濟。」

他又點頭，但是缺乏誠意，不是真正同意。

「我希望瓦林也在。」他片刻後說。

會希望什麼事情發生感覺不像凱登，不像新的凱登會做的事。現在他是個僧侶，而他的僧侶修行讓他超越希望，就像魚已經超越了呼吸一樣。話說回來，辛恩不可能徹底改變他，他已經和她分享祕密了，這總是個開始。

「我也是。」她說。

這是實話。學者和哲學家永遠都在美化真相，把真相吹捧得好像神聖不可侵犯。那些古老典籍裡的真相總是光鮮亮麗、完美無缺，彷彿他們不知道，沒有一個知道，有些真相就像鏽劍一樣殘缺、可怕、滿是缺口、無法移除、永遠烙印在虛實不定的靈魂中。

12

陷阱是空的。

連續五天，有東西觸發陷阱，力氣大到足以移動誘餌竿，卻又快到不會被石頭砸中。瓦林忍下一句髒話，跪在鬆軟肥沃的土地上，在棕針和乾鐵杉果之中摸索，尋找任何足跡。陷阱並不完美，架設得太過謹慎，就會發現誘餌竿被舔乾淨，而陷阱根本沒被觸發；如果不夠謹慎，整個陷阱就會躺在樹林地上，完全看不出有動物出沒的痕跡。有時候石頭會砸歪，壓住野兔或松鼠，卻沒壓死牠們。有時候體型較大的動物，例如河狸和豪豬，能推開石頭自行爬走。陷阱空無一物並不奇怪，奇怪的是每天都被觸發，每天都有動物接近的足跡，石頭上也有血，卻沒有屍體，也沒有動物離開的足跡。

「去夏爾的。」他罵道，手腳靈活地重設陷阱，想搞清楚哪裡出了問題，要如何預防。一定是鳥。紅鷹有足夠的力氣把血淋淋的獵物拖出陷阱。紅鷹或是香脂鷹。鳥可以不留痕跡帶走獵物。

「但鳥不可能舉起石頭。」他自言自語，一邊吃力地把花崗岩板搬至定位。瓦林自己要搬都很困難，看來還是要把鳥排除。不，應該是其他東西在偷他的獵物，力量大到可以搬走巨石，又聰明得知道繞過軟地不留下足跡。瓦林努力猜想那是什麼，但猜不出來。

「肯定很聰明。」他喃喃說道。「聰明，聰明，聰明。」

他大聲重複說著這個詞語，彷彿這麼做就能蓋過另一個詞語，那個在他腦海中徘徊，更為誠實的詞語：不是聰明，是可怕。

一陣冷風吹過枝椏，鐵杉嘎嘎作響，這裡的樹幹密集到連枯樹都屹立不倒，被迫保持直立，在活樹支撐下腐爛。即使是大白天，陽光都只能從樹枝間零星灑落，每道光線都會投射出晃動的陰影。

瓦林通常不在乎環境陰暗，他對這片樹林比對自己家還熟悉，知道可以在哪些柔軟乾燥的青苔上打盹、蜿蜒溪流的哪處最適合抓鱒魚、最多蚊子出沒的潮濕窪地在哪，還有少數仰賴蕨類和清風趕跑蚊子的好地方。這座森林是他的，他愛它。但今天，當他從剛架設好的陷阱前起身時，覺得有點不太對勁。

他在誘餌竿上塗抹油脂，然後壓低身形，穿越一道樹縫，突然間很想遠離黑暗的樹林，找個視野超過十幾步、可以奔跑的地方。

跳岩距離此地不遠。那是一塊突起於河流彎道、布滿地衣的花崗岩。瓦林抵達跳岩，停步片刻，蹲下喘氣。太陽已經爬上東方參差不齊的樹梢頂，高到足以驅散河面上最後一絲霧氣，溫暖他的皮膚。上游不遠處，一條鱒魚躍出水面，蕩出小小的漣漪，在綠棕色的河面上形成完美的圓圈。突然間，瓦林覺得很蠢，他一個堂堂八歲男生，竟然像小嬰兒一樣被森林裡的影子嚇到。他輕聲禱告，慶幸哥哥沒跟來見證他有多懦弱。

「肯定是紅鷹。」他大聲嘀咕，再次改變心意，思考陷阱之謎。離開陰影、舒舒服服坐在岩石旁、小腿懸在水面上擺盪時，紅鷹聽起來像是很合理的答案。兔子觸發了陷阱，然後吃力地想掙脫，紅鷹根本不用翻開石塊就能抓走垂死掙扎的獵物。他瞇起雙眼，開始想像那個畫面，鳥喙叼起染血的毛皮。肯定是紅鷹。

他將問題拋到腦後，從皮袋中翻出一塊肉乾慢慢享用，瞭望河面。他還有十幾道陷阱要檢查，肯定會有一個抓到松鼠或野兔，甚至是食魚貂。好吧，就算沒有，他也不介意花一個下午的時間去抓鱒魚。木屋的火堆上還掛著半頭鹿，森林裡也有很多動物可獵。母親可能會再帶一頭鹿回來，父親和哥哥也可能解決他們在追蹤的那隻熊。並不是全家人都要靠瓦林吃飯。

他才剛倚在溫暖的岩石上咀嚼肉乾，將早上的煩惱拋開，就突然被一點動靜嚇得坐直身體，手握腰帶匕首，雞皮疙瘩沿著手臂往上爬。他掃視四周的樹林，沒有任何聲響，沒有熊吼或兔子臨死前的慘叫聲。如果有什麼值得一提的，就是樹林似乎比之前更寧靜、更陰沉了。就連鳥都安靜下來，悅耳的歌聲戛然而止。瓦林掌心冒汗，感到自己呼吸急促。為什麼鳥會這麼安靜？

「不要拔刀。」

瓦林轉身，尋找說話之人，目光迫切地掃過樹林的黑牆。他來回掃視三遍才終於看見對方，一個幾乎全身黑衣的男人，動也不動地站在十步外，隱身於松樹和鐵杉之間深邃的黑暗中，面孔藏在陰影下。

瓦林心跳加速，猛地跳起來，手指在腰帶匕首的刀柄上亂摸，試圖在一手舉到面前防禦的情況下拔出匕首。那人沒有移動，看不見任何武器，但那不是重點，他出現在這裡的事實就已經夠危險了。

瓦林的父母挑選這個鳥不生蛋的鬼地方就是因為人跡罕至。厄古爾人入侵、安努軍團抵達後，生活在任何規模的聚落中都會變得非常危險甚至致命。如果被馬背民族抓到，他們會殺了你，而且會慢慢凌遲。瓦林沒見過那些屍體，但他聽過傳聞，他們如何抓人，插上木樁，然後剝皮。就跟你給河狸剝皮一樣，只是你會先把河狸殺掉。

根據傳言，安努軍是來保護北境森林中的伐木工人和獵戶的，但那只是傳言。真相是，安努軍很可能會搶奪人們冬季的存糧，卻提供不了多少保護。瓦林的父母努力不讓他得知最可怕的真相，但他聽說安努士兵什麼都搶，從籃子到熊肉，有時候甚至直接從無力保護自己的人身上扒走外套。而那還不是最糟的情況，瓦林聽過士兵會對像他這樣的小孩，邊境家庭中的兒子和女兒為所欲為的變態故事。那樣不對，和任何看起來對的事情完全扯不上關係，但如果你拒絕或想抵抗，士兵就會殺了你。殺了你，或把你留給厄古爾人。很難說哪種情況比較慘。

於是瓦林的父母帶他們離開。大部分逃走的人都往南方走，但是瓦林的母親不願意。「我們對南方瞭解多少？」某天晚上火堆將熄前，母親對父親說。「我們對城市有多少瞭解？還有城裡的人？」

「南方不是只有城市。」瓦林一輩子都沒離開過千湖的父親堅持道。「還有農莊。」

「那關於務農我們懂得什麼？」

瓦林當時應該在睡覺，縮在屋子角落的毛毯底下，但他透過毛毯縫隙偷看母親雙手捧起父親的臉，彷彿親吻般拉到面前，然後停止動作。「你擅長追蹤獵物，費恩。你擅長追蹤和做陷阱。你是獵人。你是我認識的人裡最好的男人，但你不是農夫。」

他看見父親下巴緊繃。「森林已經不安全了。我們可以之後再學習耕作，但此時此刻，我們必須逃命。」

「不，」她緩緩搖頭道。「我們必須深入樹林。」

於是他們深入樹林，進入瓦林從未踏足的北境，布滿香脂木、鐵杉、紅杉的原始森林，只有最堅強或最瘋狂的人才會跑來狩獵或用陷阱捕捉動物的區域。他們持續北上，經過最後一座伐木村落，離開戰線，又在更北方的森林中步行了一週，徹底遠離厄古爾和安努軍的勢力範圍。瓦林開始以為他們要永遠走下去，一路走到自由港，然後越過之後的海洋和冰山。但是某日，正當太陽西落、北風轉寒時，他們來到樹林間一片小空地，能夠看見北方羅姆斯戴爾山脈灰色山峰的寧靜空地。

「這裡。」他母親說著，將行李放在一塊石灰岩大石頭上。

他父親展顏歡笑。「這裡。」

第二天，他們開始蓋房子。

他們的房子蓋得比之前更大，共有兩個房間，牆上還有粗石壁爐。第一次點燃爐火時，瓦林的父親伸出毛茸茸的雙手摟住母親，將她抱起，不顧她抗議親吻她的嘴。

「妳說的對，」他說。「這裡比南方好多了。」

瓦林也是這麼想的。他開啟新森林的探險，挑選最適合架設陷阱的地點，占領人類史上從未有人占領過的土地——一切都是小男孩的夢想。偶爾他也會渴望有人陪伴，渴望和其他小孩分享他的冒險，好吧，他還有凱德爾，比他年長兩歲的哥哥。凱德爾教他狩獵、設陷阱、野外潛行方面的技巧，甚至比父母教得還多。感謝凱德爾，讓這些黑暗茂密的森林感覺起來像家。直到現在。

「我叫你把匕首留在刀鞘裡。」陌生人又說一次，冷冷搖頭。

那道聲音低沉、嚴肅，宛如許久沒用的工具般粗糙生鏽，令瓦林畏懼，而聲音還是最不可怕的部分。面對他的男人看起來死氣沉沉，不像活人，瘦得好似冬末的餓狼，所有脂肪和軟肉消失殆盡，只剩下包著肌肉和骨頭的一層皮。他身上穿著看起來曾經是衣服的東西——褲子和黑羊毛短衫，破爛到比瓦林身上的粗毛皮所提供的防護力還糟。那人衣服下的皮膚布滿疤痕，手臂和胸口上都是長短不一的傷疤。造成那些疤痕的傷應該已經讓他死好幾回了，但他站在幾步之外「凝視」瓦林，如果那可以用凝視來形容的話。

小時候，瓦林村子裡有個盲人老爺爺，人稱駝子英奈爾。瓦林一有機會就會盯著英奈爾的眼睛看，瞳孔外那層乳色薄膜深深吸引著他，也令他稍微有點害怕。老英奈爾的眼睛很奇怪，很噁心，但完全無法和此刻眼前的男人相提並論。

陌生人的眼睛……毀了。看起來像有人用斧頭直接橫砍過去。血液受困在眼球表面下方，沖刷掉本來應該是眼白的部分。瞳孔周遭漆黑處，瓦林隱約記得那是虹膜，和燒焦的木頭一樣黑，甚至更黑，和中央的黑點一樣黑，只不過有一條星白色的參差疤痕。那雙眼睛看起來不像人類的眼睛。看起來根本不像眼睛。瓦林想大叫。

「閉上嘴巴。」陌生人說著，迎上前來。他還是沒拔武器，但現在瓦林看見斧頭，兩把，斧柄被砍得很短，掛在劣質鞣製皮帶上。那條皮帶上還有一隻死兔子，頭顱粉碎，渾身是血。

「我的兔子。」瓦林呆呆地看著兔子，脫口而出。「你偷我陷阱裡的獵物。」

陌生人皺眉。「你有更嚴重的問題，小子。」

瓦林後退一步，想保持距離，揚起雙手。「我不會告訴別人，兔子你可以拿去，全都拿去。我帶你去找我的陷阱……」他在胡言亂語，但無法阻止自己。他看見了不該看的東西，抓到這個勉強算得上是人的傢伙偷他兔子，而現在他就要死了。瓦林回頭看向流速緩慢的河水。他可以跳河游泳逃走。或許這個黑衣人不會游泳。他把頭轉回來時恰好趕上對方的手掌扣住自己脖子。

瓦林覺得他要尿褲子了。他想要尖叫，但對方的手不讓他叫。那個男人看起來很餓，手掌卻和鐵箍一樣緊。

「不要掙扎，小子，我是在幫你。」

瓦林眼冒大量金星，一切都開始變黑了。他對準那人肚子猛踢。像踢石頭一樣，他心想。然後他就昏了過去。

瓦林被一記重重的巴掌打醒。陌生人把他放在花崗岩架上，正跪在他身邊，手抵住他喉嚨。

「不要叫。」他說。「他們走遠了，但不能冒險。」

那人停頓一下，抬起頭。這個動作既謹慎又充滿掠奪者的氣勢，讓瓦林聯想到在嗅聞空氣的孤狼。片刻過後，男人輕聲咒罵，殘破恐怖的眼珠轉向瓦林。

「你知道厄古爾人？」

瓦林無力地點頭。

「他們正往你們家去。一個小隊，約莫二十人。如果你現在回去，他們也會抓住你，傷害你，殺你。」

幾下心跳之間，瓦林努力弄清楚對方在說什麼。這麼北的地方沒有厄古爾人，他在這裡很安全，他的家人也是。他們大老遠跑來就是為了安全。陌生人在說謊，他要殺他……他抬頭凝視對方。那雙眼睛比骷髏頭上的眼洞還可怕。這人很可怕，比瓦林最深沉的夢魘還要恐怖，但他沒有說謊。瓦林心裡浮現全新的恐懼，他試圖掙扎，但對方輕易將他壓制住。這人怎麼看都不像有那麼強壯的樣子。

「這裡沒有厄古爾人。」瓦林反駁。「他們不來這裡。」

陌生人皺眉。「之前不來。現在，似乎跑來了。」

「你怎麼知道？」

對方遲疑。「我聞得出來。」他終於說。「有馬有血。他們很臭。」他豎起耳朵聽風聲。「我幾乎相信我聽得見他們。」

這樣講毫無道理可言。瓦林深吸口氣。他唯一能聽見的聲音只有自己絕望的喘息。

「如果有厄古爾人，我必須警告我父母和我哥哥。」

黑衣人冷冷搖頭。「現在警告太遲了。你們家離這裡太遠，他們已經快到了。」

「那我就和他們打！」瓦林說，再度奮力掙扎。沒想到這一次對方讓他起來了。

「四個打二十個？你唯一能做的就只有去死，小子。」他目光空洞地轉向樹林間的陰影，然後搖頭。「不要回去。」

瓦林等著聽他說下去，說點別的，但對方只是轉過身，朝樹林走去。他連動作都很像狼。那人在樹林邊停步，轉身，扯下腰帶上的兔子，丟在瓦林面前。

「你的。」說完，他轉身走開。

瓦林在鐵杉林裡追了十幾步才趕上對方。恐懼令他魯莽，他抓住陌生人的皮帶，把他往後一扯，接著就被抓住衣服提離地面，一把甩在一棵粗糙的樹幹上。他在黑衣人湊過來時感覺到樹枝尖銳的末端穿過他的衣服刺向他。

「不要碰我。」他嘶聲道。

瓦林幾乎無法呼吸，但他強迫自己說話。

「我需要你幫忙。」

「我已經幫了。」

「我需要你繼續幫。我必須救我家人。你很能打……」

他說不出是怎麼知道的。那個男人舉手投足的氣勢、腰帶上那兩把斧頭、把他壓在樹上的那股蠻力，在在顯示他是個戰士。這個想法宛如氣旋中的落葉般在瓦林腦中旋轉。那人是個殺手。

「我沒辦法獨自對付他們。」瓦林哀求。「我需要你幫忙。」

「我不幫。」

陌生人又抓住瓦林一會兒，然後放手。

瓦林掙扎喘息，奮力起身。有根樹枝刺破了他的皮衣，劃破他的背。他感覺傷口在流血，但這無關緊要。

「你幫過我。」他堅持道。「你警告我。你不是厄古爾人，你是安努人，你會說安努話。你跑來警告我。」

「順路。」

瓦林看著他，目瞪口呆。他無法擺脫自己家陷入火海的景象。早上這個時間，家人們都在家裡，他父親和母親在砍秋季木柴，哥哥在挖新井。他想像家人流血癱倒在地，肚破腸流，如同獵物般失血至死。

「拜託，」他說，繼續跪在地上，抬頭看著面前這道可怕的身影。「拜託你幫我。」

陌生人咬牙切齒，用力到瓦林擔心他的下巴會裂開，脖子上的肌腱會繃斷。他沒辦法解讀那張臉上的表情，是憤怒，還是悔恨？他看起來不像是會悔恨的人，但他遲疑了，而他的遲疑讓瓦林心中燃起可怕的小希望。

「拜託。」他又說，聲音只比風聲大一點。

「我需要你指路。」男人終於說。

瓦林連忙點頭，跳起身來。「好。」他邊說邊朝斜坡跑去。「這裡，快點！」

跑出十幾步後，他轉身，發現黑衣人完全沒動，還是站在岩架上，背對早上的太陽，五官消失在黑暗中。

「拜託！」瓦林哀求。「快來！」

陌生人緩緩搖頭。「我可以自己穿越樹林，但我的動作太慢了。」接著，他以跟慢完全相反的速度，在瓦林有機會眨眼前，從腰帶上拔出一把短斧，拋入空中旋轉一圈，然後接住斧刃下方的斧柄。他將斧柄朝向瓦林。「握住末端，」他說。「領路。這樣比較快。」

一時之間，瓦林動彈不得。他很擔心陌生人宣稱發生在他家裡的事，同時也很害怕這個陌生人。碰觸那把斧頭，就算只是碰不會傷人的斧柄，感覺都很危險。不光只是危險。「什麼？」他問，被內心相互衝突的恐懼定在原位。「為什麼？」

「因為，」男人冷冷回答。「我是瞎子。」

♛

我們太遲了。

這是他們衝入小空地時瓦林腦中浮現的第一個想法。木屋完好無損，沒有失火，沒人在叫，但是瓦林的家人為了採光好而清空的空地上擠滿了騎馬的人。那些騎兵看起來都像怪物，皮膚太白，頭髮太黃，眼睛藍得恐怖。是厄古爾人。黑衣人說的沒錯，儘管難以置信，厄古爾人還是來了。他們找到瓦林家，找上瓦林的家人，一切都結束了，全完了。

他喉嚨裡發出一聲慘叫，震動早晨的空氣。這種虛弱單薄的叫聲通常會讓瓦林羞愧，但他已經超越羞愧，甚至超越恐懼了。他雙腳顫抖，感覺無法呼吸，彷彿體內的空氣糾纏成一團，胸口也快要爆炸。這種感覺像恐懼，但又不是恐懼，而是一種遠比恐懼還糟糕的東西。

他放開短斧的木柄，向前跌出一步，尋找他的腰帶匕首，不知道在厄古爾人殺他時能不能傷到他們。一隻手掌搭上他的肩膀。陌生人再度抓住他，手掌硬如石塊。瓦林想掙脫，卻被男人扯了回去。

「別鬧了。」他吼道。「閉嘴，待在後面。」

「我家人——」

「——還活著。」男人指向木柴堆旁的陰影，瓦林的母親和哥哥被馬上的人用矛指著，父親躺在一步之外，額頭上的傷口血流如注。「你家人都還活著，所以別做任何蠢事，他們就有可能繼續活下去。」

瓦林雙腿一軟，然後像石頭般摔倒在地。

他母親抖動一下，發現了瓦林，嗚咽一聲，企圖往前移動，卻被喉嚨上的利刃阻擾，終於安靜下來，淚水沿著臉頰流下。哥哥與瓦林對望，他在發抖，不知道是出於恐懼還是憤怒。瓦林的淚水模糊了視線。又一次，他知道自己應該羞愧，但也再度明白羞愧毫無意義。只要厄古爾人就此離去，放他家人在這塊小空地上繼續過活，就算一輩子都活在羞愧中也無所謂。

「胡楚。」拿斧頭的陌生人說。

瓦林不知道那是什麼意思，但大部分馬背民族都轉向出聲之人。矛頭閃爍，在無情的陽光下閃閃發光。戰士搭箭拉弓，發出吱吱聲響。對方有足夠的武器能殺死黑衣人十幾次，但他似乎毫不擔心。

他當然不擔心，笨蛋，瓦林心想。他看不見。

「他們有弓。」他喘道。「他們會射——」

他話還沒說完，兩名厄古爾人已經放箭。這種距離下絕不可能射不中，瓦林能在八步外射中沿著樹枝奔跑的花栗鼠，而陌生人比花栗鼠大多了。

結果那人的動作也快多了。快超多。

瓦林眼看對方手臂上揚一揮，快到肉眼難察，快到不像真的……但是一支箭就這麼墜入數步外的針葉堆裡。瓦林轉頭時，他看見陌生人手握另外一支箭，在距離胸口一寸前徒手接下。他拳頭使勁，折斷那支箭。

「胡楚，」他又說一次。「管好妳的手下，不然我就殺光他們。」

弓箭手沒有放低弓箭，卻開始遲疑，顯然被剛剛看到的景象嚇到，有些人轉頭去看一個策馬前來的高個兒金髮女子。瓦林不是沒有見過剽悍的女人，他母親就能花半天時間拿八磅重的大鏈劈砍岩楓，然後在天黑前去巡一遍陷阱，但胡楚，如果那是她的名字，讓瓦林的母親看起來像個年老力衰的女人。他覺得自己彷彿是由凶猛的家貓撫養長大，此刻才第一次見到山獅是什麼樣子。厄古爾女人身穿獸皮褲和獸皮背心，露出手臂和肩膀上的傷疤。她在馬鞍上轉身時，瓦林看見她皮膚下的肌肉鼓動。她的馬鞍前放著一把弓，但是沒有搭箭，也不舉弓。

她打量黑衣人片刻，然後搖頭。

「所以，克維納決定測試你。」她說。「你比我們上次見面時堅強多了。」

這話聽起來像是恭維。瓦林感到腹部翻滾。黑衣人認識這個女人。萬一他們是朋友呢？萬一他最後決定不要阻止對方呢？萬一他根本就是厄古爾人呢？

瓦林抬頭看陌生人。他的膚色太深，眼睛也是。但瓦林對他家安靜的森林角落以外的事情又有多少瞭解呢？他怎麼能肯定沒有安努人——叛徒！——和馬背民族聯手？厄古爾人對黑衣人放箭是事實，但接著他們又停止放箭。而且陌生人說謊，他根本就沒瞎……

瓦林開始在針葉堆裡慢慢後退，遠離陌生人，朝未必比較安全的森林移動。如果他能溜走，或許還能折返。木柴堆之間有窄道，他們可以從那裡溜走，跑進馬匹進不去的茂密鐵杉林……

接著，他的後腦杓莫名一陣劇痛，整個人面朝下摔進土裡，張開的嘴裡滿是松針，鼻孔裡都是濕土和腐爛物的臭味。有人打他……陌生人……打他……

「我叫你不要動。」對方說。

瓦林用手肘撐起身體，與空地對面的母親對上眼。她沒有開口，只是小心翼翼地緩緩搖頭，一手放在哥哥手臂上，不讓他採取行動。凱德爾強壯、易怒、反應快，如果他都沒有反抗，任由母親阻止自己，那就表示這很重要，必須如此。瓦林在冰冷的地上安靜下來。他很想吐，但他無法肯定是因為痛楚還是恐懼。

「妳來這裡做什麼？」陌生人問。

儘管自稱是瞎子，他還是和女人目光相對。瓦林驚訝地發現那個女人在那道恐怖殘破的目光下居然毫無懼色。兩人沉默了一段時間，彷彿黑衣人和馬上的女人同時依靠在那股寂靜上，看看誰會先崩潰。最後那個名叫胡楚的女人輕輕點頭，彷彿做出決定。

「我們在搜索。在狩獵。」

「狩獵。」陌生人搖頭，一口啐在散落一地的樹葉上。「狩獵什麼？一家捕獸人？長拳在前線不是有很多安努人可殺嗎？」

「長拳跑了。」女人回答。

的族人？」

黑衣人皺眉。「跑了？去哪？」

「我不知道。他叫我們聽吸魔師的命令，你那個朋友，然後就離開了。」

「包蘭丁。」陌生人語氣中隱現怒意。瓦林看見他的手指緊握斧柄。「包蘭丁現在在領導你的族人？」

「大部分。」胡楚回道。

「大部分？」

女人回頭看向其他馬背民族，然後點頭。「這樣不對，有些族人受夠了。」

「我以為你們不會受夠。痛楚就是痛楚，不是嗎？」

「你變堅強了，但依然很蠢。」

「那就教教我。」

「我們崇拜克維納，但這個外來吸魔師只崇拜他自己。他殺人不是在獻祭，而是在強化自己的力量，這種做法毫無榮耀可言。追隨這種怪物也毫無榮耀可言。」

陌生人嘟噥一聲。這些話對瓦林毫無意義，但只要他們還在交談，只要他們的注意力還在彼此身上，就不會有人去殺他家人。他看向空地，父親依然昏迷不醒，但哥哥已經掙脫母親的手，趁機從柴堆裡抽出一根長木柴當作武器雙手握著，彷彿他能單靠一根木柴在二十幾個厄古爾人之中殺出一條血路。瓦林的母親發現了，輕輕拉他要阻止，但被掙開。凱德爾翻身，尋找目標。

「不要！」瓦林大叫，但最近的厄古爾人已經轉身揮矛。瓦林的母親撲上前去擋在兒子和葉狀矛頭之間。她的動作很快，陌生人的斧頭速度更快，斧頭凌空翻轉，在鋼鐵擊中腐木的聲響中插入厄古爾人的背。厄古爾人手腳一鬆，無聲落馬。在他落地前，胡楚已經開始用他們的語言大聲下令。

剩下的厄古爾人看起來既憤怒又困惑，但沒有繼續攻擊。瓦林的母親搶走哥哥手上的木柴，把他拖回木柴堆，強壯黝黑的手臂扣住在憤怒和羞愧中顫抖的兒子，緊緊抱著他，在他耳邊低聲說著瓦林聽不見的話。

胡楚看著黑衣人，搖搖頭。「每次遇上你，你都會殺死我的男人。」

「上次見面時，妳說會讓自己被殺的就不算男人。」

陌生人沒有因為只剩下一把斧頭而顯露出任何不安，似乎沒有任何事情能令他不安。他站立的角度、姿勢，或表情中某樣特質令瓦林感到有些熟悉。狂犬病，瓦林突然想到。他就像是得了狂犬病的瘋狗。

胡楚的笑聲劃破他的思緒。那個聲音令人不寒而慄，宛如夜間土狼逼近獵物時的嚎叫。

「你在這裡做什麼？」她問黑衣人。「你的同伴呢？」

陌生人搖頭，彷彿同伴這個詞沒有任何意義。

「離開這裡，胡楚。」他輕聲說道。「別打擾這些人。」

「讓痛恨你的人活著是很危險的事。」她微笑。「我以為我已經給你上過這一課了。」

「這一家人不恨你們，胡楚。我已經觀察他們半年了。他們狩獵，設陷阱。他們砍柴過冬，和戰爭無關。別打擾他們。」

女人猶豫了一下，然後搖頭。「我下手會乾淨俐落。」

「不，」他回道，語氣平淡。「妳不會。」

她再度笑道：「你孤身一人，馬金尼恩。」

「算不上完整的人。」陌生人喃喃，聲音細不可聞。接著男人揚起下巴和音量。「離開或是開打，胡楚。剩下的交給安南夏爾決定。」

「安南夏爾。」女人皺眉，接著長吐口氣。「你願為這些人死？你願為他們殺人？」

「我曾為更不充足的理由殺人。」

厄古爾人看了他許久。瓦林掌心冒汗，心臟在胸口劇烈跳動。他覺得自己快昏倒了，但沒有昏倒。女人臉上終於浮現新的表情。

「這些蠢人是無害的。」她說著，指向瓦林的家人。「我可以留下活口，不殺他們。」

陌生人開始點頭，但她舉手打斷他。

「但是你，馬金尼恩，你可是會造成很大的傷害。你上次饒我不殺，而我差點殺了你。我不會犯跟你一樣的錯誤。」

「如果妳認為殺得了我，」他平靜地說。「歡迎來試試。」

他聽起來已經準備好了，不過是準備殺人還是赴死，瓦林看不出來。

「我不想殺你，我想要你加入我們。」

黑衣人瞇起雙眼。「我為什麼要加入一群厄古爾蠻人？」

胡楚微笑。「因為這群厄古爾蠻人要殺了腐化族人、褻瀆我們神的吸魔師。」

「包蘭丁。」這個名字——如果是名字——聽起來像是詛咒。

「和我們一樣，」胡楚回道。「你恨那個吸魔師。我記得很清楚。」

陌生人想了一下，然後搖頭。「我恨很多人。」

她聳肩。「這是個起頭。」

「我不需要起頭。」

「不，」胡楚說。「你需要。半年了，你說你一直像頭病狼一樣在森林中徘徊。我提供你……另一條路。」

「我不需要妳的路，我自己過得很開心。」

胡楚目光閃爍。「如果你不加入我們，我就殺了你，然後把這一家人拿去祭神。慢慢祭。」

陌生人面無表情地打量她一段時間，就像打量一塊磨損的花崗岩般。「為什麼？」他問道，字字帶著咆哮聲。

「如果需要戰士，看在浩爾的份上，妳跑來這裡做什麼？這個地方遠離任何戰場。」

她聳肩。「我需要戰士。不管你還有什麼身分，你都是個戰士。」

「我們在找鬼魂，馬金尼恩。三個。像你這樣的人。」

陌生人像被擊中般身體抽搐了一下，半舉起斧頭，齜牙咧嘴，彷彿要撲向女人，挖她的心。

終於開口時，他的語氣冷得宛如冬天的石頭。「什麼人？」

胡楚緩緩搖頭。「我們不知道名字，但是他們身穿黑衣。」她比向陌生人的破爛衣衫。「和你一樣。只有三個人，但是這幾個月來不斷騷擾我們，攻擊我們的傳信兵和戰士，有時跑到滿編的營地殺人。追殺他們的人都無功而返，或是沒有回來。這三個人沒有馬，但是動作很快，總是趁夜出擊。」

「所以……」陌生人嘴角露出類似微笑的表情。「你們想要加入他們？幫助他們？我以為安努人是軟弱墮落的民族。」

「這些人不是。他們和厄古爾人一樣堅強。更重要的是，他們是安努人，和領導我們族人的吸魔師一樣，他們知道要怎麼殺他。」

「聽起來他們已經嘗試過了。」黑衣人回道。「也失敗了。」

胡楚揮開他的話。「他們只有三個人，混在我們族人之間對他們而言很難。不過只要合作，我們就能劃開吸魔師的喉嚨。」

「前提是他們不先劃開妳的喉嚨。既然他們這麼危險，很可能會先找出你們，殺了你們。」

「或許會，或許不會。你要加入我們。你去跟那些安努人解釋情況。」

陌生人壓低斧頭，內心交戰，糾結了很久，最後還是搖頭。「我已經不管那些事了。」

胡楚聳肩。「那就開打，打完之後，我就把這家人祭神。」

瓦林只能目瞪口呆地看著。他幾乎聽不懂他們的對話，不知道長拳是誰，包蘭丁是誰，這個人為什麼躲在樹林裡，他怎麼認識那個女人，或那個女人為什麼一直叫他馬金尼恩，好像他是安努皇帝一樣。瓦林只知道家人的命運都掌握在他手中。如果男人答應，他們就有可能活命，拒絕的話，就會發生很可怕的事。他在啜泣，他發現自己對著土地呻吟。

「不要怕，瓦林。」他母親的聲音自空地對面傳來。「不要動，兒子。不會有事的。」

他抬頭看見母親在看他，朝他伸手。厄古爾矛擋住她，還有厄古爾馬，但他看得見她的雙眼，聽得見她的聲音。

「沒事的，瓦林，我兒。不會有事的。」

他右邊的陌生人動了一下。瓦林抬頭，發現那個人低頭看他。

「你叫什麼名字，小子？」

「瓦林……」他結結巴巴地說。「……和王子同名。」他說。「皇帝的兒子。」

他不知道為什麼那個男人會在乎他叫什麼，但說話不是殺人。拜託，他暗自禱告，對任何願意聽他禱告的神禱告，請讓我們繼續說話。

接著，他很驚訝地聽見胡楚在笑。她看著黑衣人，笑到無法自已。陌生人抬頭看她，然後低頭繼續打量瓦林。最後，他肩膀突然放鬆，點了點頭。

「好。」他低吼。「反正我也過膩了偷小孩陷阱獵物的日子。」

「你當然會跟我們走。」厄古爾女人回道，像是她從頭到尾都知道結果，那些弓箭和長矛也只是擺著好看而已。「你的肉體堅強，內心卻依然柔弱。」

那個男人瞪她時看起來一點也不柔弱。「妳或許會後悔。」他說。

她微笑。「這樣才有趣。」她將視線從陌生人身上移開，大聲下達命令，厄古爾人騎馬撤出空地，不再理會瓦林和他父母，彷彿他們和地上的土沒有兩樣。瓦林只能眼睜睜地看著黑衣人伸手踫住他的前襟，把他拉到自己面前，以可怕的目光凝視他。

「你很勇敢，小子。你也很善良。不管你叫什麼名字，都比任何天殺的皇帝之子強多了。你聽懂了嗎？」

瓦林遲疑地點頭。對方又盯著他看了好一會兒，然後點頭。

「很好。」他粗聲道，轉身走過空地。他從厄古爾人背上拔下自己的斧頭，一腳踢開屍體，好似那是塊毫無用處的腐木，不能用來蓋房子，甚至不能生火。

13

「艾黛兒說謊。」凱登說。

基爾透過油燈黯淡的光線打量他。凱登在碼頭交談過後，立刻差遣僕役去尋歷史學家，然後回到英塔拉之矛三十樓的書房。他趁等待的空檔回想與姊姊的對話，思索她的每個動作和用字遣詞，試圖看清言語之後的真相，同時望向鐵玻璃牆外的城市街景。基爾抵達時，天已經快黑了，凱登也將最黑暗的懷疑化為肯定。

「關於哪個部分？」基爾問道，從桌上的木碗裡拿起一顆橄欖，然後走向站在鐵玻璃牆旁邊的凱登。

凱登暫停動作，再度召喚姊姊的沙曼恩，檢視她的眼睛、嘴巴、下巴緊繃的程度。研究完那個靜態畫面後，他慢慢往前轉，停在她遲疑或偏頭時的畫面。

「不是全部。」他終於說。「但是關於瓦林，她有事沒說。」

基爾看著下方的街景。他的表情冷淡、毫無情緒，靜靜等凱登說下去。

「我和葛雯娜的小隊聯絡時，」凱登繼續輕聲道。「得知了一些瓦林的事。塔拉爾，那名吸魔師說，瓦林在阿茲凱爾曾與艾黛兒聯絡，在疤湖南端的小鎮，就在開打前幾天。」

「而你姊姊，」歷史學家猜道。「宣稱完全沒見過他。」

「沒錯。」凱登說，然後搖頭。「為什麼？」

他再度研究刻劃在心裡的畫面。

就某方面來看，他可以立刻認出艾黛兒，她已經從多年前在安努碼頭與自己道別的那個女孩成長為女人。那雙眼睛，他當然絕不可能認錯，就連父親在世時，艾黛兒都是家裡眼睛最明亮、最火熱的人。他也認得她的臉部線條，長長細細的，高顴骨，窄下巴。他逐一檢查她的所有外貌特徵，似乎都與他童年記憶中那個纖細的女孩一致。

然而，還有一些新出現在臉上或五官的特徵，十分明顯但又難以言喻，和從前那個女孩完全不同。凱登凝視姊姊的眼睛，嘗試把那些奇怪之處化為言語。她感覺更……

他閉上眼，隔絕他父親書房中熟悉的場景，專注於刻劃在腦中的影像。他看見艾黛兒身上的疤，永恆燃燒之泉的閃電在她皮膚上留下複雜的圖形。數千男女基於那些疤痕認定她是先知，因為她在永恆燃燒之泉的考驗中存活下來。但不管有多奇怪，疤痕就只是疤痕，在白晝的記憶光線下清楚突起於皮膚上的光滑傷疤。

「艾黛兒變了……」凱登開口，然後聲音變小。

「那很自然，」基爾回道。「你們人類總是……不穩定，不持久。艾黛兒和所有人類一樣，和你一樣，是善變的動物。」

「不。」凱登搖頭。「不僅僅是那樣，可能更不一樣。隨著年齡增長，她變得更深沉、更堅強了。她比我印象中老成，但不光是老成，大不相同，她彷彿被打碎了，被用與她本性格格不入的東西修補起來。她讓我想起了瓦林。」

「人類天性不定。」基爾說。「你們總是在轉移和改變。你們通常不會注意到那些變化，因為變化總是逐漸發生，耗時幾週或幾年。但你和你的兄弟姊妹分別許久，現在你試圖適應那些改變，一次性地去理解它。」

凱登緩緩吐氣，任由沙曼恩隨著那口氣消散，然後睜開眼。

「根據塔拉爾的說法，」他說，拿起事實，小心翼翼地擺放出來，彷彿它們是建造新城牆的地基。「瓦林要殺伊爾·同恩佳。長拳給瓦林自由和武器去辦此事，於是瓦林跟塔拉爾和萊斯一起越過邊境。他們在阿茲凱爾發現艾黛兒和伊爾·同恩佳將湖水抽乾，讓部隊通過。瓦林當時有和艾黛兒交談，她說服他接下來的戰役需要伊爾·同恩佳，說服瓦林把伊爾·同恩佳留到安特凱爾之役後再殺。塔拉爾說，瓦林和他一起待在安特凱爾最高的塔頂，某種給往來船隻打信號的信號塔，等候將軍到來。後來他下塔去對抗包蘭丁，所以不知道出了什麼事，但我們從艾黛兒那邊得知伊爾·同恩佳有到塔頂指揮作戰，艾黛兒也在場……」

他讓沉默把剩下的話說完。

一段時間過後，基爾點頭。「你的結論似乎很有可能。或許只有這種可能。」

凱登猶豫了一下，脫離他自己的心靈，先踏入空無境界的遼闊空虛，隨即又進入另一個心靈的想像架構中，有可能屬於瓦林的心靈。貝許拉恩是不完美的技巧，特別是當你不確定你所瞄準之人的動作和習慣，及其產生情緒的模式。他們雖然是兄弟，凱登卻對瓦林幾乎一無所知。他們的道路很早就有了分岔，重逢又過於短暫，而且充滿戰鬥和逃亡。儘管如此，當他將自己的心靈化為瓦林的思考模式後，有些東西就變得很明顯：瓦林要殺伊爾·同恩佳，而他絕不會放棄。

凱登從未踏足安特凱爾方圓百里之內，但可以想像出那座湖泊北岸用石塊堆砌的搖晃石塔，也可以想像瓦林趴在塔頂觀察下方的戰況，在與朋友聯手下去參戰，和暗殺伊爾．同恩佳的決心之間糾結掙扎。照塔拉爾的說法，他為了待在塔頂犧牲了一切。好不容易等到戰鬥結束，他終於有機會去……

凱登突然睜開雙眼，放走瓦林的心靈。

「他動手了。他試圖殺死伊爾．同恩佳，但是失敗了。」

「這很吻合，」基爾緩緩說道。「葛雯娜和塔拉爾的說法。」

「也符合他過去的個性。即使瓦林知道伊爾．同恩佳是瑟斯特利姆人，即使明知道自己贏不了，他也不會放棄，還是會嘗試執行任務。」

直到凱登的說話聲越來越小，他才聽見自己的話：他過去的個性。從他沉浸在貝許拉恩中的某個時間點開始，已經在用過去式提及瓦林了。他再度將心靈轉向他姊姊，思索她的表情，以及問起瓦林時迴避目光的模樣。

「他死了。」凱登說。「艾黛兒知道這件事。如果她人也在塔上，她就目睹了瓦林遇害的情況。」

「或親自動手。」基爾低聲補充。

凱登感到一股噁心的悲哀纏繞周身。有一瞬間，他想伸手去迎接空無境界，但他克制住了。或許瑟斯特利姆人說的沒錯，待在空無之中太久會有危險，又或許他說錯了，但此事……如果是真的……這是他必須面對的事情。他的姊姊殺了親弟弟，而自己竟然毫不悲哀、憤怒，或是害怕。這代表了什麼？如果人類就只是人生經驗的總合，那麼毫無人生經驗、迴避一切、情緒完全不和世界有任何交集的人算是什麼？儘管這聽起來十分誘人，辛恩的空無境界還是冷酷、陌生、疏離的。

「我不認為她殺得了他。」凱登終於搖頭說。「除非是從背後捅他一刀。」

「不管刀握在誰手上，」基爾說。「感覺很可能。更有可能的是，瓦林企圖行刺伊爾・同恩佳，但他失敗了，在失敗中死去。艾黛兒知道這一切。」

「冷酷無情。」凱登搖頭說。「為了什麼？為了坐上王座？為了皇帝頭銜？」

他嘗試進入姊姊的內心，但他對艾黛兒的瞭解比瓦林更少。她的行為和決定毫無道理可言。幾下心跳之間，他努力想要展開某種程度上的貝許拉恩，然後放棄。他很久以前就接受了他永遠無法瞭解某些人，例如倫普利・譚、派兒・拉卡圖，甚至是他父親。

「艾黛兒在瓦林的事情上欺騙了我，」凱登終於說。「但梅許坎特的部分是實話。」

「那她說了什麼實話？」基爾側頭問道。

凱登深吸了一口氣。這是對話中他到目前為止未能理解的部分。事實很清楚，但他卻想不通，這就是他需要基爾意見的原因。

「長拳——梅許坎特——在使用坎它。」

瑟斯特利姆人打量他片刻，然後挺直背脊，目光突然飄向遠方。基爾通常很擅長掩飾本質，但這個表情凱登曾見過，當這名歷史學家思索棘手問題時，就會露出這種一點都不像人的表情。

「她能肯定此事？」他終於問。

「她深信不疑。伊爾・同恩佳深信不疑。這解釋了安努邊境協同作戰的情況，解釋了為什麼所有事情會同一時間崩潰。」

「不僅是如此。」瑟斯特利姆人輕聲道。

「什麼意思？」

「長拳不只是厄古爾人。」基爾似乎在透過英塔拉之矛的玻璃牆研究星相。「也是伊辛恩，甚至是他們的指揮官。」

凱登瞪著他。這些話聽起來簡單，意思也很明白，但他似乎無法將這個說法編入世界緊密的布料中。不合理。如果硬要串在一起，那所代表的意義……

「馬托爾才是指揮官，」凱登緩緩說道，重複他自己相信的事，彷彿把話說出口就能令其成真。「崔絲蒂用坎它摧毀了他。」

基爾搖頭。「馬托爾只是個副官，被留下來指揮很多年，但依然只是副官。他們有提到另外一個人，霍姆，我沒見過這人。」

凱登搜尋記憶，分析對話。他對此人有印象，深埋在他心中，來自他的獄卒隨口提起的對話：倫普利・譚是獵人，幾乎和血腥霍姆一樣剽悍，至少就某方面而言是如此。當時，凱登的焦點放在譚的過去上，沒想到去細問被拿來比較的那個人，之後也沒理由再回想那件事。死亡之心裡都是冷酷之人，他無意去瞭解其中的每一個人。

「所以霍姆在大草原上，」凱登緩緩接下去，他的思緒之石開始滾至定位。「是冒充厄古爾人的伊辛恩，冒充長拳。」

基爾搖頭。「不完全是。長拳的肉體是厄古爾人，有厄古爾人的皮膚、眼睛和頭髮。很難說梅許坎特是什麼時候占據那具肉體的，或許是長拳還在草原上時，或許在加入伊辛恩之後。但伊辛恩是關鍵。」奇怪的是，他邊說邊笑。「我早就應該看出這一點了。」

「你說你從未見過霍姆。」

「那不算藉口，但有跡可尋。」

凱登皺眉。「所以梅許坎特占據長拳的肉體，統一厄古爾人……」

基爾搖頭。「以勝利者的姿態回到大草原，是在加入伊辛恩之後的事，說不定是在那之後很久才發生的。伊辛恩常幹這種事，換新身分，混進瓦許和伊利卓亞各地族群，一混就是好幾年，甚至數十年。」

「他們就是靠這樣獵殺你們。」

瑟斯特利姆人點頭。「不離開死亡之心，他們就不可能找到太多我的族人。要找我們，就必須出來，融入其他族群，或就長拳的情況來說，回到族人身邊。」

「但為什麼要多此一舉？梅許坎特想要摧毀安努，但伊辛恩不在乎安努，他們一心只想滅絕你們。」

「你的想法太直接了。」基爾說。「不是所有計謀都直接通往目標。」

凱登的想法其實一點也不直接。他的心智翻來滾去，宛如丟入激流中的木棍。他集中注意力放慢流速，試圖找尋賴以喘息的漩渦，以評估形勢。

「傳送門。」凱登過了一段時間後說。「梅許坎特知道要擊敗安努，就必須同時出現在超過一條陣線上。而要做到這一點，就必須使用傳送門。」

「沒錯。」基爾回道。「就算得到全厄古爾人的支持，長拳還是沒辦法突破伊爾．同恩佳和北境軍團。長拳占據優勢是因為同時在其他戰線作戰——海盜、叛軍，強盜和暴行激增的魏斯特。這場戰役不如北境激烈，但依然是場戰爭。」

「而且在摧毀我們。」凱登喘著氣說。

他突然覺得自己像是皇家鷹籠中的猛禽。那些鳥不飛的時候都戴著皮套，而他可以輕易想像牠們在皮套中掙扎，渴望掙脫皮套，深信皮套就是整座牢房。當皮套拉開時，牠們才發現那只是眾多束縛中的一環，腳上還有厚重的套索，籠子柵欄後還有牢不可破的牆，最後發現在這個可怕的人造陰暗鷹籠中，完全看不見天空。

這段日子以來，凱登一直知道他們節節敗退，只是不曉得情況有多糟。

「或許還有個原因。」基爾繼續說，對凱登的沉默視而不見。「如果梅許坎特懷疑有瑟斯特利姆人盤據安努的權力中心，聰明的做法就是和瑟斯特利姆人結盟。」

「可能嗎？」凱登問。「梅許坎特有可能知道嗎？」

梅許坎特畢竟是神。突然間，他覺得梅許坎特有可能無所不知。

基爾久久不語，一動也不動，最後他直視凱登的眼睛。「說不準。神並非全知全能，但我無從得知祂們知曉什麼……或如何得知的。」

凱登在內心陰暗角落研究死亡之心冰冷的洞窟，試想占據人類肉體的神走在那些寒冷的走道上，年復一年吃著同樣的白魚，和那些被自己設計的儀式搞得心智崩潰的人類一起生活。

「祂喜歡那種生活。」凱登輕聲道。

基爾揚起眉毛。

「梅許坎特，」凱登繼續說。「長拳，或血腥霍姆。不管如何自稱，或許是為了使用坎它而加入伊辛恩，藉此除掉瑟斯特利姆人。但祂同時也喜歡那裡，死亡之心，那裡是苦難的聖殿。」

瑟斯特利姆人緩緩點頭。「確實如此。」

凱登打量歷史學家一段時間，然後看向玻璃外的安努街道。宛如利刃的弦月隱身在西邊的塔頂上。夜色已深，而且還會變得更加漆黑。

「我必須再去一趟。」他低聲道。話音剛落，他就開始顫抖，但他找出那股恐懼加以摧毀。

「必須再回死亡之心一趟。」

基爾打量他。「你想去找梅許坎特。」

「我必須去。」凱登說。「我贏不了伊爾・同恩佳。我們把艾黛兒弄來，希望她能透露他的弱點，甚至幫我們殺他……」他疲憊搖頭。「現在我們知道不能信任她，她對我們說謊。據我們所知，她根本是來幫伊爾・同恩佳辦事的，天知道是要辦什麼事。他每一步都搶盡先機。雖然我們摧毀了帝國，但就真正的戰局而言，那根本無關緊要。」

「不要太肯定了。」基爾說。「如果伊爾・同恩佳能以統一的安努為後盾，他或許已經摧毀梅許坎特了。要不是你掌控了黎明皇宮，他或許已經奪走崔絲蒂，奪走席娜。」

「我們拖延了他的計畫。」凱登搖頭說道。「僅此而已。伊爾・同恩佳知道長拳的事，知道厄古爾大酋長是神。梅許坎特不是唯一在好幾條戰線上打這場仗的人，更糟糕的是，祂搞不好還不知道自己身陷什麼險境。祂以為伊爾．同恩佳是為安努而戰，但伊爾．同恩佳根本不在乎安努。這一切，」凱登指向城市，指向城外的漆黑田野。「只是一堆棋子，必要時可以犧牲。」

「朗．伊爾．同恩佳反應很快，」基爾分析。「而且極為聰明。但梅許坎特是神，棋下得也很好。」

「但祂下錯棋了，祂想控制棋局，奪回瓦許和伊利卓亞的控制權，恢復自己的血腥崇拜。伊爾．同恩佳卻不在乎棋局，只要擒獲兩枚棋子就贏了：崔絲蒂和長拳。我不能給予崔絲蒂更多幫助，只能盡力確保她的安全，而且她人就在英塔拉之矛裡，在她需要的地方。我已經沒能再幫她多做什麼了，但我可以警告長拳，我可以想辦法帶祂來此。」

「來英塔拉之矛。」

凱登點頭。「還能去哪裡？」

基爾看著他，或看起來在看他。凱登覺得瑟斯特利姆人其實是在看他身後，或看穿他的身體，在看某個更關鍵也更抽象的真相。

「長拳和崔絲蒂不同。」他終於說。

「都是神。」凱登回道。

「不，」基爾搖了搖頭。「如你所見，崔絲蒂是個有女神受困在她體內的年輕女子。梅許坎特可沒有受困，祂把長拳當成僧袍般穿在身上。祂控制肉體，徹底控制。」

「所以我才必須和祂談。祂能幫……」

「祂為什麼要幫？」

凱登眨眼。「伊爾・同恩佳想殺席娜，想要殺祂。我們想要阻止伊爾・同恩佳。那表示我們全都站在同一陣線。至少就這場仗而言，我們是盟友。」

「你假設神相信自己需要盟友。你假設祂想要盟友。不要忘了，梅許坎特降臨大地、占據人體，是為了摧毀安努，摧毀你祖先努力建立的一切，凱登。」

「根據艾黛兒的說法，建立安努的是伊爾・同恩佳，馬金尼恩家族只是……傀儡。」

「而通常付出慘痛代價的都是傀儡。梅許坎特或許不知道伊爾・同恩佳和你們帝國的關係，就算知道，祂也未必在乎。你已經不是皇帝了，但你依然是安努共和國的首席發言人，祂絕對有理由殺你。結盟的想法只是一面玻璃盾，粉碎的時候會割傷自己。」

凱登緩緩搖頭。「你錯了。我的盾牌不是結盟，而是我毫無用處的事實。」

基爾默默注視著他，等他接著說下去。

「我在安努失敗了，」凱登繼續說，語氣平淡地面對醜陋的事實。「共和國一片混亂。就算我從最一開始就支持梅許坎特，也不可能幫祂更多。」

「祂還是有可能除掉你。祂或許會為了簡化戰爭殺了你，或是為了其他理由。」

「如果祂殺了我，」凱登輕聲道。「對我們的目標來說算得上什麼重大損失嗎？我不像你那麼瞭解歷史，也沒有蓋伯瑞爾那種戰技，更不像凱潔蘭能調動地下軍團。」

「你有英塔拉之眼。」

「艾黛兒也有，而她是此刻坐在王座上的人。」凱登微笑。那個表情在他臉上看起來很怪。「我可以去找梅許坎特，必要時可以犧牲，因為我在這裡無關緊要。」

基爾攤開雙手。「如果你想找個真正無關緊要的人，派個僕人去，派個奴隸去。」

「不。」凱登緩緩搖頭。「奴隸不能走那條必經之路。」

瑟斯特利姆人透過空洞的眼睛看他。「坎它。」

凱登默默點頭。

「伊辛恩控制傳送門。」基爾說。「所有傳送門。當你踏入島上時，他們會在你說出三個字前就殺了你。」

「那我就用兩個字說完要說的話。」

14

「召回伊爾・同恩佳會有兩個問題。」艾黛兒搖頭說道。「首先，如果把他叫來這裡，就沒人對抗厄古爾人了。」

她比向下方的地圖廢墟，彷彿能在千湖區假樹林燒光後的煤渣和灰燼中，看出數百里外的馬背民族行進的動線。艾黛兒放火後，議會就放棄了整間地圖廳。她很難責怪他們，因為地圖廳裡都是燃油和焦炭味，半數油燈都碎了，桌上、展示台、椅子上全是碎玻璃。僕役幾乎是立刻就進來收拾殘局，也不知道是誰下的令。艾黛兒遣走他們，她要等到修復安努之後再來修復地圖廳。在此期間，地圖廳廢墟提供她跟凱登和基爾在沒有議員打擾的情況下密談的空間。

「世界上還有其他將領。」凱登指出這一點。「除了伊爾・同恩佳外，還有其他戰士可以對抗厄古爾人。」

艾黛兒抬頭打量她弟弟。他就站在數呎外，幾乎觸手可及，但關於他的一切，包含他的姿勢、目光、完全沒有表情的臉，都在輕輕拉開兩人之間的距離。他身上毫無暖意，感覺不到人性。艾黛兒彷彿是透過望遠鏡看著獨自站在山峰上的他。她想像或期待能親近友好的希望都消失了。光是他堅持要帶那個瑟斯特利姆人基爾一起來，就足以證明這一點。艾黛兒吞嚥口水，不確定她舌頭後方傳來的苦味是出於懷疑或後悔，接著搖頭。

「沒有將領能和伊爾．同恩佳相比。換成其他人指揮部隊，厄古爾人早在幾個月前就突破防線了，早在第一次交戰時就能摧毀我們。」

「當時安努依然分裂，而現在我們已經彌補那條縫隙……」

「有嗎？」艾黛兒挑眉。「議會或許願意讓我待在王座上，但是從上次開會的情況看來，顯然待在王座上就是我所有的帝王權力了。」

「重點在於，」凱登說。「我們的部隊聯手，會有更多資源對抗厄古爾人。妳可以召回伊爾．同恩佳，這並不影響北境戰況。」

「妳可以召回他。」基爾說，聲音輕柔得像是鞋底在摩擦石頭。「他不會來的。」

艾黛兒輕輕點頭。「這就是我要說的第二個問題。」

她默不吭聲地觀察歷史學家，試著解讀此人。她以為會看到類似伊爾．同恩佳那樣的人，強壯、自信、滿不在乎，但當然，那全都是在演戲，是她的將軍為了偽裝成人類而佩戴的面具。基爾沒理由挑選同樣的面具。

根據凱登的說法，基爾比肯拿倫還老，老上好幾千年，不過這種差別對瑟斯特利姆人而言代表什麼意義，她完全不想去猜。他看起來肯定比較老，部分原因是出在歷史學家的儀態上。和伊爾．同恩佳不同，基爾的言行都比較刻意，甚至堪稱謹慎，而艾黛兒認為這種謹慎與年齡有關。基爾遭人囚禁多年，身上留下的痕跡還在，鼻子和下巴一再被人打斷，一腳瘸了，雙掌粉碎，癒合得很糟，手指扭曲得像樹枝一樣。如果伊爾．同恩佳看起來太年輕、太自以為是，不像瑟斯特利姆人，基爾就是太淒慘、太殘破。

然而，他的眼睛有點奇特，既古老又遙遠，符合她在安特凱爾高塔上見過的那種眼神。他和伊爾・同恩佳一樣企圖掩飾，但不知道出於什麼原因，他掩飾得不大成功。有些時候，就像現在，他像是能直接看透她，看穿她，彷彿她只是龐大到難以想像、永遠無法理解的圖案中，一個小小的點。

「他知道我在這裡。」基爾過了一會兒繼續說。

艾黛兒點了點頭。「他在我離開前告訴我了。他說你會騙我。所以不能讓他知道我加入你們的陣營。」

事實上，她不確定自己是否真的打算加入凱登和另外這個瑟斯特利姆人的陣營。伊爾・同恩佳終於伏法的想法很棒，但是殘酷的事實依然存在，伊爾・同恩佳阻止了厄古爾人。昨天凱登在碼頭上想說什麼卻沒說出口——關於伊爾・同恩佳和長拳，關於肯拿倫堅持要摧毀大酋長的原因——讓艾黛兒誤以為看見一條出路，一扇開啟的門，一次交流的機會，而凱登卻像紙扇輕聲闔起般，再度封閉自己。

「你有事沒告訴我。」她說，小心維持冷淡堅定的語氣。

凱登微微揚眉。

「我懷疑，」他回道。「我們都有事情沒說。妳之前也說過，妳不信任我。」

這是真話。比真話更真。艾黛兒沒提起妮拉的事，沒提起吸魔師在伊爾・同恩佳脖子上掛的火焰套索，沒提她只要比個手勢一聲令下就能取肯拿倫性命。信任和分享很好，但她不打算先跨出第一步。

「建立信任只有一個辦法。」她說，攤開雙手，直視凱登。「如果我們要對伊爾．同恩佳採取任何行動，想解除他的兵權，我就必須知道他到底想對長拳做什麼。你必須跟我解釋他……為什麼對梅許坎特如此執著。如果你不告訴我真相，我就什麼都不能做，不能和你們聯手。」

「真相。」凱登輕聲複誦。

他們面對彼此，相隔一步，目光交扣。那一個詞語——*真相*——感覺像是她手中的利刃，堅硬銳利之物，舉在她和這個幾乎不認識的弟弟中間。凱登當然也有自己的隱形武器，可以用他的真相來對抗。她幾乎能聽見兩把武器交擊的聲響，彷彿靜止的空氣在交戰，雙方的沉默在尖叫，彷彿那個音節能劈砍，能殺人。

「如果伊爾．同恩佳摧毀梅許坎特，」凱登終於說。「我們就會死。」

艾黛兒瞇起眼睛。這話來得太突然、太絕對，讓人難以置信。

「誰會死？」

「所有人。」凱登望向基爾，兩人之間似乎進行了某種交流，某種沒有說出口的協議。接著他回頭面對她，解釋一切，鉅細靡遺地解釋朗．伊爾．同恩佳，艾黛兒的將軍，她兒子的父親，是怎麼計畫摧毀人類世界的。

♛

「這不合理。」艾黛兒在凱登說完後緩緩表示。「姑且讓我們接受新神是人類情感和人性的來源，姑且說我相信祂們的存在奠基了我們的天性，但梅許坎特並非新神之一，伊爾・同恩佳為什麼不去找卡維拉、麥特或厄拉？」

「他會，」基爾回答。「如果祂們在這裡的話，他就會去找祂們。新神打從下來這個世界幫助你們對抗我們族人的漫長戰爭之後，就不會再度附身肉體，這對他而言算不幸，對人類卻是好事。那已經是數千年前的事了。」

「那殺害梅許坎特為什麼能解決他的問題？為什麼幫世界擺脫苦難突然就能促成瑟斯特利姆人的第二個黃金年代？」

歷史學家注視著她，思考她的問題，接著他的眼神突然變得遙遠，令她腹部一陣絞痛。她看向凱登，一方面為了看他有沒有什麼想補充的，一方面也是為了不要看基爾。令她沮喪的是，凱登的眼睛也一樣空洞遙遠。

「神學，」基爾終於說。「是很微妙的東西。」

艾黛兒嗤之以鼻。「據我所知，微妙是人在天殺的不知道自己在說什麼時會用的詞語。」

她驚訝地發現，基爾竟然笑了。「我的經驗也一樣。」他聳肩表示。「梅許坎特和席娜是新神的祖先。」

她搖頭。「那又怎樣？伊爾・同恩佳殺了我父親，但我還活著，凱登也是。」

「還有瓦林。」凱登輕聲補充。「至少我們可以期望。」

「當然，」她說，熱氣升上臉頰。「我們當然期望瓦林還活著，但重點在於，和眼前之事相關的重點在於，殺死梅許坎特不會對其後代的力量造成影響。」

「妳的比較有侷限性。」基爾說。「儘管擁有燃燒之眼，馬金尼恩家族並不是神。」

「你是說神會在父母死去時死去？」

他搖頭。「我之前就說過了，神學很複雜。我的族人研究神很久了，但那些研究，就其本質而言，並不完美，也不完整。在許多和神性有關的問題上，我們一無所知。知識的本體難以預料，也難以肯定。」

「太好了。」艾黛兒說。

基爾揚起一手，彷彿要在她開口抗議前阻止她。「然而，有一件事可以確定，神超越我們的地方在於，祂們不光只是年長和強大，祂們還很不同。」他頓了頓，彷彿在尋找足以承受他想法的言語。「我們是這個世界的產物，妳和我，瑟斯特利姆人和人類。我們住在世界裡，就像人住在房子裡。我們死了，世界還會繼續存在。」

「神不一樣。祂們就是世界，祂們的存在直接建立在現實架構中。」他搖頭，再次表述。「祂們為現實提供架構，那就是祂們之所以為神的原因。回到房子的比喻，最不完美的比喻之一，但或許適合用在這裡：諸神就是地基和地板，祂們是陽光灑落的窗口，祂們是牆壁。」

艾黛兒試著分析這種說法，努力聽出道理。「聽起來比牆壁更固執己見。」

基爾攤開雙掌。「如我所說，這個比喻並不完美。現實不是房子，秩序和混亂，存在與空無等基本原則……」他越說越小聲，再度聳肩。「不光只是石頭。」

「重點在於，」凱登說，首度加入這個話題。「打爛地基，牆壁就會崩塌。」

基爾皺眉。「梅許坎特和席娜其實算不上地基，不像阿伊、空無之神、普塔和阿絲塔倫。」

「我懂了。」艾黛兒插嘴。「不管出於什麼原因，只要摧毀梅許坎特和席娜，就能摧毀建立在祂們之上的東西。擊垮父母，子嗣就會委靡不振。」

這話讓她想起待在帝國邊境冰冷城堡搖籃裡的桑利頓。她除了離開他別無選擇。安努是個狼窩，艾黛兒毫不懷疑，議會中會有十幾個人把握機會暗殺他。他在北境比較安全，在妮拉看顧下比較安全——儘管如此，如果艾黛兒自己遇害，他又會面臨什麼樣的命運呢？老阿特曼尼人會照顧他多久？

「就某方面而言還算合理。」凱登繼續說，將艾黛兒拉回現實中。「想像妳缺乏感受痛苦或歡愉的能力。」

她以強大的意志力將自己扯離那座城堡，遠離當下可能在睡覺、氣惱、扭動或哭鬧的兒子，強迫自己全神貫注。唯一拯救他的真正方法，就是贏。

「生理上？」她問。

「生理上、心理上、情緒上，缺乏任何形式的痛苦或歡愉。」他搖頭，看著底下成為廢墟的克拉西、席亞和干城。「妳為什麼會感受到情緒？妳為什麼會覺得恐懼、仇恨或愛？妳要怎麼感受它們？」

艾黛兒試圖想像那種存在，想像完全缺乏……什麼？不是感官，那並非感官。瑟斯特利姆人能和人類一樣感受到風吹，也聽得見豎琴演奏的聲音，他們並非無法理解世界，只是無法感受，彷彿那種意義和重要性都從經驗中被吸乾，只剩下乾巴巴的事實如閃閃發光的昆蟲或奇特的蝴蝶般被釘在心裡——明亮、美麗、死亡。

她看向基爾，抖了一抖。她知道瑟斯特利姆人與人類不同，比較聰明、古老，且永生不朽。她讀過所有知名的資料，知道他們是理性的生物，而非感性。就某方面而言，她一直沒有真正瞭解那所代表的意義，那會有多蒼涼，有多恐怖。

「我們就會變成你們。」她喃喃說道。

基爾嚴肅點頭。「如果活下來的話。」

「我們為什麼會活不下來？」

歷史學家比向凱登。「我曾試著對妳弟弟解釋。你們的心智跟我們的不同，仰賴愛、恨、恐懼與希望提供動力和指引。」他比向艾黛兒。「妳為何來此？」

「因為我們說好在這裡會面。」

「我不是指地圖廳，我是指安努。」

「因為總要有人修補我們對帝國造成的傷害。」

歷史學家揚眉。「喔？為什麼？」

艾黛兒用力思考。「因為人民都依靠我們，仰賴我們。數百萬人將會挨餓或染病或淪落到厄古爾人的刀口下……」

「那又怎樣？」

「那又怎樣？」

基爾謹慎地露出近乎優雅的笑容。「對，那又怎樣？你們反正都會死，全人類，這是註定會發生的事，你們天生如此。是誰，或什麼時候動手殺的，真的有差嗎？」

「對我有差。」艾黛兒大聲道。她伸手戳牆，無聲指向住在城裡城外難以計數的人民。「對他們而言也他媽的有差。」

「因為被厄古爾人屠殺會令你們痛苦，灰瘟疫捲土重來會傷害你們……」他伸手輕扣她的腦袋，髮線之下的位置。「……這裡。」

「沒錯！」

「妳的將軍想創造出一個人類不會痛苦的世界，他認為到時候你們就會變得跟我們一樣。」

艾黛兒瞪他。「那你呢？你怎麼看？」

「你們可能會改變。」他承認，向凱登點點頭。「你們中的一些人，受過適當訓練的人。」

「其他人呢？」她問。「真的在乎的人？」

基爾低頭看著地圖，腦袋側向一邊，再度聳肩，那是人類的表達方式，但缺乏人類的情緒。

「無法肯定。」他回答。「我相信你們的心智會遭受壓力而扭曲破裂，然後粉碎。」

15

「好吧。」葛雯娜疲憊地說，在一棵紅樹粗糙的樹根上坐下，腳掌泡在溫暖的水裡。「既然大家都渾身染血又平安無事，看在浩爾的份上，或許哪位可以來和我解釋一下，現在究竟是什麼情形。」

那個叫克拉的女人惱怒地嘶吼著：「這裡不安全，他們會派鳥追捕——」

「根據之前的經驗，」葛雯娜打斷她的話。「鳥沒辦法看穿林頂，騎鳥的人也不能。不過，凱卓鳥很擅長在大白天發現水面上那些浮浮沉沉掙扎游泳的人，所以如果妳想繼續游泳，那沒問題，」她比向在紅樹林外緣反射日光的海面。「請游。」

這或許不是最圓滑的交流方式，但昨天晚上實在是太漫長了。葛雯娜在中央廣場上只看到十幾個凱卓，身穿黑衣還帶鳥的那些。然而，當她拖著克拉手肘，然後是肩膀，再然後是後頸，在街上逃竄時，那些混蛋不斷出現，從巷道竄出來，從屋頂上跳落。葛雯娜至少殺了三個人，克拉解決一個，但他們持續出現。事後想想，這其實很合理，如果他們打算燒掉一整座城鎮，就會帶足人馬一次解決。

最後是黑夜拯救了她們，浩爾的黑暗掩護她們撤退。黑暗加上曲折迂迴的山道。葛雯娜能透過星光看路，但克拉一直被絆倒，跌入兩側濃密的藤蔓中。從身後的咒罵和叫喊聲聽來，追兵的處境比她們艱難，這更證明了他們並非真的凱卓。不管是從哪裡弄來煙鋼劍，不管是怎麼爬上鳥背，他們都不曾進入浩爾大洞，沒被史朗獸咬過，沒喝過蛋裡噁心的汁液。這是一項優勢，很小的優勢，但葛雯娜沒資格挑剔。

安妮克和塔拉爾在黎明前的朦朧時刻和她們在海灘上會合。吸魔師揹著頭部受傷的年輕人，也就是克拉匆忙布下陷阱的另一名執行者。他膚色蒼白，和克拉一樣剃光頭，上衣在逃跑時被扯破了，而當他彎腰嘔吐時，葛雯娜注意到他的肩膀上刺有展翅凱卓鳥的刺青。

「傑克，」克拉倒抽一口涼氣，衝過沙灘，跑到搖搖晃晃的士兵面前，握住他的肩膀，彷彿他是泥土做的，已經開始崩壞，彷彿她打算單憑雙手讓他保持完整。「你還好嗎？」

他晃著腦袋點頭，從塔拉爾身上退開，滿臉鮮血遮蔽了五官。「沒看起來那麼慘……」

「你能游泳嗎？」葛雯娜問。

傑克看向層層打來的黑浪。「正常情況下，可以，但……」他輕輕抬起手指觸摸頭皮上的傷口，晃一晃，然後顫抖了一下。「我……或許……」

「或許可不夠好。」葛雯娜回道，並指向上方的懸崖。即使天色漆黑，追兵還是步步進逼。「如果不能游，你就自己逃。」

「讓他活下來會是我們的負擔。」安妮克說。

克拉轉身質問狙擊手。「妳是什麼意思？」

「帶他一起走。」安妮克說，看都不看她一眼。「不然就殺了他。我無所謂。」

那個叫傑克的男人瞪著安妮克，然後又轉向葛雯娜。「看在浩爾的份上，你們究竟是什麼人？」他低聲詢問。

「誰也不是。」葛雯娜說。那個男人有股特質，不知道是他的語氣還是血淋淋的面孔給她一種熟悉的感覺，但她想不起來。「只是來看風景的。聽說虎克島這個時節景色不錯。現在他媽的給我下水。往北游。」

「看看他。」克拉湊上前要求。「他站都站不起來了，我們須要改變計畫。」

「沒問題。」葛雯娜說著，指向身後的大海，聳立在上的層層石灰岩壁若隱若現。「我向來喜歡聽計畫。」她暫停片刻，出掌放在耳邊。「只要妳肯多等一分鐘，我們懸崖上的朋友就會趕來，妳也可以說給他們聽。」

克拉下巴緊繃。「如果害怕，就留下我們。我們可以照顧自己。」

「你們目前為止都把自己照顧得不錯。」

「葛雯娜。」塔拉爾指向東方說。「平常我會花時間多聊兩句，但……」

她點點頭，轉向克拉。「我瞭解妳喜歡這傢伙，或許他是妳表面上的兄弟，或許你們兩個利用訓練時間搞在一起。都無所謂。我不確定妳剛剛有沒有注意情況，但他棄妳不顧。那些黑衣混蛋收網時我有留意，妳想知道他幹了什麼嗎？」

海浪將成千上萬顆小石頭打在狹窄海岸上。西風增強了，吹走海上的浪花。懸崖上的叫喊聲逐漸逼近，至少十個聲音，男性，很生氣，也很困惑。安妮克半拉起她的弓，步出陰影，注視著他們剛剛走下來的崎嶇山道。

「一句話。」狙擊手說。「他們一翻過山脊就進入我射程範圍。」

葛雯娜搖頭。「他們只是猜我們在下面，沒理由會來確認。」她再度將注意力轉向傑克，再度試著回想在哪裡見過他，怎麼會對他有印象。

「怎麼樣，混蛋？」她挑眉問道。「你要告訴你女朋友剛剛是怎麼丟下她不管的嗎？」

她以為他會反抗或發怒，以為他會咆哮或向她撲來，他卻一臉萎靡。她過了一會兒才驚訝地發現，他臉上乾涸血跡流下的明亮線條……是眼淚。

「我不能……」他開口。「我就是……我辦不到……」

她體內某種古老的本能在蠢蠢欲動，她發現那是同情。不管這個可憐的混蛋是誰，總之都不是凱卓。不是每個人都受過半輩子訓練，能在人群中對抗十幾名殺手。顯然，傑克不是自願對抗配備煙鋼劍和致命巨鳥的人，肯定也不是第一個在鮮血之前動彈不得的人。

那些都無所謂，現在重點是要逃離現場。葛雯娜向來都很不會玩牌，但是虛張聲勢的時刻到了，於是她深吸口氣說：「你可以游泳，或我可以給你個痛快。你自己選。」

傑克抬起頭來。她看見他眼中充滿恐懼，宛如閃電般火熱明亮。她或許會覺得難受，但現在沒時間難受。

她拔出匕首。「我數到一。」

男人舉起雙手。「我游。」

結果，葛雯娜不得不拖著他游完最後數百步。她雙腳死命剪刀踢，一手划水，另一手抱住他胸口。這樣游非常吃力，但是有效。他們在黎明前抵達一片濃密的紅樹林，游進樹根之間蜿蜒曲折的水道。想要追蹤他們的人必須先游過一里海面，再穿越更麻煩的紅樹林。

葛雯娜在學員時期就很討厭紅樹林，那裡的樹生得太密集，沒辦法游泳，水又深，難以輕易跋涉，樹枝的高度剛好會戳到眼睛。這種環境半個早上搞不好只能前進半里路，特別當你不想發出聲響時。這裡不適合訓練，卻是重新集結的絕佳地點。他們離開海灘後就沒看到追兵了，但那並不是幹蠢事的理由。不管接下來要怎麼做，她都打算在長滿瘤節、枝幹扭曲的樹林裡待到日落。這讓他們有充分的時間可以培養感情。

葛雯娜背靠樹幹，將一把劍平放在膝蓋上，然後伸指指向克拉。

「所以，該從哪裡說起？」

「我們可以從，」克拉啐道。「你們搞砸了我們殺死那些混蛋的好機會開始說起。」

一時之間，葛雯娜只能瞪大眼睛看她。

「妳一定是在開玩笑。」她終於說。

「我不是在開玩笑。我們都安排好了，傑克和我，一切都在我們的掌握之中。然後你們這群混蛋出現了，天知道你們是哪裡來的……」

克拉越說越小聲，氣息凝重。葛雯娜望向塔拉爾，懷疑這個女人瘋了。吸魔師只是聳肩。

他坐在一步外的扭曲樹根上，一手放在傑克肩膀上，在他吐出最後一口鹹水時安撫他。雖然很噁心，但至少可以讓他不要說話。克拉說的越多，葛雯娜就越想把她溺死。

「你們就快被殺了……」葛雯娜說，努力讓語氣保持冷靜和理性。

「不！」克拉瞪大雙眼憤怒地說。「我有後路。妳不知道我們的安排。」

「那妳有看到在人群中朝妳移動的人嗎？」

女人點頭。「兩個都看到了。」

葛雯娜揚眉。「兩個？有五個。」

「漢克和他的人還在碼頭上。」

葛雯娜搖頭。「妳看錯地方了。」

「我在看把我們當狗獵殺了將近一年的混蛋。」

「就像我說的，」葛雯娜回道。「妳看錯地方了。」

傑克呻吟一聲，然後抬頭。「什麼意思？」他輕聲問道。長途游泳沖刷掉他臉上的血跡，葛雯娜打量他片刻，在腦中重複他的名字。傑克。看在浩爾的份上，傑克是什麼人？她想不出答案，一整個晚上都沒想出來。她轉回去看克拉。

「妳看。」她說，一手舉在頭上，微微扭動手指。克拉聞言抬頭。葛雯娜一拳捶在她肚子上，抓住她的後頸，把她的頭壓入水中。女人掙扎拍水，盲目亂抓葛雯娜的腳、紅樹林樹根，並胡亂捶打水面。安妮克轉身避開濺出的水花。克拉比外表看起來強壯，但在無法呼吸時，強不強壯沒有多大意義。傑克的眼睛睜得像盤子一樣大，他移動，但塔拉爾用匕首抵住他脖子。

「別擔心，」葛雯娜說，對於自己的語氣沒有透露出怒氣感到滿意。「沒事的。」

她數到十五，然後拉起女人，在克拉開始吐水前將人推向樹幹。克拉連嗆帶咳還罵人，一副要撲到葛雯娜身上的模樣，但隱忍不發，繃緊下巴，壓抑憤怒，棕眼充滿怒火。

「妳如果一直看錯誤的地方，」葛雯娜耐心解釋。「妳就不可能活下來。」

女人又咳了起來，嘔出一堆水。「幹妳。」

「妳不是我喜歡的類型。」葛雯娜回道。她的耐心快要耗盡。她想起了跳蚤，試圖模仿他那種處變不驚的冷靜態度。「我們是在幫你們。」

「壓我去溺水？」克拉啐道。「拿匕首抵住我朋友的喉嚨？」

葛雯娜看向塔拉爾。「他不是問題。」

吸魔師與她對視了一眼，然後將匕首插回刀鞘。

「好了。」葛雯娜說。「我們可以像成年人一樣交談了嗎？」

克拉搖頭。「你們是什麼人？」她又問。

「我們也很困惑。」葛雯娜說。「困惑會讓我們緊張，我一緊張，就會把別人的腦袋按到水裡。所以或許妳可以先回答第一輪問題。」

這樣的要求不算過分。然而，克拉看起來一點都不冷靜，一副打算繼續反抗的樣子，如果頭被人壓在水裡算是反抗的話。葛雯娜吐了一口氣，準備再來一輪，但塔拉爾湊過來伸手調停。

「我們是來幫忙的。」他喃喃說道。

「我就是這麼說的！」葛雯娜抗議。「我已經說過了。」

塔拉爾點頭，但目光還是停留在克拉臉上。「我們是來幫忙的。」

「幫誰？」克拉問。

「誰在對抗騎鳥的人，我們就幫誰。騎凱卓鳥的士兵已經殺了我們一些朋友，還想殺我們。如果你們在對抗他們，我們就幫你們。」

葛雯娜向後靠回紅樹林的細樹幹上。也許她一開始就該讓塔拉爾來談，他有辦法在不把人頭壓進水裡的情況下改變對方心意。她強迫自己放鬆，閉上雙眼，感受上午的陽光透過樹葉灑落，又亮又熱。她或許不擅長交談，但至少知道什麼時候該閉嘴退到旁邊。

「那些騎鳥的人放火燒鎮，」塔拉爾說。「是因為鎮上的人幫助你們？把你們藏起來？」

克拉謹慎點頭。「那是處罰，是教訓。他們就喜歡那些天殺的教訓。」

「他們是什麼人？」

「凱卓部隊。」她啐道。

塔拉爾皺眉。「我不認得他們，而我在那些島上受訓將近十年。」他看向葛雯娜，然後轉向安妮克。

「不認得。」葛雯娜回道。

狙擊手只是搖頭。

「至少他們自稱凱卓。」克拉繼續說。「其實他們不比我們好到哪裡去，就是賈卡伯·拉蘭手下的惡棍。」

「拉蘭？」葛雯娜問，覺得越來越困惑。

克拉嚴肅點頭。「現在是他在管事。」

這話一點都不合理。賈卡伯·拉蘭擔任學員主管超過十年，但沒人把他當回事，就像他所坐的椅子一樣。。

「管什麼？」葛雯娜問。

「猛禽。他還是那樣叫它，但那裡現在只是他的私人基地。他在夸希島上種植黃花，用鳥飄洋過海運往市場，獲取巨額利潤，然後拿錢購買鞏固地位所需的一切。他說那裡是猛禽，但其實只是黃花生意的基地。」

傑克點頭。「拉蘭自稱是猛禽指揮官，但只是在負責毒品生意。」

葛雯娜朝水裡吐了口唾沫。「就算有人堆好木柴，點燃火堆了，那個沒用的廢物也搞不定那堆篝火。」

「是呀，好吧，他已經燒掉很多東西了。」克拉回道。「就和你們昨晚看到的一樣，他不僅燒房子，還把人綁在木樁上，淋油，然後放火。他是個邪惡的混蛋，而且他在管事。」

「你們是反抗軍。」塔拉爾下了結論。

克拉猶豫了一下，然後謹慎地點頭。

葛雯娜轉頭去看傑克。他寬闊的肩膀低垂，但他有在看她，而且合作意願顯然比克拉高。

「那你們剩下的人呢？」葛雯娜問。

他張口欲言，但克拉在他出聲前打斷他。

「不要說。」她搖頭道。

「他們救了我們，克拉。」傑克低聲說。這個男人顯然很強壯，擁有游泳健將的胸膛和寬闊肩膀，這在所有人都能在早餐前游上一、兩里的地方，已經算很不得了了，但他的聲音很輕柔，恭敬有加。如果葛雯娜閉上眼睛，她能想像說話的人是個瘦男孩，而非成年男子。「我們的計畫全出錯了。」他繼續說。「而他們出現解救了我們。」

「是呀，但是他們從哪裡出現的？」克拉語帶指控地伸手指向葛雯娜。「他們已經承認自己是凱卓。」

「我們離開奎林群島時，」葛雯娜冷酷地回應。「身為凱卓並不是什麼見不得人的事。」

「離開群島去哪裡？」克拉問。「騎哪隻鳥去的？去出什麼任務？據我們所知，你們和拉蘭是一夥的。」

葛雯娜瞪著她。「如果我們是在為該死的賈卡伯·拉蘭賣命，我們現在會淪落到紅樹林沼澤裡嗎？如果是拉蘭派我們來，我們就會抓了你們交給拉蘭。」

「除非他派你們來打探消息。」

葛雯娜忍住不回嘴。這個女人偏執妄想，但若在地窖或山洞裡住了幾個月，只要有鷹形身影飛越天際就要抬頭去看……會偏執妄想也是情有可原。

「我剛剛殺了三個混蛋，」她語氣冷靜地說，轉頭看向狙擊手。「妳呢，安妮克？」

「三個。」

「塔拉爾？」

「一個。」吸魔師回道，並向傑克點頭。「我大部分時間都在揹他。」

「七個，」葛雯娜說，比出手指，希望女人在看到具體數字後能放下心來。「如果和拉蘭合作，我們會殺死七個朋友嗎？」

克拉看著她，焦慮地用指甲摳著拇指血淋淋的角質層，嘴唇緊抿。一時之間，葛雯娜以為她要放棄，要鬆口了，接著她又皺眉搖頭。

「妳剛剛說你們是來幹嘛的？」

「看風景。」葛雯娜冷冷回應。她看向傑克，他看起來很想說話，但又遵從著克拉的指示。她很想抓住兩人脖子，拿他們的腦袋互撞十幾下，擦掉血跡，然後再問一次。那樣毫無疑問可以得到答案，問題在於，答案可能是胡扯的。

葛雯娜不耐地吐出一大口氣。

「好吧，聽著，我瞭解妳不曉得我們是誰，也尊重妳想保護妳朋友安全的想法。不然跟我們說說拉蘭的事好了，他一開始是怎麼掌權的？那群混蛋為什麼要追隨他？」

克拉和傑克雙雙陷入沉默。海浪輕輕拍著紅樹林的樹幹，樹葉窸窣作響，小白花的香氣在它們即將枯萎之際變得越發濃郁。

「聽著，」葛雯娜說。「我在改善我的態度，所以目前為止我都表現得很客氣……」

她給了點時間讓他們想想她的話。接著，出乎意料，安妮克在越來越長的沉默中發表意見。

「這兩個傢伙是叛軍，」狙擊手頭也不回地說。「如果拉蘭是島上官階最高的凱卓，根據規章，他就是指揮官。克拉和傑克的反抗行為都是叛國。他們是叛徒，他們的盟友也是。」

葛雯娜轉頭盯著狙擊手。她一個早上都在努力說服這兩個白痴自己和賈卡伯．拉蘭沒有任何關係，他們站在同一陣線，結果安妮克竟然開始引述天殺的規章？

「安妮克——」葛雯娜還沒說完，克拉就搶先行動，她衝向狙擊手，憤怒蓋過內心的恐懼。

「是拉蘭先對付我們的，妳這個卑劣的婊子！我們不知道猛禽出了什麼事，直到他出現，扯那堆天殺的第二次機會的鬼話為止！」

葛雯娜瞧下原先要抗議的話，板起面孔，靠回樹幹。她偷瞄安妮克一眼，狙擊手依然在眺望大海，箭搭在沒有拉開的弦上。她沒有再說什麼，甚至沒有轉頭，彷彿她什麼也沒做，但她剛才輕描淡寫地為賈卡伯．拉蘭背書的行為，確實誘出了一部分真相。現在的問題在於要繼續引誘，還是先等等看。

「第二次機會？」塔拉爾終於問。

接著，葛雯娜彷彿挨了一巴掌般瞭解情況。她突然知道為什麼會覺得傑克眼熟。「你來自阿林島！」她說。「神聖的浩爾啊，你們是被刷掉的凱卓。」發現這個事實後，就很容易順著邏輯想下去。「這就是你們懂得作戰，但又很廢的原因。」

「我們盡了全力。」傑克輕聲道。

「快傑克。」塔拉爾緩緩說道，透過全新的目光打量對方。「萊斯之前常常提起你。你是比我們早了五期左右的學員？萊斯說你是奎林群島最頂尖的飛行兵。」

傑克皺眉。「想要繼續駕駛凱卓鳥就必須通過浩爾試煉。」

「你被刷掉了。」葛雯娜做出結論。「我們當時太年輕，不清楚細節，但我記得傳言，快傑克沒有通過試煉。凱卓最頂尖的飛行兵不能成為凱卓。我一直以為你死了。」

男人發出短促哀傷的大笑聲，彷彿肚子挨了一拳。「我還活著，沒錯。我甚至通過了第一週的試煉。但是當我們抵達浩爾大洞，看見那些盲眼白怪物時，我就……辦不到。」

就像昨晚那樣，在巷子裡嚇僵，葛雯娜冷冷地想。當情況急轉直下時，你就丟下夥伴等死。這就是反抗軍，一群在訓練過程中被刷掉的男女，多次遭受挫折，最終選擇放棄，跑去阿林島隱居，舒舒服服過下半輩子。這些人就是她的新盟友，唯一的盟友。

「所以，當猛禽自相殘殺的時候，」塔拉爾輕聲道。「沒人想到要去找你們？」

「他們有什麼理由想到我們？」克拉苦澀地反問。「幾百名被刷掉的凱卓學員？凱卓士兵的心思都放在殺害凱卓士兵上。我們看見巨鳥在天上作戰，看見船隻燃燒，但阿林島上沒有船也沒有鳥，他們不允許我們接觸那些東西。」

安妮克點了點頭，沒有看過去。「合理。整座島，全阿林島，都是沒有價值的目標。」

克拉點頭。「我們幾乎和虎克島上那座充滿喝蘭姆酒盜賊的小鎮一樣無關緊要。」

「所以當作戰結束後，」葛雯娜總結道。「你們都沒事。」

她看見兩人臉上寫滿了愧疚。快傑克垂下目光，但克拉再度點頭。

「拉蘭也沒事。」她說，之前叛逆的語氣蕩然無存。

「基於同樣的理由，」葛雯娜補充。「混戰之中，沒人在乎那個廢物。就算賈卡伯．拉蘭爬出他的椅子來打我，我還是比較擔心被海鷗大便弄髒衣服。」

「他很危險。」傑克搖頭說。

「如果他摔倒在你身上，或許會危險。」

「或用法術打爛你的臉。」克拉說。

葛雯娜眨眼。當了這麼多年學員，她從未想過賈卡伯．拉蘭擅長的武器。要說他曾經是個危險的存在簡直可笑至極，他不過是個妄自尊大、渴望權力的三流訓練官。就連凱卓也會犯錯，而她向來都把拉蘭視為凱卓犯錯的完美案例。想到他以前曾經是致命的，是個吸魔師……

她看向塔拉爾。「你知道這事嗎？」

他緩緩搖頭。

「你們怎麼發現的？」葛雯娜轉向克拉問道。

然而，克拉沒在聽。她遙望遠方，注視著某個難以抹滅的回憶。「戰鬥結束後，他跑來阿林島。」她說。「宣稱猛禽遭受背叛，是內奸幹的。如果我們還想為帝國服務，他可以提供第二次機會……」

她陷入沉默，傑克接下去說。

「我們不知道他有何計畫，只知道他是凱卓，高階凱卓，而他來找我們，告訴我們可以再試一次，有機會挽救我們的人生。他說，所有人都有畏縮的時刻，現在就是重新再來的機會。」他吐出紊亂的氣息。「他說我可以再度駕鳥。我們都不知道他真正想要的是什麼。」

「那麼，」塔拉爾小聲問。「他真正想要的是什麼？」

「權力。」克拉唾棄道。「在大海中屬於他自己的小王國。起初我們只是在演習和訓練，換上新制服和新武器，埋葬死者，宣誓效忠。我們以為自己是凱卓，以為是為帝國而戰，以為終於可以做受訓多年要做的事情。」她停住，嘴角露出一抹噁心又虛弱的笑容。「我們太笨了。他媽的太笨了。過了好幾個月才發現我們只是據地為王的小軍閥手下的惡棍，整件事情都是為了他的黃花生意。」

葛雯娜搖頭。「那終於發現真相時，你們都沒想到要一刀劃開他的喉嚨嗎？」

「我們試過。」克拉咬牙切齒地說出這幾個字。

「顯然沒有用心嘗試。那個吃大便的傢伙幾乎沒辦法爬出他的椅子，他要靠天殺的枴杖才能走路。你可以毫不費力地拿塊磚頭打死他。」

「妳不懂。」傑克說。「那時候他已經成立了黑衛士。」

葛雯娜搖頭。「黑衛士？」

「其他和我們一樣，來自阿林島的人。一開始的幾個月裡，拉蘭觀察我們、測試我們，確認哪些人效忠帝國，哪些人加入凱卓只是想殺人。當我們弄清楚狀況時，他已經有足夠的兵馬，整整五支小隊效忠於他。他們有鳥，並控制了軍械庫。」

「你們沒有對抗他們？」

克拉瞪著她。「妳有從地上對抗過凱卓鳥嗎？站在地上？」

這是個很嚴肅的問題。葛雯娜一輩子都生活在巨鳥旁，學習騎鳥、駕馭牠們、信任牠們，但她一直無法習慣那些大黑眼和牠們冷漠的目光。萊斯宣稱凱卓鳥從來不算溫和，只是被人馴服，而當你目睹凱卓鳥把牛羊撕成碎片時，你就會覺得牠們連馴服都談不上。受過凱卓訓練的戰士是全世界最頂尖的戰士，但之所以如此致命，有一大部分要歸功於凱卓鳥。對抗訓練有素又騎鳥的凱卓小隊……距離瘋狂只有半步之遙。

「所以，」葛雯娜說，試著將話題拉回當前處境。「拉蘭奪得控制權，掌握半數被刷掉的阿林島居民幫他作戰，剩下的人就找地方躲藏。」

「剩下的人，」克拉回道。「拉蘭派出黑衛士，要求大家宣誓效忠。」

「凱卓宣示服務帝國。」安妮克說。

「現在不是了。」克拉怒道。「拉蘭要我們效忠他，他個人，封他為猛禽總指揮官。」

葛雯娜搖頭。「胡扯。」

「當然是胡扯！所以才有人拒絕。我們只是不知道他有算到我們會拒絕，他有備而來。宣示不光只是宣示，還是測試，用以過濾我們，挑出所有可能會反抗的人。他幾乎是在一確認名單後立刻展開屠殺。」她伸手摀住雙眼。「只有幾個人逃出來。」

葛雯娜緩緩點頭。那算不上精心策劃的陷阱，不過同樣有效。

「你們有人試過離開奎林群島嗎？」塔拉爾問。

克拉攤手。「怎麼離開？阿林島上沒有船，就算我們偷到一艘，然後呢？拉蘭有鳥，他有炸藥，黑衛士不用接近就能從空中炸船。」

就和**寡婦心願號**一樣。從開始攻擊到整艘船沉沒不過短短數百下心跳之間的事。

「所以你們在對抗他。」

「嘗試，大部分都失敗。我們就只能躲起來。」

「我很訝異你們竟然能躲這麼久。這裡島沒那麼多，也沒那麼大。」

克拉遲疑，然後看向傑克。

「都告訴他們。」飛行兵停頓了很久後說。他低頭看著自己的手掌，看起來強壯的手，但是空蕩蕩的，手指不停地抓握又放開，似乎在尋找武器，因為沒武器可握而感到難受。「我們節節敗退，或許他們幫得上忙。」

「如果他們是拉蘭的人呢？」克拉語氣緊繃地問。

「那我們就盡快了結整件天殺的鬼事。」

克拉轉回去看葛雯娜，下巴緊繃到像釘死了。她過了很久才開口，聲音沙啞，好像生鏽般不情願。

「我們不在島上，我們在島下。」

16

妮拉外表向來都很老。

朗・伊爾・同恩佳和他的瑟斯特利姆陰謀團夥把她變得永生不死，或近乎永生。他們在創造阿特曼尼的過程中找出讓人類吸魔師存活很久的辦法。然而，存活和永保青春是不一樣的。

艾黛兒剛遇上這個女人時，從她的灰髮和皺紋推測她大概有八、九十歲。她棕色的皮膚淡得像灰，歲月的痕跡明顯影響到她的外表、彎曲她的背脊、壓垮她肩膀。不過，老女人一直以來都比外表看起來更強壯，動作靈活迅速，走一整天路都不會累，強壯到儘管外表衰老，艾黛兒還是覺得她很年輕。

現在她卻看起來半死不活。

她一半頭髮被火燒掉，左臉頰和下巴都被燒傷，脖子上露出噁心的疤痕，左手裹著厚厚的繃帶，艾黛兒還看見繃帶滲出鮮血和膿水。她上排的門牙掉了一顆，有兩顆牙幾乎碎成兩半，鼻子斷了又以拙劣的手法接回去。她看起來像是被人用鑄鐵鍋毆打，然後丟進火裡等死，嚴重的傷勢看著很嚇人，但真正令艾黛兒害怕的不是那些傷，而是老女人出現在此的事實。

艾黛兒是在王座上主持朝會時聽說這件事。她待在那裡一個上午，忍受一連串沒完沒了的愚蠢覲見，這是議會丟來讓她忙得沒辦法處理正事的瑣事。接著，一個奴隸進殿，一路卑躬屈膝走到王座前，手裡拿著皇宮大門守衛隊長的緊急字條：北境傳信兵。一個深受重傷的老女人，自稱是您的密斯倫顧問。

一排細小、清晰、骨白羊皮紙上的漆黑墨字，卻令艾黛兒彷如被針刺，每個字都在閱讀的同時插入她胸口，插入她喉嚨，拉扯，撕裂。妮拉來了，還受重傷，守衛的字條也沒有提到嬰兒，沒有提到桑利頓。

艾黛兒想要跳下王座衝出大門，去找那個理應在看顧她兒子的女人逼問答案。然而，她是皇帝，她退朝有固定的儀式，要從陰影中推出一座全由接榫固定、擦光磨亮、加裝銀輪的一噸重荒謬巨型柚木梯，讓她以皇室尊嚴的儀態步下王座。有人唱歌，有人禱告，然後是與會朝臣天殺的屈膝膜拜。艾黛兒抬頭挺胸經歷那一切，目光直視前方，雙手放在身側。她努力扮演好自己的角色，說她該說的話，腦中不斷迴盪同樣三個問題。

妮拉為什麼跑來？

出了什麼事？

我兒子在哪？

當大鑼的聲響終於顫動空氣，當她終於走出千樹大殿時，她只能希望自己看起來還像皇帝。她覺得自己像個幽靈。

火焰之子護送她前往大門北方一間嵌在紅牆間小套房，這裡樸素但優雅，用以招待不速之客、階級地位不明的男女、傳信兵，或外國使節，等候進一步安排。妮拉坐在門後，伏在一張血木桌上，無視拋光桌面上的酒壺和水壺。

如果是其他情況，艾黛兒會擔心她的顧問，為她的情況發怒。如果是其他情況，她會叫人傳喚醫生，送床進來，為老女人換新紗布和繃帶。但此時此刻，她站在門內發抖，腦中除了一個疑問，沒有任何想法。

「我兒子呢？」她問，聲音乾如死灰。「桑利頓，他在哪裡？」

妮拉皺眉。「他還活著。」

「活著？」恐懼令艾黛兒的聲音變尖，越來越尖。「活著？妳在照顧他，保護他，結果卻變成這樣跑來……變成這樣，然後妳就只能告訴我他還活著？」

艾黛兒記憶中的妮拉會大發雷霆，會拿起枴杖毆打艾黛兒的指節，或是臉。然而，現在她只能勉強點頭。

「我逃出來時他還活著。他現在也還活著，那個混蛋需要他。」

「誰？」艾黛兒問。「哪個混蛋？」

女人直視她的目光。艾黛兒覺得肚子上多了個洞。

「伊爾・同恩佳。」她喘著氣說。

妮拉疲倦點頭。「他搶走妳兒子，妳兒子和我弟弟。」

一時間，艾黛兒只能呆呆地看著。她看到自己伸手去拿杯子，彷彿手自己有主見，看著它們倒了滿滿一杯酒。*他搶走我兒子。*她把酒杯拉向自己，然後又看向妮拉，頹然坐在椅子上，把酒杯推給她。老女人揚起挫敗的雙眼看著酒杯，彷彿從未見過一般。艾黛兒給自己也倒了一杯，猛地喝了一大口。妮拉抽搐了一下，彷彿從夢中驚醒，然後跟著喝酒。再度開口時，她語氣裡恢復了一點生氣。只有一點，然後再度消失。

「我很抱歉，孩子。」

艾黛兒喝光一杯酒，搖搖頭，又倒了一杯。她感覺得到問題自四面八方襲來，數十個問題，但沒辦法讓自己開口說話。突然間，保持安靜似乎變得異常重要，彷彿只要她沒問，只要妮拉沒回答，一切就都不是真的。只要她們不說話，這就是一場夢。

喝光第二杯酒時，她雙掌平貼桌面，慢慢地，刻意地，彷彿桌面能撐住她的身體。她研究木紋複雜的線條和漩渦，好似這樣做能迷失在想像的地圖裡。懦夫，我是懦夫。她冷冷地想著，目光沉重如石，轉回妮拉身上。

「告訴我。」

女人點頭，將杯中的酒一飲而盡，再次點頭。

「我該殺了他的。」她說，語氣宛如憤怒的鬼魂。「在阿茲凱爾就該殺了他。」

「但是那道項圈，」艾黛兒問。「火焰項圈，斷了嗎？」

妮拉輕哼。「那種東西不會斷，會被解除。」

「但他又不是吸魔師。」

「他不是，歐希是。」

艾黛兒困惑地看著他。「歐希痛恨他。歐希會殺了他，如果妳叫他殺的話。」

「那是在瑟斯特利姆人開口說話之前。」妮拉苦澀搖頭。「我是個天殺的笨蛋，我以為他會因為脖子上被我套了套索，我要他幫忙，要他去彌補過錯，他就會幫忙，就會去彌補。他們一坐就是好幾個小時，伊爾·同恩佳不斷問問題：『你最早的記憶是什麼？你最早看見的人是誰？你第一次哭是什麼時候？第一次看見自己的血呢？』類似的問題。上百個問題。上千個問題。」

她吐出一口長氣，在體內傳來劇痛時皺起眉頭，然後繼續說下去。

「那些交談我覺得一點用都沒有。我告訴他，我們不是透過問一堆問題變成我們的。他只是微笑，妳知道那種微笑，並告訴我他在修補某樣東西前，必須先弄清楚壞在哪裡。我認為他只是在拖延時間，徒勞無功，但無傷大雅。我以為多等一陣子不會有問題……」

她越說越小聲，艾黛兒已經猜出接下來的事。

「伊爾·同恩佳策反了他。」她說。「他把妳弟弟變成他的人，讓歐希解除了項圈。」

妮拉點頭。「我可憐的蠢弟弟……他就算是大晴天也不能分辨天空和大海。我曾經必須說服他不要跟樹林開戰。他想要求天殺的魚效忠於他。他不知……什麼都不知道，而這段日子以來，那個瑟斯特利姆混蛋都在擾亂他壞掉的腦子，扭曲歷史，抹除記憶，用他的謊言取而代之。這麼做肯定很容易。」

「而妳沒有嘗試阻止他？」

「我不知道。直到項圈脫落。接著我試著阻止他們兩個。」她伸出枯瘦的手遮住雙眼，彷彿那段記憶太刺眼。再度開口時，她的聲音細不可聞。「我本來可以殺了他——我弟弟。我試過。但他很強。歐希心靈崩潰，但依然非常非常強大。」

她心不在焉地伸手摸摸燒到剩髮根的頭皮，皺眉，然後縮回手指。

「他攻擊妳？」

得我。」

「對。或許。」妮拉暫停片刻，搖了搖頭。「火焰亂竄，這點毫無疑問，但我看不出他認不認

妮拉看著酒瓶。過了一會兒，她伸出枯手拿起酒瓶，幫兩人又各倒一杯。

「妳施展了自己的力量。」艾黛兒緩緩說道。

老女人輕哼一聲。「妳以為我會用我的指甲去對付世界上最強的吸魔師之一？」

「我以為，」艾黛兒小心挑選用字回應。「妳一直避免使用妳的力量。妳弟弟之所以發瘋就是因為太常大量取用他的魔力源，那是所有阿特曼尼人發瘋的原因。」

妮拉看著她的酒，搖晃片刻，然後舉到嘴邊，彷彿什麼都沒聽見。她一口氣喝光杯裡的酒，輕輕將酒杯放回桌上，完全沒有發出水晶碰觸桌面的聲響。

「對，」她終於說，透過濕黏的眼睛凝望玻璃杯。「就是那個原因。」

「然後呢？」

「然後怎樣？」妮拉問，揚起眼直視艾黛兒。

「現在要擔心嗎？」

妮拉發出刺耳的笑聲。「妳是說，我發瘋了沒？」

艾黛兒打量老女人。幾乎是從艾黛兒逃出黎明皇宮那天起，妮拉就和她在一起了，是世界上唯一熟知一切內情的人。

「我需要妳。」艾黛兒終於回道。「如果想要存活下來，想要擊倒伊爾．同恩佳，我就需要妳的力量，還要妳保持理智。」

「保持理智，」妮拉輕聲問。「對我有什麼好處，嗯？我已經有上千年沒碰過我的魔力源。我隨時都能感應到它，就在那裡，妳無法理解我有多渴望取用它，比任何濕漉漉的新娘想要一張靈活的舌頭在她的雙腿之間更渴望，比垂死的女人渴望喝水還要渴望。」她搖頭。「親愛的夏爾呀，我多渴望它。」

「但妳沒有動手。」艾黛兒輕聲道，強迫自己面對那雙可怕的眼睛。

「我不需要妳提醒我，」老女人說。「做過什麼，沒做什麼。」她的舌頭忽然又變得銳利，眼中燃起熟悉的火光，接著一切再次消退，變得遙不可及。「對我有什麼好處？」

「妳救了妳弟弟。」艾黛兒放慢語氣說，彷彿在和小孩說話。

「救他？在什麼之前救他？我照顧他超過一千年了，每天餵他吃東西，用藥讓他半夢半醒，不去回想我們曾經做過的壞事，不去想這麼做是為了什麼？我還把他交給當初讓他變成那樣的混蛋。」她咬牙切齒地說。「早知如此，我幾百年前就該讓他死了。」妮拉吼道。「應該趁有機會時，一刀劃開他柔軟的脖子。」

「他是妳弟弟。」艾黛兒說，不確定還能怎麼回答。

「那更有理由對他仁慈。」

「割喉不是仁慈。」

妮拉冷冷打量她。「不管妳以為自己對仁慈有多瞭解，女孩，妳都錯了。」

如果是其他時候，艾黛兒會和她爭辯，但絕不會是現在。伊爾・同恩佳自由了，他煽動一個阿特曼尼人加入他的陣營，還搶走自己的兒子。她幾乎沒辦法去想最後那個事實，彷彿只要無視它夠久，它就會變成誤會，是這個老糊塗不小心弄錯了。問題在於妮拉沒瘋，還沒瘋。她說的話都還合情合理，令人深感遺憾。

「桑利頓呢？」艾黛兒問，語氣懦弱，近乎懇求。「他……沒事嗎？」她感覺到淚水湧現，憤怒在舌下滾動，發熱發紫。「伊爾·同恩佳有傷害他嗎？」

桑利頓會有多恐懼和困惑的想法，在艾黛兒南下途中一直困擾著她。他有奶媽，但只有自己才能真正安撫他，只有自己才能趕走他沒有能力形容的恐懼。她的消失肯定像是背叛，而現在連妮拉都走了，還有誰能安撫他？還有誰能抱著他，吟唱他隱約記得的搖籃曲，哄他入眠？艾黛兒想像他獨自待在冰冷的高塔上，周圍一片漆黑，小手指在毯子上無助抓放，一再抓緊毯子，彷彿羊毛可以提供慰藉，徒勞無功地搜尋母親的面孔，想聆聽她的聲音……

「孩子沒事。」妮拉說，聲音劃破艾黛兒的白日噩夢而來。「伊爾·同恩佳的奶媽比妳還寵愛他。」

「為什麼？」

妮拉皺眉。「籌碼。和他阻止歐希殺我的理由一樣。他需要妳，他需要我們兩個。」

「需要我們做什麼？」

「對付吸魔師。」

艾黛兒搖頭，氣憤不已，百思不得其解。「什麼吸魔師？」

「妳弟弟關在塔裡的那個。」

艾黛兒努力回想那個女孩的名字。「崔絲蒂？」

她記得那些報告。當崔絲蒂首度出現在黎明皇宮的屍堆裡時，艾黛兒的間諜曾試圖調查她的身分和來歷。當時有一大堆謠言指稱那個女孩是顱誓祭司，是安瑟拉間諜，或是和新皇帝有關的艾道林吸魔師。有個在茉莉殿裡親眼目睹屠殺的人信誓旦旦宣稱她的脖子上有黎娜刺青。所有謠言都說不通，唯一能肯定的就是她和凱登一起出現，殺了超過一百人，然後遭受囚禁。

艾黛兒搖頭。「伊爾・同恩佳要崔絲蒂做什麼？」

「他要做什麼？」妮拉揚起眉毛。「他要殺了那個小婊子。」

艾黛兒凝視著老女人，想弄清楚自己剛剛聽見了什麼。這幾個月以來，她一直在考慮上百個變數：厄古爾人、魏斯特部族、火焰之子、北境軍團、伊爾・同恩佳、凱登，還有長拳。那種感覺像是在研究一盤與世界一般大的棋局，數千和數萬的軍隊，數百萬的帝國，在海洋、沙漠、草原和森林之間分布的複雜模式。在那一大堆纏繞的攻擊和撤退線條中，艾黛兒幾乎沒有留意到崔絲蒂這顆小石頭。

「她肯定很危險。」她緩緩地說。

「她當然危險。」妮拉啐道。「根據妳的情報，她花了不到半天的時間就把妳的皇宮變成屠宰場。」

艾黛兒深吸口氣，試著冷靜下來，緩慢地思考此事。「我們知道她是吸魔師，但世界上有好幾百個吸魔師。好幾千個。伊爾・同恩佳並不打算殺光吸魔師。他一定害怕崔絲蒂……」

「那個混蛋是瑟斯特利姆人，他不會害怕。」

「那就是說他有察覺到……一些我們沒察覺到的東西。或許他曉得她的身分，或許曉得她的力量，她的魔力源。」艾黛兒皺眉。「她有可能是另一個包蘭丁，英塔拉知道我們無法應付另一個包蘭丁。」

妮拉疲憊點頭。「我也是這麼想。她是把匕首，妳的將軍不希望妳弟弟使用的匕首。」

「凱登。」艾黛兒說，一邊唸著弟弟的名字，一邊權衡著。「凱登和我想像的那種天真修道士不同。他的共和國是災難，卻是意想不到的變數，差點讓我在北境輸掉戰爭。我瞭解伊爾·同恩佳為什麼會想奪走他的匕首。」

慢慢地，艾黛兒從最初的恐懼和困惑中逐漸恢復理智。她喉嚨中的空氣依舊灼燒，但不再覺得胸口裡的心臟即將爆炸。*我兒子安全了*。這幾個字就像肺裡的空氣，像皮膚上的陽光。*我兒子安全了*。伊爾·同恩佳背叛了她，但艾黛兒的內心深處一直認為他會背叛。不能再想桑利頓落入伊爾·同恩佳手中的事，也不能想她難伺候的火眼兒子正縮在某個與其同謀的奶媽胸口，如果讓自己去想那些事，她還是有可能會崩潰。伊爾·同恩佳提供了新的事物讓她思考，一個有待解決的問題，有待摧毀的敵人。

「所以我必須去找她。崔絲蒂。找到她，然後殺了她。」

「然後怎樣？」

「然後帶回我兒子。」

妮拉看著她，張口欲言，伸舌去舔她歪七扭八的牙齒，然後轉頭對光滑的硬木板地吐口水。

「妳依然相信能和他談條件？經歷這麼多事之後妳依然以為能信任他？」

「我當然不信任他。」艾黛兒回答，強迫自己鬆開拳頭、放鬆肩膀。「但伊爾·同恩佳有必要繼續與我們同盟。我的姓氏讓他得到了合法性。就算等崔絲蒂的事情……結束後……他還是會需要我。」

這話聽起來沒錯，但說起來就是怪怪的，彷彿有毒。膽汁湧上她的喉嚨。真相在於，她根本不知道伊爾・同恩佳有什麼打算，不知道他為什麼想殺崔絲蒂，不知道如果拒絕了，他會怎麼做。就算她同意，又會發生什麼？但那一切都無關緊要，她兒子在他手裡，所以她要殺了崔絲蒂。剩下的一切都可以等。

「凱登說的對。」她終於說。

妮拉側過頭去，沒有提問。

艾黛兒疲憊地吐出一口氣。「他說伊爾・同恩佳的心思太廣，我無法理解，我們全都無法理解。」她雙手緊握成絕望到發白的拳頭，放在面前的桌上。「他計畫了這一切。」她繼續說。「談和的協議一到，他就開始計畫此事了。」

妮拉不太情願地點頭表示：「說不定更早。」

艾黛兒心裡湧現安特凱爾的記憶——瑟斯特利姆將軍盤腿坐在信號塔頂下達無人理解的命令，指揮手下撤退或戰鬥或放下武器，根據只有他能理解的邏輯旁觀他們被屠殺或屠殺敵人，研究著只有他看得出來的血腥模式。他手下說他是天才，但他不只是天才。在朗・伊爾・同恩佳眼中，戰場上的亂象是清楚明瞭的文字。他跑去安特凱爾對抗神的部隊，而他贏了。

伊爾・同恩佳還在對抗艾黛兒的敵人時，情況就已經夠糟了。即使是那個時候，瑟斯特利姆將軍那種殘酷奇特的才智都令她膽戰心驚。而現在形勢變了。

艾黛兒凝視妮拉淒慘的臉頰和頭皮，凝視燒傷和割傷滲出的血塊。在瞬息萬變的形勢中，有一件可怕的事實非常清楚：朗・伊爾・同恩佳已經不是她的將軍了。和他對抗作戰，用她自己的心靈和意志對付那種怪物般智慧的時候到了，而艾黛兒發現，她的呼吸在胸口顫抖，她清楚地知道，事實宛如刀刃般插在她體內，她沒有機會，沒有希望，完全不可能獲勝。

17

在他的記憶中，黑暗會是世界本身的一種特質，當太陽沉落地平線以下，黑暗就會從天空中洩露出來；當你潛到足夠深處，海水重量令你窒息時，黑暗就會從其中洩露出來；當人們熄滅最後一盞油燈，巨大岩石空間沒有光線，黑暗就會從城堡和洞穴中洩露出來。即使是浩爾大洞裡的黑暗，蜿蜒洞穴中絕對缺乏光線的狀態，你也能進去，再出來。如果你沒能出來，如果史朗獸把你撕成碎片，你就會進入死亡的長遠黑暗中。曾經，受困在無盡黑暗裡似乎是很可怕的命運，但那都是在那把刀教會瓦林・修馬金尼恩更大、更可怕的真理之前。外在的黑暗，不管有多恐怖，就算是古老冰冷的漆黑洞穴或死亡的無底深淵，與內心的黑暗相比都不算什麼。這種黑暗滲入中毒的皮膚，刻劃在瞎掉的眼睛裡，是自我的黑暗。

瓦林身穿黑衣，靠著香脂樹的粗樹幹而坐。他能從樹汁的氣味辨別樹種，也知道旁邊是什麼樹：鐵杉木和落葉松圍繞著這片小空地。空氣中瀰漫著成千上百種氣味，腐敗的松針和鼠糞、厚地衣和濕花崗岩、馬尿和馬汗、皮革和鐵，這些全都在他心裡編織成一塊粗布。

他看不見任何天殺的東西。

頭上，陽光自樹枝間隙灑落，溫暖又黑暗。他眼睛轉而向上，盡量睜大，一直睜著，就算乾澀刺痛也不肯閉上。直視太陽眼睛會瞎，但他已經瞎了，或許只要凝視夠久，就會有類似火焰的東西燒穿殘破的眼球。這只是他的一個想法，一個希望。而現在，一如往常，他依然是什麼也看不見。

幾步之外，厄古爾人在準備紮營。瓦林聽著他們綁馬腳，翻找鞍袋。他聞到新點燃的火堆、偷來的威士忌在髒手之間傳遞，以及先行者幾小時前獵到麋鹿的血腥味。如果用心傾聽，可以聽出談話的內容，所有人個別的嗓音都毫無調性地起起伏伏。不過他聽不懂厄古爾語，所以他不去聽他們在講什麼，而是聽厄古爾人忙著做事時的呼吸聲，聽數十道心跳聲。那些聲音比言語有用多了。如果馬背民族打算攻擊他，也不太可能先告訴他，他反而會先聽見脈搏急促的殺意逼近，聽見嘴唇間吸吐過快的呼吸聲。

倒不是說目前為止有人來找過他麻煩。那天早上離開那座獵戶木屋後，厄古爾人給了他兩匹馬，然後就完全不理會他，開始穿越樹林往西北方前進。他彷彿是一袋穀物，而不是一名外來戰士。這樣也好，他冷冷地想。少了視力，他騎馬的模樣也和一袋穀物差不多，伏低在馬背上，透過前方騎兵的聲響引導他的馬，努力不被低垂的樹枝打下馬背。森林裡的樹濃密到除了能在一道碎石溪床上短暫慢跑之外，厄古爾人的行進速度和走路差不多。

瓦林花了一整天分辨馬背民族身上的氣味。在那些皮革和鐵之下，他能聞到疲倦加上堅定決心的麝香味。少數厄古爾人很氣憤，他把那種味道和鏽鐵聯想在一起。微微腐敗的臭味是恐懼，主要來自腳傷發臭的那個塔貝。那個男人一週內就會死亡，不過他自己似乎還沒看出這一點。

胡楚的氣味混雜到幾乎難以解讀，憤怒參雜混濁的懷疑之雲，又濃又密，還有一股和夏天的辣椒一樣火辣的情緒，感覺非常接近興奮。她似乎毫不在乎蒼蠅肆虐的北地森林沼澤，又或許她在乎，只是被惱怒的情緒完全打平。

第十次解析她的體味時，瓦林發現那個女人正朝他走近，踏在針葉堆上的赤腳幾乎無聲。他轉移注意力，推開一切，完全專注在接近中的厄古爾人身上。她心跳穩定，但他嚐到謹慎的氣味。瓦林手放上腰帶匕首，不過沒有站起身來。

她在兩步外停下腳步，站在觸手可及的距離，默默打量他片刻，然後開口。

「你認為我會在黎明時給你馬和水，黃昏時再來殺你？」

她的聲音和煮肉上的煙絲一樣宏亮刺耳。瓦林心裡浮現他們第一次在大草原上見面的情景，胡楚赤身裸體站在她的阿皮外，蒼白的皮膚上刻滿了傷疤，金髮宛如火焰般在風中飄動。她的年紀肯定比瓦林大上兩倍，甚至可能已經五十好幾，生過三個小孩，不過歲月並沒有令她軟弱。

瓦林把匕首留在刀鞘裡，但手還是沒有離開刀柄。

「我相信我看見的東西。」他輕聲說道。他自己的聲音在耳中十分刺耳，彷彿太久沒用而生鏽的工具。「當妳擄獲安努人，妳只會做一件事：傷害他們。」

女人搖頭的聲響中夾雜一股惱怒的氣味。

「你在大草原上住一個月，然後就自以為瞭解我們族人了？」

「我看見安特凱爾的慘狀。」

「安特凱爾是在打仗。打仗會死人。」

「之後呢？」瓦林冷冷搖頭。「我在前線待了好幾個月，近到足以聽見你們祭神的聲音，聞到那些味道。」

女人停頓了一下。「這就是你在戰後做的事？躲在森林裡聽我們屠殺你的族人？」

從前這種話會很刺耳，現在也應該刺耳。但瓦林只是點頭。

「我受夠了挑選陣營。」他說。「受夠了這場戰爭。」

「你的帝國呢？你對戰爭領袖的復仇呢？殺了你父親的那個？」

「我的復仇……」瓦林越說越小聲，手緊握刀柄。他腦中閃過安特凱爾石塔上發生的一幕幕場景，宛如閃電般清晰。他殺死艾道林護衛軍，對抗伊爾．同恩佳，被艾黛兒捅了一刀，遭肯拿倫的劍劃破眼睛，然後墜塔落入水中。他這輩子見過最後的景象就是利刃、鮮血和背叛。

「我的復仇甚至不是我的。」他終於說。這話聽起來很黯淡，死氣沉沉。「那是你們大酋長為了騙我殺人而說的謊言。我照做了。我相信那個謊言，好人因我而死。我殺了他們。」

胡楚暫停片刻。他在她身上聞到不確定的氣味。「那你的帝國呢？」

「由殘暴不仁的婊子統治，我不會為她作戰。」

「而今天早上，你還為了一個毫無價值的獵戶家庭殺人。」

「我姊姊是個嗜權的婊子和伊爾．同恩佳是殺人犯又不是他們的錯。長拳指揮厄古爾害蟲入侵邊境也不是他們的錯。」

胡楚的脈搏打破寂靜。瓦林懷疑她會不會動手攻擊。如果動手，他也不知道那種可怕又難以言喻的視覺會再度出現，還是會令他失望。不管哪種情況，他都不是很在乎。

「你一個人身處敵境。」胡楚終於說。「你動作很快，比之前還快，但還不夠快。我想，沒有快到可以說出害蟲這樣的詞。」

瓦林聳肩。「雜碎。烏合之眾。瘟疫。幹馬人。」他稍作暫停，讓那些字眼在空中迴盪。「一無是處、膚色慘白、嗜血成狂的野蠻人。要我繼續嗎？」

胡楚怒到極點，熱血沸騰，滲出銅味。他感覺到她湊上前來時空氣的變化。他能聽見她的手放在長劍皮柄上的聲響，雖然比想像中更小聲。

「來呀，」他說，依然拒絕站起來。不知道黑暗視覺會不會出現。「來呀。」

那一刻宛如匕首刀尖撐地般保持平衡，接著胡楚腳跟著地，放聲嘲笑。

「如果你這麼想死，這些日子以來為什麼要像頭意志消沉的森林動物躲在森林裡？」

「沒理由急著送死。你們遲早都會來。妳，或是一群跟你們一樣的掠奪者。」

「戰士主動尋找戰爭，不會等待戰爭找上門來。」

「我不是戰士。」瓦林說著，指向自己殘破的眼睛。「我什麼都找不到。我瞎了。」

她突然散發懷疑的氣味。

「你說謊。」

瓦林聳肩。「隨便妳怎麼想。」

他的語氣令她遲疑，接著他聽見她搖頭。「我看見你徒手抓箭，我看見你拋斧殺死阿幽卡，瞎子辦不到那種事。」

瓦林不理會她沒問出的問題，他自己也沒有答案。他要怎麼對女人解釋，儘管活在無盡黑暗中，儘管已經淪落到要從毫不知情的獵戶家庭手中竊取獵物，儘管冬天最冷的日子他都躲在山洞裡靠吃冬眠中被他殺死的熊肉過活……儘管經歷那一切，他有時候還是能在不可能的情況下看見東西。他要怎麼解釋他是個瞎子，但在非看見東西不可的情況下還是能夠視物，而在專心作戰時，他的內心會浮現一種不算視覺的視覺，看見由層層難以分辨的黑色刻劃而成的世界？要怎描述，每當面對死亡，他的心靈就會進入深埋在理性之下的原始狀態？要如何告訴她，讓他變成這副德性的東西同時也讓他變快，難以想像得快，遠比多年訓練累積的實力更強？他不曉得怎麼對任何人解釋，更別說這個女人，解釋他身心俱殘，殘破到無可修復，但他就和斷劍一樣還是可以傷人。那種情況難以言喻，也難以理解，於是他避而不談。

「所以，」最後他說。「妳在找那些安努士兵，那些鬼魂。妳知道他們是凱卓，是吧？」

他一整天都在思考胡楚在獵戶家那邊說的話：三名戰士，身穿黑衣，幾乎殺不死。肯定是凱卓沒錯，問題在於——像老鼠般啃食他內心的問題——他們是誰？

「我們知道。」胡楚回答。

「那你們就是笨蛋。凱卓，不管他們是誰，絕對比我更沒意願幫助你們。他們不會把你們在此的所作所為放到一邊。」

胡楚遲疑。北方一陣寒風帶來烤麋鹿的香氣，大部分厄古爾人都聚集在火堆旁，邊吃邊小聲交談。瓦林向來覺得如此殘暴的民族會用如此悅耳動聽的語氣說話是很奇怪的事。聽這群馬背民族交談感覺像在聽人合唱，聽鳥高歌。他可以聞到哨兵身上汗水和皮革的臭味，四個人在營地四周大略成四方形的位置站崗。有一瞬間，這塊森林中的小空地給人一種安全溫暖的感覺，是個讓人放下警覺，享受朋友陪伴的地方。

「就算可以殺死領導我們族人的吸魔師，凱卓還是不會幫助我們？」胡楚問。

「人可以同時討厭兩個敵人，特別當其中一個是叛徒，另外一個是喜歡割開小孩身體的嗜血野蠻人時。」

「我的敵人不是安努。」

瓦林傻傻地盯著黑暗，面對應該是她臉的方向。「那你他媽的來這裡幹什麼，胡楚？妳為什麼要渡過黑河？」

她流露出明顯的挫敗。「我們要幫世界消滅你們的懦弱，這是真的。但現在，世界變了。」

「世界不會變。」

「躲在森林裡的男人可能會錯過很多事。」

瓦林冷冷搖頭。「妳有沒有折磨安努人民？」

他感覺到她點頭時掀起的微風吹動他的鬍子。「很多。」

「那我就沒有錯過任何事。」

「我們停手了。我和我手下拋下那場戰爭，因為我們發現有個比你的帝國所養成的百萬群羊更大的敵人。」

「因為你們發現誤信了謊言、追隨了錯誤的大混蛋，所以停止割斷安努人的喉嚨……多久？幾週？久到可以再找另外一個宗教狂熱分子領導你們？然後呢？繼續回去把安努小孩丟到鍋裡煮？如果你們真的不幹了，那就回家。」

「我絕不會丟下那個吸魔師不管。我不會在戰爭結束而他還活著的情況下回到北方草原。」

「只要殺了包蘭丁，妳就會離開？」

「我會離開。這塊土地不適合騎馬。」

瓦林深吸口氣，聞她的味道，尋找說謊的氣息。他只有聞到女人的汗水和她的決心。

他搖頭，對一切感到噁心。在森林中躲藏半年多，他迷失，被遺忘，在所有認識他的人心中已經死去後，又被捲入一場無形的戰爭中。這場戰爭沒有對錯，所有人都在殺人和說謊，盟友很可能比敵人還可怕。

無所謂，他默默提醒自己。獵戶一家人還活著，那就是你出現在這裡的原因。

接下來的情況會結束在醜陋與血腥之中，不過至少拯救了那個孩子和他家人算是一件好事。在森林中努力求生的九個月裡，瓦林從未想過還有機會去做純粹的好事。至於接下來要面對的是什麼……好吧……他是會在來年與熊爭洞過冬，還是在試圖一刀刺穿包蘭丁心臟時死去，其實差別不大。

「好。」他終於說。「聊聊妳想找的那些鬼魂。」

她知道的早上都說過了，此事的急迫性再度令瓦林不安。出現在安特凱爾的凱卓就只有他的小隊。戰役結束後，當他還在努力接受艾黛兒的匕首沒殺死他的事實時，他依稀有在湖風中聞到葛雯娜的氣味，還有安妮克和塔拉爾的。他考慮前去會合，甚至努力了半個早上穿越樹林，接著他放棄。如果他的小隊還活著，如果不是自己的心靈在嘲弄陳舊回憶，他們還是離他遠點比較好。截至目前為止，他帶他們從一個埋伏前往下一場災難，而那還是伊爾·同恩佳砍瞎他眼睛前的事。他們沒有他一樣把鎮守得很好，表現絕佳。他再度深吸口氣，將森林的氣味吸入肺裡，細細品嚐同伴、朋友、隊友的遙遠氣味，然後轉過頭去面對北方，緩緩在樹林中前進，直到空氣中只餘森林和山風的味道為止。

「凱卓。」瓦林低語。縱使此刻寒風不斷吹過林間，他仍然掌心冒汗，臉也一樣。這幾個月來，他的小隊，葛雯娜、塔拉爾和安妮克，會不會也和自己一樣藏身在樹林裡？

不，他暗自更正。不是和我一樣，不是躲藏，他們在作戰。

他有點期待自己是對的。在幾個月的獨處生活後，他幾乎可以聽見葛雯娜尖刻的笑聲在耳中迴盪，幾乎能感受到塔拉爾的手穩穩搭著他肩膀。但話說回來，他沒有在安特凱爾過後立刻去找他們是有原因的。就算他們是他的小隊，瓦林也已經不能再提供任何協助了。

「形容他們的外表。」他說。

胡楚想了一下，整理思緒。「細節不清楚，他們都是趁夜攻擊。」

「試試看。」

「三個人，兩男一女。」

瓦林向後靠上樹幹，感覺失望中帶有寬慰。不是他的小隊，至少不是所有人。或許甚至不是凱卓。並不是全世界所有黑衣都在猛禽。

「領頭的人很矮。」胡楚繼續描述。「比我矮，黑皮膚。有個高個子金髮女人，貌似厄古爾人，也可能是伊迪許人。」

瓦林不再感到寬慰了。他湊上前去。胡楚停了下來。

「你認得他們。」她說。

「第三個，」瓦林說。「鬍鬚雜亂的醜八怪。」

她輕輕點頭。

「跳蚤。」他說。「神聖的浩爾呀，妳在找的人是跳蚤。」

胡楚複誦那個名字。「跳蚤。」她緩緩說道，彷彿在品嚐那個名字。「你肯定？」

「描述吻合，半點不差。」

「跳蚤是誰？」

瓦林搖頭，一時不知道該如何回答。「最致命的凱卓。」他終於說。

「你認識他？」

「他訓練我。」瓦林慢慢回答。

「那帶你同行是好事。」

「並不算。我們後來打了一架，我害死了他的狙擊手。」

他心裡浮現阿塞爾死裡逃生戰的回憶，想到黑羽蜚恩走出門外，派兒的匕首插入他腹中。瓦林在寒冷孤獨的幾個月裡認定那就是他人生的轉捩點。發生在那之前的事，包括荷·林之死的慘劇，還有逃出奎林群島——只要瓦林有管好自己的人，設法與跳蚤和談而不是作戰，就不會走到今天這種地步。他反覆思考當時的情況上千次，當然，派兒是點燃整個殘局的導火線，但他應該要想辦法管好派兒。瓦林不知道又在那段回憶中迷失了多久，最後是胡楚的聲音把他拉回現實。

「所以你和他對戰，戰士對決。那並不表示你不能再次和他一起騎鳥。」

瓦林在聽見騎鳥時皺起眉頭。「他有鳥嗎？」

「鳥死了。」胡楚回道。「那些凱卓第一次攻擊時，長拳就殺了鳥。他殺了鳥和騎在鳥背上的女人。」

「琪浩・米。」瓦林說，隨即搖頭。「第一次？」

「他們於湖邊大戰前在安特凱爾東北方行刺長拳，就他們三個，沒騎鳥，和現在一樣。他們殺了很多我的族人，幾乎殺到了長拳面前，然後才被抓到。後來鳥來了，被長拳擊落，但其他三人逃掉了。」

「擊落鳥？」瓦林問。「用什麼？」

胡楚猶豫了一下。他嚐出敬畏的氣味，宛如夜風般明亮冰冷。「他的力量不僅是肢體，他揚起手掌，鳥就全身冒火，在慘叫中墜落。」

「吸魔師。」瓦林喘息。「長拳是天殺的吸魔師，和包蘭丁一樣。」

「長拳受到神的眷顧。」胡楚說。「你的凱卓吸魔師……心智扭曲。」

「扭曲！」瓦林吼道。「我們全都夠扭曲了。」他握匕首握到指節發痛，強迫自己鬆開手。「跳蚤往哪去了？在那之後。」

「他消失了，消失在森林裡。這幾個月來，他一直在騷擾我們的營地，攻擊，轉眼留下十幾具屍體，然後消失在樹林裡。我現在需要他，需要凱卓去殺凱卓吸魔師。」

「沒錯，妳需要他，不是我。」

「兩把矛好過一把，我會使用所有能拿在手上的武器。」

「我不是武器。」

現在空氣中瀰漫著警惕的氣味，還有另外一種味道，明亮火熱但瓦林難以辨識的味道。「我看過你的能力。」女人終於說。「我親眼見過。」

「我他媽的瞎了，妳這個固執的婊子。」

「或許。或許正因為如此，你才看不出你變成了什麼。」

18

「我討厭這個鬼地方。」葛雯娜瞪著石灰岩上的浩爾大洞入口說。

他們在紅樹林裡等到天黑，翻過虎克島的山脊前往巴薩德灣，在港口偷了艘船，划船前往伊斯克島，於剩下四分之一路程時鑿沉船，然後游完最後幾里路。離開安努後的日子以來，月亮被一點一點地遮蔽住，現在只剩下一彎弦月了。儘管如此，這一彎弦月就足以照亮海面上的一艘小船，葛雯娜沿路都在凝望天空，尋找追兵的蹤跡。

如果克拉和快傑克說的沒錯，拉蘭的手下都是未能通過浩爾試煉而被刷掉的學員，這樣的黑暗就足以掩飾海上游泳的身影。葛雯娜自己可以在微光中清楚視物，可以看出緩緩起伏的優雅海面，瞧見夸希島朦朧輪廓在地平線上若隱若現，以及幾片薄雲宛如銀絲般掠過夜空。但此刻，隨便一個通過浩爾試煉的飛行兵就能發現他們，一個擁有史朗獸視覺的混蛋就能把他們變成魚餌。她覺得在船上很暴露，然後又覺得在海面上很暴露。整段路程她都處於神經緊繃的狀態，像隻迫不及待想躲藏到掩體底下的獵物。不過，在他們抵達浩爾大洞，看向漆黑的洞穴後……好吧，大海似乎變得沒那麼可怕了。

浩爾大洞中隱約傳出鳥糞噁心的甜膩和鹽味，還有海鳥叼來散落在岩石上的蚌殼味。葛雯娜還記得第一次來時那些蚌殼的味道。在聽說了史朗獸和毒液的事後，蚌殼似乎是無關緊要的細節，但她仍可以想像它們在入口處，數百個紫殼被鳥喙啄開，扯出黏稠膠狀的蚌肉，僅存的殘軀又被自己的碎殼插爛。那種感覺令人作嘔，濕漉漉的無助蚌肉愚蠢破碎到連扭動一下都辦不到。

而那還只是在入口。現在她可以聞出更多味道，更深處有石頭淡淡的潮氣、濃烈的血腥味，還有隱藏在血味下，那股像記憶中的噩夢一樣滑膩腐敗的臭味，如同昨天吐在腐肉上的嘔吐物——史朗獸的味道。

「你們躲在這裡面多久了？」塔拉爾問，他顯然也和葛雯娜一樣不急著進入大洞。

「幾個月，」克拉回答。「曼絲和哈伯的主意。」

「躲在充滿群居毒蜥蜴的地洞裡？」葛雯娜問：「這兩個天才是誰？」

「他們領導我們。」快傑克說。「自從逃出拉蘭的魔爪後，他們把我們團結在一起。」

「史朗獸呢？」塔拉爾問。「你們有辦法控制住牠們？」

「通常都可以。」

這話透露出他們的實力。葛雯娜沒有忘記那種爬蟲類怪物——半蛇半蜥蜴的無眼生物。她通過試煉逃出浩爾大洞的那天晚上有夢到牠們，之後每天晚上也幾乎都有。夢見牠們的頻率會降低，只可能是因為還有其他噩夢在和史朗獸爭奪她少數不得安寧的幾小時睡眠。她沒忘記史朗獸，也沒忘記史朗獸對人做的事情。每當閉上雙眼，她就能看見荷・林的屍體，柔順皮膚上的大裂縫，傷口的肉往外翻開，有些是包蘭丁的傑作，但並非全部都是。

「你們折損了多少人？」葛雯娜問。

克拉一聲不吭地瞪著她，彷彿沉默是什麼寶藏一樣。

「二十二個。」傑克輕聲說。

葛雯娜凝視他。「總共……」

「將近五十人。」

「而你們還待在裡面？」

「妳不懂。」克拉朝她低吼。「我們沒別的地方可去。妳自己也說了，島沒那麼大，也沒那麼多。至少在史朗獸面前，我們還有機會。」

「是呀。」葛雯娜搖頭回道。「有機會，約莫三分之一，如果我的數學不算很差的話。」

「應該更高。」安妮克說，把長弓換成適合洞穴作戰的短弓。「史朗獸殺得死。」

「我們已經開始反殺牠們了。」克拉說。

「現在情況好轉了。」傑克說。「我們的人都折損在前期。曼絲和哈伯找到一座新洞穴，一個我們能抵擋牠們的地方。」

「合理。」塔拉爾說，步入洞口，嗅聞空氣。「沒人會跑來這裡打獵。拉蘭和他手下肯定不會。他們只要一離開鳥進入洞口，就等於是放棄最大的優勢。」

「他們沒必要進入洞口。」葛雯娜比向周邊的石灰岩懸崖。「可以在這裡埋伏，殺死所有進出的人。還有更好的做法，堵住洞口，讓史朗獸去處理那些可憐的混蛋。」

她從傑克陰沉的表情看出她說到痛處了，但話說回來，或許他們就是需要有人說點不中聽的話。和數百隻飢腸轆轆的怪物一起躲在暗無天日的洞穴裡，實在算不上是什麼好策略。她努力控制自己說話的語氣。

「你心裡清楚他們遲早都會找到你們。」

「他們來過島上了。」傑克說。「甚至進洞搜過數百步……」他越說越小聲，搖了搖頭。

「沒人想繼續深入。」克拉下結論。「所以這裡適合藏身。」

「很好。」葛雯娜說。「只要妳不是那二十二個人之一。」

「是人都會死。」

「對，但沒必要今天死。」

「是妳想來的，妳要我帶妳來的！」

葛雯娜嗤之以鼻。「說的好。只是遠離此地時覺得這是個好主意。」

浩爾試煉已經過去一年了，但當時的景象歷歷在目。人生就是如此，往往會記得生死交關的情況。試煉一開始的幾個小時她都在搜尋上層洞窟和地道，避開所有陡坡，希望可以不必深入地底就碰上史朗獸蛋。沒那麼好的事。史朗獸喜歡深入地底，於是，隨著毒素的灼燒感順著手背往上爬，她終於決定往下走，一手拿著火把，一手拿著煙鋼劍。

離開大洞時，她的火把丟了，劍上染血，渾身血淋淋，兩條前臂都是血紅色的，有一部分來自自己的傷，另一部分來自死在她手下的史朗獸。她在距離地面數百步的地方遇上甘特。換個時間地點，她或許會很高興看到他傷得比自己還重，但在浩爾大洞中她不會這麼想。他們兩人相互扶持，一瘸一拐地走向洞口，誰也不想開口說話。葛雯娜不知道如何用言語形容在地下所發生的事情。重見天日時，她一點也沒有鬆了口氣的感覺，只是稍微減輕了一點恐懼感。她那時覺得，不管接下來遇上什麼情況，不管她會接到多爛的任務，不管她還要通過多噁心的糞坑，都不可能比浩爾大洞更糟糕了。

現在我竟然要回到那個天殺的地方，她冷冷想著，胸口沉重又緊繃，彷彿有道鐵箍束縛住她的心和肺。

「我們趕快進去確認情況，搞清楚要怎麼處理，然後努力確保不在過程中死掉。」

♛

唯一能在浩爾大洞蜿蜒地道中快速前進的方法，就是點燃火把。葛雯娜很想看著火焰在泡過瀝青的布上扭動翻飛的模樣，但是火光會影響她的夜視能力，所以她低頭看著眼前的地面，只睜一隻眼睛走路，然後換眼，每隔一段時間就換一次，確保她在黑暗中至少還有一點視物的能力。

然而，隨著他們深入地底，她開始懷疑視覺是否真的那麼重要。根據塔拉爾的說法，喝下史朗獸蛋汁改變了他們，讓他們更快更強反應更敏銳。逃離奎林群島後，葛雯娜已經在自己和隊員身上見證數十次那種效果，她自己也習慣了會迅速凝結的血液、耳朵能聽見五十步外的鳥在巢裡的動靜，還能一口氣奔跑、作戰、游上好幾個小時的事實。她已經適應了改變過的身體，適應了她的能力，經歷漫長的幾個月後，她很容易就忘記……變成這樣之前的感覺。

此刻，回到浩爾大洞，似乎喚醒了她體內某樣東西。在走過深不見底的石窟時，她能感受到每道拂過手上寒毛的氣旋，聞得到同伴的氣味、汗水、衣服上的血塊和皮膚上的疤。大口吸氣時，她會在舌頭後方嚐到其他味道，噁心的苦味。恐懼，她心想。這並非不可能。動物可以聞到恐懼，或許史朗獸也可以。當然她也感受到自己體內某種動物的本能在蠢蠢欲動，一種感應，一種原始的意志，讓她在沒有東西可以攻擊的地道中握緊劍柄。

「你們是怎麼阻止史朗獸的？」她問。

「曼絲和哈伯在洞窟所有出入口放哨。」克拉頭也不回地說。她走在前面幾步領路，但聲音聽起來很遙遠。「隔幾個小時換班。我們還在洞窟中央點了大火堆。那是很大的問題……火堆會吞噬木柴，但島上沒有那麼多樹。再過不久，我們就必須渡海前往哈拉斯克，而那樣做很危險，因為拉蘭的鳥在空中巡邏。但如果火堆熄了……」

她沒有繼續說下去。

葛雯娜搖頭。「印象中，那些醜陋的婊子並不怕火。我曾拿火把去插一隻史朗獸的臉，牠也不過就是發出開水壺般的尖叫，然後想咬掉我的手臂。」

「有時候牠們會經過我們的火堆。」女人承認。「然後開打。」

「怎麼打？」

「曼絲和哈伯說——」

「我已經受夠了。」葛雯娜打斷她。「曼絲和天殺的哈伯，這兩個白痴是誰？他們怎麼會指揮這個可悲的反抗勢力？」

這一次是傑克答話。「他們指揮大局是因為他們是僅存的真凱卓，除了拉蘭之外。」

葛雯娜皺眉。「沒聽過他們。」

「那是因為他們住在阿林島。我是說，在我們來此之前，他們住在那裡，已經十年沒出過任務，自從他們小隊半數成員死在魏斯特後就沒有了。」

「太棒了。」葛雯娜說，她終於看出反抗勢力的領導結構了。「不光是被刷掉的學員，還有天殺的夏爾正牌停飛凱卓。真是了不起的反抗勢力。」

停飛凱卓不常見。猛禽百年來都在強化他們挑選、訓練和測驗學員的標準。大部分通過浩爾試煉的士兵都能執行任務到殉職或沒辦法抓牢鞍具為止。夸希島碼頭正面有一排看起來不太起眼的小屋專供能夠活到年老力衰的凱卓居住，指揮部稱那些小屋為「退伍老兵之家」。但所有人，包括住在裡面傷痕累累的殘廢老人，都管那裡叫「幸運混蛋之家」。那些房舍並不怎麼樣，不過很接近格鬥場和大餐廳，接近打鬥衝突，而如果這些老兵有任何共同點，肯定就是接近打鬥衝突的渴望了。

然而，還有一種人，人數比較少，也比較不會有人提起，他們有通過訓練和浩爾試煉，也執行過任務，但就是……不行了。猛禽稱之為「戰鬥驚嚇」。這些人身上或許有明顯外傷，但真正的創傷來自內心深處，是心靈或精神的崩潰，使他們無法或不願繼續執行任務。葛雯娜聽過女人一聽到爆炸聲就會哭泣、男人一見到兵刃就渾身發抖的案例。猛禽提供他們待在夸希島的選擇，但這座島上有種特質，會持續進行訓練、作戰、永無止盡的飛行，並有血腥暴力，讓他們寧願待在別的地方。對停飛凱卓而言，就和其他受過凱卓訓練的人一樣，所謂別的地方就是阿林島。

當學員時，葛雯娜和其他人都會想像那種感覺，住在一座充滿失敗者和崩潰之人的島上，同時是天堂又是監獄的島，滿足所有合理的慾望，只要試圖離開就格殺勿論的地方。五年前，她很難想像那種情況。葛雯娜曾發誓，他們都發過誓，寧願死也不要淪落到那裡去。現在，在她和死亡混熟之後，她已經不再那麼肯定了。

被刷掉的學員和停飛凱卓或許是囚犯，但她開始覺得所有人都是某種事物的囚犯：職責、家庭、良心或過往錯誤。世界上有很多遠比在溫暖島嶼上寧靜度日更淒慘的命運。好人有可能會選擇放棄戰鬥，這點顯而易見。問題在於，有時候非戰不可，而當戰鬥臨頭時，你未必會想要讓好人來指揮戰局。

「那兩個人，曼絲和哈伯，一開始是怎麼牽扯進來的？」葛雯娜問。

前方的克拉停下腳步。「妳還是不懂？」

葛雯娜忍下毆打那個女人的衝動。「我笨。」

「所有人都不能置身事外。若不是拉蘭的人，就是他的敵人。」

「虎克島上那群烏合之眾呢？」

「他們例外。」克拉說。「但有受過凱卓訓練的人，就無法置身事外。」

「不然就死定了。」傑克輕聲補充，他的聲音在寬敞的石道中迴盪。

「如果只有那兩個人是凱卓，」塔拉爾說。「你們兩個又在虎克島做什麼？為什麼是你們出面作戰。」

「我們不應該戰鬥的。」克拉冷冷回道。「我們去那裡本來是要躲藏起來觀察的，查探他們的行為模式。」

葛雯娜點頭，又有一件事說得通了。「然後黑衣人燒掉你們的藏身處。儘管如此，你們還是可以逃跑，可以趁亂溜走。」

「看起來似乎有機可乘。」

「唉呀。」葛雯娜說。

她聞到傑克身上散發出悔恨的氣味，陰暗到彷彿許久不見天日的黴菌。在恐懼和悔恨之間，她很難想像這個可憐蟲還能擠出空間給其他情緒。她不禁懷疑這傢伙是否從一開始就是這麼優柔寡斷、擔心受怕，還是多年來理應讓他更堅強的訓練，在哪個環節產生了反效果。

「那你們在負責監視的時候，」塔拉爾問。這個問題打斷了葛雯娜的思緒。「曼絲和哈伯在做什麼？」

現場陷入一段很長的沉默，只餘水滴聲和他們的腳步聲。

「計畫。」克拉終於回道。「管事。」

「意思就是躲起來。」葛雯娜冷冷反駁。她還沒見過這兩個自稱是凱卓反抗勢力的領導人，他們就已經把她惹火了。

「曼絲不作戰。」傑克說。「她不出門。她已經停飛很久了，重度戰鬥驚嚇。」

從他的語氣聽來，他一點也不像葛雯娜那麼生氣，而是為那個女人遺憾。

「但你們全都在某方面失敗過，這就是你們在阿林島上的原因。」

「葛雯娜……」塔拉爾警告。

「不，如果我們要攜手在這場亂局中殺出重圍，」她提高音量蓋過他的異議。「我們就不能躡手躡腳地繞過情感，把它們當作是點燃的碎星彈。事實就是天殺的事實，被刷掉的學員根本不是凱卓，他們訓練不足，也沒進過浩爾大洞。那是我們必須面對的現實。」

「我們或許不是凱卓，」克拉吼道。「至少有在反抗。」

「那就是我的重點。」葛雯娜說，用手指了指女人的後腦杓。「你們在外面冒生命危險，把事情搞得一團糟，當然，起碼有弄髒妳的手。但是你們所謂的領導人，唯一訓練有素能成功執行任務的人，卻躲在地洞裡。」她沮喪嘆氣。「我不是在妳的湯裡撒尿，婊子。至少妳還在盡妳所能。我沒辦法接受的是曼絲的戰鬥驚嚇。」

她又走了幾步，塔拉爾才打破憤怒的沉默。

「哈伯怎麼樣？」

「他沒問題。」傑克片刻後表示。「憤怒，但沒問題。」

「那他在阿林島幹嘛？」

「陪曼絲。」

葛雯娜透過齒縫吸氣。她幾乎難以想像竟然會有凱卓在還能戰鬥的情況下自願停飛。幾乎。她試著想像陪同深愛之人淪落到一無是處的隱居生涯，放棄一輩子所受的訓練，拋開復仇與救贖的機會，為了什麼……和崩潰的可憐蟲一起坐在前廊看海？難怪哈伯很憤怒。

「所以他在領導？」

「並非……正式的領導階級。」克拉回答。「曼絲無法作戰，不願作戰，不管是哪樣。但她在很多方面似乎都比哈伯強，包括戰術、凱卓鳥的知識和那之類的東西。」

「你們又沒鳥。」安妮克說。這是她進洞以來說的第一句話。「你們躲在地洞裡，慢慢被史朗獸屠殺。改變戰術的時候到了。」

「和我想的一樣。」葛雯娜說。「如果曼絲是這整個行動的戰術天才，你們或許該考慮撤換領導。」

「他們是凱卓。」傑克辯駁。「僅存的凱卓。」

葛雯娜冷冷一笑。「不再是了。」

♛

洞窟充滿火把的煙味、腐敗食物味、尿騷味和濕木柴的味道。這裡空氣不流通，潮濕滯悶又沉重，洞裡的寒意也並不清爽宜人，死氣沉沉的。他們大老遠就瞧見克拉描述的大火堆。葛雯娜本來期待會看到溫暖舒適的火堆，但從他們身處的地道看來，火堆宛如一張血盆大口，紅光將所有照射不到的地方拉入更深沉的黑暗中。還有血，乾掉許久但依然刺鼻的血一再提醒她黑暗中有獠牙，彷彿她還需要被提醒一樣。

「表明身分。」有個男人在他們走出狹窄崎嶇的地道時要求道。他個子很高，但形容憔悴，骨瘦如柴。他在葛雯娜面前數呎處揮舞的那把劍，看起來是他身上唯一堅固的東西，而從他持劍的姿勢來看，離身體太遠，也離軸心太遠，葛雯娜懷疑以他的戰技和力量能用劍造成多少傷害。

「是我們，柯特。」克拉語氣疲憊地表示。「外加幾位新朋友。」

葛雯娜搖頭。「這裡不該安排哨兵。能抵達此地的人早就已經通過咽喉點，你應該再往後拉二十步。」她補充，拇指比向肩膀後。「我們爬上岩架的位置。」

柯特瞪大雙眼。他盯著葛雯娜看了很久，久到令她懷疑他腦子不太正常。終於開口時，他沒有壓低他的劍。「妳不知道外面有什麼，這裡不是普通洞窟……」

「這裡是浩爾大洞。」葛雯娜回道，喉嚨裡突然湧出火熱的怒氣。「我知道外面有史朗獸，是因為我曾花將近一天的時間獵殺牠們。史朗獸是你們更該在正確地點放哨的原因，不應該躲開牠們。」

「那看在浩爾的份上，妳又是誰？」另外一個聲音問道。葛雯娜轉身面對另一個男人。這人比柯特年長，從外表看將近五十歲，身材魁梧，看來更為強壯。他從洞窟入口旁的陰暗岩壁中走出來，手裡同樣握著劍，不過和柯特不同的是，他似乎有能力駕馭那把劍，也願意用它。此人鬍鬚濃密、眼距寬、額頭和下巴明顯，而他的臉似乎有點眼熟。如果克拉的時間線沒有說錯的話，葛雯娜剛抵達奎林群島時，他應該還在夸希島上執行飛行任務。不過那些現在都不重要。他走到柯特面前，彷彿那傢伙只是一塊沒用的石頭。

克拉迎上前去，被他伸手一拽推倒在地。「給我滾開，妳這個愚蠢的婊子。妳帶人來這裡？這裡？」他語氣憤怒，但目光沒有離開葛雯娜。他渾身都是憤怒和上油鋼鐵的臭味，身後二十幾個男女圍在火堆旁，或站或坐，有些在休息，很多人手上都有箭或弓，不過動作遲疑，彷彿他們從未想過該如何面對威脅。葛雯娜瞥了他們一眼，又將目光轉回鬍子男臉上。

「你一定就哈伯了。克拉提起過你。」他很高，比葛雯娜高出快一個頭。如果必須殺了他，要好好記住這點。「放哨的位置不對。」

「我再問一次，」男人回應，下巴緊繃。「然後我就要砍人了。你們是誰？」

「事實上，別管放哨了，克拉說你不是反抗勢力的首腦，曼絲在哪裡？」

她在賭，而且賭贏了。洞窟後方，火堆左邊的陰影裡有個女人抖了一下，彷彿被火星燙到一般。這麼多年了還在怕，葛雯娜冷冷地想。

「曼絲，」葛雯娜說，看向哈伯身後，微微提高音量。「妳叫這個可憐的笨蛋站錯位置了。就拿我們來說吧，我們人已經在洞裡了，如果想要阻擋，這時候已經太遲。」

她不確定女人會如何。她看過戰鬥驚嚇的報告，知道對方可能會做出完全不理性的反應，但就連最嚴重的報告，都沒讓她料到女人會發出這麼驚慌失措的叫聲。

「拿平板弓射他們！維席克和拉奇，包抄，包抄！」曼絲的語氣又尖又急迫，和葛雯娜印象中標準的凱卓冷靜語氣相去甚遠，而這還只是遭遇三個連武器都懶得舉起來的陌生人時的反應。

洞窟內片刻前還驚訝到動彈不得的男女立刻展開行動，拔箭拉弓，有些衝過來支援哈伯，有些則開始找尋射擊點，彷彿他們這時才開始考慮此事。整個情況混亂到可悲，但混亂很容易造成傷亡，尤其拿弓的人決定讓空中充滿木頭和鋼鐵。

「喔，看在夏爾的份上，」葛雯娜說，小心翼翼地將雙掌保持在身側。「我們只有三個人，沒必要亂成這樣。塔拉爾……」她壓低聲音補充道。

「在處理。」吸魔師小聲說。

「安妮克？」葛雯娜頭也不回。

「我瞄準哈伯了。」狙擊手說。她的聲音從葛雯娜左上方十餘呎處傳來，顯然已經爬到某塊岩架上，雖然葛雯娜不知道她什麼時候爬上去的。

如果哈伯有因為被箭指著而心慌意亂，他也沒有表現在聲音裡。「放下弓。」他說。「看清楚了，你們只有一把弓，而我有十個弓箭手包圍你們。」

「要我殺了他嗎？」安妮克問，好像哈伯什麼都沒說一樣。

葛雯娜搖頭。「不，不要殺他，他似乎是這裡唯一會拿劍的人。我們是來和這群烏合之眾交朋友的，再說，他們已經被繳械了。」

哈伯嗤之以鼻。「聽著，妳這個蠢婊子——」

「塔拉爾。」葛雯娜說著，豎起一根手指。

弓弦被折斷的聲響撼動冰冷的空氣，緊接著是持弓男女的咒罵聲。

「你以為你有弓箭手。」她說，語氣保持冷靜、愉快。「事實上，你只有十個拿著彎木頭的手下。安妮克，如果哈伯敢動，殺了曼絲，別動其他人。他們的領袖是白痴並不是他們的錯。」

「是他們的錯。」安妮克簡短回應。「他們選擇追隨。」

葛雯娜不跟她爭辯。「據我所知，他們的選擇有限。」

哈伯朝她移動。葛雯娜看著他的劍，然後搖頭。

「是我就不會那麼做。」她說。「安妮克不用一下心跳的時間就能殺死你那個懦夫女朋友。你以為你須要證明什麼，但你唯一會透過死亡和被丟到地道給史朗獸吃得到的證明就是你……我應該說……判斷力很糟糕。」

幾下心跳的時間裡，她以為她賭錯了，以為不管她如何警告，這個大混蛋還是會舉劍揮舞。她一點也不危險，她要安妮克射殺曼絲可不是在虛張聲勢，但如果要對抗賈卡伯．拉蘭和他那群卑劣的手下，如果要帶著鳥和火藥離開奎林群島，他們就需要這些人幫忙。情況已經夠糟了，在這裡大開殺戒沒有任何好處。

然而，片刻過後，哈伯咒罵一聲，將劍插回劍鞘，走上前來，近到葛雯娜能聞到他口氣中的魚腥味。

「不要威脅我妻子。」他吼道。「永遠不要。」

妻子。那倒有趣。所以克拉的故事沒說錯，至少重要的部分沒錯。葛雯娜舉手故作投降貌。「我想威脅的人只有賈卡伯・拉蘭。現在，或許我們能把劍放下，看在浩爾的神聖黑暗上，聊聊現在究竟是什麼情況。」

她比向看起來像是洞窟中央的方向。「哪裡是坐的地方？」

「石頭對妳來說太硬了？」哈伯問。

「我通常會帶坐墊。」葛雯娜回道，不等塔拉爾跟上就穿越石窟。「但我可以破例。」她語氣輕鬆，雙手遠離武器，試著在不瞪人的情況下面對哈伯的雜牌軍。有時候她很難分辨自己到底像不像在瞪人。

其他士兵竊竊私語，喃喃訴說他們的困惑，彷彿在祈禱。葛雯娜不知道他們在祈禱什麼，或許在祈禱她能在獵殺他們之前死掉吧。

「所以。我是葛雯娜……」她開口，彎身坐到地板上。哈伯還站著，聳立在她面前，其他人散在洞窟各處，但如果不打算站一整晚的話，就必須有人先坐下來。「他們是我的小隊。很抱歉開頭不好。」

「小隊？」哈伯說著，瞇起眼。「你們是凱卓？」

「我們當然是凱卓。你以為會有三個友善的碼頭妓女不小心晃進浩爾大洞嗎？如果雙方不先自相殘殺的話，我們樂意幫忙。」

洞窟後方傳來曼絲的叫聲，語氣仍處於慌亂邊緣。「她還拿著弓。」

葛雯娜搖頭。「什麼？」

「妳的狙擊手。」女人堅持道。「妳說放下弓和劍來談，但她還拿著弓，還在瞄準我！」

「喔。」葛雯娜搖搖手。「我是說其他人都該放輕鬆。」

「那她呢？」

「她從來沒有放輕鬆過。」

「叫她把弓放下。」哈伯吼道。

「對，她從來不把弓放下。」

19

經歷了在山地松和落葉松林間策馬奔波的漫長五日，他們依然在森林中。雖然在瓦林的瞎眼看來世界一片漆黑，他還是能感覺到明亮如冰的冷風颳過山石，風穿透他的皮衣和其下的羊毛。他能聞到雪味，還有高地峽谷的古老冰川氣息。

猛禽會讓學員飛到羅姆斯戴爾山，進行為期兩週的高山躲避和生存訓練。當時他才十二歲，但清楚記得那些灰黑色的山峰。阿希克蘭修道院所在的骸骨山脈是由白色花崗岩與流過光滑石塊的河流所組成，羅姆斯戴爾山脈卻是地勢崎嶇又黑暗。最高的山峰上有終年不化的白雪，但在那些白色毯子底下，到處都是會扭傷腳踝的碎石堆和破片岩。羅姆斯戴爾山脈感覺很古老，比骸骨山脈古老，充滿歲月的滄桑和世界的重量壓迫，即使陽光普照，依然寒冷。

「我們往西走了多遠？」瓦林問。他知道胡楚在他身旁，能聞到她的汗水、皮衣，以及早上宰殺兩隻兔子後手上留下的血腥味。

「夠遠了。」她片刻後說。「我們再過兩天就會經過一條河，河的對面有座城。」

瓦林研究心裡的地圖，那是在奎林群島時期記憶數百幅地圖的綜合體。

「艾爾加德。」他下結論。「尼許東北角，鄰近哈格河的源頭。」

他聞出胡楚毫不在乎。「石頭堆在石頭上，居民擠在一起，幾乎是生活在鄰居的糞便上。至少就這一點上，我同意你的吸魔師的觀點，這種地方應該燒掉。」

「包蘭丁在這裡？」瓦林問。

「他會來，今天不來，改天也會來。他現在帶著自己的護衛隊，跑去很多地方參戰。這裡是戰況最激烈的地方，所以他經常回來。」

「妳希望跳蚤會跑來狩獵？」

胡楚遲疑道：「你的戰士朋友總是出奇不意，但從未攻打過我們部隊的核心。我們待在森林裡，等他們找上門來。」

聽起來不是什麼好計畫，但他也想不出別的計畫。根據胡楚的說法，厄古爾人嘗試追蹤跳蚤好幾個月了，但都以失敗收場。即使在積雪很深的地方，他和他的夥伴似乎也有辦法消失。這個女人不太期待在隊伍中增加一個瞎子就能成功找出對方，瓦林也沒透露自己聽力絕佳，什麼都聞得出來，聞得出遠在一里之外的狐狸、人類，還有熊。只要距離夠近，他或許能找出凱卓小隊，也或許不能，但他不打算向胡楚透露這個祕密。

「我們往南騎，」胡楚過了一會兒說。「慢慢騎。他會躲藏，你這個朋友藏在森林深處，挑選我們這種規模的部隊下手。如果我們成為目標，他就會來。」

「問題在於，」瓦林說。「他會在妳告訴他妳已經變節前就割斷我們所有人的喉嚨。」

胡楚沉默片刻。「我們不是牲口。」她終於說。「和你們安努人不同，我們不是安安靜靜任人宰割的動物。」

瓦林感覺黑暗在自己體內扭絞，然後繃緊。他腦中浮現慘遭屠殺的伐木工人和陷阱獵戶的畫面，人們在被厄古爾人按住開膛剖肚時放聲慘叫。他一手放在斧頭上，凹痕滿布的鋼鐵在他火熱的皮膚下顯得十分冰涼。

「他們是人，」他吼著。「不是動物。」

胡楚嗤之以鼻。「他們軟弱，我們不是。跳蚤來時，我們會準備好。」

「準備好？」瓦林問。他聽出自己語氣憤怒，但沒有費心控制。「如果妳以為生了三個小孩又能騎馬一整天，就有辦法應付跳蚤，妳就是白痴。」他聽見馬背民族在馬鞍上轉身看他。他冷冷一笑，提高音量。「這表示這群追隨妳的混蛋也不怎麼樣。」

除了胡楚之外，其他厄古爾人應該都不會說瓦林的語言，但聽得出他語帶挑釁，就算不懂話裡的意義，也看得懂他嘲弄的態度。馬匹感應到騎兵的憤怒與困惑，開始謹慎移動，馬蹄踏在碎石頭上。

「我與你講和，」胡楚說。「是為了一起對抗吸魔師。」

「妳與我講和，」瓦林啐道。「是因為妳認為我是把武器。好啊，來試試看。」血液竄入他腦側，進入他耳朵，宛如烈火怒吼。他一手放到另外一把斧頭上。「有誰想要試試？有人嗎？」他把這話當成石頭般丟入凹凸不平的死寂中。

「小心點。」胡楚語氣嚴厲道。「這些戰士追隨我，但不喜歡和安努人一起騎馬。」

「妳的意思是妳不能控制手下？」

「控制。」她吐出這個詞，彷彿嚐到了苦味。「是皇帝和他們豢養的綿羊之間的詞彙。厄古爾人是自由之民。」

「我見過那種自由的模樣，我見過它留下的疤痕。」

「不會留下疤痕的自由算不上什麼自由。」

他們在日落前紮營，馬背民族紛紛前去收集木柴生火。在大草原上，厄古爾人很樂意趁夜趕路，但北方森林地充滿石頭和盤根錯節的樹根，即使對腳力穩健的小型馬來說也非常危險。

營火那股微弱的暖意很誘人，尤其當黑夜寒意刺骨，但瓦林不喜歡在厄古爾人環伺下過夜。目前為止還沒有人動手殺他，但那並不意味著他們不會。他不確定他們是否同意胡楚要找跳蚤的決定，如果他聽得懂對方的語言，或許能更加瞭解當前形勢，但他聽不懂，所以不瞭解。他在兩塊巨石間選了一片深埋在褐色針葉堆裡的狹窄平坦地，用手掌探查周邊環境，確認突破口只有南邊一側後，背靠巨石坐了下來。天氣很冷，但他已經習慣寒冷。

他睜著眼睛一段時間，凝視著盲目的無盡虛無。風吹入巨石之間，捲起砂礫，撕裂厄古爾人給他的破爛皮革。仔細聽似乎有聲音隨風傳來，嘶吼著警告和折磨，徘徊在語言和理性的邊緣。*只是風，只是他媽的冷風而已。*他告訴自己。然而，這個想法一再撕扯他，對他的言語之牆無動於衷，不久之後，他放棄了，敞開心扉擁抱風的慟哭。

安特凱爾的居民曾在奮戰和死亡時那樣慘叫，而瓦林卻趴在信號塔頂等待、觀察，什麼都沒做。營火旁，厄古爾人在烤兔肉，但烤肉味讓瓦林想起人肉的惡臭，那些受困於無法逃離的火場中被燒成焦炭的男男女女。儘管夜晚的冰爪抓搔他的皮膚，他還是在冒汗，皮革下破破爛爛的羊毛衫，凱卓黑衣僅存的部分，完全被汗水浸濕。

大部分的夜晚都是如此，許多白天也一樣。回憶隨著黑暗而生，恐懼隨著回憶而生，而他永遠無法遠離黑暗。到最後，或許在半夜，他的身體會停止顫抖，進入睡眠，這種失去意識是一種突如其來的強烈狀態，因為他的心靈已經達到了極限。

我彌補了一樣東西，他告訴自己，想起和他同名的那個孩子，害怕卻勇敢，堅決要回去救自己的家人。*至少做對那件事。*

這些話對他沒什麼幫助。他的身體繼續顫抖，內心宛如輪子般在同一條車轍上轉動。凱卓教他如何殺出十幾種不同的堡壘，卻沒有提過該如何逃出自己心靈的牢籠。

他就這麼坐了很長一段時間，隨著回憶顫抖，久到聽見胡楚穿越黑暗而來，腳步重重地踏在落葉和松針上，呼吸宛如四周呼嘯風聲的溫暖迴響，這聲音對他來說幾乎是一種解脫。

她在距離數步外的地方停步，大概是在觀察。天色已經全黑很久了，不過瓦林早已不記得月相，或許月亮正高掛天上，如牛奶般明亮，照亮他身邊的石頭。

「你究竟是怎麼回事？」她終於問。

他已經停止發抖，身體或心靈的某部分辨識出威脅，於是讓肉體進入足以應付威脅的狀態。為了不讓女人站在他身前，他翻身而起，一手放在匕首刀柄上。腰帶上那兩把短柄斧的重量很實際且真實，宛如可靠的沙袋，防止他飄入自己的黑暗中。

「哪一方面？」他反問。

「你說你瞎了。你騎馬像個瞎子，走路也像瞎子。」

「聽起來合情合理，不是嗎？」

「瞎子辦不到我在陷阱獵戶小屋外看到的那些事，瞎子不會徒手接箭。」

「或許妳看到的和妳想的不一樣。」

「我看到，」胡楚冷冷回道。「你從十五步外拋斧頭砍死我的一個塔貝。我要知道你是怎麼辦到的，不然不能繼續合作。」

瓦林的心臟緩緩跳了十幾下，他感覺到身體緊縮，心臟不斷撞上肋骨，但沒給出任何回應。他們不會和平分開，他不可能安安穩穩獨自騎馬離開，現在這個時間點不可能。和厄古爾人分開表示要開打，而他體內某樣東西，讓他在疤湖中存活下來，又度過北境森林寒冬的東西，迫不及待想要開打，亟欲拿起兩把斧頭開始砍人。開打會以他的死亡收尾，不過，說起死亡，他心裡也有一部分渴望死亡。

但包蘭丁還活著，他冷冷提醒自己。他曾告訴自己，他的戰鬥已經結束，但在寒冷的北地洞窟中對自己講這種話是一回事，和這麼多想回到戰場的人待在一起時要置身事外又是另一回事。死亡無所謂，他已經做好死亡的準備，但若能將包蘭丁一起拖入地獄也不賴。

「我不是隨時都瞎。」他終於說。

冷風將寂靜削尖。

「我不懂。」胡楚說。

「我也不懂。大部分時候，我眼前只有黑暗。我聽力沒問題，嗅覺也很好，但我看不見自己放在眼前的手掌。」

「那打架的時候呢？」

「打架不一樣。重要時刻，有人想要殺我時，我可以打。」

「你看得到？」胡楚問，聽起來很懷疑。

「是的。」瓦林回想那些不是形狀的形狀，那些刻在他心中更廣闊黑暗中的黑色形體。「我在要打架殺人的時候就看得到。」

「所以……」胡楚開口，隨興簡潔地說著，沒有掩飾她拔劍出鞘、脈搏加速、腳下移動的聲音。即使沒有不是視覺的奇特視覺，瓦林也知道要移動，要格擋，但那一刻裡，他感應到其他東西——一把劍劃破他的盲目，似動非動的影像出現，整個過程慢到可悲。他可以毫不費力就閃到劍下，揮出僵硬的拳頭由下而上擊中她的下巴，讓她閉上嘴巴，整個人滾到巨石後面。

接著影像消失。他聽見胡楚的呼吸聲，聞到鮮血味，但他的視覺就和在浩爾大洞最底層火把早就燒光時差不多。

「就是這樣。」他說。如果下巴那一拳沒有解釋清楚，講更多大概也不會有用。

胡楚站直身子，還劍入鞘。「我不瞭解這是怎麼回事。」她慢慢說道。他聞出警覺的氣味，比百步外營火的煙味還要濃厚。「我不瞭解，但這個世界上有太多我不瞭解的事情。」

瓦林只是點頭。他突然覺得疲憊不堪，這樣簡單的一拳讓他渾身疲憊。他很想坐下，把頭靠在岩石上，在刺眼的冷風前閉上雙眼。但他還是站著。

「我告訴妳必須瞭解什麼：我的眼睛壞了。就這樣。」

「又或許，」胡楚回道。「你受到神的眷顧。我見過一些類似的人……」

「眼睛瞎了還能作戰？」瓦林問。

「不，不一樣。他們受到其他方面的眷顧，克維納的眷顧。這就像是神撫摸了你的肉體。你眼睛瞎了是件神聖的事。」

「妳根本他媽的不瞭解什麼是神聖。」瓦林啐道。在見證厄古爾人對安努造成的亂局後，聽這個厄古爾女人討論神性令他怒不可抑。他感覺自己在咆哮。「你們所有厄古爾人都心態扭曲、乖戾、殘缺。我不知道你們是怎麼淪落到這個地步，但你們的痛苦崇拜，那是一種病。」

「你懂什麼痛苦？」

在瓦林意識到自己在做什麼之前，他已經一把扣住女人的喉嚨。他在拉近她時感受到她脖子上的肌腱在自己手指下繃緊。他發現她快窒息了，劇烈咳嗽，喉嚨發出掙扎的聲音。他微笑。

「看看我的臉。」他把她拉到面前對著她吼，逼得她不得不看。她急促的喘息噴在他嘴唇上。「看看我的眼睛。」

她雙手努力扯著他的手掌。他抓起她一隻手，壓到自己身側，艾黛兒的匕首留下的可怕疤痕上。「妳有感覺到嗎？有嗎？妳覺得如何？會不會痛？我看起來像不像是瞭解痛苦的人？」

他突然覺得胡楚很噁心，她信仰的蠻神很噁心，他自己野獸般的暴行很噁心，於是鬆開手。然而，她並沒有後退，反而湊上前來，嘴唇貼在他耳邊。接著，一陣劇痛傳來，匕首冰冷的尖刃劃破皮革和黑衣，抵住他胸口，割開皮膚，刺穿他胸口的肌肉。

他首先想到的是，那種奇怪的視覺終於辜負他了，對方的暴行並沒有激起任何影像。

他的第二個想法是，雖然自己已經抓住她了，但因為他的緩慢和愚蠢，厄古爾女人得以趁機刺殺他。這個想法並沒有引發恐懼，也無悔恨。在一個冷酷的瞬間，他瞭解到派兒為什麼能置生死於度外。接著他意識到，自己還沒死。

胡楚的利刃平行劃過胸口下方的肋骨。那把匕首長到足以刺穿他心臟，但她是從側面劃入，沒有把匕首刺得更深，而是利用匕首的刃面貼上肌肉的紋理，把他拉近自己。就像水牛鼻孔中的鐵環，瓦林順從那股力量往前移動，直到他又一次在冰冷的空氣中感受到女人火熱的口氣。

「給我看。」她嘶聲道。

他再度伸手扣住她喉嚨，不知道是為了掐她還是推開她。他感到痛苦、黑暗，還有她斷斷續續的呼吸。

「給妳看什麼？」

「給我看，」她用勾住他肉的匕首繼續將他拉近。「你對痛苦有多瞭解。」

他張口欲言，但她的嘴已經貼上他的唇，火熱而飢渴，唇舌、牙齒和急促的呼吸交織在一起。他握緊拳頭，將她提離地面，回應她的吻，如果這種激烈的舉動能夠算是吻的話。在盲目的無盡虛無中，有兩個亮點宛如黑夜裡的星光，一是埋在胸口造成劇痛的匕首，一是如怒火般燃燒的情慾。她在他把她的背推去撞上巨石時渾身顫抖，發出可能是痛楚也可能是歡愉的呻吟，接著伸手去解他的腰帶。

釦環很簡單，直截了當，但她沒有去解釦環。她拔出他的腰帶匕首，停止接吻，把他推開，一刀劃開皮腰帶，動作又快又猛，連帶割傷了他的腰。在腰帶斷掉的同時，她已經開始割爛他剩下的衣服。利刃劃開布料，手法毫不謹慎，一刀一刀割傷皮膚，直到羊毛、毛皮、皮革全部落地，冰冷的空氣籠罩他全身為止。

天氣很冷，冷得刺骨，但沿著胸口流下的鮮血卻很溫暖，胡楚上前輕舔胸口被匕首插入的傷口時，她的舌頭也很溫暖。當她再次親吻他時，他嚐到血味，折斷他體內某樣東西的血味，最後一根限制他的文明絲線。兩把匕首都握在他手裡，鮮血宛如溫泉般洗刷他的皮膚，他看見她了，看見他割爛她身上的毛皮時她齜牙咧嘴的模樣，看見他在她皮膚上留下的傷痕，在蛛網般的舊疤上新割出來的傷痕。他可以透過漆黑中的漆黑形狀看見她脖子後仰，背脊弓起，雙手把他拉近。接著，影像消失，他的世界變成慘叫、鮮血、劇痛灼燒、極樂歡愉。無法救贖，也無法被救贖。

20

艾黛兒從自己在天鶴塔頂層寢室的陽台望出去。垂直往下一百步就是庭院、花園和黎明皇宮的神殿，不過她沒有直視下方，而是凝望向北方，目光遊走在安努建築的銅板、石板和柚木板瓦片屋頂間。破碎灣飄來的晨霧依然籠罩在街頭巷尾，艾黛兒能聽見城市的各種喧囂聲——車夫和運河工人的咒罵聲，商人忙碌的開店聲，雜貨商和魚販叫賣水果、鮮花、剛捕漁獲的吆喝聲——但除了靜止的白霧，完全看不見街上的景象。清晨只有喧鬧，沒有任何動靜，彷彿活著的人把安努拱手讓給鬼魂。

她的陽台比最高船隻的桅杆和在碼頭上空盤旋的海鷗都高，但是在陽台上，就算把頭仰到脖子痛，還是看不見英塔拉之矛的塔頂。那座宛如玻璃帷幕般的巨塔離她不到一百步，塔頂卻消失在雲層之外。

妮拉抬頭看塔，然後咕噥一聲。「英塔拉之矛個皺屁股。」

「妳不相信那是女神的遺留物？」艾黛兒問。她一輩子都住在皇宮裡，但有些景象還是沒有習慣，沒辦法習慣。「它的年代早於所有瑟斯特利姆人的紀錄。」

「早於？」妮拉搖頭。「難怪去奧隆的路都沒走到一半，李海夫就認出妳的身分了。妳始終沒有學會如何講話不像公主。」

艾黛兒不理會她的嘲諷。事實上，只要妮拉還能保有曾經的那點火氣，就算要忍受上百次嘲諷都可以。畢竟艾黛兒需要妮拉去執行接下來的任務，她可沒辦法獨自潛入英塔拉之矛。同時，有個陪在身邊能說話還會回嘴的人對她而言也很重要。妮拉剛到安努的前幾個小時裡，她所認識的老女人彷彿徹底消失，生命力被抽乾，所有稜角都被弟弟的背叛磨平。她喝乾了一大壺酒，接著，在艾黛兒的絕望中伏案醉倒。不過，當她醒來時，已經在某種刺激下恢復了點活力。今天早上，她像往常一般精力充沛地爬上天鶴塔來找她，而這段關於英塔拉之矛的談話，便是她歸來後最活躍的時刻。

「就連『英塔拉之矛』這個名字都很古老。」艾黛兒繼續說。「我小時候花了幾週翻閱典籍，試著找出塔名的出處。根據字源學——」

「去你的字源學。」妮拉怒吼，舉起枴杖揮向巨塔的欄杆，好像那座塔冒犯了她一樣。「什麼樣的女神會用自己的名字去命名世界上最大的陽具？」

艾黛兒想要抗議，接著制止自己。兩人走到陽台外是為了策劃如何攻擊巨塔，或至少是滲透進去，不是為了爭辯歷史。她又凝視英塔拉之矛一段時間，然後將目光轉向比較近、比較小、比較好處理的東西上：妮拉放在木桌上的亮漆木盒。

「就是這個。」

妮拉瞪著她。「當然就是這個。妳以為我習慣用瑟斯特利姆漆盒裝我的髒內衣嗎？」

盒子很小，只比艾黛兒兩掌加在一起大上一點，勉強夠裝下兩瓶酒。乍一看它毫不起眼，沒有金或銀，沒有華麗圖案裝飾把手，沒有鮮艷或閃亮之物引人注目，但當艾黛兒輕輕把它舉到陽光下時，她發現妮拉說的沒錯。木盒上的亮漆並非黑色，而是呈現出千百種深淺不一的灰色，有些宛如不透光的墨色，有些彷彿薄煙，有些如快狗魚的背鰭般光滑，有些像灰銀般閃閃發光。從遠處看，它呈現出一種簡單的黑色，但當你拿近，或在陽光下仔細觀察，就會在盒子表面下看見精緻的圖案和美麗陰影。艾黛兒依稀辨識出一隻伸出的手掌、一個類似日蝕的太陽、一對交纏起舞的舞者，不過每當她即將看出某個形狀時，圖形就會發生變化，如同快速流動的河面，轉眼之間消失無蹤。

「幾乎不引人注目。」艾黛兒說。

妮拉聳肩。「伊爾・同恩佳不想讓任何人取得裡面的東西，而我也不想大老遠從艾爾加德拎一個帶鎖的鐵盒來。」

艾黛兒掂了掂重量，把盒子放回桌上。「怎麼打開？」

老女人小心翼翼伸出指尖觸摸盒面，皺起臉專注地迅速比劃幾個精確的手勢，盒子便喀嗒一聲打開了。

艾黛兒忍不住後退一步。「魔法？」

妮拉笑道：「瑟斯特利姆是一群邪惡的混蛋，這點無庸置疑，但他們並不像人類那麼忌憚吸魔師。」

艾黛兒緩緩點頭。書上也是這麼寫的。大戰結束之後，人類在夷平瑟斯特利姆城市時發現了成千上萬看起來不……自然的物品、刀劍、盒子、雕像和石碑。人類摧毀了它們，摧毀了所有能摧毀的東西。有些歷史學家，膽敢觸碰該主題的歷史學家，將人類痛恨吸魔師的行為追溯到那些摧毀行動。

艾黛兒拋開那些想法。不管盒子的起源為何，她真正在乎的是放在裡面的東西。她用一根手指勾開盒蓋，目不轉睛地看著。

黑色天鵝絨布上放著將近二十支小玻璃瓶，每支都有刻字。這些標籤艾黛兒認得不到一半——甜棘、薄暮、伊特利爾，不過已經足以讓她推測出其他瓶裡的內容物。伊爾．同恩佳送來的毒藥能摧毀整個議會，甚至能害死黎明皇宮裡的所有人。

「他就……把這種東西隨手亂放？」艾黛兒問。

「我活了超過一千年，」妮拉回答道。「而這個混蛋讓我看起來像個小孩。說不定他在世界各地都有擺滿這種東西的倉庫，在羅姆斯戴爾山下埋藏了寶藏，在破碎灣的某座未知小島上隱藏祕密。」

與自己將軍對抗的無助感再次湧上艾黛兒心頭，宛如冬季海浪般把她拖入海中。期待自己有辦法搶在他前頭，想出他多年來沒看穿的計畫，這想法簡直傲慢又愚蠢。在那傢伙把安努握在手中好幾個世紀後，她，艾黛兒，會是那個奪回安努的人嗎？

「妳一副打算喝掉一半毒藥的樣子。」妮拉的聲音像把撕碎艾黛兒思緒的銼刀。

艾黛兒抬頭看向正打量著自己的老女人，古老的五官上浮現類似警覺或擔憂的表情。

「我們每一步都在他的掌握之中，每一步。」

「他還沒贏。」妮拉說。

「妳確定嗎？我們連他想做什麼都不知道，根本無法肯定。」

「根據妳弟弟的說法，他想要殺掉梅許坎特。」

艾黛兒皺眉。「我不信任凱登，更不信任他身邊那個瑟斯特利姆人。」

「好吧，不管伊爾・同恩佳想要什麼，」妮拉說。「我們知道他還沒得手。」

艾黛兒揚起眉毛。「我們知道？」

「公牛上過母牛之後就不會繼續上。公牛完事後，會帶著軟垂在後腿之間的陰囊去吃東西，或睡覺。」

「伊爾・同恩佳不是公牛。」

「男人。」老女人聳肩。「公牛。瑟斯特利姆人。關鍵是，如果伊爾・同恩佳贏了，我們就不會還在打仗。」

艾黛兒望向北方，看向艾爾加德的方向，伊爾・同恩佳抵擋厄古爾人的方位。當持續的戰爭成為唯一的希冀時，情況肯定危急到了極點。伊爾・同恩佳還有想要的東西這點算是令人存疑的慰藉，也是她僅有慰藉。她回頭看向盒子。

「那些是什麼？」她問，指向玻璃瓶對面的絨布上放的六支金屬管。

「炸彈。」妮拉回答。

艾黛兒連忙縮手。「炸彈？」

「凱卓製造的碎星彈、鼴鼠彈和甩芯彈。一種兩支。」

「看在英塔拉的份上，」艾黛兒深吸口氣，目光保持在炸藥上詢問。「我拿凱卓炸彈是要做什麼？」

「我猜是要妳去炸爛一堆狗屎，不過不用理會我，妳才是先知。」

「這些炸彈穩定嗎？」艾黛兒一邊問，一邊研究那些細管子。

「我把它們帶來這裡，而我還活著。」她比了比自己。「兩條手臂，兩個奶子，晃得厲害，但還連在身上。還有兩條腿。」她再度聳肩。

艾黛兒低聲吹個口哨。「我開始瞭解他為什麼不想讓別人打開盒子了。」

妮拉點頭。「問題在於，我們要怎麼用這玩意，」她伸手指向盒子。「去對付那裡面的那個婊子？」她又指了一下，這回比向英塔拉之矛。

「對。」艾黛兒輕聲同意。「那是關鍵。」她轉頭面對巨塔，然後陷入沉默，對伊爾．同恩佳如此大膽的要求感到困惑。「妳知道，從來沒人成功過，沒有人曾成功潛入黎明皇宮的地牢。」

「我希望，」老女人皺眉回應。「我們不要繼續叫它地牢了，地牢都在地下。」

「這個不是。」艾黛兒說著，緩緩搖頭。「以前有人試過從塔底殺向塔頂，瘦湯姆殺到三十樓才被守衛砍倒，而瘦湯姆爬得比其他人都高。」

「當然，我們有瘦湯姆沒有的優勢，天知道那傢伙是什麼人。」

「叛軍。」艾黛兒心不在焉地說。「兩百年前。一個平民。」

「所以才會瘦。重點在於，妳是公主，是先知。想要溜進警戒森嚴的塔裡時，我敢說妳擁有比平民叛軍更大的優勢。」

「問題不在塔上，」艾黛兒瞇眼說道。玻璃大多時候都會反射太陽、天空和安努房舍的銅瓦屋頂，但在反光不強又找對角度的情況下，有時能看見塔內的景象。艾黛兒從天鶴塔的陽台上可以隱約看出塔內的人造樓層和空蕩蕩的中柱部分。「我現在就可以進去，一路往上爬到我父親的書房，就像我小時候爬過上百萬次那樣。問題在於之後，在那之上的路要怎麼辦。」

「看來再上去就沒有那麼友善了。」艾黛兒點頭。「三十層和再往上的樓梯交會處有守衛，繼續爬數千呎，抵達監獄樓層後還更多守衛。」

「我上次看的時候，」妮拉說。「守衛會在皇帝出巡時迅速讓道。彈彈妳的皇家手指，踏踏妳的神聖鞋跟，他們就會對妳卑躬屈膝。」

艾黛兒皺眉。「這樣不夠好。崔絲蒂是全安努守衛最森嚴的囚犯，我或許可以接近到殺得了她的距離，但沒辦法不讓皇宮裡的人發現。」

妮拉聳肩。「就讓他們發現。」

「不行。」艾黛兒搖頭反對。「議會已經夠厭惡我了，他們會把握所有機會違背協議。如果我就這麼前去殺了那個女孩，他們不到一天就會把我丟進監牢，取代她的位置。」

「所以……怎樣？妳想尿濕褲子，放棄，然後找個地洞躲起來？」

艾黛兒沒有回答，而是研究城外的田野，然後越過田野，直到距離擦去了所有細節，看不清楚金色晨光中的天與地。她在天鶴塔頂的陽台能看到多遠？五十里？一百里？艾爾加德的城牆距離有多遠，伊爾・同恩佳囚禁她兒子的冰冷堡壘？她只要專心思考就能回想起距離，從埋藏在記憶中的地圖裡找出那段距離，但她沒那麼做。

很遠。簡單又可怕的事實。太遠了。那段距離冷酷無情，而她兒子就在路的盡頭。

「如果我們不殺她呢?」艾黛兒終於輕聲問道。

妮拉瞇起眼睛。「死亡。」她咆哮道。「這就是交易。我們殺了吸魔師，伊爾·同恩佳就會釋放妳兒子。」

艾黛兒點頭，強行將目光轉回顧問身上。

「我知道。」她低語。

「妳知道、妳知道。」妮拉朝陽台外吐口水。「那我就大膽假設，妳同時也知道如果妳不殺她，他就會殺他。」

艾黛兒閉上眼。她感到一波恐怖的浪潮在自己體內湧動，黑暗、冰冷、難以忽視。當她想起桑利頓，想起他的小胸口停止起伏，想起那雙急迫的小手突然無法握拳，她就覺得有股實質存在的強制力要她服從，依照伊爾·同恩佳的命令行事。她要強行闖入地牢，把所有毒藥灌入崔絲蒂喉嚨裡，壓制那個女孩，眼看著對方渾身起泡痛苦不堪，只為了確保她兒子的安全。

但這樣並不能真的確保她兒子的安全。

這個念頭一次又一次讓她萌生退意。

「如果殺死崔絲蒂的話，」她面對妮拉的雙眼緩緩說道，同時逼迫自己將這個想法說出口。「伊爾·同恩佳會怎麼做?他會交出我兒子，交出妳弟弟嗎?」

妮拉下巴緊繃。「他不會交出歐希的，他太需要他了。」

「他也需要桑利頓。只要掌控我兒子，他就能掌控大局。他會殺出血路，然後在我脖子上套絞刑環。」

「我也不喜歡這樣，但這就是絞刑環的特性，」妮拉說。「當妳開始拉扯，妳就會死。」

「我們怎麼做都會死。」艾黛兒低聲回應。「這些同盟和交易都不是真的。如果我對伊爾·同恩佳有任何瞭解，就是這個了。不管他和誰作戰，不管贏了什麼戰爭，他都不是我們的人。他會利用我們，利用妳、我、歐希、桑利頓，再拋棄我們。現在或之後，看他何時方便。」

妮拉攤開雙手，彷彿天平般掂量著。「如果妳可以在現在死和之後再死之間做選擇，之後比較好。現在和之後中間還有很多時間，或許這段時間會有人在那個混蛋背上捅一刀。」

「如果沒有的話，我們就玩完了。妳和我，歐希和桑利頓都完了。我曾經讓伊爾·同恩佳如願以償，還不止一次，從安努到艾爾加德的一路上，我原諒他殺了我父親，我依靠他領導我的軍隊。我以為我完全控制住他了，但現在他奪走我的兒子。」

「這個故事我很熟悉，妳沒必要再說給我聽，女人。我想親手拿把生鏽的刀捅進他眼睛，但在這裡做不到，妳也做不到。他在我們兩人脖子上都套了絞刑環。必要的時候我們會設法掙脫，但現在不行。這裡不是背水一戰的地方，為了這件蠢事丟掉妳和兒子的命就太蠢了。」

艾黛兒凝視英塔拉之矛，試著看穿反射的陽光。地牢就位於那座明亮的巨塔中，遠比海面上吹來的低矮雲層高很多的地方，而凱登的吸魔師就在地牢中的某處，名叫崔絲蒂的女孩，伊爾·同恩佳就是要她拿女孩的命交換桑利頓。

艾黛兒搖頭。「是嗎？」

「是什麼？」

「殺死崔絲蒂——是件蠢事嗎？」

妮拉不耐煩地揮手。「當然，我承認她很危險，但世界上有很多危險的混蛋，而我敢保證她不是最危險的那個。拿我弟弟來說，歐希看都不看就能扯掉那個小吸魔師的腦袋。她無關緊要，就整體局勢來看她無關緊要。殺了她，妳兒子就能活下去，妳也能活下去。我們擇日再戰，在重要的事情上奮戰。」

「萬一她就是重要的事呢？」艾黛兒問。

我錯過了什麼？她想像伊爾．同恩佳坐在自己對面，將一塵不染的靴子蹺在桌上。我沒看到什麼，你這個混蛋？

妮拉瞇起眼。「怎麼說？」

「信徒說我是英塔拉先知，自從簽署協議後，我也正式成為安努皇帝。」

「妳要我現在就開始親吻妳的屁眼，還是等妳把它擦個晶亮？」

「我的重點不是我……」

「喔？」

「……是角色。角色。這些角色都很獨特。伊爾．同恩佳努力讓自己取得待在我身旁的地位就是因為這些角色。皇帝的支持對他而言很有價值，他要我為他的每個行動背書，這使他擁有自由和力量。」

「女孩，他沒有妳，一樣力量滔天。」妮拉說，但第一次肯定地點了點頭。

「他當然是，但他一開始和我談和是有原因的。他知道如果我死了或失蹤，他就不能繼續當肯拿倫。他不會是安努最高指揮官，只會是個普通軍閥，那樣會讓他處境困難。」

「什麼處境？」

「首先，他和長拳的那場戰爭。」艾黛兒回答。「那場戰爭的一切，從部隊到補給線，全都奠基在安努的國力上。沒有我——」

「沒有妳，他就會再找個傀儡丟上王座。」

「或許。」艾黛兒同意。「但那人就不會是馬金尼恩家族的人，不會是擁有燃燒之眼的人。要進行這場戰爭，他就需要安努統一，而馬金尼恩家族血脈向來都是安努統一的條件之一。」

妮拉皺眉。「我不會說妳這樣講不對，但如果妳以為伊爾·同恩佳需要妳到永遠不會放棄妳的話，那妳等於是在逆風撒尿。」

「這就是我的重點！」艾黛兒大聲說道。「他已經放棄我了！他叫我去對付崔絲蒂，要我殺了她，那就是在放棄我！」

「除非妳被人發現。」

「除非？」艾黛兒問。「他強迫我闖入全世界防禦最森嚴的監獄。」

「我們。」

「太好了，一個剛繼承王位的公主和一個發瘋的吸魔師。」

妮拉又皺眉。「半瘋。」

「無論如何，成功的機率都不高。」艾黛兒搖頭。「一開始我以為他要我死，而那就是他確保我會死的方法。但那樣沒有道理，在艾爾加德的時候他就能神不知鬼不覺殺我上千次，為什麼要把我弄到數百里外，讓其他人解決我？」

「好吧，他真的很想把崔絲蒂當牛肉切片，這點我們早就知道了。」

「重點不是他要殺她，」艾黛兒搖著頭說，再度看著拼圖落至定位。「而是他有多想殺她。他願意犧牲一個皇帝，一個透過奪走兒子而徹底控制的皇帝，為了什麼？為了讓我們兩個一起去殺掉一個平凡的吸魔師？這聽起來合理嗎？」

老女人的怒容沒有消失，但她仍緩緩地點頭。「妳認為凱登的小吸魔師比外表強大。」

艾黛兒苦笑了一下。「我不知道。這就是問題。我不確定伊爾．同恩佳為什麼那麼想殺她，但那對他來說似乎很重要。這讓我覺得，在我們毒死她或炸死她前，應該先和她談談。」

「聽起來有道理。」妮拉不太情願地說，望向英塔拉之矛，彷彿崔絲蒂的牢房裡還鎖著一長串伊爾．同恩佳的目標清單。「我的老腦袋似乎比想像中還要糊塗，竟然沒看出這點。」然而，當她目光轉向艾黛兒時，她看起來並不糊塗。「妳知道這是什麼意思，對吧？」

「不，」艾黛兒說。「不完全瞭解。」

「我指的不是女孩本身，而是把她救出來，違背那個瑟斯特利姆人的話。」

「他遠在北境，在前線，運氣好的話，他根本不會發現我們沒殺她。」

妮拉哼了一聲。「妳才剛爬向聰明的邊境，馬上又跳回裝滿愚蠢的水桶裡。」

「他不可能無所不知。」艾黛兒抗議，這話被她肚子裡冰冷沉重的磚頭壓垮。伊爾．同恩佳隨時都比她超前許多，即使她想出奇制勝，也都失敗了。她把歐希和妮拉帶給他，幾個月來一直以為他們是她的武器，但當他覺得時機成熟，那個混蛋就奪走其中之一收為己用，輕鬆到和軍人從小孩手中奪走腰帶匕首一樣。

她心裡有一部分很想放棄，想服從。如果她按照伊爾・同恩佳的指示去做，他就會讓她兒子活下來。

或許，內心深處的聲音說道。

「妳知道實情，」妮拉說。「但妳卻想不清楚。伊爾・同恩佳不是人，孩子。妳兒子對他來說和塊石頭差不多。歐希也一樣。妳我都一樣。如果他用得到我們，他就不會惹我們。如果他用不到……」她用手背比個手勢，彷彿揮開棋盤上的棋子一樣。「那就毫無意義。」她搖頭。「我不是反對妳的說法。我是個老瘋婆子，沒什麼好失去的，所以我想要對抗他。但是妳……」她攤開雙手。「妳很勇敢，不過看在安南夏爾的黑屁眼上，妳有的時候也很蠢，孩子。我只想確定妳瞭解這點。」

艾黛兒很驚訝地發現老女人眼中湧出淚水，在陽光下閃閃發光，如玻璃碎片般堅硬，又像鑽石一樣出人意表。

「妳把孩子交給我保護，」妮拉輕聲道。「我讓那個混蛋奪走他。」

「不，」艾黛兒伸手搭上顧問手臂說。「妳沒有讓他奪走他。妳抵抗了，妳失敗了，但妳沒有讓他奪走他。」她發現自己在發抖，她討厭這樣的自己。她父親從未發抖，她很肯定這一點，就連把兒子送走時都沒有。

「妮拉，我知道對抗他很危險。英塔拉的甜蜜聖光，妳以為我不知道嗎？我甚至打算相信我們毫無希望，但我要告訴妳另外一件我知道的事情：如果我們遵從他的指示，我們就輸了。或許不會立刻輸，但很快。而如果我終究還是會輸，如果我會輸掉我兒子，我要在反擊的時候輸。如果那個叫崔絲蒂的女孩有機會傷害那個混蛋，我必須把握住這個機會。他或許會殺了我，或許會殺了我兒子，但我不會給他其他東西。想要從我這裡得到任何東西，他都他媽的得用搶的。」

妮拉皺眉，低頭看著自己的肩膀。艾黛兒發現她的手扭曲成爪，緊抓住老女人的肩膀，指甲透過衣服掐入肉裡，指節用力到發紫。

「有點痛。」妮拉說。

艾黛兒沒放手。「妳要幫我嗎？」

老女人淚如泉湧。

「如果妳還要問，」她說，聲音只比乾枯的豆莢好一點。「妳就比我想像得還蠢。而我已經覺得妳很蠢了。」

♛

來人的笑聲比她本人先一步來到陽台，輕快的笑聲中透著少女般的喜悅。

「看看那個天空！喔，光輝陛下，天空實在太藍了！我拒絕相信這裡的天空和我那個小窗戶外的竟然是同一片天空。喔，還有大海！」

妮拉皺眉。她有半個早上都在反對艾黛兒多拉一個人參與她們尚未定案的計畫。老女人透過十幾種不同的角度反覆計算風險，但艾黛兒老是糾結在一個簡單的事實上：她和妮拉沒辦法靠自己救出崔絲蒂。

我們需要幫手。我和妳一樣不喜歡這樣，但我們顯然需要幫手。她一再堅持。現在幫手來了，突然間她們似乎又沒有那麼需要幫手了。

「歡迎。」艾黛兒拋開她的疑慮，轉身面對穿門而來的新夥伴。「謝謝妳在這麼短的時間內趕來。」

「我的榮幸，光輝陛下。受邀前來天鶴塔頂層！我怎麼能拒絕？不過我現在知道了，我真的不該來。就看這麼一眼，妳就摧毀了我。我以為我之前過得很滿足，安安穩穩窩在我那間小屋子裡，但這下我一定得要弄座塔了。」

女人全身絲袍，露出敬畏神色，一副喘不過氣的模樣。艾黛兒沒有理會，就像她不理會她說什麼小屋子小窗戶之類的鬼話。如果我聽說的傳聞有一半是真的，妳的財富就足以買下十幾座天鶴塔，還在裡面塞滿黃金。

「妮拉，」艾黛兒攤開雙手說。「這是凱潔蘭，共和國議會安努代表團的三名成員之一。凱潔蘭，妮拉是我的密斯倫顧問，剛從北境抵達安努。」

「密斯倫顧問。」凱潔蘭輕聲說道，行著優雅的屈膝禮鞠躬。「我的榮幸。」

妮拉看起來一點也不榮幸。「妳就是那個賊。」她毫不客氣。

對方挺直身子，儘管身材肥胖，動作還是靈巧得像名舞者，優雅流暢。她從袖子裡取出一把紙扇，甩開，輕輕朝臉上搧風。

「喔，我很肯定我沒資格用到定冠詞。雖然我是賊，但我絕不會說我是唯一的賊。」

她話說的很溫和，不過艾黛兒一直盯著女人的眼睛看。艾黛兒從小就經常周旋在高官和來訪王子之間，那些精明狡猾、虎視眈眈的男人，因此解讀目光的經驗老到。儘管凱潔蘭笑容不減，彷彿心不在焉地搧著扇子，但她那雙綠色眼睛明亮而沉靜地注視著老女人。她看起來並不驚慌或害怕，而是……很好奇。

「我從未想過，」凱潔蘭轉移話題說。「我這身老骨頭能夠活到親眼見到女人坐上王座的這一天。」她宛如突然照到陽光般對著艾黛兒微笑。「我不能在議會廳裡說這種話，不然會激怒很多老男人，但是幹得好，光輝陛下。幹得好。」

「或許好，」艾黛兒說。「或許不好。」她打量面前的胖女人。「我想我們可以不要客套。妳不認識我，不信任我，我也不信任妳……」

「但妳還是傳喚她來。」妮拉搖頭說。

「因為，」艾黛兒接著說下去。「我相信我們會信任彼此。我希望我們能有共同的目的，但只有在我們彼此坦誠的情況下才有可能。」

「喔，」凱潔蘭一邊回答一邊搧扇子。「沒問題，讓我們坦誠以對。我最喜歡跟人坦白了。」

「這樣夠不夠坦白？」妮拉開口，舉起枴杖指著阿卡薩，絲毫不把對方比自己高一個頭、起碼重三倍的事實放在心上。「妳是個罪犯，妳在安努法律上拉屎。妳靠偷竊、謀殺、威脅和勒索維生，解放他人的奴隸，然後把他們變成自己的奴隸。」

凱潔蘭噘起嘴巴，帶著淡淡的好奇聽她咆哮，並在妮拉停下來換氣時，揚起肥短的粗手指。「還有縱火。」她愉快地補充。「我年輕時也有賣淫，但那樣太累了。」她把頭側向一邊，彷彿突然想到一件令她不安的事。「那會是問題嗎？」

「不會。」艾黛兒在妮拉出聲前搖頭道。「在我看來，那很完美。事實上，那就是我請妳來的原因。」

「妳的顧問似乎沒妳那麼熱情。」

「喔，我很熱情的。好吧，」妮拉回答道。「妳說妳現在看到的這張臉？這就是我熱情如火的表情。」

「妮拉……」艾黛兒開口。

老女人揚起一手。「等等，等等，等我說完之後，妳有一整天的時間可以擬定計畫，但我要讓這個女人知道一件事。」

「喔，我向來有興趣學習新知。」凱潔蘭說。「不過如果我學得太慢，還請見諒。我這顆又老又肥的腦袋不像從前那麼靈光了。」

妮拉笑裡藏刀。「當一個女人自認是屋子裡最危險的婊子時，她就會做出某些特定的行為。妳很習慣那樣，」她說著，朝凱潔蘭點了點頭。「是不是？妳長久以來一直都是屋子裡最危險的婊子，嗯？」

胖女人扮個鬼臉。「婊子是個庸俗的詞……」

妮拉輕笑著說：「喔，我不知道。我自己是不介意啦，但話說回來，我有更多時間習慣那種用語。」

「妳肯定低估了妳那驚人的魅力。」

凱潔蘭停止搧扇子，用另外一手輕拍固定頭髮的木髮簪。

「我告訴妳我低估了什麼。」妮拉說。「我低估了我殺過的人數，低估了我拿匕首插入叛徒肋骨然後扯爛的次數，低估了我放火燒掉的數千畝田地。曾經有段時間，我厭倦了人們一聽到我的名字就尖叫，所以我也低估了我的影響力。但因為妳對我有一些錯誤的印象，我決定為妳破例，把我向妳分享這個小事實當作我在示好——妳不是這個房間裡最危險的婊子，我站在這裡的時候就不是。」她把頭歪向一側。「我知道妳腦袋肥、學得慢，所以我希望我有把話講清楚。」

凱潔蘭眼中的歡樂氣息消失。她默默打量妮拉幾下心跳的時間，然後轉向艾黛兒。

「妳手下的官員似乎自認地位凌駕於皇帝之上。」

艾黛兒只是搖頭。「不管妳想幹什麼，省省吧。」

妮拉那番話算不上什麼愉快的開場，但艾黛兒放任她那麼做。老女人有一件事沒說錯：凱潔蘭很危險。早在艾黛兒成為財務大臣前，就已經試圖解開這個女人在安努地下世界撒下的巨網。街頭女王非常擅長掩飾行蹤，不過只要撒的血夠多，就沒有辦法不留下血痕。凱潔蘭現在自稱是安努忠實的代表，但不管她有什麼正式職稱，都沒有放棄她的地下帝國。艾黛兒不願承認的是，凱潔蘭的統治能力遠超過自己，挫挫這個女人銳氣有助於讓她在打算背叛時三思而後行。

「殺過數千人。」凱潔蘭若有所思。「焚毀田野。」她搖頭。「就連我也覺得難以置信。」

「沒人說學習會很容易。」妮拉回道。

兩個女人像兩頭剛被丟入隱形競技場血沙上的野獸般瞪視彼此。凱潔蘭在體重和攻擊距離上占據優勢，但妮拉眼中有股幸災樂禍的暴戾之氣令對手卻步。過了很久，凱潔蘭再度開始搧扇。她笑了。

「好哇，實在太開心了。我隨時都會認識新朋友，但很少有人能令我吃驚。」

「喔，我他媽的驚喜不斷。」

「太棒了。」凱潔蘭慵懶道。「也很刺激。或許我們可從妳們找我來幹嘛說起。」

艾黛兒回頭看向英塔拉之矛，又轉回去面對對方，指向一張椅子。「請坐。我得花點時間解釋這一切。」

21

「聽著，葛雯娜。」傑克輕聲道。「我知道妳不想我跟來幹這事。」

她深吸口氣。一如往常，她嗅出他的緊張，彷彿皮膚剝離，血肉暴露在帶鹹的空氣裡。她閉上眼，希望黑暗能蓋掉他的焦慮，但她還是聽見他摳弄斷裂指甲的聲音，這個抽筋般的小動作與他淺淺的呼吸和迅速跳動的心跳形成對比。她再度睜開雙眼，透過紅樹林的葉間縫隙望向東南方天際逐漸形成的積雲。快下雨了，可能還會打雷。她很想拿出長筒望遠鏡來盡速完成偵察工作，可惜晨光仍然太低，使用望遠鏡就像在拉蘭臨時搭建的堡壘前晃動反光鏡片一樣危險。她現在唯一能做的就是躺著不動，等太陽慢慢升高，試著不理會快傑克隨著每次心跳逐漸加劇的恐懼。

她有考慮去睡一下。自從**寡婦心願號**沉入海底後，她一直在游泳和作戰，而她能感受到肌肉越來越沉重，思緒越來越混沌。然而，當數呎外的傑克一直天殺的在啃咬指甲時，她根本無法入睡。看來她再不說點什麼讓他分心的話，他就可能會在開始往回游前徹底崩潰。

應該派他去跟著塔拉爾的。吸魔師知道該怎麼和所有人交談，就連退訓學員也一樣，但塔拉爾和克拉和安妮克跑去東方一里外某顆堆滿鳥屎的崎嶇岩石上，從不同的角度偵查拉蘭的堡壘，把談話的任務留給她。她深吸口氣。

「我不是針對你。」她說，希望這樣就夠了，他們兩個可以就此打住，趁機補眠。

結果她聽見傑克轉頭面對她。「我知道這是怎麼回事，葛雯娜。妳有看見虎克島的情況，妳看見我在作戰時僵住了。」

「你根本沒有參與作戰。」她回道，話還沒說完就已經後悔了。

她本以為他會怨恨或憤怒，但他開口時語氣中只有認命。「我知道。我只是……別管了。」

她原地躺了一會兒，閉上雙眼。別管了。這是談話中很適合打住的用語，非常合理的結束點。或許只要閉上嘴巴，他們就可以停止交談。浪花在幾步之外的石頭上掠過，輕柔又堅決的手指抓撓著海岸。

但我向來不擅長閉嘴，葛雯娜心想。她翻身用手肘撐地，惱怒地吐了口氣，再度轉身面對飛行兵。

「問題在於，」她說，控制銳利的目光。「我不能不管。」

他沒有轉頭，但她可以瞧見他快速又沉重地嚥下口水，彷彿直視她的眼需要極大的意志力。那感覺很可悲，他媽的煩人。快傑克看起來不像是懦夫，他看起來和這座島上的人一樣像凱卓，而且比大部分人更像——剃光的腦袋，胸口和肩上的肌肉，訓練意外在他手背上留下的好幾處傷痕……他看起來就是個凱卓，而且這個混蛋很能游泳。

伊斯克島距離拉蘭建立堡壘的史卡恩島足足兩里之遙，是一段沒有懸崖或海岸線掩護的開闊海面，片片海浪朝東北方滾入海。凱卓可以輕易游過這一段，但傑克不是凱卓。葛雯娜在虎克島見過他動彈不得的模樣，本以為要帶著驚慌失措、不斷掙扎的退訓學員一路游來又游回去，不過她其實沒必要擔心，傑克滑水的動作乾淨俐落，甚至算得上慵懶，每個動作都像浩爾般強壯，效率極高。才游數百步，葛雯娜就必須咬緊牙關跟上，使勁調節呼吸，而傑克則輕鬆破浪，每滑六下才換一口氣。他很快就會累了，他只是想證明自己。然而，在前往史卡恩島的整個過程中，傑克完全沒有慢下來的跡象，她不得不承認這種類似衝刺的節奏對他而言根本不算什麼。他或許是個懦夫，卻是個天殺的強壯懦夫。

她又游了幾百下，奮力游上綠色的浪頭，努力利用海浪向下的推力往前移動。她不想吭聲，至少不要在他聽得見時吭聲，但他最終停止前進，轉回來踢水等她趕上，而且完全沒在喘氣。

「這裡很不好游。」他說。葛雯娜感覺自己下巴緊繃，但他聽起來並不得意，沒有任何勝利的意思。「這些交叉長浪，」他朝東北方點頭表示。「會大幅拖慢速度。」他遲疑片刻，指向她身後拖著的漂浮囊袋。「我很樂意幫忙，如果妳想的話。」

她本來想拒絕。傑克自己也有一個塞滿乾黑衣、武器和望遠鏡的漂浮囊袋。葛雯娜習慣拖著自己的行李游泳，正想說些不需要退訓學員幫忙看行李之類的鬼話，但傑克在她開口前繼續說。

「至少這是我擅長的事情，」他輕聲道。「我能幫得上忙的部分。」

她努力嚥下自尊和氣惱。飛行兵或許是退訓學員兼懦夫，但他依然出現在這裡，天殺的海洋中央，游向幾個月來不斷獵殺他的人所在的堡壘，那肯定具有某種價值。再說，他語氣中有種特質，她曾聽過但又難以言喻的語氣阻止她拒絕。她離開猛禽後就迷失了方向，很茫然，也力有未逮。她曉得迫切想做自己能瞭解的事情、執行擅長的任務是什麼感覺。安特凱爾之役中她最有自信的時刻就是潛到阻塞河道的圓木底下，點燃手中的碎星彈。她當時很肯定自己必死無疑，但同時也很肯定她能把水壩炸爛，至少那是她能力範圍內可以解決的問題。

「謝謝。」她咕噥一聲，解開腰上的繩結，並將繩索末端交給他。她驚訝地看見他在星光下微笑。

當他們終於離開海面，爬上史卡恩島溪邊數百步外長滿藤壺的小珊瑚環礁島時，他拉過囊袋，解開繩結，二話不說將袋子交還給她，然後轉向他自己的行囊，取出乾衣服。他們是光著身子游過來的，沒必要在拖著漂浮囊袋時和羊毛布料奮戰。葛雯娜趁他忙著著裝時偷瞄他一眼，他此刻呼吸比剛開始游泳時沉重，背上的凱卓鳥翼刺青隨著每一口呼吸起伏。她在他轉頭時發現自己一直盯著他看，連忙偏開目光，接著又低聲咒罵自己這種反應。她又不是沒見過男人的裸體，熱帶氣候炎熱，海水潮濕，凱卓受訓時會穿黑衣游泳，但一年中大部分時間裡還是裸泳比較合適。老二打在大腿和光屁股上是這項工作的一部分，就像見血是工作的一部分，然而她卻讓自己像個一年級的學員一樣偷看別人，還臉紅。

她站直身子，不管自己也赤身裸體，大剌剌地審視對方。

「你在哪學游泳的？」

他面對她的目光，然後微微聳肩偏頭。「打發時間。在阿林島。」

她皺眉。「我以為他們不讓你們離開那座島。」

「我們可以游泳。」他穿上褲子說。「可以游，」他拉緊褲帶，一邊更正。「在離岸五百步內可以。我每天都繞島游泳，早上一圈，傍晚一圈。」

葛雯娜瞪大雙眼。「那得游多少……每天游十里？」

他點頭。「少一點點。」

「為什麼？」

「什麼意思？」

「我是說你不是凱卓，不須要執行任務，游得不夠快也不會害死人，有什麼理由每天都浪費半天環阿林島游泳？」

他凝視她。黎明的曙光剛剛照亮東方天際，但自海面而來的晚風吹在她濕漉漉的皮膚上依然寒意十足。她打了個寒顫。

他終於輕輕聳肩。「就只是打發時間。」他的聲音比海浪聲略大一點。「不去多想遭受囚禁的感覺。」

「既然不想待在阿林島，」她說，這話在她阻止自己前脫口而出。「為什麼要退訓？」

他又看了她一會兒，然後搖了搖頭，二話不說轉過身去，從頭套上黑衣。她聞到他身上羞愧的氣味，在寒風中顯得溫暖倒胃，不久之後，她也轉身，穿上自己的衣服，莫名覺得生氣。

他們趁黎明前在一片茂密的紅樹林邊緣找好位置，待在林中，拿出葛雯娜打算晚點來用的望遠鏡，還有不打算拿來用的武器，一聲不吭地看著太陽升起。她幾乎忘記了岩石上的那段談話，幾乎成功強迫自己蠕動不休的大腦進入睡眠狀態，他卻又開始講這些知道她不想他跟來的鬼話。好吧，既然他打定主意要談，那就他媽的來談吧。

「你說的對。」她繼續說，語氣比預期中激動。「我介意你跟來，不是因為我不喜歡你，而是因為我不能依靠你。」

「你對我一無所知，葛雯娜。」

「我知道你在浩爾試煉時被退訓。」她豎起一根手指。「我知道你在虎克島巷子裡僵住，打算丟下同伴不管，因為害怕到不敢動手。」

「二十四年裡，」他輕輕回道。「妳就靠這兩個瞬間評判我。」

「這兩個瞬間才是最重要，傑克。人們會談論一生，但一生是由瞬間構建而成的。我們所做的決定，重要的決定，決定他人生死的決定……」她輕彈手指。「都在轉眼之間。」

她殺死第一個安努士兵的畫面湧上心頭，即使過了一年依然歷歷在目。她花了多少時間決定殺他，決定怎麼殺，然後動手，在數千名厄古爾人的吶喊聲中把那根荒謬的木棍插入他眼中。一下心跳？或許兩下心跳。

「你在那些重要瞬間做過什麼都無關緊要。」她推開他的沉默之牆繼續說下去。「你能游一整天無關緊要，你對你媽很好無關緊要，所有的一切都無關緊要。當你是凱卓時，唯一重要的就是——」她伸指戳在石頭上。「你現在的作為。現在。現在。」

他看著她一段時間，然後翻身躺下，凝視樹葉間的縫隙。

「妳以為我不知道嗎？」

「這個，你知道嗎？」

「我當然知道。那就是我不是凱卓的原因。」

葛雯娜雙手握拳。她努力逼自己放鬆拳頭，讓她後腦靠回樹根上。

「沒關係。」她說。「沒關係。除非我搞砸，徹底搞砸，不然我們今天不會和任何人開打。我們只是來看鳥的，瞭解牠們的情況，還有我們要怎麼帶走牠們。」

那是傑克跟來的原因。他瞭解凱卓鳥，比島上所有人都更瞭解。葛雯娜可以數那些天殺的鳥有多少隻，或許能夠算出有幾隻健康、幾隻重傷，但也就只有這樣了。在擬訂出任何堪用的計畫前，她必須掌握更多情報：哪些鳥飛得最快？哪些比較年長，經驗更豐富？如果凱卓鳥會自相殘殺，哪幾隻最強，最有可能獲勝？

根據所有人的說法，快傑克是凱卓鳥天才。萊斯說此人是他見過最頂尖的飛行兵，而萊斯從不覺得有任何飛行兵比自己更強。或許那是事實，就算不是，傑克也是她目前僅能掌握的資源。所有人都能有貢獻就是團隊合作的關鍵。退訓飛行兵或許還有用處，甚至是成敗關鍵，葛雯娜只要盡可能不讓他陷入打鬥，或是任何可能導致他失去冷靜而害死別人的情況就好。

當太陽終於攀升到拉蘭島上的人不會發現長筒望遠鏡時，傑克已經沉默好幾個小時，一聲不吭地躺在地上，瞪大眼睛看著上方濃密的林頂。葛雯娜沒有睡著。通常她都能在閉上眼睛幾下心跳內入眠，游泳過來已經讓她十分疲憊，但早上的談話令她耿耿於懷。她一直回想傑克的說法，試圖瞭解這樣一個身強體壯、心思敏銳的人怎麼會這麼沒用，這麼認命。她本來是想喜歡他的，這讓情況變得更糟。她還不認識這個人就已經感覺遭受背叛。最終，她長長地嘆了口氣，舉起木管長筒望遠鏡開始執行偵察任務。

猛禽主營區——指揮部、軍營、各式訓練場、海港、碼頭，附近的倉庫、大餐廳、幸運混蛋之家——幾乎所有凱卓日常運作相關的建築都位於離此西南方數里之外的夸希島上。然而，拉蘭挑選這座島作為基地的原因並不難理解。夸希是奎林群島最大的島嶼，最寬處將近三里，地勢也最為平緩。夸希島沒有直墜入海的石灰岩壁，大部分都是小海灣、海灘、紅樹林與緩和海浪的暗礁。

那裡很適合居住，但不適合防禦。當然，在猛禽指揮部自相殘殺之前，防禦從來不是問題。所有入侵者都得從其他地方進行攻擊，而凱卓例行巡邏隊可以在兩天之前就發現他們。

拉蘭要打的仗卻不太一樣。他的敵人已經在奎林群島上，躲在虎克島的地窖裡，藏匿於叢林的樹藤中，潛伏在浩爾大洞底下的無底地道下。另外還有數量的問題。瓦林小隊員逃出奎林群島時，能出任務的凱卓兵有好幾百名，學員的人數將近一半，還有差不多數量的退休老兵住在港灣附近，足以負責所需的警戒衛哨。然而，如果曼絲和哈伯沒有弄錯，拉蘭手下就只有三、四十人，完全不夠防禦整座夸希島。

於是他跑來這裡。葛雯娜扭轉長筒望遠鏡，聚焦在東方半里外的小島上。史卡恩島。她希望和浩爾大洞裡的史朗獸沒有關聯，但這座島的名字還是令她不安，島上天殺的地形也一樣。

「好了，這可真不幸。」她看著該島四周垂直落下的懸崖評價。

「妳之前都沒看過這座島？」傑克問。

「當然有看過。我只是從未想過要進攻這裡。」

事實上，她從未把這座島放在心上。它離夸希島和虎克島都很遠，遠離正常的游泳和划船路線，儘管她曾數十次駕船通過，飛過的次數更是兩倍有餘，但唯一真正會待在那座島上的只有飛行兵，不管是現役還是退休，還有凱卓鳥。

凱卓鳥在夸希島東端築巢撫養幼鳥，該地地勢相對平坦。不過，幼鳥長大之後會立刻遵循猛禽裡沒人真的搞懂過的本能，張開翅膀離開平坦的夸希島，尋找更……陡峭的地形。奎林群島中地形最陡峭的就是史卡恩島。

「有港灣或海灘嗎？」葛雯娜問，望遠鏡在石灰岩壁上來回掃視。

傑克搖頭。「基本上沒有。唯一能走水路上岸的地點是島對面的一處多石區。不過那裡會在漲潮時沉入水中。」

「那裡能抵達懸崖頂嗎？」

「不行。」

「那拉蘭怎麼弄來材料建造那座天殺的堡壘？」

她打量那座堡壘，或至少從這個角度看得見的部分。如果是在平地，拉蘭的堡壘根本算不上什麼堡壘，比較像是一座石造大穀倉後面加蓋一排馬廄，再用不到葛雯娜兩倍高的圍牆圍住所有建築。但那座堡壘並不在平地上，而是建於懸崖頂端。石灰岩峭壁又高又陡，至少四十步高，下面三分之一的部位還往內凹陷，這讓堡壘可憐兮兮的圍牆顯得毫無意義，甚至看起來很荒謬，像是建築工人在建好大廳和附屬建築後，忍不住還要在外面弄道圍牆，儘管他們十分清楚這麼做一點意義都沒有。

「基本上是岩石。」傑克回道。「直接在這座島上開採。有起重器吊運沉重補給，拿根老桅杆架在岩石裡，末端裝置滑輪組。他們是這樣將房梁和其他部分的木材吊上來的。但拉蘭在房舍建好後就拆掉了。」

「看在浩爾的份上，」葛雯娜大聲問道。「為什麼要拆掉唯一能重新補給的途徑？」

「因為他夠小心。起重器是弱點，可能被敵人利用的入侵點。」

葛雯娜放下望遠鏡，轉頭凝視他。「只要你記得用完後拉上繩索就不是！」

然而，即使在說這句話時，她都在想該如何運用那根轉作其他用途的桅杆。比方說，安妮克可以射支箭上去，在箭上綁條夠輕的細繩，或許是尚未交纏的利國繩線，然後把更堅固的繩索拉上去。到時候他們就能輕易——

「不管拉蘭有多爛，他都是個凱卓，」傑克彷彿看穿了她的心思。「他在這些島上至少住了四十年，知道凱卓有多少能耐。」

「但是已經沒有凱卓了。」

傑克正視她。「就算是退訓學員也受過訓練。我們不是正牌凱卓，拉蘭很清楚，但我們也不是毫無用處。」

葛雯娜緩緩點頭，將長筒望遠鏡的方向轉回堡壘上。

「所以小型建築是倉庫和營房，大的那間，看起來像農夫初次嘗試建造穀倉的那座歪七扭八的東西，就是餐廳和指揮部？」

傑克搖頭。「我不知道，我從來沒上去過。這是我第一次看到它。」

「有誰見過它？」

「我們都沒見過，沒有從內部見過。拉蘭來阿林島提供第二次機會時，我們搭船前往夸希島，住在那裡的營房裡。」

「你們肯定知道他有在這裡進行工程。」

「我們知道。他說那是讓奎林群島更安全、更適合防禦、更穩固的強化工程。從虎克島乘鳥載運幾十個工匠上去興建那裡。」

「工匠。」葛雯娜嗤之以鼻，再度湊上望遠鏡。「對於住在虎克島上的人來說，這個詞可真是大方。他們現在在哪裡？我們能找他們談嗎？」

「他們死了。」傑克輕聲回答。「工程結束後，拉蘭綁住他們的腳踝和手肘，丟下懸崖。」

葛雯娜緩緩搖頭。「那個變態混蛋。」

「妳瞭解我們為什麼必須阻止他了？」

「我不瞭解的是你們一開始為什麼要追隨他。」

「他是凱卓……」

葛雯娜揮開他的解釋。「我知道。他出現，提供第二次機會，很好。但當他開始把平民丟下懸崖，你們完全沒想到他的目的不是維護安努法紀嗎？」

「當然有。」傑克的語氣令她再度放下望遠鏡。她轉頭發現他雙手握拳，指節發白，彷彿在掐著什麼。

我終於激怒他了，她發現。*也他媽的該是時候了*。

「我們當然知道。」傑克又說。「很多人已經開始計畫阻止他，至少停止幫他。那就是我們第二天拒絕對他效忠的原因。」

葛雯娜眼看那股怒氣消失。飛行兵雙眼睜大，目光遙遠，再次經歷那場屠殺。

「他就是在那個時候動手殺人的。」

傑克點頭。「我們那時候並不知道他已經在這裡安排妥當，火藥都在這裡，他最信任的幹部也在這裡……」

「鳥也全都在這裡。」她輕聲說道。

傑克點頭，凝視著過去，迷失其中。那種沉迷本身就和在懸崖上將會面臨的處境一樣危險。飛行兵沒有再次經歷拉蘭剷除異己時的血腥和慘叫就已經夠脆弱了，如果要在此事中存活下來，他就必須向前看，不是向後看，而葛雯娜需要他存活。

「所以牠們在哪裡？」她問，朝懸崖上揮手。「凱卓鳥？」

一時之間，他毫無反應，接著，他雙眼慢慢恢復焦距看向她。她還能聞到他身上的恐懼氣味，但同時也多了一些其他氣味，源自緊握的指節和緊繃的下巴。固執，她心想。和勇氣不太一樣，差得遠了，但也只能這樣了。

「那裡。」傑克邊說邊指。「那裡，還有那裡。大部分都在淺洞裡。」

葛雯娜打量懸崖一段時間。她隱約看出岩面上的淺洞，長年經歷風雨侵蝕而成的大洞。然而，在陽光如此強烈之下，她看不出洞裡有沒有東西。她把望遠鏡湊到眼前，觀察最顯眼的洞穴。她可以看見洞後方的石灰岩壁，但沒看到鳥。

「空的。」

「現在是白天。」傑克回答。「牠們都在外面，出任務或打獵。」

打獵。那是不太可能忘記的景象。在凱卓訓練前期，每一班學員都會被運往凱爾島，奎林群島中少數能夠養活牲口的島嶼之一。綿羊、山羊、乳牛會在又硬又利的草地上吃草，數百頭動物散步在幾平方里的的範圍內，那景象堪稱迷人，是比從席亞到內克以北所有牧地風光更加溫暖的熱帶版本。直到凱卓鳥出現為止。

如果沒親眼見識凱卓鳥從數百步的上空俯衝而下，宛如長滿羽毛的大石頭般攻擊成年牛，你絕不可能瞭解凱卓鳥，或弄清楚牠們的能力。第一次看見巨鳥獵食時，葛雯娜差點吐在黑衣上。她成長的環境有很多鷹和隼，她也當然見過牠們獵食樹木間的田鼠和松鼠，但凱卓鳥攻擊整頭牛，把比她體重重上十倍的動物撕成碎片的模樣……過去十年間每次乘鳥飛行時，她都在努力趕走那個畫面。

「時間剛好。」傑克說。他的聲音把她從過去拉回到現在。「凱卓鳥醒來時會很餓，牠們通常會早上打獵，花點時間乘著上升氣流消化食物，然後回來運動。」

「我以為打獵就是運動。」葛雯娜說，想起被撕成兩半的綿羊，彷彿被巨斧乾淨俐落地從脊椎砍到胸口。

傑克搖頭。「在開闊地形上殺牛？對凱卓鳥來說，那就和妳拿劍劈開椰子一樣輕鬆。運動是指凱卓鳥之間進行的運動。」

他指向南方。五隻凱卓鳥凌空翱翔，翅膀大張，翼梢無聲波動。牠們看起來和普通鳥差不多，不過葛雯娜拇指的大小，直到她發現牠們身在數里之外，而且還在高達好幾百步的高空中。以為牠們體型小完全是眼睛的錯覺，是心靈錯估距離所呈現出來的假象，讓人一時之間比較容易接受的謊言。

「只有五隻？」葛雯娜問。

「六隻。」傑克說，指向在岩島上空無聲盤旋的巨鳥。「拉蘭會讓至少一隻鳥隨時盤旋巡邏他的堡壘。」

葛雯娜抬頭看著飛近的巨鳥。「就算有六隻還是太少。一年前起碼有幾十隻。」

「八十七隻。」傑克回道。「猛禽內戰前有八十七隻。」

這話很直接，也很苦澀。葛雯娜聞到他的哀傷。她很生氣。

「你知道，」她說，強迫自己壓低音量。「死的還有人。有凱卓小隊在駕馭那些鳥……」

「世界上有很多人。」傑克冷冷回應。「太多人了。」他比向朝他們飛來的凱卓鳥。「據我們所知，那些就是世間僅存的凱卓鳥了。」

葛雯娜瞪著他。她從未想過這個問題。猛禽毀了，幾乎所有她認識的人慘遭殺害的事實遮蔽了一切。凱卓鳥很重要，與火藥差不多重要，是在落入惡人手中前要盡可能搶救的珍貴武器。她從未想過凱卓鳥死亡本身所代表的意義，從未想過島上凶惡的戰爭有可能造成這個物種滅絕。

「那裡，」傑克說，指向領頭的兩隻鳥。「森特利和森特拉，同窩出生的小鳥。我們之前見過牠們執行巡邏任務……」

葛雯娜看向那兩隻鳥，然後越過牠們，觀察跟在牠們身後的三隻鳥。她的目光被吸引到鳥群中央一隻雜色雌鳥上，牠的翅膀微微抖動。「神聖的浩爾呀，」她低聲說道。「牠回來了。牠是我們之中第一個回來的。」

傑克轉頭看她，解讀情況。「你們的鳥？」

葛雯娜點頭。「蘇安特拉。」

「我記得牠。」飛行兵說。「我……前往阿林島時，牠才剛學會飛。」

「萊斯將牠養大，」葛雯娜說，已故飛行兵的回憶宛如碎玻璃般嵌在她的皮膚底下。「他訓練牠。」

「我也記得他。」傑克緩緩說。「好飛行兵。不顧後果。」

葛雯娜大笑。「他的確不顧後果。」接著搖了搖頭，彷彿這個動作可以甩開朋友慘遭殺害的回憶。「一直自認沒有東西殺得了他。至少待在蘇安特拉身上時都這麼認為。」

「他怎麼了？」

「死了。」葛雯娜語氣平淡地回答。「幹蠢事。」

傑克立刻轉頭看她，然後又看回接近中的巨鳥。「那牠呢？」他輕聲指道。

「在骸骨山脈和跳蚤的鳥作戰時受傷。傷在翅膀上，很嚴重，萊斯說的。牠沒辦法載我們，而只要我們和牠一起，在大草原上我們就是十七呎的目標，所以瓦林叫牠南下。」

還有瓦林，又是一個永遠不會回奎林群島的人。

傑克透過望遠鏡看了一眼，然後點頭。「看來是翼膜有撕裂傷。牠很幸運，傷口癒合後還能繼續飛。」

葛雯娜再次盯著蘇安特拉看。翅膀抖動幾乎看不出來，但她記得萊斯摸他的鳥將近半天，然後才做出同樣的診斷。

「你從這種距離就看得出來？」她問。

傑克緩緩點頭，注意力有一半放在其他鳥身上。「我很擅長這些，」他說，聲音幾乎細不可聞。「只是不擅長應付恐懼……」

葛雯娜在石頭上不安地挪了挪。身為懦夫就已經很慘了，沒必要承認這點，更沒必要公開說出口。

「其他鳥呢？」她問。

「凱塔和蘇拉卡，」他片刻過後回應。「我沒看牠們出過巡邏任務。」

「為什麼？」葛雯娜問。「拉蘭為什麼保留那兩隻？」

「或許沒有保留。我們大部分時間都待在洞裡。牠們有可能隔一天值勤一次，我只是剛好沒看到。」他搖頭。「我有來是好事，得一次把事情做對。」

他語氣中突如其來的決心令葛雯娜轉頭。「這樣說是什麼意思？」

傑克皺眉。「我們最多只有三個飛行兵。」

「包括你。」

「對。」他回答，迎上她的目光。「包括我。我們只有一次機會，而且不能帶走所有的鳥。機會來臨時，我們必須確保搶走的是正確的鳥，最強的鳥。」

「最強的鳥？」

他點頭。「有些鳥比其他鳥高強，就和士兵一樣，更快速、更健壯，或更固執。」

葛雯娜緩緩點頭。多年以來她在餐廳裡聽過很多人在閒聊，比較凱卓鳥，無止無盡地爭論最高速度、爪子長度、鳥喙強度。她從沒注意聽過，畢竟如果人在鳥上對付不在鳥上的人，天殺的鳥本身就是決定性的因素，不是爪子長了幾吋。這總感覺像是在計畫對抗一個以游泳為主要海軍概念的國家時，爭論可用戰艦的原始噸位差不多。

只不過眼前的狀況並非如此。如果她想出辦法混到島上，如果讓退訓凱卓騎上凱卓鳥，那就會變成巨鳥對巨鳥的戰鬥。那些微不足道的差別突然就變得至關重要。

傑克觀察著凱卓鳥，望遠鏡來回移動，有時候拿開望遠鏡，直接研究整隊鳥以鬆散的隊形朝他們飛來。接著，彷彿回應風中某個無聲的指示般，他突然轉向南方，身體僵硬，透過木筒望遠鏡查看。葛雯娜順著他的方向看過去，但沒有望遠鏡看不出什麼所以然。

「怎麼了？」她問。

「神聖的浩爾呀……」傑克不理會她，喃喃說道。

「傑克。」她大聲道，伸手拿弓。

「牠還活著。」飛行兵說。他終於放下望遠鏡，轉頭看她，目光泛淚。「阿拉拉。」

葛雯娜看向南方，這一次她在正午的陽光下看出一點金光。

「另一隻鳥？」她搖頭問道。

傑克緩緩點頭。「我的鳥。我訓練的鳥。」

他遞出望遠鏡，但她揮手不接。那隻鳥至少落後其他鳥一里，但以極高的速度飛行。她已經可以看出牠在拉近距離。

「沒聽說過金羽毛的鳥。」

「指揮部不喜歡。」傑克說。「說牠被浩爾詛咒了，太容易洩露蹤跡，特別是在夜裡。其他學員都不想訓練牠，所以我就訓練了。我叫牠黎明之王。」

太棒了，葛雯娜心想，吐出一口長氣。*黎明之王。這隻鳥幾乎和訓練牠的退訓學員一樣淒慘。*

然而，在阿拉拉逐漸接近後，葛雯娜發現牠看起其實一點也不淒慘。首先，牠的體型比其他鳥龐大，大很多，不是飛行專家的葛雯娜也看得出那隻鳥振翅的模樣很有特色，極為強勁且順暢。牠只花了幾分鐘就追上其他鳥。她瞪大雙眼看著牠們通過正上方，在黑影無聲無息迅速掠過地面時打了個寒顫，那感覺彷彿她心裡某部分記得自己曾是隻松鼠或老鼠，記得縮在茂密的三葉草下，用意志力舒緩心跳，拒絕在天上的死神路過時抬頭一般。

當凱卓鳥接近岩島的懸崖時，金鳥突然振翅，僅僅奮力振翅幾下，就飛得比其他鳥高出了一百多呎。

「我們要牠。」傑克簡短說道。

「引人注目的金羽毛呢？」葛雯娜小聲問。

「大家都有缺點。」

「當然，但我不想在團隊中增加更多缺點。」

「我們要牠。」傑克又說一次。「你必須信任我，牠是我訓練出來的。」

訓練。葛雯娜絕不會把那隻鳥和訓練聯想在一起，就像提起崖貓或發狂的斑紋熊時一樣。即使無聲無息，即使是在滑翔，黎明之王還是看起來既狂野又凶猛，完全不像能被馴服。接著牠展開雙翼，張開鳥喙，半挑釁半發怒地發出一聲嘶吼劃開天際。後方偏低位置體型較小的森特利和森特拉立即分開，出聲回應挑戰。

「這就是牠們的運動。」傑克說，聲音很輕，語帶敬畏。

這場打鬥一開始看起來一面倒，森特利和森特拉同時自兩個方向夾擊黎明之王，利爪前伸，連扒帶抓。體型大的鳥儘管具有高度優勢，看起來還是像被逼到角落，無法逃過雙鳥的攻擊。牠不能同時面對兩隻鳥，一旦轉身對付其中一隻，另一隻就會打傷自己。葛雯娜見過有飛行兵駕馭的凱卓鳥在空中纏鬥，大家都努力繞到對手的後上方，讓鳥爪上的凱卓能朝對手放箭的位置。

那和眼前的情況大不相同。

在森特利和森特拉即將擊中目標的最後關頭，黎明之王縮回巨翼……翻身。

「什麼……」葛雯娜喘息道。

「大部分鳥不會在那種高度作戰。」傑克語氣驕傲地回應。「但牠會。」

突然之間，巨鳥在攻擊者下方顛倒身體，朝對方出爪攻擊。牠扣住一隻對手的爪子，半空中猛力轉身，將一隻體型較小的鳥甩向另外一隻。森特利和森特拉疾墜而下，黎明之王則拉開距離，轉正身子，看著朝海面迅速逼近的兩名對手。牠們在最後關頭恢復平衡，張開雙翅掠過海面，這一次不出聲挑釁了，甚至沒有回頭看。

「牠不追擊？」葛雯娜輕聲問。

「這是比賽。」傑克回道。「不是要殺牠們。」

「就和流血時間一樣，」她說。「在格鬥場。」

「事實上，比那個文明多了。」

「看起來並不文明。」

「其實挺文明的，只要知道該注意什麼。」

第二戰打得比第一戰久。蘇安特拉、凱塔、蘇拉卡各自為戰，沒有聯手攻敵。誰都沒有明顯占上風，至少一開始沒有。感覺這三隻鳥彷彿纏鬥了半個早上，一場鳥爪和鳥喙的野蠻戰鬥，瘋狂振翅，龐大身軀交纏在一起，墜落，然後分開。纏鬥到一半，三隻鳥中體型最小的凱塔率先脫離戰場，遠離衝突，選擇飛到岩石懸崖上休息。沒過多久，蘇拉卡抓住蘇安特拉的翅膀，力道剛好足以箝制對方，但又不會用力到折斷或撕裂對方翅膀的程度。蘇安特拉轉身，痛苦尖叫。蘇拉卡放牠走。

「我沒見過這種事。」葛雯娜說。

傑克聳肩。「大部分凱卓都沒見過。飛行兵有興趣，當然，但其他人……游到這裡要很久，而且來幹嘛？凱卓鳥在乘載小隊的時候又不會做這種動作。」他皺眉。「那就像是在四條馬腳上各綁一個成人，然後期待馬會狂奔一樣。」

「所以我們要黎明之王，」葛雯娜說。「顯然還有蘇拉卡。第三隻挑誰？」

傑克遲疑，然後搖頭。「不要蘇拉卡。」

「牠輕易解決了蘇安特拉和另外那隻鳥。」

「牠動作有限。」傑克回達。「右轉的速度很慢，而且有個蠢習慣，就是不會檢查左翼下方的位置。另外還有十幾個缺點……」

「那些有關係嗎？我以為是在挑最強的鳥，開打的時候能贏的鳥。」

「單打獨鬥能贏的鳥和搭載小隊能贏的鳥不同。」傑克謹慎回答。「我們要黎明之王、凱塔，還有你們之前那隻鳥。」

「牠受傷了。」葛雯娜爭論。「就連我也看得出來。」

「牠很聰明，而且很狡猾。」

「牠輸了。」

「今天輸了。」傑克輕聲回道。「明天還有機會。」

22

凱登打量著站在石祭壇上的高個男人，這個男人不只是男人，還是披著凡人皮肉的神。雖然在魏斯特北方的炎熱叢林裡長拳使用不同的化名，當地人稱其為狄姆・赫拉，但布滿疤痕的乳白色皮膚不會改變，垂在肩上的金髮也不會改變。梅許坎特挑選的皮囊與叢林部族的人差異甚大，這裡的人全都短小結實，皮膚和頭髮顏色普遍偏深，而長拳比這裡的人都高，也比凱登高上一個頭，化身藍眼怪物的形象降臨此地，進行一場血腥獻祭。

「狄姆・赫拉，」凱登對身邊的伊辛恩護衛低聲問道。「那是什麼意思？」

「紅色笑聲。」對方回答，然後發出瘋狂的竊笑聲。「那是當地的一種小型蛇，響尾時聽起來像小孩的笑聲。」

凱登依然不敢相信伊辛恩沒有在他步出坎它時直接殺了他。他從安努老辛恩禮拜堂內的石室穿門而過——打從他回安努後就派人看守的石室——進入充滿鹽味的溫暖空氣、海鳥尖銳叫聲，以及武裝人員的驚呼聲中。火熱刺眼的陽光烤炙他的眼睛，讓他除了模糊的身影，什麼也看不見。幾乎看不清身影的士兵，像陰影一樣黑暗而毫無特徵，正在朝他靠攏。一把不知道是矛還是劍的利刃抵住他的背，還有一把抵住他胸口。他在空無境界中思考著那股痛楚，研究那片鋸齒狀的血紅色形狀，然後拋到腦後。痛楚無關緊要，他們並沒有要殺他才是唯一的重點。一時之間，他也不太清楚為什麼會這麼想。

他本來以為要說服他們帶自己去找梅許坎特——伊辛恩眼中的血腥霍姆，祂用來掩飾行蹤的另一個身分、另一張面具、另一組音節——結果他根本不必說服任何人。梅許坎特料到凱登有可能出現，又或許如果不是凱登也會有別人前去，那傢伙留下指令，要他們把任何穿越坎它的人直接帶過去。於是，凱登甚至還沒說上多少字，就被人塞到一件兜帽寬大到足以遮住臉與眼睛的斗篷下，穿越另一道傳送門，離開偏遠小島，進入潮濕發亮的翠綠叢林。

那道坎它位在一座小瀑布旁數步的林間空地上，小溪在蜿蜒流去之前暫時匯聚此處。空地四周都是闊葉樹，細細的樹枝被數百朵花的重量壓垂，有紅花、黃花和橘花，如同帝國華服一樣鮮艷，和他的掌心一樣大。濃密的樹藤將樹幹和樹枝纏在一起，但在那面綠牆之後，凱登聽見上百萬隻蒼蠅的嗡嗡聲，還有尖舌鳥的尖叫聲。然後是那股熱浪，每次呼吸時，濃濃的空氣就像往肺裡灌熱騰騰的湯。

「我們在哪裡？」他轉向其中一個俘虜他的人問。

伊辛恩哼了一聲，聳聳肩。「魏斯特。北方。」

凱登點頭。意料之中，符合他和基爾的猜測。梅許坎特利用伊辛恩的傳送門在各戰線間不斷移轉，煽動反叛，挑起戰爭。有時候似乎全安努都陷入火海，但魏斯特的火勢特別猛烈，他對於梅許坎特出現在這裡火上加油並不感到太過驚訝。

「祂人在哪？」凱登問。

這一次伊辛恩沒有回答，而是把他推向樹木之間的縫隙，還有後方飄忽不定的叢林陰影。他們走了半個早上，沿著幾條溪床和打獵小徑一路走到樹林深處的一座小山。伊辛恩彷彿將沉默當成盾牌舉在身前，在連問幾個問題都沒得到回應後，凱登也跟著陷入沉默。他很想繼續待在空無境界裡，不過基爾的警告再度響起——你的心智無法承受。於是，他讓自己脫離出神狀態。從濃密的枝葉間灑落的陽光判斷，他在太陽幾乎位於頭頂時開始聽見鼓聲，接著，他聽見一開始幾乎和蒼蠅一樣小聲的嗡嗡聲，以及人類吟誦禱文。

終於，他們步出樹林，來到一大片擠滿男女老幼的空地，成千上百個人在南方的高溫中袒露胸口，皮膚發光，手裡拿著弓、矛和凱登從未見過的奇特武器。幾乎所有人都面對空地中央，凝視一座由白石堆砌成的低矮石台。有幾個人在伊辛恩把凱登推過人群時轉頭查看，但一看到伊辛恩就回過頭去，彷彿認出了他們。比較靠近的人開始交頭接耳，說的是凱登聽不懂的語言，不過大部分的人根本沒注意到有人抵達。

他們的目光全都集中在石台和站在上面的蒼白男子。此人站得夠高，就連最後排的人都能清楚看見，同時也站得夠低，以便每個人都能看到即將展開的儀式。

「長拳。」凱登輕輕說道，聲音小到兩側的伊辛恩都沒聽見。

薩滿身前有塊石灰岩板，以四根石柱架至及腰高度，上面雕成被綑綁的男女。石像的容貌各有不同，但每一個都面容扭曲，嘴唇大張露出牙齒，無聲慘叫著。

「祂做這種事多久了？」凱登問。「在這裡？」

跟在他身邊的兩名伊辛恩守衛都沒報姓名，其中一個偶爾會回答凱登的問題，此刻正轉頭看向凱登回答道：「很久了。」

「這些人一點都不在意，」凱登問，比向四周的人群，然後又比向台上的長拳。「他們長得不像？」

對方搖頭，對他的領袖明顯的崇敬之意令他說話的意願大大提高。「他把這點變成優勢。他們相信他獨一無二，是先知。」

神假裝是自己的先知這種做法稱不上隱晦，但長拳似乎已經贏得叢林部族的支持，就像厄古爾人一樣。

「祂怎麼辦到的？」凱登搖頭問道。

伊辛恩輕哼一聲。「血腥霍姆可不是昨天才贏得他的哈南稱號，這就是他的長處。他和一群人一起生活，取得榮耀的地位，讓他可以獵殺我們敵人的地位。」伊辛恩的語氣充滿崇敬。他比向他的領袖。「在這裡能舉起那些蛇乃是莫大的榮耀。」

凱登打量他口中的蛇。其中一條是亮黃色，另外一條是黑紫條紋，兩條都和他的手臂一樣長，在長拳掌中扭動。薩滿一手握一隻，手指扣住蛇頭後，不理會蛇身，任由牠們纏住布滿疤痕和肌肉的手臂。

「你以前見過？」凱登問。

伊辛恩點頭。「一次。」

凱登回應之前，赫拉將蛇舉到頭上，圍觀男女異口同聲狂喜嘶吼，然後突然陷入一片死寂。凱登聽見叢林群鳥語帶指控地高聲鳴叫，還有上千隻亮舌青蛙呱呱叫，以及熱風竄過樹藤間的颯颯聲。接著人群分開退向兩側，讓出一條汗水淋漓的窄道。片刻過後，一名雙手被綑在身後的囚犯踏著不穩的步伐赤腳前進。他的上衣被撕爛，但凱登認得那條髒兮兮的部隊制式馬褲和右肩上的旭日刺青。

「安努人。」凱登說。

他的守衛點頭。「這些人與你的共和國戰鬥，並贏了一場勝仗。」伊辛恩似乎一點也不在乎安努人戰敗，至少從他的語氣中聽不出來。「這是他們的謝禮。」

安努士兵來到石台下，神情麻木地在凹凸不平的地面上跌跌撞撞，然後爬向石板和位於石板後的人。他動作緩慢，彷彿身體裡已經有東西斷掉，但持續移動著。

「他為什麼不逃？」凱登問，試圖理出一點頭緒。「為什麼不掙扎？」

伊辛恩神情滿足地指向祭壇四周數千名男女，每個人都有攜帶弓或毒矛，他們陷入詭異的死寂，但所有人都一副準備用尖牙利齒咬爛安努人的模樣。

「為什麼？逃不逃都會死。」

這點似乎十分明顯。凱登將目光轉回祭壇，安努兵雙腳顫抖地站著，望向擠滿人的空地。數千群眾毫無動靜，彷彿被他們強烈的期待所癱瘓。士兵茫然淒涼地看著他們，一個接著一個看過去，似乎在找尋認識的人。看見伊辛恩時，他瞪大雙眼。兩名伊辛恩的膚色都和安努士兵一樣，是比四周的人稍淺一點的棕色皮膚，士兵必定認為他們是安努人，甚至是安努軍的士兵。他的四肢第一次湧現活力。他張嘴想叫，大聲呼救或挑釁。

然而，在他的喉嚨發出聲音前，第一條蛇無聲無息地展開攻擊。士兵瞪大雙眼，弓起背脊，一聲像被掐住脖子的尖叫聲從他嘴裡發出，又消失在火熱的空氣裡。突然間，他渾身僵硬，向後倒在石板上，長拳將他放倒的。

「癱瘓。」伊辛恩說。

凱登緩緩點頭，看著士兵的指頭蜷縮成骷髏般的爪子。「第二條蛇呢？」

他們身後的叢林中傳來動物驚恐的叫聲，臨死前最後一聲慘叫，然後沉寂下來。伊辛恩的笑容宛如一把生鏽的刀。

「痛苦。」他回道。

♛

太陽終於下山，士兵的屍體最終被肢解並擺放在祭壇邊。凱登感覺到恐懼的單調乏味。被扼殺的抗議從士兵僵硬的腸子爬出，最終顯得平淡無奇。在看到血從嘴巴和耳朵湧出時，他也不過就是胃部扭絞、心靈退縮而已。

凱登終於坐到獸皮帳篷中，隔著漸漸熄滅的火堆，看向那名動手切割屍體，擁有各式各樣名號，被稱為長拳、血腥霍姆、狄姆．赫拉、梅許坎特，並且根本不是人的男人。那名高個男子對他微微一笑，點頭問道：「你覺得我們的獻祭儀式如何呢？」

凱登發現自己想都不想就回答。

「我覺得很無聊。」

或許這麼和痛苦之王講話十分愚蠢，但高個男子只是透過煙霧看他，拿起冒煙的木杯輕啜一口，然後又點頭。「痛苦，就和世間萬物一樣，是種藝術。我不期待你能瞭解，就像我不期待帳篷外的人能瞭解曼加利人的合唱音樂。」

凱登眨眼。在剛剛那種血腥野蠻的行徑後提起音樂感覺很不恰當，而長拳那種輕鬆的態度，提起曼加利合唱團那種溫文儒雅的模樣，也讓凱登無法想像這是個會手握兩條毒蛇的人。這又一次提醒了凱登辛恩的古老教誨：期待是錯誤的助產士。

「癱瘓囚犯的血從耳朵流乾，」他輕聲問道。「究竟有何藝術可言？」

凱登一邊說話，一邊驚訝於自己提出這個問題。他穿越坎它，冒著生命危險在伊辛恩和魏斯特部族面前來此，是為了要警告薩滿關於朗．伊爾．同恩佳的事，而不是來爭論痛苦的藝術性。他突然覺得有必要和屠殺及外面那些人野蠻的暴行劃清界線，畢竟眼前這個人就是點燃安努戰火、開啟所有戰線、命令厄古爾人南下、要魏斯特部族北上、在戰爭終於結束前屠殺數千甚至數百萬人之人。凱登認為似乎有必要闡明立場，自己是來警告祭司的，而不是來追隨或加入對方。

「一條一條剝下人的皮，」他繼續說。「有何藝術可言？」

長拳——凱登腦中還是用這個名字稱呼此人——只是微笑，彷彿這個問題既熟悉又無聊到令人失望。

「藝術在哪裡？」長拳回答。「對著空心的蘆葦桿吹空氣？在紙上塗墨水？將任何事物還原為其基本元素，藝術就……」薩滿緩緩地吐出一口煙，看著煙霧在熱空氣中旋轉，然後消散。「蕩然無存。」

「不。」凱登搖頭道。「音樂和繪畫不一樣，祢的成就只是鮮血和苦難。」

「人類苦難中蘊含的色調遠比森林中的顏色更加豐富。我可以從綑綁的女人身上挖出的音調遠比豎琴師那堆木頭和琴弦更多。」長拳做了一個手勢，僅僅只是輕彈手指，就讓凱登內心深處的某種東西退縮了。「沒有樂器能和人類媲美，沒有音樂能和恐懼和希望的旋律配合，沒有音樂能像你從人膨脹的血肉挖出的困惑和痛苦那般清晰。」薩滿的聲音比之前低沉緩慢，虔誠，充滿魔力。「這就是藝術，是真正的美。」

凱登凝視對方。他的內心有一部分動搖了，他以為自己已經馴服許久的部分，一種遲緩但強大如冬眠中的熊被刺激而醒的力量。辛恩教他放下恐懼，但在這裡，帳篷黯淡的火光中，坐在神對面，凱登覺得恐懼再度蠢蠢欲動。

「我知道祢是誰。」他說，聲音低到幾乎不確定自己是否有說話。

長拳微笑。「你當然知道。」

「我也知道祢要什麼。」

「不，」祭司回道。「你不知道。你也許能瞭解邊緣，也許能隱約看見輪廓，但這一切跳動的心臟，你還遠遠沒有掌握在手中。」

「祢要摧毀安努。」

「安努。」長拳點頭。「是種墮落。」

這座帳篷有些古怪，或許是那股甜膩的煙、高溫和沉悶的空氣令凱登頭昏眼花。薩滿的安努語十分流利，但這些字句在其舌尖感覺陌生又奇特，那些音節似乎隨時都會像開水壺上的蒸氣般消散，在塵土飛揚的空氣中失去意義。

長拳維持盤腿而坐的姿勢，一手放在大腿上，一手拿著骨煙斗，似乎比之前龐大，或渺小，像是從很遙遠的距離外觀看的巨大雕像。凱登也是坐著，他卻突然覺得自己可能會向前摔入火堆中，屁股底下的土在移動，隆起，把他往火堆鏟去。那種感覺強烈到令他不由自主伸手抗拒根本不存在的滑動。他以強大的意志力將目光從長拳冰藍的雙眼移向艷紅的火堆。當火焰的景象燒光他內心的煙霧後，他滑入空無境界。

進入出神狀態後，錯亂的感覺消失了。煙還在，但就只是煙。他依然在濕熱的環境中冒汗，但汗水沒有意義了。汗水沿著皮膚流下，但皮膚也沒有意義。他占據多年的肉體，在這個沒有屋頂的龐大空無中根本不算什麼。他凝視火焰一段時間，不斷變動的火光中蘊含著一股寧靜，他認得的寧靜。當凱登終於抬頭時，長拳的煙斗僵在緊抿的嘴前，首次露出訝異的表情。

「你讓我聯想到你父親。」他終於說。「我沒想到你這麼年輕就能做到這種程度。」

「祢認識我父親？」

薩滿攤開雙手。「見過。好幾次。像你一樣，肉體對他造成的影響不如其他人強大。」

「在哪裡見面？」凱登問。「為什麼見面？」

「傳送門交會的中心。至於為什麼？這個問題有很多答案。他想和厄古爾人談和——」

「而祢想要摧毀安努。」

長拳吸了一大口菸，將煙悶在肺裡，然後一邊吐煙一邊看著凱登。

「在耳朵裡擠滿自己的聲音時，很難聽見其他人的話語。」

「算不上是我的聲音。」凱登回道。「祢剛剛才這麼說過，安努是種墮落。如果祢和我父親私下會面，單獨在那座小島上，為什麼不直接殺了他？」

薩滿皺眉。「他有那麼好殺嗎，桑利頓．修馬金尼恩？」

凱登遲疑。其實他也不知道父親好不好殺。朗．伊爾．同恩佳殺了父親，但話說回來，伊爾．同恩佳是瑟斯特利姆人。凱登沒有回話，試圖將話題轉移到他來此的目的。

「祢來此冒了很大的風險，在這個世界上占據凡人的肉體。」

出乎凱登的意料，長拳笑了，露出磨得很利的犬齒。「你以為這——」薩滿將手伸到火光下，打量掌心片刻，在火焰之中來回揮動，速度快到不會被燒傷。「——就是我？」發出一陣笑聲，宛如一隻大貓慵懶的咕嚕聲，既放鬆又具有掠奪性。「想像一下，凱登，想像你是隻螞蟻。你們的世界，」長拳比向帳外，彷彿指出整片叢林、全伊利卓亞和更多土地。「是一片草地。你們的遺跡是沙丘，被一場大雨填滿。有一天，你被一片參差不齊的指甲壓扁，你在心靈的黑暗中讚歎那片指甲的力量，那種速度，直接從天而降的模樣。如果活下來，你一輩子都會膜拜那片指甲，問題在於指甲算什麼？」

長拳的指甲很長，塗成動脈般的深紅色。薩滿放下煙斗，展開手指，打量了一會兒指甲，接著以迅速精準的動作扯下一片指甲。傷口湧出鮮血，但長拳並不理會，將那片指甲拿到火光下展示，然後丟入火裡。凱登難以肯定，但他覺得能聞到指甲燃燒的味道，一股黑暗刺鼻的氣味混入蜜棘黏膩的煙中。

「你不是你的指甲。」長拳說。「我也不是這具肉體。」用血淋淋的手指畫過胸口，在蒼白的疤痕上留下一道血痕，宛如在原本的字跡上潦草寫下另一種文字，以更精準的古老文字刻劃在皮膚之上。「這具肉體只是我與你們世界交會的點。」

「那祢為什麼要占據他？」

長拳再度微笑。「有時候，把指甲放在螞蟻背上是必要之事。」

凱登有點好奇那些話在空無境界以外的人耳中聽來是什麼感覺，至少會造成人們的不安和恐懼吧。然而，在空無中，那些字句所包含的情緒毫無意義。

多年前，在一次嚴冬的懲罰中，凱登赤身裸體坐在阿希克蘭外的雪地裡將近一整個早上。當他終於被允許回食堂時，他已經僵硬、笨拙、冷到手腳不靈活了。他試著從羊腿上割下一塊肉，卻劃開了自己的掌心。他還記得自己凝視著那道傷口，看著鮮血流動，冰冷麻木的手掌卻毫無知覺。那隻手彷彿是別人的，最後也是別人，應該是阿基爾，發出一聲咒罵，拿乾淨的布幫他包紮起來。

長拳的話和那把匕首一樣鋒利，鋒利到足以砍人、傷人，但空無境界遠比阿希克蘭的雪地寒冷，不管薩滿想要傷害他哪一部分，都已經徹底麻痺了。

「如果祢要安努死，」凱登說。「如果祢要壓扁它，為什麼不趁有機會時殺了我父親？」

「你父親又不是安努。你也不是。你姊姊也不是。」

終於再次開口時，凱登覺得自己的聲音聽起來很遙遠。「朗・伊爾・同恩佳。」

長拳點頭。「你們的戰爭首領不只是個戰爭首領。」

「他是瑟斯特利姆人。」凱登說。這話他排練過很多次，甘冒生命危險，橫跨整片大陸而來傳達的警告就這麼突然脫口而出，彷彿這些話憑靠本身的意志力衝出。「朗・伊爾・同恩佳是瑟斯特利姆人，而他唯一的目標就是要殺祢。」

凱登不確定自己期待對方會有什麼反應，肯定不是大笑。但長拳又笑了，笑得又響又長。

「瑟斯特利姆人。」長拳在記憶緩緩取代歡笑時搖頭道。「我懷念那些生物驕傲自大的態度。你們消滅他們幾乎讓我覺得可惜。」薩滿吸了一大口菸，目光遙遠，彷彿看著某樣遙遠的事物，或遙遠的過去。

「我們沒有殺光他們。」凱登說。「伊爾．同恩佳希望撥亂反正，取代我們。」

「撥亂反正？」長拳嘶嘴說。「撥亂反正？不。」接著若有所思地搖搖頭。「你們人類壽命有限，但人生卻很豐富。瑟斯特利姆人——」薩滿伸出拇指和食指舉在空中，彷彿指間捏著一個小人，端詳一番，然後拋入火堆。「瑟斯特利姆人和石頭一樣持久耐用，但他們聽不見任何音樂。席娜和我，我們會攻擊他們、彈奏他們，手指拂過他們皮膚，但又有何意義？幾下沉悶的聲響。很少，每隔幾百年才會爆出一點火花，然後就沒了。」

「然而，你們，」長拳指著凱登繼續說。「人類。你們和老豎琴一樣脆弱，總是走調，氣候稍微變化就會彎曲，一個小孩就能傷到你們。」薩滿微笑，再度露出尖牙。「但你們的音樂……」

「我不是來討論音樂的。」凱登說。「我是來警告祢——」

薩滿揚手打斷他的話。「別管了。」

凱登搖頭。「別管警告？」

「不是警告，是你當成斗篷披在身上的死寂。」

「空無境界。」凱登聽懂了。

長拳瞇起雙眼。「那玩意兒很醜陋，羞辱你的本質，羞辱你的潛能。」

凱登看著坐在火堆對面的高大身影。在出神狀態中，他完全不怕這個神，不敬畏。不過他記得剛剛進入帳篷，當梅許坎特首次透過厄古爾大酋長的嘴對他說話時，那股突如其來的暈眩感。他還記得那一刻的感覺，那種錯亂，宛如大地震動時站在大峽谷旁，但那些記憶毫無意義。

「我不是你的樂器。」他輕聲道。

長拳厭惡地搖頭。「當你如此玷污自己的時候就不是。」

「空無境界並不污穢，」凱登回道。「是自由。」

「自由？」薩滿搖頭。「在你想像中，你是從什麼東西裡被解放出來？」

「祢。」凱登說。「祢的觸碰，祢的污穢。」

「你這個可憐的細腳生物，你以為你們的用途是什麼？」

又一根木柴著火，兩人之間的火勢突然變得猛烈。凱登發現自己正透過一層火焰簾幕看著對方。在不斷變動的火光中很難看清樣貌，但薩滿看起來不像人，抑或是說，還是個人，卻是由平面和曲面所組成的人，彷彿火光照射的肉體只是某個龐然大物的倒影。這是太陽，辛恩僧侶許多年前告訴過他，指著昂伯池寧靜的水面上反射的明亮光圈，而這不是太陽。

「用途？」凱登問，試圖弄清楚那個詞語的意義，弄清楚自己該如何回應。

「你們是我的，是席娜的，是我們子嗣的。我們創造你們，從瑟斯特利姆人麻木的血肉中打造而成。他們一絲不苟、追求精確，我們卻賜給你們共鳴、音域、音色。你們是美的產物，凱登，就和上好的叢林鼓一樣，但你們玷污了木框，在鼓皮上抹泥巴、割斷了扯緊鼓皮、讓你們隨著我的觸摸震動的繩索。」火焰後的臉皺成一團。「那是種侮辱。」

「我不是來侮辱祢的。」

「你侮辱你自己。」薩滿打斷他的話，接著微笑。「你運氣好，我可以修正這種情況。」說完，將一手伸到火上，中指指尖抵住拇指，輕彈一下。

凱登曾感受過空無境界粉碎，當他穿越坎它落入死亡之心的冰水中時，當黎明皇宮天花板的落石擊中背部將他壓在地上時，那種感覺令他迷惘，但從來沒有如此刻一般。

長拳彈指沒有造成他記憶中那種泡泡無聲破碎的感覺，而是把他整個人撕裂，生理上能夠感覺到的撕裂，從空無境界中強扯出來。突然間，他自己的情緒如石頭般沉重，鑲滿鋼釘，自四面八方進逼而來。他奮力呼吸，閉上眼睛，發現黑暗像瀝青般厚重，令他難以呼吸。再度睜開眼睛時，他看見薩滿堅定的目光，最後終於艱難地發出一聲粗重的喘息。

痛。他彷彿是條魚，被人從冰涼輕盈的水中扯入火焰般燃燒的空氣裡。不論他從辛恩僧侶那裡學到什麼，似乎都被拋棄了。他能感覺到嘴巴在動，因恐懼而胡言亂語，能感覺到內心深處有一股溫暖甜蜜的希望，希望這一切將會結束，神會放他走。一時之間，有條希望之繩撐住了他。接著長拳笑容擴大。繩索斷了。

「這就是你。」薩滿輕聲道。「這就是你們的用途。」

「如果朗．伊爾．同恩佳摧毀祢呢？」凱登從緊咬的牙縫中擠出這個問題。

長拳揮揮手，揮開煙霧和警告。「他摧毀我的機會就像刺穿夜空中的星星一樣。」

「他能殺死這具肉體，」凱登咬牙說道，迫切希望自己說的沒錯，說的有道理，並瞭解當前形勢。他個人情緒的重量沉如海洋，持續壓下，隨時都會將他壓垮，摧毀最後一面思想之牆。

「摧毀祢在這個世界上的手。到時候祢要怎麼彈奏祢的樂器？」

薩滿瞇眼看他。「你如何得知此事？」

「伊爾・同恩佳知道祢的身分。他知道祢在這裡，他正在獵殺祢。」

「無所謂，他對我不構成任何威脅，就算是對這具為了行走在你們世界所披上的虛弱皮囊也是一樣。」

凱登覺得自己的意志即將在壓力下崩潰。「席娜呢？」他嘶聲道。「祂也在這裡。」

長拳突然渾身僵硬，臉上反射明亮的火光，藍眼沒有在高溫下融化。凱登懷疑自己真的有把話說出口，還是只有腦中閃過這則最後的警告。他不曉得神對自己做了什麼，不曉得如何抵抗，接著，突然間，一切都結束了，強大的壓力消失，火焰只是火焰，薩滿的臉只是人類的臉，堅定專注，所有歡樂和輕率都消失無蹤。

「你說我的配偶怎麼了？」

「祂在這裡。」凱登說。他在喘氣，胸口和背部汗如雨下。他再度掌握了自己的心靈，但感覺很輕，沒有和他自己或世界羈絆在一起。帳篷中的高溫片刻前還難以忍受，現在也消失了。又或許高溫沒有消失，只是他不再感受得到，抑或是有感覺到，只是感覺不像高溫。「祂也在這裡。」他又說一次。

長拳的目光集中在他身上。「你為什麼會這麼想？」

「因為我之前和祂在一起。」凱登謹慎回應。「和祂試圖占據心靈的女孩在一起。」

「試圖？」薩滿彷彿把這個詞語當成鐵撬般依靠。

凱登點頭。「沒有成功。我不知道原因。祂……女神……試圖對崔絲蒂做出祢對……」他越說越小聲，指向坐在面前這個已經不是人的人。

長拳搖頭。「不可能。」

「我見過祂用吻殺人，殺了祢留在死亡之心掌管伊辛恩的那個人。」

薩滿瞇起雙眼。「伊克哈．馬托爾。他們說他消失在空無中，沒做準備就穿越傳送門。」

「他沒準備是因為崔絲蒂——當時是席娜——奪走他的空無。我親眼看見祂這麼做，只花了一瞬間，一個吻……」

「極樂。」長拳邊想邊道。「和痛楚一樣強烈。」接著沉默了很長一段時間，凝視火焰。「這是席娜的做法。」最後終於承認。

「我和祂談過。」凱登說。「是祂告訴我祢在這裡，在世界上。祂說祢被力量沖昏頭，沉醉在自我的野心之中，那讓祢變得愚蠢又脆弱。」

薩滿哈哈大笑。「這聽起來也像她會說的話。」隨即臉色一沉，緩緩搖頭，目光一直保持在凱登身上。「但如果我相信你的說詞，那她才是無法控制肉身的神。如果我相信你的話，如果你曾和她交談，那就表示她在這裡，而那個孩子——崔絲蒂——已然消失。」

「不，」凱登冷冷回道。「崔絲蒂肯定還活著，她崩潰了，但不是被祢的女神擊潰的。席娜只有在緊急時刻，性命交關時才會現身，而且來去匆匆。當崔絲蒂一刀插入自己肚子裡時——」

「白痴。」長拳吼道。「我花了幾十年準備下凡，她竟然動念之間就想跟來。」

「我認為祂跟來是要警告祢。」

「結果她卻讓自己身處險境。」長拳齜牙咧嘴。「大消除，那個女孩必須進行大消除。」

凱登緩緩搖頭。這段談話的平衡突然大幅逆轉。進入帳篷以來，這是長拳第一次顯露出不安，甚至有點激動。凱登本來以為神會和瑟斯特利姆人很像，冷靜理性，聰明才智遠超乎人類想像。第一次，他發現自己假設錯誤。

梅許坎特不是瑟斯特利姆人，而且鄙視瑟斯特利姆人。凱登以為伊爾·同恩佳和基爾的智慧可與神相比，但他們和神完全不像，至少和這些神不像。他為什麼會認定梅許坎特和席娜，所有激情的先驅，竟然會避開激情，不會受到自己代表的力量影響？長拳此刻驚訝又憤怒，凱登的話顯然像擊中梅許坎特下巴的拳頭。

「她不幹。」凱登回道。

對方透過煙霧打量他。「她瞭解事關重大嗎？」

凱登點頭。「她不在乎。崔絲蒂並不是自願讓女神進駐體內的。她不願意，而且為此承受許多苦難。」

「苦難？」薩滿搖頭道。「她根本一點都不瞭解苦難。你們都不瞭解。如果那個孩子在席娜身處其中時遇害，如果席娜的影響力和你們的世界隔絕，到時候你們就會瞭解苦難。」

「崔絲蒂不幹。」凱登說。「她會死。」他謹慎挑選接下來的用字遣詞。「大消除能在她不同意的情況下進行嗎？」

「不行。」長拳回答，這個回覆聽來宛如喪鐘。「大消除不光只是殺死她，甚至不算自殺。那是……一段旅程。如果那個孩子不肯放棄停泊，我配偶靈魂的船隻……就會在碼頭焚燒時持續繫在岸邊。」

長拳皺起眉頭，目光遙遠，在火焰於蒼白臉頰上翻飛時凝望某個只有自己能看見的未來。

「我要暫時放下這裡的工作。」長拳終於做出結論。「我必須見這個女孩，和她談談。」

「她被關起來了。」

「帶我去那座監獄。」

凱登遲疑，不知道他能把薩滿逼到什麼地步。「停戰。」他終於說。「阻止厄古爾人，我就帶祢去見她。」

長拳看著他。「你敢和我討價還價？」

「祢在攻擊安努。」凱登說。「殺害成千上萬人。我要祢停止。」

「如果我不肯呢？」

「那崔絲蒂就待在原地，女神繼續受困，直到有人殺了她。」

長拳宛如靈蛇般疾竄而出。打從凱登進入帳篷，此人一直坐著不動。薩滿之前採取的暴行全都是針對心靈的暴力，但現在，當真正動手時，凱登只有時間閃過一個念頭——不可能，人類不可能快到這種地步——接著長拳已經穿越火焰撲來，指甲染了色的修長手指緊扣凱登的喉嚨，把他整個人壓在濕土上。

「你把席娜當成厄古爾馬交易？」長拳怒問，最後一個字像在嘶吼。

凱登試著回應或搖頭，但對方的手有如鐵鑄。

「你要把她的性命當成銅幣買賣？」對方手掌緊縮，凱登覺得自己像是透過細蘆葦桿呼吸，又熱又甜的空氣少到不夠填滿他的肺。

「我告訴你三個事實，」薩滿繼續說。「用你能瞭解的話說給你聽。首先，我披這具皮囊的事實毫無意義，席娜把那個叛逆的妓女穿在身上也毫無意義。我們和你們不同，我們偉大到光是看見我們的真身就會讓你們心靈崩潰。」

凱登眼前一片黑暗。有可能是帳篷裡的火光變暗了，而且很快就會熄滅。問題在於他還能感受到火焰，身體右側炙熱地燃燒著。他控制住自己的心臟，放慢心跳，分配缺乏空氣的血液，專注在眼前的情況。

「其次，席娜不會和那個孩子一起死去，但你們會。全人類。你們的心智生來就是給我們的手指彈奏，少了我們的手指，你們就會凋謝或發狂。她的死或我的死，隨便一個，都等於是你們種族的末日。」

薩滿湊近到凱登能夠感受到對方的呼吸，聞到其中濃烈的甜根茶味。那雙藍眼如天空般深邃，如海洋般冰冷，突然變成全世界，一個強烈的藍色環繞的宇宙，猛烈到起火燃燒的藍，熾熱燃燒。*人怎麼會看不出真相？*凱登缺氧的腦子一再重複這個想法。*怎麼會有任何人相信那雙眼睛屬於人類所有？*

「你懂了嗎？」長拳問。

祂微微鬆開手掌，足夠讓凱登吸半口氣，讓他點頭，接著薩滿以剛剛動手時的速度放手。

凱登的身體很想連滾帶爬向後退，抓爛帳牆逃出這裡。他強迫自己冷靜，等他認為可以正常說話時，他直視厄古爾人的雙眼。

「那祢打算告訴我的第三個事實呢？」

長拳看著他，眼睛再度恢復人性，至少幾乎像人。

「已經沒有辦法取消了。」長拳終於說。

凱登搖頭，心思尚未從剛剛的攻擊中恢復。「取消什麼？」

「這場戰爭。」薩滿回道，朝帳門口點頭。「過去幾十年來，我一直在你們國境內外煽風點火，現在情況已經不可收拾。」

「祢是神。」

「世界上還有比我更古老強大的神。我取得這具肉體是為了在天平上出一指之力，將精確的平衡狀態從有序推向混亂。那陣混亂現在影響你們帝國，已經不是單一個體能阻止的了。所以，別再說什麼停止戰爭。」

凱登嘗試在一口一口將叢林空氣吸入肺中時奮力思考。他本來很有把握的籌碼背叛了他，化為幻影。企圖利用崔絲蒂的事打動梅許坎特，就像是想用腐敗的松樹枝撬開巨石。或許還有其他辦法，其他能說的話或能做的事，讓他再次取回談話的優勢。但如果有，他也想不出來，不曉得該如何操弄薩滿的心智。就算想出辦法，他也不知道能有多少作用。他花了很多時間點燃火焰，眼看火勢壯大，而他在神的話裡聽出明顯的事實。也許基爾或伊爾．同恩佳能想出辦法，但不管有多擅長空無境界的技巧，凱登終究不是基爾或伊爾．同恩佳。

「好吧。」他說。這句話既是一種懇求，也是一種坦白。

「這是什麼意思？」

「我帶祢進入黎明皇宮，或許還能帶祢去見崔絲蒂……」他越說越小聲，絕望突然如盛夏的熱風來襲，貫穿他的身體。打從梅許坎特將他扯出空無境界以來，他內心就慌亂得像最低階的侍僧。「但祢沒辦法帶走她，就連祢也辦不到。祢對黎明皇宮的地牢一無所知。」

長拳只是露出凶猛野蠻的笑容。「而你對我體內的力量一無所知。」

23

當艾黛兒請凱潔蘭安排盜賊時，她心裡隱約有個先入為主的想法。她一直相信，高強的盜賊絕不引人注目，也不會給人留下印象，宛如石牆般樸素，會是個穿破舊衣衫但手腳靈活的人。總之不是在光滑的棕臉上刺了手掌大小月亮刺青的矮小禿頭裸男。

艾黛兒瞪向凱潔蘭，越過她往後看，期待還有個更符合盜賊形象的身影穿門而入。由於妮拉強烈反對，她同意在街頭女王數十間地產中一棟位於墳場區的不顯眼宅邸碰面。畢竟，如果計畫一團糟，艾黛兒不想讓黎明皇宮裡的任何人記得有群聲名狼藉的傢伙去過自己房間。

凱潔蘭的宅邸就像她本人一樣，感覺很雅緻。有寧靜的庭院、大理石柱廊、精緻的噴泉、來自席亞和莫爾的上好地毯，和需要一大組園藝花匠照顧的熱帶花朵。而這位女士對藝術的品味偏情色，肌肉健美的男子雕像以各種姿勢伸展，利國掛毯上繡有許多歡愉場景，但就連最大膽的作品都顯得很有品味，很節制。這裡看起來不像賊窩，不過話說回來，艾黛兒面前的裸男看起來也不像盜賊。

艾黛兒揚起一邊眉毛。「就是他？」

「是呀，光輝陛下！是呀。」凱潔蘭伸手做了個優雅的手勢。「請容我為妳介紹維斯塔・達迪，匕首海首席祭司。」

那人面無表情，似乎在看艾黛兒，又不像在看她，彷彿是在打量她額頭上的畫像，卻沒發現額頭下還連著一張臉。

「我不知道，」艾黛兒輕聲道。「竟然有神職與匕首海有關聯。根據傳言，那地方就是一個海盜窩。」

達迪沒有眨眼，沒有偏移目光，但突然發出一聲嘶吼，嚇得艾黛兒後退一步。

凱潔蘭有些抱歉地攤開雙手。「海盜。很遺憾我們這個以陸地為主的世界用這種詞語來形容他的信徒。」

艾黛兒眨眼。「我要找擅長攀爬和使用繩索的盜賊，妳卻找了個曼加利海盜祭司？」

一聽到「海盜」這個詞，達迪再度嘶吼。接著，他毫無預警地一躍而起，凌空縮起纖瘦的雙腳，落在桌面上，腳踝交叉陷入大腿內側，看起來就像是折斷了。艾黛兒瞪大雙眼。

「我想妳會發現維斯塔・達迪的技巧能夠滿足妳的需求。」凱潔蘭說。「他已經和我合作一段時間了。」

「多久？」

凱潔蘭轉向達迪，後者在短暫示範過身手之後，似乎很滿意地坐在桌面上，雙眼直視前方。

「七年，我想差不多。」

「那他的信徒呢？」艾黛兒問。「匕首海的人？」

凱潔蘭攤開雙手。「很遺憾，他被放逐了。」

「放逐？誰放逐他？」

矮小的祭司似乎不打算自己開口說話，所以艾黛兒詢問的是凱潔蘭。然而，在女人回答前，達迪豎起一根手指直指天花板，開始用艾黛兒幾乎聽不懂的濃重口音連珠炮式地說話。

「叛教者和瀆神者。呼吸不穩的人。不聖潔的瘟疫。占領船錨和海岸線之人。聖浪的叛徒。他們——」達迪手指顫抖，目光上揚，彷彿在和吊燈確認些什麼。「在我回歸的那天，將會徹底付出代價。」

他用那根手指比劃了一個複雜的手勢，彷彿在彌封自己剛剛說的話，然後沉默，像是完全沒開過口。他甚至沒有大口呼吸。艾黛兒看著他。儘管胸口赤裸，她還是很難判斷他有沒有呼吸。

好吧，*她冷冷想著*。*原來他瘋了*。

「你能爬嗎？」艾黛兒遲疑地問。「爬繩。」

達迪又一次嘶吼出聲。那似乎是他習慣的表達方式。

「他是伊利卓亞最會攀爬的人。」凱潔蘭代替他回答。「和我合作之前，他一輩子都生活在船索上。」

「很好。」艾黛兒回道。「但英塔拉之矛裡沒有索具。」

「達迪相信人應該是自己的繩索。」

艾黛兒眨眼，目光在凱潔蘭和那個自封祭司的傢伙之間游移。

「我不知道那是什麼意思。」

作為回答，達迪突然腦袋後仰，脖子部位的脊椎完美轉動，直到他筆直凝視天花板。他無視瞪大眼睛的艾黛兒，雙手前伸，十指交握，把手臂伸到最長，接著，發出一聲像被掐住脖子的吼叫，以掌根捶打自己腹部。那一擊的力道令他彎腰。他保持那個姿勢，除了肋骨類似波浪般的起伏外沒有其他動靜。

「這……」艾黛兒轉向凱潔蘭。

女人微微一笑，揚起手掌，伸出鮮艷的指甲比向祭司。

小男人挺直身子，露出牙齒。他一口黃棕色爛牙中的右門牙間，有道亮紅色的閃光。艾黛兒原先以為那是血，是剛剛肚子那拳的產物，但片刻過後，達迪伸手到齒縫間，用拇指和食指捏出一條絲繩的末端。艾黛兒對此感到著迷又厭惡，她看著祭司雙手交纏，一段接著一段拉出絲繩。絲繩堆在他面前的桌上，濕濕軟軟的，一圈一圈，直到他終於拉出最後一段繩子。整條繩子都拉出來後，他深吸口氣，抖了一抖，然後閉嘴。

「多長？」艾黛兒問。

「他身高的十倍。」凱潔蘭笑著回答。「這恐怕不是晚餐時該欣賞的把戲，但往往都能發揮極大的用處。」

艾黛兒的注意力從紅絲繩轉向男人，努力衡量機率和風險。終於，她上前一步，站在他視線範圍內。達迪沒有反應，也沒看她，但她還是開口說。

「凱潔蘭有解釋過我們要你做什麼嗎？她有解釋過風險嗎？」

終於，祭司用陰沉憐憫的目光看向她。「風險就是風險。沒錯，我以前混進監獄過，而且我離開了。」

「那不只是座監獄。」艾黛兒說。「那是英塔拉之矛內的帝國地牢。要混進去，你必須犯叛國罪，由守衛押送進去。」

他微笑。「叛國？我是匕首海首席祭司，我的地位遠遠超越任何微不足道的皇帝。」

「沒錯。」艾黛兒說，不確定這是他之後表演的一部分，還是真正的信仰。她懷疑是後者。

「所以他們不會懷疑你叛國的部分，你會被垂掛在一座牢籠裡。」

「匕首海之外的地方都是牢籠。」

「是的，不過這座牢籠比較小，是鋼鐵打造的。」

「在我眼中，鋼鐵是煙。」

「儘管如此……」

「唯一的問題，」達迪繼續說，直接打斷她的話。「在於代價。街頭女祭司有向妳提過我的價碼嗎？」

艾黛兒朝另外那個女人揚眉。「街頭女祭司？」

凱潔蘭攤開雙手。「他自己發明的榮譽頭銜。我不追求宗教上的聲望，這點我可以保證，光輝陛下。」

「她有解釋過價碼嗎？」達迪又問一次。

「沒。」艾黛兒搖頭回答。「事實上，她沒有。」

「事情結束後，」祭司說。「我要一支艦隊。」

凱潔蘭扮個鬼臉，嘴唇噘起，彷彿在說：抱歉！妳知道祭司是怎麼回事。

「艦隊。」艾黛兒不知道這個傢伙是不是在開玩笑。「船隻的艦隊？」

不，她一邊打量他一邊想，他不是在開玩笑。

「十二艘應該就夠了。」

艾黛兒搖頭。「你知道你在要求什麼嗎？」

「匕首海首席祭司對於船艦價值的瞭解，遠比任何骯髒污穢的陸地人多。」

「議會會注意到我把船送人。他們會抗議，會提問。我可以給你黃金。」

達迪再度嘶吼，這次比之前猛烈，艾黛兒感覺到唾沫都濺到自己臉上了。

她看向凱潔蘭。

女人聳肩。「他不喜歡黃金，俗不可耐。」

「匕首海首席祭司，」男人問。「要地底挖出來的重金屬有什麼用？」

「這個，」艾黛兒壓抑怒氣，緩緩吐出每個字。「你可以拿黃金去買船。」

「我要船。」

「對，但你可以用黃金去——」她住口。達迪又開始凝視她的額頭，或許那其實算瞪視。「一艘。」她改口道。「你能得到一艘船。」

達迪皺起眉頭，彷彿聞到什麼惡臭味。「一艘不是十二艘。」

「你也不是安努唯一的盜賊。」艾黛兒順口回答。

「匕首海首席祭司只有一個。」

「儘管我很肯定這是真的，但我願意湊合。」

矮小祭司猛吸了一大口氣。艾黛兒看著他胸口逐漸鼓脹擴張，一副快要爆炸的模樣。他憋了一會兒，然後以可怕的力量開始急速換氣。他瞪大雙眼，嘴唇變成奇特的紫色。艾黛兒上前跨出小半步，不知道對方是不是癲癇發作，但凱潔蘭伸手握住她手臂。

「他在考慮。」女人喃喃說道。

「他看起來快死了。」

「他考慮的時候就是這個樣子。」

接著，就向剛開始一樣，他停止那種反應，動也不動地坐在桌上。

「三艘船。」

艾黛兒在心裡計算，考量各艦隊當前的布署，再次分配幾十艘船，然後緩緩點頭。

「三艘船。」

「這是一支小艦隊。」達迪說。「但我難道不是匕首海首席祭司嗎？這樣夠了。」

那名矮小的男人終於離開，大步穿過敞開的門，沒有回頭看一眼或道別。艾黛兒轉向凱潔蘭搖了搖頭。

「妳認識不少有趣的人。」

殺不死的婊子笑容愉快。「我喜歡和獨一無二的人做伴。」

艾黛兒點頭，看向達迪消失的門口。「妳有辦法找到另外那個，我們……討論過的女人？」

凱潔蘭點頭。「不幸的是，我想妳會覺得她沒有達迪那麼有趣。」

「希望如此。她應該要是死人。」

「嗯，死人，沒錯。好吧，我希望是快要死了比較好。畢竟，我們還要等兩天，而我知道妳希望屍體新鮮。」

♛

一眼就能看出這位年輕女子身體狀況不佳。她輕輕倚著領她進屋的僕人，肩膀下垂，手掌顫抖，吃力地用不穩的步伐行走。

這麼年輕，艾黛兒望著女孩心想，就已經快要死了。

當然，這才是重點，但她突然覺得噁心，差點就要吐了。她曾命令士兵上陣赴死，派他們出戰數十次，在北方戰線各地提筆簽署他們的死亡令。每一次，每一場戰役，感覺都很糟糕。然而此刻比那些時候都更糟。

艾黛兒曾翻閱過崔絲蒂茉莉殿殘暴屠殺的報告書，尋找任何可用的細節。直接去牢房探視那個女人會比較容易，但如果情況失控，艾黛兒不希望有人想起自己於數天前去見過那名吸魔師，而他們的計畫顯然非常有可能失控。這表示她得在帝國檔案室中先做研究，花一整個晚上徹底鑽研她弟弟回黎明皇宮當日發生的事情。

其中最精確的描述就是：年輕女子，令人毛骨悚然，生性墮落，卻美得驚人。她是個膚色白皙、髮色漆黑、雙眼深紫的怪物……

凱潔蘭找來的年輕女子長相清秀，稱不上美艷，深棕色的頭髮必須染一下，除此之外，她似乎與崔絲蒂的外型描述相吻合。不過看著她柔弱地站在門口，雙目低垂，兩手緊握褪色裙襬時，實在很難把她想成殺氣騰騰的邪惡吸魔師。

「請坐。」艾黛兒說。「要來點什麼能讓妳舒服點的東西嗎？水？酒？」

門外有個奴隸在待命，隨時準備衝去凱潔蘭窖藏豐富的酒窖，但女孩似乎沒有聽見問題，而是訝異地看著艾黛兒。

「是您。」她喘息道。「那雙眼……您就是……皇帝。英塔拉先知。」

「麥莉本來不信。」凱潔蘭優雅上前插話。「不信安努皇帝會有用得上她的地方。」

「會痛嗎？」年輕女子問，不由自主地碰碰自己眼角。接著，彷彿突然瞭解面對那雙燃燒之眼所代表的意義一般，她輕呼一聲，低頭鞠躬，搖搖晃晃地跪倒。「請見諒，光輝陛下。」她對著凱潔蘭完美明亮的血木地板喃喃說道。

艾黛兒再度感到噁心，連忙走到跪地的女人面前。「拜託，」她伸手說道。「起來。這裡沒有其他人，我們都是朋友，沒必要這麼正式。」

麥莉瞪著她的手，但沒有伸手拉。很長一段時間過後，她緩緩起身，彷彿肩膀上扛著重物般無法站得很穩，臉色慘白，透過嘴唇虛弱地呼吸著。

她得了哭眠症，可憐的孩子，凱潔蘭在女孩抵達前解釋過。她已經對抗病魔超過一年，但是病情惡化了。惡化得很快。

「拜託，」艾黛兒再次強調，比向空椅子。「怎麼能讓妳舒服一點？」

麥莉一臉困惑地環顧四周，然後走向椅子，半坐半癱在上面。終於轉頭面對艾黛兒時，她難以置信地搖頭。

「是真的。」她低語。「皇帝和這一切……都是真的。」

艾黛兒在桌子對面坐下，而凱潔蘭在和僕人小聲交談幾句後也加入她們。她把白紙扇換成紅紙扇，每支扇脊上都繡有金絲。一時之間，屋裡就只有她輕搧扇子的聲音。

「所以，」艾黛兒開口，慎選用字。「我知道凱潔蘭告訴過妳……我們需要什麼，還有我能提供的報酬。」

女孩繼續看著她，藍眼睛瞪得像月亮一樣大。眼睛的顏色不對，艾黛兒心想。不過等事情辦完，這應該也無關緊要了。

「麥莉？」艾黛兒問。

麥莉深吸口氣，微微顫抖，如夢初醒。「會痛嗎？」

這個簡單的問題宛如一巴掌甩在艾黛兒臉上。她長久以來都生活在錯誤情報、雙重意義，以及欺瞞的世界中，她自己的和身邊的每個人都在說謊，以至於有時候她忘記了有些人只會問出心中的疑問，然後相信別人的答案。她突然有股強烈的慾望想要活在那種世界裡，砍掉所有頭暈目眩的陰謀算計，花幾天時間說出赤裸裸的真相，也聽別人說出真相。

會痛。她想這麼告訴麥莉，但張開嘴巴後，又緩緩閉上。

妳對真相的喜愛，足以讓其害死桑利頓嗎？她冷冷地想。

如果艾黛兒要救出崔絲蒂，她就需要這個女孩。麥莉同意見她，但如果知道接下來的情況並瞭解真相，還是有可能選擇拒絕。很可能會拒絕。

聖人和哲學家提出過上百種人生比喻：人生是條道路或高山，一段旅程或盛開的花朵，一次收成或一年之間的季節轉換。然而，對艾黛兒而言，人生向來都像是一連串的交易。一個女人不能擁有一切。她若想要晚睡就必須放棄晨間時光，必須用曼加利的同盟去換取同盟城邦的好意，放棄父仇換取統一的帝國。有些交易微不足道，有些則重大到無法真正掌握其風險，但她隨時都在交易，假裝不這樣是很愚蠢的行為。

發現艾黛兒沒有說話，麥莉轉向凱潔蘭又問：「會痛嗎？」

胖女人用扇子揮開這個問題。「不會，當然不會。會有點疲倦，有點不便——」

「會痛。」艾黛兒打斷她的話坦白道。「會非常痛。」

她邊說邊暗自禱告：拜託，拜託，光明女神，拜託讓她同意。拜託告訴我沒有丟掉拯救我兒子的機會。

麥莉慢慢轉回來面對她，嘴唇抖動。她試著喝半口水，但抖得太厲害了，連杯子都握不住。

凱潔蘭抿嘴。「好吧，我想或許會有點痛。」

「妳一開始會起水泡。」艾黛兒強迫自己說出可怕的事實。「手掌和臉上都會。水泡會很快出現，也會很痛，然後會開始燃燒，破掉，流血。妳的眼睛和喉嚨也一樣。」

麥莉已經聽得渾身發抖。「沒有其他辦法嗎？」她問。「輕鬆的辦法？」

有，當然有。在伊爾．同恩佳亮漆盒裡的幾十種毒藥中，阿亞瑪亞，一種以萃取其毒液的曼加利小蜘蛛為名，是其中最可怕的毒藥，也是唯一能把女孩毀容到足以掩蓋真相的毒藥，能掩飾她的真實身分。如果守衛一眼就能認出屍體不是崔絲蒂，在崔絲蒂的牢籠裡留下屍體根本沒有任何意義。

「沒有其他更有效的辦法。」艾黛兒回答。

「有可能，」凱潔蘭當即說道。「妳的遭遇會……比皇帝描述的好一點。」

艾黛兒再度搖頭。她試著想像麥莉小時候的模樣，但滿腦子都是桑利頓小小的臉蛋，和他那雙燃燒之眼。「不可能好到哪裡去，但會很快結束。」

「多久，」女孩問。「從我喝下到……到死亡要多久。」

「半天，可能長點或短點。」

「那我弟弟呢？」麥莉問。「我母親？您會照顧他們？您會兌現所承諾的金額？」

艾黛兒點頭。「我會。」

「因為我到時候，」女孩說，搖著頭拭淚。「沒辦法留下來照顧他們。」

凱潔蘭迎上前去，伸出大手輕輕搭在女孩肩膀上。「死亡向來不輕鬆，孩子，但妳已經要死了。我們提供妳一條在安南夏爾帶走妳後照顧妳家人的出路。」

「但是五十金陽幣？」麥莉說，希望和不敢相信在眼中交戰。「整整五十個金陽幣？」

這個數字讓艾黛兒想哭。在此之前，她都不清楚凱潔蘭向女孩提出的交易細節，只是假定自己會擁有足夠的金幣能滿足這位女孩的需求，即便是在戰爭中，即便安努面臨崩潰之際。她以為那筆錢可能是一千金陽幣，或是五千金陽幣？畢竟維斯塔．達迪可是要求要三艘天殺的船。而這個女孩竟然為了這麼點錢出賣自己，竟然把五十個可悲的金陽幣看得這麼重，這本身感覺就像是在犯罪。

「我們可以提高價錢。」艾黛兒說。

「麥莉和我已經談好了。」凱潔蘭插嘴。「也同意了──」

「五千金陽幣。」

麥莉滿臉懷疑地瞪著她。

「五千……要幹嘛？我為了五千金陽幣……要做什麼？」

她又開始發抖，陷入難以想像的恐懼之中。

「沒有別的。」艾黛兒回答。「就原先答應的事。」

凱潔蘭看向艾黛兒，揚起眉毛，張嘴彷彿要抗議，接著打消念頭，換上笑容。

「想想妳母親會有多高興。」她懶洋洋地說道。「想想這筆錢能讓妳弟弟過得多好。」

這女人的語氣無比真誠，真誠到艾黛兒沒想到她會在麥莉離開後立刻搖頭。

「五千金陽幣……」凱潔蘭若有所思。她拿起一支盛著白酒的珠飾玻璃杯湊到嘴邊，啜飲一口，然後放下。「我覺得有點……太多了。」

艾黛兒堅決地說。「又不是妳出錢。」

「不！」凱潔蘭笑道。「絕對不是我出錢。如果是我出錢，我會從五十砍到二十五。」

「妳說的好像這很值得驕傲一樣。」

「驕傲，」女人輕舔嘴唇回應。「是給不必像我這樣為生存而戰的女人享受的東西。」

艾黛兒凝視她。「據我所知，妳和我一樣有錢，甚至更有錢。」

「我可以保證，光輝陛下，我有錢絕不是因為我會拿一大堆錢給一個垂死的女孩……叫她繼續走向死亡。」

「錢是給她家人的。」

「我瞭解。」凱潔蘭點頭道。

「妳自己也告訴我，他們非常貧窮，妳是從香水區的酒館裡找到麥莉的。」

「他們是很窮。」凱潔蘭說。「我也確實是從酒館找到麥莉的。」

「好吧，他們可以拿五千金陽幣購買一座宅院，還可以雇用奴隸打掃屋子。」

「又多了一個住在宅院裡的家庭。」凱潔蘭語氣諷刺地挑眉。「真好。還有，喔沒錯，更多的奴隸。我很肯定他們會高興地接受禮物的，光輝陛下。那些奴隸也一樣。」

艾黛兒難以置信。

「這就是一座宅院。」她指向上方的吊燈說道。「至少值五千金陽幣。打從我進來之後起碼看到十幾個奴隸。」

凱潔蘭點頭。「這是我為自己打拚的舒適生活。」

「而妳不認為麥莉的家人應該獲得同樣的待遇？」

「我認為『應得』是個特別靠不住的詞語。」她聳了聳肩。「或許純粹是因為我這顆老腦袋轉得太慢。」

「妳認為這一切都是妳應得的嗎？」

凱潔蘭捧腹大笑，笑聲宏亮。「當然不是，我擁有的一切都是偷來的！」

「那麼，麥莉的家人沒有偷任何東西，是我給他們的。」

「真是慷慨。」凱潔蘭喃喃說道。「非常皇室風範。」

艾黛兒瞇起眼。「妳想說什麼就說出來。」

「請見諒，光輝陛下。」女人說，攤開雙手做出懇求貌。「我沒有不敬的意思。」

「喔，去你的不敬，凱潔蘭。」

殺不死的婊子透過酒杯杯緣看她，然後點頭。「我只是在想，妳可以讓麥莉的母親脫離香水區，可以讓她變成商人、淑女、女王，但是不要騙自己，所有金幣都來自某個地方。」

「什麼意思？」

「妳這麼急著要送人的金子，之前都掌握在別人手上。妳想隨便拿來送人，必須先把金子奪過來才行。」

「問題不在計畫，」葛雯娜搖頭說。「計畫很容易。我們入夜前就能想出十幾個計畫，還能留點時間喝個酒。」

塔拉爾皺眉。「這樣說可能有點誇張。就算沒有凱卓鳥，史卡恩島地勢也很險惡，光是那些懸崖——」

「喔，我知道地勢天殺的險惡，塔拉爾。」她說，終於壓抑不住心中的惱怒。「我可沒說想要屁股掛在半空中爬繩一個小時，我只是說我們辦得到，至少有可能成功，如果我們身邊的是兩支凱卓小隊，而不是這群懦夫和笨蛋組成的歡樂部隊。」

最後那句話說的比預期大聲，但是那群懦夫和笨蛋同時也是聾子，至少以喝過史朗獸蛋的人的標準來看確實是如此。那些人全都在洞窟另外一端，聚集在營火旁，除了因為好奇或擔憂時不時往他們的方向偷瞟一眼之外，似乎都沒有聽見她突然發飆的內容。除了曼絲，葛雯娜更正。那個女人瞪著葛雯娜，手裡還拿著已經被她遺忘的烤海鷗翅膀。當然，曼絲有通過浩爾試煉，她和哈伯都有。如果她有注意聽，就會聽到葛雯娜對她組織的小叛軍的評價，而她似乎隨時都有在注意聽。

讓她聽。葛雯娜心想。迴避事實毫無意義，儘管他們都曾受過不同程度的訓練，退訓學員和真正的凱卓還是有很大差距。

「他們又不是毫無長處。」塔拉爾小聲辯駁。

「如果你把懦弱當成長處的話。」葛雯娜回道。「除了一開始讓他們死傷慘重的反抗行動，他們唯一有做的就是躲起來撐著不死。」

「撐著不死是很好的第一步。」

「但不能只有這一步。我們是為了調查究竟出了什麼事而來，還要弄幾隻鳥。而現在我們知道出什麼事了——拉蘭，他的黃花生意，還有他的小暴政。這表示弄鳥的時候到了。問題在於，想要成功，我們需要更好的團隊。」

「不，我們不需要。」安妮克說。

狙擊手沒有費心轉頭，她目光停留在洞窟另一端的二十幾個人身上。他們照理說要攜手合作，全都站在同一陣線才對，但安妮克還是把他們當成敵人在時刻監視，彷彿幾下心跳之後她就要放箭射穿幾顆眼珠。不過至少她還沒有拉弓。拉弓會讓曼絲受驚嚇，而此刻葛雯娜不需要那個女人受到驚嚇。

「我們是這裡的凱卓。」安妮克繼續說。「我們會完成任務。」

這不是葛雯娜第一次考慮這種做法。狙擊手的話其實有點吸引力，畢竟人數並非一切，特別當自己陣營的人完全搞不清楚狀況的時候。理論上，戰場上的人數多於敵方是好事，但當葛雯娜目光掃過手邊可用之人，看著有些年紀只比她大一點，還有兩到三個彎腰駝背到可以當爺爺奶奶的人時，她對他們並不抱多大期待。朋友和敵人一樣都會在你背上捅刀，特別是當情況陷入混亂時。己方的失誤和敵方以卓越戰術出擊都一樣會要了你的命。

「我也想自己解決，」葛雯娜終於搖頭回道。「但不會成功。計畫需要更多人。」

「那就修改計畫。」

「沒那麼容易，安妮克。」

「容易與否無關緊要，效率才重要。」

「好吧，效率也不會高到哪裡去。」葛雯娜吼道。「如果我們三個獨力出擊的話。」

塔拉爾緩緩點頭。「就算我們各搶一隻鳥，還是很難逃過追兵。他們會安排狙擊手在鳥爪上攻擊，但我們沒辦法那麼做。話說，我們三個上次駕鳥是什麼時候。」

「那我們不搶鳥。」安妮克說。「去殺拉蘭和他的士兵。」

葛雯娜盯著狙擊手。「我們三個對付所有人？」

「有何不可？」

「因為三對三、四十的勝算不高。」

「那些傢伙沒有拖累我們，」安妮克回答，下巴比向在洞窟另一邊走動的人影。「拉蘭的士兵也不是凱卓。」

葛雯娜遲疑了。狙擊手說的沒錯，拉蘭就是一袋臃腫的肥油，就算他是吸魔師也一樣。他擁有人數上的優勢，但如果叛軍的說詞可信，幫拉蘭作戰的混蛋就和龜縮在洞窟裡的退訓學員實力差不多。

「他們不一樣。」塔拉爾指出這一點。「拉蘭親自挑選他的手下。別忘了，他是學員主管，熟悉每個學員。這裡沒有吸魔師絕非巧合，飛行兵也沒幾個。他知道自己想要的是哪些人，知道誰會幫他，誰比較能打。更糟糕的是，一旦開打，他會先從最危險的對手下手。最強的士兵要不是在幫他作戰，就是已經死在夸希島。這些人……」他頓了一下，可能在尋找一個委婉的措辭來掩蓋醜陋事實。「不過是殘羹剩飯。」

「我的意思就是這樣。」安妮克毫不客氣地說。「他們能活下來是因為無能，不是因為厲害。」她終於轉向葛雯娜，藍眼冷酷。「而妳還想和他們並肩作戰。」

葛雯娜張口欲言，然後阻止自己。這些想法很合理，塔拉爾的分析和安妮克的反對全都很合理，啟航前往奎林群島時，她根本無法保證能找到任何人，更不指望會碰上能並肩作戰的夥伴。自從在安努和凱登碰面後，她就認定自己的小隊必須獨力執行任務，必須想辦法在沒有幫助和支援的情況下面對在島上等待他們的所有情況。

所以問題在哪裡？她對自己吼道。

當她把問題扯到檯面上仔細檢查後，發現其實十分簡單：她的目標改變了。在她沒注意時，或許是在海上游泳，或躺在紅樹林中等待之際，目標已經從想找到一隻鳥帶回去，變成想要……更多。猛禽毀了，毀在猛禽自己的手上，但島上還有七隻鳥，還是有受過凱卓訓練的男女躲在地洞裡，並有意願反抗，那表示凱卓還沒玩完，沒有徹底玩完。還沒有。

「他們是唯一的選擇，」葛雯娜說。「想要提高打倒拉蘭的機會，我們就需要更多人手。」她稍作暫停，尋找適當的詞彙。「那之後也一樣……」

塔拉爾看著她，黑眼陰沉。「我們沒辦法把他們打造成有違本性的東西，葛雯娜。」他說。

「我知道。」她回答，輕咬嘴唇。「我知道。」

「他們失敗過。」安妮克冷冷說道。「他們就是失敗。」

葛雯娜搖頭，回想快傑克從伊斯克島游到史卡恩島時所展現的強大耐力，回想起克拉站在台階上獨自面對拉蘭黑衛士的愚蠢勇氣。

「我只是不願意相信一件事等於另外一件事。」

♛

歷經三天訓練叛軍烏合之眾的日子後，葛雯娜開始懷疑安妮克的看法或許是正確的。她是抱著某種程度的樂觀想法來做這件事，認為躲在地洞裡的人至少都受過一些訓練，其中有差不多一整支小隊的人數一路撐到浩爾試煉才被退訓，按理說算是和葛雯娜受過同樣訓練。

問題是，大部分人受訓都是好幾年前，甚至幾十年前的事了，即便是還算年輕的快傑克也比葛雯娜年長六歲。這裡有半數人員年過四十，其中還有個叫黛兒卡的女人肯定已經五十好幾了，看起來體格不錯，顯然喜歡在阿林島平緩的海灘上跑步，但已經三十幾年沒有拿過弓或劍。凱卓訓練官或許有辦法磨光所有生鏽的技巧，不過訓練官早已死絕，於是葛雯娜發現自己面對那個女人，努力控制自己的脾氣，掩飾她的絕望，從基礎開始練起。

「你的高位防衛架式也太高了。」她說著，拍開女人的劍。

黛兒卡點頭，移動武器，然後嘗試攻擊。她銀黑相間的頭髮本來用皮繩綁住，現在披散於她眼前。葛雯娜避開刺擊，沒有費心格擋。黛兒卡站穩腳步後再度進攻，一邊試圖用空手撥頭髮，但沒有什麼幫助。她重新撲了過來，被葛雯娜跨步避開。

「不要預告攻擊。」葛雯娜吼道。

年長女人低聲咒罵。「我預告了嗎？」她臉上的皺紋在皺眉瞇眼時變得更深。

葛雯娜點頭。「起碼六次。妳會瞄向預備攻擊的位置，撲上來前會握緊劍柄蓄勢待發，每次都會踏穩左腳，然後當妳——」

她放棄言語，用自己的劍架開黛兒卡的劍，趁隙上前，一拳捶中她肚子。年長女人捧腹彎腰，呻吟後退，伸手投降。葛雯娜為此又朝她下巴補了一拳，然後又打肚子，一直打到年長女人盲目揮劍為止。很糟糕的攻擊，但至少是攻擊。

「不要停止作戰。」葛雯娜說。「絕對不要。」

黛兒卡咳嗽，試著調節呼吸，但一直舉著劍，擺出還算過得去的高位防禦架式。葛雯娜降低速度揮出兩下標準攻擊，黛兒卡謹慎反擊。

「妳的專長是什麼？」葛雯娜問。「學員時期？」

「飛行兵。」女人搖頭。「妳現在不會相信，但是三十年前，我劍技不差。」

「為什麼退訓？」

黛兒卡後退，騰出一點距離，然後微笑。那個笑容讓葛雯娜很想把頭埋在掌心裡，那是母親的笑容，溫柔而放縱。很難想像黛兒卡切魚的模樣，更別說是拿劍在別人胸口刺一個洞。

「我想我只是……累了。」女人搖頭回應，目光遙遠。

「妳當然是累了。」葛雯娜說。「那是訓練的重點。所有人都很累。但妳有撐到浩爾試煉，妳只要進入大洞就行了。」

「我知道。」黛兒卡說著，再度搖頭。「我看著他們參與試煉，我們同期的學員。胡爾、提雅、安金……」

葛雯娜揚手阻止她。「安金．瑟拉塔？」

黛兒卡再度露出母親般的笑容。「聽說他們現在叫他跳蚤。」接著笑容消退。「至少之前是這麼叫他，在——」

「他不在島上。」葛雯娜打斷她。「猛禽自相殘殺時，他在……」她猶豫了。年長女人不像是會洩露國家機密的人，甚至連機密所屬的國家還在不在都是問題。儘管如此，她還是不要說太多比較好。「他在其他地方。」

「他還活著？」黛兒卡問。她依然小心翼翼地把劍舉在身前，雙眼盯著葛雯娜，但眼裡看到的是別的事物，是早已遺忘或失去的景象。

「我不知道。」葛雯娜壓低劍輕聲回應。年長女人溫暖的態度和真誠能令人放下心防。「上次遇見他時，他正在執行任務。很困難的任務。」

「那他就還活著。」

「我不會這麼肯定。」

黛兒卡點頭。「妳和他沒我那麼熟，葛雯娜。」

葛雯娜瞪大眼睛，接著那句話在她有機會阻止之前脫口而出。「你們兩個……」

年長女人輕笑，笑聲溫暖又宏亮。「安金和我？喔，葛雯娜，我是他朋友。如果我有通過浩爾試煉，可能會當他小隊的飛行兵。或許我確實愛過他，年輕人總是很容易陷入愛河……」她又搖了搖頭。「不，安金唯一愛過的人……」她揮揮手，彷彿要揮開那段記憶。「沒事，輪不到我來說這個。」

葛雯娜默默看她。歲月在黛兒卡眼周留下幸福的紋路，她似乎沒有曼絲那種偏執妄想，也沒有快傑克的悔恨，看起來就像坐在木椅上瞭望大海，而不是站在濕冷的地底洞窟裡。

「妳為什麼會在這裡？」葛雯娜終於問。「根據其他人的說法，拉蘭曾跑去阿林島提供第二次機會，妳為什麼接受？」

黛兒卡臉色一沉。「妳有聽說過後來那些沒接受他那第二次機會的人出了什麼事嗎？不是作戰，就是死。」

葛雯娜揮開她的說法。「當然，據我所知，很多人死了。但當時沒人知道他會回去殺掉所有留下的人。那並非妳加入的原因。」

女人遲疑，然後搖頭。「不，我想不是。我不喜歡賈卡伯．拉蘭，他比我晚兩期。我從不信任他，但沒想到他幹得出這種事。」

「那妳為什麼回來？」葛雯娜逼問她。「為什麼要接受第二次機會？妳在阿林島似乎過得很快樂。」

黛兒卡看著她一段時間，久到葛雯娜開始懷疑自己是真的有問出那個問題，還是只是在腦中想想而已。當女人終於開口時，她的聲音輕到葛雯娜必須湊上前去聽。

「大部分的人都僅有一次人生，葛雯娜。比方說，妳是凱卓，妳受訓成為凱卓，除非我看錯妳，不然妳到死都會是凱卓。但是我，過去三十年來我都是個妻子，是母親，雖然我兩個孩子早就死去，還是寡婦……我過完我的一生，我愛那一生，並且已經與痛苦講和，把成千上萬的記憶裱框起來。那感覺像是一切都結束了，只剩下回憶。接著，拉蘭出現了，他告訴我可以再度變回十九歲。」

「不可能。」葛雯娜說，語氣比想像中嚴厲。

黛兒卡微笑。「我知道。」她聳肩。「但妳能怪我想要嗎？」

問題不在於想不想，對黛兒卡、快傑克、克拉，或其他所有人都是如此。問題在於他們追求的目標和能力之間那道難以跨越的鴻溝。就連幾乎完成訓練的人都充滿缺陷，不知道要如何安裝甩芯彈，不記得「死人伏擊」的各種變化，難以完成最基本的戰地武器保養。有幾個人能背出《韓德倫兵法》書中好幾個章節，這本來讓葛雯娜很興奮，直到她發現那些人全都沒有實際運用過那些戰術。

武器技巧也不例外。他們的劍技都比一般士兵高強，全都能用平板弓或長弓射中半座洞窟外的羊頭，但那並不代表什麼。奎林群島上隨便哪個二年級學員，那些九或十歲的小孩都辦得到同樣的事。而情況在壓力下變得更糟。

葛雯娜觀察其中一個胖胖黑黑的巴斯克人，名叫艾克斯特，連續三箭射穿羊頭上的眼眶。她開始覺得樂觀，甚至想要點頭表示鼓勵。但當第四箭拉開時，安妮克走到他身後，拿劍抵住他的喉嚨。安妮克沒有用力壓迫，肯定沒有壓到流血，而且她也沒吼叫，而是語氣輕柔冷靜地威脅：

「現在放箭。」

艾克斯特吞嚥口水，放開弓弦，箭偏離目標一條手臂的距離。

「再射一箭。」狙擊手手上使勁說道。

這一次，艾克斯特連把箭搭上弓弦都辦不到。安妮克無聲要他退下，但下一個射箭的人還沒舉弓就在發抖。

♛

「太遲了。」安妮克在第一週結束時表示。

她和葛雯娜坐在臥鋪兼指揮部的矮石架上。那裡可以一覽整座洞窟的景色。至少本來有景色可以欣賞，葛雯娜心想，如果這裡有任何東西值得一看的話。塔拉爾還在為當天早上的訓練收尾，加強十幾個可能成為戰士之人的風車佯攻招式。有半數人完全做不到那個動作，另一半人用四分之一的速度施展那一連串動作，邊努力思索那些葛雯娜和其他凱卓幾年前就已經刻劃在記憶中的動作。

「妳還是可以改變計畫。」安妮克繼續說。「我們可以自己執行任務。我們應該要自己執行任務的。這裡……」狙擊手朝向洞窟揚揚下巴。「沒有進展。」

葛雯娜罵了聲髒話。「毫無進展，是不是？」

狙擊手轉頭看她。「不是妳的錯。如果成為凱卓這麼容易，世界上就會有更多凱卓。」

「我不需要他們成為凱卓。」葛雯娜冷冷回應。「至少現在還不用，不需要馬上成功。我只需要他們變強一點，再鍛鍊幾個技巧出來……」

「哪些技巧？」

「我他媽不知道他們需要什麼技巧，安妮克。」

「我們可能花一個禮拜訓練他們弓箭，取得一些進展，結果卻要和拉蘭近身肉搏。」

「肉搏？」葛雯娜輕哼一聲。「妳近身肉搏和他們一樣爛。」

「不，」安妮克語氣冰冷地反駁。「我沒那麼爛。」

葛雯娜轉向嬌小女子。安妮克箭法高超，但她就算渾身濕透也不到一百一十磅重。

「妳上次徒手作戰是什麼時候？」

「在克維納沙皮。」狙擊手提醒她。

葛雯娜緩緩點頭，厄古爾酷刑的記憶宛如風暴在她心中翻滾。她在被長拳短暫囚禁的期間殺了四個人，四個安努士兵。他們全都比她高大，也更強壯，但那些都沒幫到他們。她轉眼之間便殺了他們。說到這個，安妮克也一樣，而安妮克甚至沒有那麼擅長肉搏戰。

葛雯娜凝視安妮克久到對方終於轉頭看她。

「幹嘛？」

「技巧不重要。」葛雯娜緩緩說道。

安妮克皺眉。「當然重要。」

「沒錯。」葛雯娜不耐煩地揮開她的爭論。「就絕對的角度而言，一切都很重要。會的劍招越多越好，瞭解越多設置炸藥的方式越好，射得中移動船板上的目標、在飛的鳥、在跑的馬，全都很好……」

「很顯然，那就是我們受訓的原因。」

「不，」葛雯娜用力搖頭。「並不是。至少不是唯一的原因。甚至不是最重要的原因。」狙擊手張口要辯，但葛雯娜揚起一手搶先制止她。「想想妳在克維納沙皮殺的那些人，妳是怎麼打敗他們的？」

安妮克皺眉。「因人而異。」

「是啊，沒錯。但我的重點在於妳的動作都……是次要因素。我殺的那些人早在我動手前就已經死了。他們看著我，看到身穿凱卓黑衣的女人，然後就……自動投降了。我看得出他們眼中滲出的無助感，他們掙扎，至少有嘗試這麼做，但一旦你認為自己會輸，你就贏不了了……」

她越說越小聲，不確定那幾場決鬥的記憶是否清晰。她能聽見厄古爾人的喊叫聲，能感覺到獻祭火堆的高溫，能聞到可悲對手的尿騷味，看見他們臉上的絕望。她全都看在眼裡，但她想的就是對的嗎？

狙擊手打量她很久。

「妳認為那就是他們的問題。」她終於說，朝洞窟另一邊的人點頭。「他們自認贏不了。」

「他們當然這麼認為，那就是他們躲在地洞裡，坐在陰暗角落，讓史朗獸吃的原因。」

「拉蘭的部隊在後勤補給方面占有強大的優勢——」

「我知道，安妮克。但敵方總是會在某方面占有優勢。敵方總是會有更多的武器、更高的圍牆、更好的情報或什麼的。妳上次看到雙方勢均力敵的戰役是什麼時候？重點在於，妳可以戰勝各式各樣戰術和戰略上不平衡的處境，妳能贏。但如果認定自己打不贏，就肯定打不贏。」

狙擊手心不在焉地勾弄弓弦，讓它一再發出同樣的音調。「好吧，心理因素確實很重要。韓德倫講述心理因素的篇幅比其他所有戰術加起來還多。但是有自信的鐵匠依然只是鐵匠，心理因素並非一切。」

「我們不需要一切。」葛雯娜說。「只需要足夠就好了。而且他們也不是鐵匠，他們已經受過凱卓訓練，大部分都受過多年訓練，只要他們相信自己能把訓練派上用場。」

「那妳打算怎麼讓他們相信？」

葛雯娜吐了口不太愉快的長氣，突然懷疑自己是不是錯了，有沒有發瘋。「有點棘手。」

安妮克聳肩。「本來就很棘手。」

「還會害死幾個人。或許很多人。」

狙擊手搖頭。「我以為重點是要先增強他們的實力再派他們出去送死。」

「我們不是要派他們出去。」葛雯娜笑容冷酷。「我們要派他們下去。」

「不行。」曼絲嘶吼，搖頭搖到葛雯娜懷疑她的頭怎麼還能待在脖子上。「妳瘋了嗎？絕對不行。」

「沒人要妳去做。」葛雯娜指出這一點。「你們兩個已經參加過浩爾試煉了，你們通過了，記得嗎？」

曼絲只是發抖，目光遙遠，注視著回憶中的恐怖景象。葛雯娜覺得自己只要伸手輕推就能推倒那個女人。她辦得到，如果哈伯沒有站在那裡，聳立在葛雯娜面前，一手摟著妻子的肩膀保護她的話。自從第一次在洞窟中展開對峙以來，這兩名凱卓就沒有再挑戰過葛雯娜。她想去偵查，就讓她去偵查，她和隊員開始訓練叛軍時，兩人便袖手旁觀，神情謹慎地看著漫長的弓箭和劍術課程。

一開始，葛雯娜還想徵召他們。「歡迎兩位幫忙。」她說。「即使在阿林島待了十年，你們的經驗還是比其他人豐富。」

「我們的經驗比妳豐富。」哈伯語氣強硬地表示。

葛雯娜強忍住不動手打他，甚至沒有反唇相譏，只是攤開雙臂做歡迎貌。「如我所說，歡迎兩位幫忙加速訓練。」

曼絲瞪著她，明亮強烈的目光在稀疏的灰髮下幾乎帶有野性。

「我不這麼認為。」哈伯緩緩回答。「妳想管事，就給妳管事。」

那是他們針對此事最後一次發言。

這樣也好，葛雯娜終於冷靜下來後這麼想。老凱卓撐過訓練，通過浩爾試煉，甚至執行過任務，但他們崩潰了、粉碎了。哈伯過度保護妻子，曼絲又會在每道陰影中看見怪物，透過洞窟裡的每道氣流聲響聽見死亡和災難。叛軍需要骨氣，而非劍術，但他們不太可能在曼絲和哈伯身上找到骨氣。這兩名老兵哪裡也不去，無處可去，只能待在洞窟中屬於自己的角落，守著骯髒的毯子。他們持續觀察，黑眼在火光下閃耀，一直沒有出手干涉。直到現在。

「妳不能這麼做。」曼絲再度嘶吼，半舉握成爪子的手掌，彷彿要抵擋敵人的攻擊。

「我可以。」葛雯娜說。「我會做。我已經說過了你們不必參與。」

「不是我們的問題。」哈伯比向洞窟四周，比向正在配對訓練的士兵。「這些孩子……」

「他們不是孩子。」葛雯娜說。「他們全都比我大，有幾個還比你大。」

「無所謂。」哈伯堅持，下巴緊繃。「他們沒準備好。」

「他們會準備好的，你這個白痴。」葛雯娜怒斥。「只要你不跟他們說他們沒準備好。」

男人面露不屑。「聽聽妳在說什麼。妳靠運氣通過試煉，妳在奎林群島外生存了不到一年，這一年間折損半支小隊，然後自以為是凱卓跑回來。妳自以為瞭解身為士兵是怎麼回事，需要什麼東西。」

「我就說一件事。」葛雯娜回嘴。「在我們出現之前，你們他媽的就是躲著而已，你們節節敗退。」

「勇氣和莽撞，」曼絲湊上前吼道，依然靠著丈夫的手臂。「並不一樣。」

「那你們躲在洞裡，任由史朗獸殺害你們的人，是出於勇氣還是莽撞？」

「我們在研判狀況。」女人啞聲說。「我們需要情報……」

「我們上週蒐集到的情報，」葛雯娜插嘴。「遠遠超過拉蘭掌權後這幾個月來你們蒐集到的情報。你們遲早得要停止研判狀況，開始動手殺人。」

曼絲凝視葛雯娜，薄唇微啟，難以置信。葛雯娜聽見她在喘氣，心跳加速到瀕臨恐慌邊緣。接著她轉向丈夫，聲音低沉，語氣求懇。「她會害死我們，哈伯。她瘋了，她會害死所有人。」

哈伯皺起眉頭，在她的拉扯下微微轉身。葛雯娜發現他在盡量空出握劍的手。塔拉爾和安妮克都在洞窟另一端訓練退訓學員，吸魔師低聲教學，安妮克則用劍刃平面敲打學員指節和手肘，強調犯錯的代價。葛雯娜自認能在公平打鬥中殺死哈伯，但那或許正是曼絲口中的莽撞行為。男人比她高，攻擊距離也更長，而從他手臂上的肌肉來看，他力氣並不小。*把力氣留著打拉蘭，妳不必冒這個險。*葛雯娜提醒自己。

「聽著，」她攤開雙掌說。「我只想打倒拉蘭和那些幫他駕鳥的混蛋。要做到這一點，我們就需要所有優勢，而你們兩個都知道浩爾試煉能提供強大的優勢。你們被史朗獸咬過，吃過牠們的蛋，知道那會帶來什麼影響。」

哈伯看了妻子一眼。她雙眼大得宛如油燈，嘴唇無聲抽動。

葛雯娜在腦中找尋有關跳蚤的記憶，模仿那個遊走於自信和冷漠之間的輕聲細語。「我不是在請求兩位的允許。此事勢在必行。」她的語氣聽起來不像跳蚤，但也只能做到這樣了，至少哈伯沒有動手拔劍。「我先行知會兩位，表示禮貌。」她繼續輕聲道。「你們是凱卓，我以為你們會想幫忙。」

曼絲大力搖頭。哈伯低頭看了她許久，然後摟住她肩膀，撩開她眉頭上的髮絲。這個動作溫柔私密到不太恰當，彷彿兩人是在屋子的陽台上獨處，或依偎在安靜的爐火前。葛雯娜隨時準備和哈伯大打出手，甚至可以殺了他，但突如其來的親密舉動令她措手不及。

「我需要你幫忙。」她有點尷尬地說。

哈伯一直摟著妻子，再度對上葛雯娜的眼時，語氣很堅決。「妳耳朵有問題嗎？」他吼道。「我已經告訴妳了，我不幹。」

葛雯娜凝視他片刻，然後搖頭。「那就別妨礙我們。」

25

每天早上，當他們策馬穿越長滿青苔的老樹幹時，瓦林就對自己發誓一切已經結束，他不幹了，等太陽西下之後，他就會鎖住自己變態的情慾，把自己包在牛皮裡，閉上殘破的雙眼，然後睡覺。但幾乎每天晚上都失敗。

和胡楚同行就像是站在深度及胸的海面上眼睜睜看著風暴逼近，他可以趁著浪低時站穩腳步，將頭伸出海面維持順暢呼吸；但浪峰來襲時，他完全沒辦法抵抗大海將他往下往外扯的力道，會逐漸遠離熟悉的地面，遠離任何他有可能認得的海岸。他有半數時間認定她會把他拖下去殺了。比方說，第一夜當她終於拔出他胸口的匕首時，或是第二夜他們在火堆旁搞到被火燙傷時，或第三夜，第四夜……

有時候他以為自己會殺了她，甚至已經將她殺了。某天晚上，山上颳來的強風竄過林間樹幹時，他正用皮帶纏住她喉嚨，在她抖動掙扎中越扯越緊，她嗚咽哀鳴，然後身體突然軟癱。不過她只昏過去一下心跳的時間。瓦林記得他的訓練，清楚缺乏空氣不會害死她，除非他繼續拉扯皮帶，接著他在驚恐中發現自己的內心深處想繼續拉扯，想折斷她，摧毀她。

或是逼她摧毀他。傷害或被傷害，殺人或被殺——一切都是同樣絕望的貨幣，同樣冰冷沉重的硬幣。

大部分夜裡他都期待她能做個了結，直接解決掉他。他很高興終於能夠斬斷他與人世間的牽絆，徹底解脫，而基於某種理由，他似乎要仰賴胡楚才能得到這個解脫。凱卓提供他一條道路，一條紀律和犧牲的直路，但他已經偏離那條路。現在他唯一的路，唯一通過荒野的路，是充滿暴力和痛苦的路，但即便他走在路上，內心深處都會有個聲音輕聲低語，受困在他變成野獸體內的人類聲音，反覆提出同一個問題：什麼人會做這種事？什麼人會享受這種事？你變成什麼了，瓦林・修馬金尼恩？你讓自己變成什麼了？

他鬆開皮帶，胡楚像具溫熱的屍體般躺在地上許久，身上散發著血腥、性愛，以及皮革的氣味。她會在顫抖中甦醒，強健的手掌抓扭他，掐入他傷痕累累的皮膚，而他會把那個質疑的聲音當成火堆最後一絲餘燼般掃開。

有時候，當她的匕首刺得太深，當他把她的手臂扭到身後快要折斷時，他就能看得見，和生死交關之際出現的視覺一樣，黑暗精確交疊在黑暗上的影像，浩爾的扭曲視覺，是和性高潮時同樣猛烈強勢的快感，也同樣短暫。最危險的處境過去後，不是視覺的視覺也會同時消失，再度將他留在黑暗中，只剩下胡楚的叫聲引導他。

厄古爾女人深諳此道，知道匕首插在何處不會弄殘對方，不會殺死對方。當她咬他脖子時，她的牙齒會停在皮膚下鼓動的動脈旁。儘管如此，要不是體內擁有史朗獸的力量，瓦林的傷勢會導致他大部分日子都無法趕路。即使以他此刻的狀態，每天早上都還是會一瘸一拐地走到馬邊，上馬時身上十幾處傷口同時灼痛不已。胡楚有辦法持續趕路顯然表示她有多習慣痛楚。瓦林記得初次在大草原上見面時她曾嘲弄過他和其他隊員的軟弱，當時他並不把那些話放在心上，現在他終於懂了。這個女人不光只是忍受痛楚，她把痛楚當作上好質料的斗篷穿在身上。她很野蠻，比野蠻更糟，但她活在信仰之中。

儘管夜夜激情，但西北之旅漫長又寒冷的夏日白晝多半還是在沉默中度過。瓦林的馬跟在胡楚的馬後面幾步，兩人卻很少說話。她晚上散發出來的動物情慾會在太陽出來時消失，取而代之的是堅定的信念和無可動搖的目標。他從她均勻的呼吸、穩定的心跳，和皮膚上的氣味感受不出她是否也和自己一樣感到困惑、悔恨、紊亂和羞愧。在明亮刺眼的太陽下，他們是將行戰士之事的戰士，沒有其他。

「妳瞭解，」瓦林在某天厭倦了馬蹄踏在石頭上的噠噠聲、馬尾穩定甩動聲、四周厄古爾人的呼吸聲後，開口說道。「如果我們真的找到跳蚤，他很可能會把我們殺光。」

「殺不光。」胡楚回答。「要殺光三十個戰士需要時間，我會趁那段時間說話。」

「好吧，那表示妳要用戰士的性命爭取時間。」

「所以必須付出代價。」她聳肩，皮革滑過肌膚。「只有笨蛋才會相信不須付出代價就能得到值錢的東西。」他感覺到她在看自己。「況且，你出現在這裡或許會令跳蚤三思，他或許會在動手前遲疑。」

「或許會，」瓦林同意。「或許不會。凱卓的行動通常迅速且暴力，他們不太會交換姓名，或研究對方的面孔。」

胡楚再度聳肩。「那就會有男人和女人要血濺當場。」

她笑得幾乎有些迫不及待。

午夜和黎明之間，大部分人不是在睡、在幹、就是酒醉。那是進攻的好時機。韓德倫寫道。

這是古老的建言，但言之有理，於是跳蚤接受這則建言，在午夜和黎明之間進攻厄古爾的小營地。胡楚有派守衛看守，但守衛在擅長於黑暗中無聲移動的男女面前派不太上用場，這些人的感官已經透過史朗獸蛋大幅提升。瓦林在睡覺，在一場接著一場噩夢中發抖，接著一枚碎星彈在五十步外爆炸，將他扯出夢境。

他在爆炸聲響時睜開雙眼，那是從前的反射動作，現在這麼做既愚蠢又毫無用處，不過是打開黑暗的門面對黑暗罷了。他伸手試探，在黑暗中摸索，最後碰到一棵鐵杉木的粗樹幹。他在入夜後爬到樹上十幾呎的樹枝交會處，找好卡位點睡覺。那裡算不上什麼防衛森嚴的位置，但他也只有這點防禦了。待在厄古爾營地比較溫暖，不過他一點都不打算和厄古爾人睡在一起。他或許會死在胡楚手上，但不打算死在其他混蛋或終於殺到此處的跳蚤手中。身處營地外，他至少有機會一戰。現在看來這個決定救了他一命。

厄古爾人在放聲慘叫，瓦林聞到空氣中的血腥味，濃重又濕熱。他跳下樹，姿勢難看地落地，然後站直。他將一把腰間斧頭拔出一半，然後就不繼續拔了。如果想活命，他大可以待在天殺的樹上，但他大老遠跑來的唯一目的就是要和跳蚤接觸。如果接觸無效，好吧，他就去死吧。

「安金・瑟拉塔。」他喊道，在低矮樹叢間緩緩前進，用手掌遮臉。這是他第一次說出跳蚤的本名。他也說不清為什麼會想到要喊本名。「安金．瑟拉塔！」他又提高音量叫了一聲，蓋過傷患和垂死之人的慘叫聲。碎星彈發揮強大的威力，在打破寂靜的同時震斷手腳，把聚集在火堆旁的厄古爾人炸爛或點燃，或兩者皆是。跳蚤的小隊已經殺入營地，並在任何人有機會再次集結或站穩腳步前割斷其腳筋或喉嚨。

瓦林當然看不見他們，但他聽見鋼鐵劃破血肉和劍刃磨碎骨頭的聲響，以及武器被拔出時發出不情願的吸力聲。他聞到跳蚤的氣味，皮革和決心，還有席格利．沙坎亞，他的吸魔師，當天可能有用薰衣草和茉莉花洗澡。紐特也在，帶著瀝青、頭蝨和硝酸鉀的味道。瓦林可以聽見他在喃喃自語，邊叨唸著邊動手。跳蚤的隊員全都很安靜。

而另一方面，胡楚則透過那種奇特旋律般的腔調大聲對其他人下達命令。她和瓦林和其他十幾個人一樣睡在火光範圍外，這個決定讓她逃過碎星彈的攻擊，但繼續這樣大叫下去，她不太有機會存活。

瓦林試著加快步伐，卻踩到一個洞，或許是某種巢穴。他在扭到膝蓋即將摔倒時咒罵出聲，伸手撐地，強迫自己起身，不顧刺傷他臉和手臂的樹枝衝向前去。

「安金．瑟拉塔，」他再度大叫。「席格利．沙坎亞。」

他本來打算再說些什麼，接著阻止自己。不管是懇求或要求都會混淆信息。若只喊名字不夠，那說什麼都不會有用。這一次，即使很短暫，但打鬥的聲響有稍作暫停。

「瓦林，」跳蚤終於開口。「紐特說他聞到你的味道，我本來還不信。」

胡楚的厄古爾戰士死傷將近一半，但那傢伙聽起來完全不喘。

「我們需要你們幫忙。」瓦林說。

他離營火尚有十幾步的距離，已經進入弓箭的射程範圍，但是沒有近到加入戰局。只能這樣了。除非跳蚤心軟到了極點，不然三名凱卓至少會有一個待在混戰圈外圍，趁另外兩人近身作戰時用短弓清理掉周邊的敵人。在瓦林說話的同時，其中一人，應該是紐特，肯定已經拿箭對準他的胸口。他黑衣下的身體感覺灼熱發燙，皮膚搔癢，彷彿期待鋼鐵襲來，刺穿他的胸骨，插入他的心臟。

阿塞爾那天晚上的記憶開始燃燒，在他心靈未被蒙蔽的眼中灼燒著，整場災難再度重演——死氣沉沉的岩石城，空氣中瀰漫刺鼻的煙味，葛雯娜震耳欲聾的炸藥爆炸聲，跳蚤小隊包圍他們，島上最強狙擊手黑羽萐恩胸口插著顱誓祭司的匕首，跌跌撞撞摔入房內。

就是那個時候，我就是在那個時候迷失的。瓦林又想。

他本來以為自己已經準備好再度面對跳蚤，以彌補阿塞爾的錯誤，但此刻受困於自身的黑暗中，一手無助地舉在面前，整件事情感覺蠢到極點。他本來就不知道該說什麼，雖然他曾反覆排練這一刻的情況，但還是不知道該說什麼。更糟的是，空氣中的血腥味喚醒了他體內某樣本能，凶殘邪惡的本能，每天晚上胡楚從他體內扯出的怪物，那頭完全不在乎協商談判的饑渴動物，一再無聲無息地於他腦中低語：*殺。殺。殺光他們*。

「聽著。」他壓抑體內的凶殘說道。「聽我說。」

跳蚤的聲音在黑暗中十分冷酷。「你有五下心跳的時間。」

瓦林數了兩下才找到自己的聲音。「他們想殺包蘭丁，這些戰士想殺包蘭丁。」

火邊有人在呻吟，不斷重複同一個瓦林聽不懂的厄古爾詞彙。金屬擊中頭顱的聲響打斷那個聲音。鮮血、濃煙和鐵杉的氣味中混雜著尿騷味。

「如果想殺吸魔師，」跳蚤輕聲問道。「他們跑來這裡做什麼？他在北方三天的路程外，至少三天前是。」

「他們在找你。」

沉默冰冷到宛如冬天第一塊冰，隨時都有可能破碎，人們又會繼續死去。瓦林很想伸手去拔腰間的斧頭，他空空的雙手渴望它們的重量，而深埋在腦中的某個部分渴望鮮血，誰的血都可以。上次和跳蚤對立，他輸了，但現在他變強了，變快了，快多了。忽然間，火堆旁的景象出現在他內心的黑暗中，另外那名小隊長和席格利背對而立，兩人手握四把劍，每把劍都在滴血。厄古爾人宛如人偶般散落一地，其中一人摔在火堆最後的餘燼裡。瓦林的腹部隨著燒肉的味道蠕動，他說不出是因為噁心還是飢餓。接著影像消失，被洗刷掉了。

在黑暗的暈眩中，他聽見身體在歌唱，隨著血液鼓動而嘶吼。殺。殺。殺。他伸手想去拔斧頭，接著手掌緊握成拳，再度克制住自己。

「為什麼要找我們？」跳蚤語氣謹慎地詢問。

「聯盟。他們沒辦法靠自己殺死包蘭丁，他們需要凱卓。」

「看來他們已經有你了。」

瓦林脈搏加速，皮膚彷彿要燒起來。「我不是凱卓。」

「一個人是什麼或不是什麼，」跳蚤輕聲回應。「並非總是由自己決定。有些事情沒得選擇。」瓦林聽見他移動腳步，想像他掃視樹林間的黑暗。「這裡是誰在管事？」

胡楚位於瓦林右側某處，尚未洩露行蹤。她聞起來很警惕，但是有備而來。

「是我。」過了一會兒，她回答。

「放下弓和劍，叫妳的戰士照做。」

「被包圍的是你們。」胡楚說。「在空地上。」

這話一點也沒錯。跳蚤的攻擊行動奠基在速度和出奇不意上。要成功，甚至是要存活下來，就必須在厄古爾人完全甦醒前離開那塊小空地，在他們全體動員前。小隊長打到一半停止攻擊是冒了極大的風險。即使剛剛在說話時，瓦林都能聽見遠離營火處睡覺的厄古爾人在黑暗中移動，準備搭箭。

「我不會用包圍來形容。」跳蚤回答。「你們的包圍網在那裡、那裡和那裡都有漏洞。我們殺了北方的守衛，所以也有逃脫路徑。」他停頓了一下，讓對方思考他說的話。「但是你們看不出來是不是？今天是新月，你們什麼都看不見。」

這就是關鍵。北方天空的星辰可以為跳蚤及他的隊員提供充足的照明，他們能像在白晝一樣於樹林中移動，殺害幾乎和瓦林一樣瞎的厄古爾人。

「我聽得見你。」胡楚回答。「我的戰士也行。只要往空地射出足夠的箭，你還是會死。」

「這可不是開啟談判的好方法。」跳蚤語氣疲憊。「不過歡迎各位試試看。」

如此愚蠢的挑釁，像瘋狂的一步棋，直到瓦林發現在黑暗視覺中看見的影像和聲音的位置並不一致。他深吸口氣。席格利和跳蚤現在身處空地另外一側，和小隊長發聲的位置相去甚遠。是魔法，吸魔師在改變他發聲的位置。他聽見胡楚向前移動，或許在找視野更好的地方，又或是在情況一發不可收拾時更有利的位置。她保持安靜，但不夠安靜。

「胡楚，」他吩咐。「退下。我認識這個人和他的隊員，我知道他們的實力。如果妳想談和，照他的話做。」

「我只和地位相等的夥伴講和，不會以手無寸鐵奴隸的身分跟主人講和。」

「我對奴隸不感興趣。」跳蚤回道。「我是來殺人的，所以現在沒在殺人的事實就表示我有意願交談。不過我已經厭倦爭論，而且我的肩胛骨之間已經開始癢了，所以我就再說一次：放下弓，放下劍，然後我們再來決定誰要死，誰該活。」

胡楚的羞愧和憤怒強烈到瓦林可以品嚐其氣味。跳蚤漫不經心的要求顯然不把她當作威脅，這對她造成的傷害比任何匕首都還要深。她拔劍出鞘，鋼鐵磨過皮革。現在的她充滿放手一搏的氣味。

「妳還要不要殺包蘭丁了，胡楚？」瓦林問。「還是想為了在森林裡毫無意義的戰鬥摧毀殺他的機會？」

事實上，他自己的手都為了想拔斧頭而顫抖。身體想要開打，想要放聲大吼，想衝出樹林揮動斧頭。不管是幫凱卓還是厄古爾人似乎都無關緊要。戰鬥可以喚來可怕的視覺，而他已經在黑暗中活得夠久了。他開口說話，持續說話，因為他說的話就是唯一阻擋體內暴戾之氣的圍牆。

「就算打贏了，妳還是輸。妳是來找跳蚤的，如果殺了他，妳要怎麼辦？回到前線？暗殺包蘭丁失敗，把人生最後一天花在被他剖開胸口、挖出心臟上？」

「我不怕那個吸魔師。」胡楚回答，語氣緊繃。「不怕他或他的痛苦。」

瓦林咬牙切齒。「我不知道大草原上是怎麼形容在毫無意義又毫無勝算下死去的女人，但在奎林群島上，我們說那叫愚蠢，或是廢物。妳沒必要找尋痛苦，痛苦會自己找上門來。」

胡楚沒有回應。其他厄古爾人在樹林中小心翼翼地移動著，他們都聽不懂雙方的談話內容，但那不重要，因為胡楚挑釁的意味十分明顯，散落在火堆旁的屍體也天殺的明顯。即使隱於黑暗中，即使透過席格利的法術改變發聲位置，跳蚤仍冒險等待，仔細聆聽，讓厄古爾人完全甦醒，好搞清楚情況。

接著一把裸劍落在空地的樹根上。瓦林發現那是胡楚的武器。片刻過後，她的腰帶匕首跟著落地，然後是她的弓。她以她的語言簡短喊了一句話。

營地陷入一片死寂。接著，空地對面有名厄古爾男人大發雷霆，語氣挑釁地在盛怒下說了一長串話。胡楚還沒來得及反應，男人的聲音已經扭曲成長長的哀鳴。

「抱歉了。」跳蚤說，聽起來一點也不抱歉。「我聽不懂你們的語言，但他聽起來不像想談的樣子。」

「他是笨蛋。」胡楚簡短回應。

「這裡還有多少笨蛋？」

彷彿聽得懂這句挑釁般，兩名克沙貝自樹林中大叫現身，盲目衝往跳蚤不在的地方。紐特的弓弦嗡鳴一聲，然後又一聲。他射箭的速度和安妮克相去甚遠，但還是夠快。屍體摔倒在地，聽起來相距十餘步。

接著胡楚步入空地。「皮亞特！」她啐道。瓦林不知道這個字的意思，不過她的意圖十分明顯。「夠了！」她轉換語言繼續喊，接著慢慢轉身，把自己的身體當作祭品般獻給隱身的凱卓。「這場衝突毫無意義，只會讓我們想殺的吸魔師開心而已。我們放下武器，平等交談。」

「很好。」跳蚤回答。「我們等到你們放下劍，全都走到空地上之後再來談。那表示你也一樣，瓦林。」

「這裡又沒有光。」胡楚說。「營火早就熄了。」

然而，她話沒說完，空氣忽地急速流竄，轟鳴聲就像房屋般高聳的巨浪打在數里長的岩岸，瓦林的臉上和胸口立時感受到熊熊烈焰的高溫，即使透過層層羊毛和皮革依然暖意十足。

「火有了。」跳蚤說。「烤一烤。處理死者。等你們準備好後，我們再談。」

「那你呢？」胡楚戒備地問道。

「我就在這裡。」跳蚤說。瓦林聽見他走向剛剛點燃的火堆。

「其他人呢？你的狙擊手？你的吸魔師？」

「我想他們就先待在樹林裡。」跳蚤回答。「以免我們談判破局。」

♛

倖存的厄古爾人花了大半個晚上收集屍體，在東邊樹林的蜿蜒溪流中清洗，再搬回火堆旁。屍體在地上排好後，胡楚開始對它們說話，聲音低沉，有點催眠，介於吟唱和禱告之間。結束之後，瓦林聞到黎明前空氣潮濕的氣味。厄古爾人沒有熄滅火堆，反而增強火勢。大草原上沒有墳場，腐食動物會挖出屍體，於是厄古爾人將死者獻給火焰。

人肉燃燒的氣味濃烈、沉悶，散發安特凱爾之役後瀰漫空中好幾天的那種煙味。瓦林站在距離火堆數步外的位置，試圖保持冷漠，不讓雙手因為記憶而顫抖。那座小鎮裡有數百人被活活燒死，伐木工人和厄古爾人都有，他們受困在木製建築中或被壓在著火的路障下。在他面前燃燒的綠樹枝發出的滋滋聲響聽起來很像慘叫。

不是慘叫，他一再對自己解釋。他們死了，火焰傷不了他們。

接著，一名塔貝跨步上前。

瓦林聽見他在火堆旁吟唱，歌詞充滿悲痛之意，之後男人對著黑夜放聲大叫，瓦林聽見火堆移動，在一陣火花中坍塌，似乎有東西被拉了出來。烤人肉的氣味突然變得更為強烈刺鼻。

跳蚤在整個儀式過程中一聲不吭，直到此時才開口。

「如果妳的人都無法握劍的話，我們要殺包蘭丁可不容易。」

胡楚語氣不屑。「火葬的戰士裡有莫黑的兄弟，懦夫之神將他帶往無法感受到痛苦的地方，所以莫黑幫他握住著火的樹枝，幫已經沒有知覺的兄弟感受痛苦。」

跳蚤咕噥一聲，不再說話。

第一聲大叫過後，塔貝就不再發出聲音。瓦林試著去想像，去理解手握悶燒木頭致使皮膚冒泡、裂開、脫皮是什麼感覺。聖潔。這個詞不由自主地浮上心頭，宛如匕首插眼般令人震撼。火烤是聖潔的，痛苦也是聖潔的。這是一個很可怕的想法，但他無法否認。他在北地寒冷的原始樹林中變得和這些怪物一樣，在最殘暴的神面前鞠躬，彷彿生命之美全都被燃燒殆盡，只在他體內留下憤怒和飢渴。

一切終於結束了。瓦林聽見樹枝落回火堆，然後是人體摔在地上的聲響。

胡楚以厄古爾語說了幾句話，瓦林隱約聽見「戰士」和「手」等詞彙，之後就見她慢慢轉向跳蚤。「現在，」她說。「我們來談。包蘭丁——」

「討論包蘭丁前，」跳蚤說話的音量不大，但是很刺耳，直接貫穿胡楚的聲音。「瓦林和我有一、兩個問題要解決。上次見面時，我死了個隊員。」

瓦林點頭，但沒有移動。他站在火堆附近，跳蚤看得到他，那樣就夠了。

「請問。」

「安特凱爾出了什麼事？」

「萊斯死了。葛雯娜和塔拉爾努力拖延了包蘭丁的攻勢，直到艾黛兒和她的寵物將軍趕來結束戰役。」

「我是說你出了什麼事。」

瓦林深吸口氣，然後回答。「我試著除掉伊爾．同恩佳。艾黛兒往我身上捅了一刀，然後那個混蛋砍瞎我的眼睛。」

「對一個瞎子來說，你身上的武器也未免太多了點。」

這不是問題，所以瓦林沒有回答。

跳蚤嘆氣。「你要殺伊爾．同恩佳是因為你認為他殺了你父親。」

「我知道是他殺的。」瓦林吼道。「艾黛兒親口告訴我的。她承認了。」

「好吧。」跳蚤說。「他殺了你的父親。」他的語氣聽起來並不驚訝。「所以你決定加入厄古爾人？」

「他沒加入我們。」胡楚說。

「他在這裡。」跳蚤指出這一點。「妳在這裡。我看著你們兩個。」

「我們是在一週前遇上的。」瓦林說。「她告訴我附近有凱卓小隊在攻擊她的族人，她想找出你們，一起合作對付包蘭丁。我同意。」

「我隱約覺得這個故事還有內情。」

「每個故事都有內情。」

跳蚤嗤之以鼻。「那倒也是。很好，包蘭丁。我們都想幹掉那個混蛋。我經常在確認他的情況，而上次確認時，他還活著。我們剛剛建立的友誼要怎麼改變這個情況？」

胡楚在火堆旁變換姿勢。「你認識他，知道他的弱點。告訴我們，我們會殺了他。」

瓦林沒想到會聽見跳蚤輕笑。「計畫就這樣？細節不多，是不是？」

「計畫的細節，」胡楚冷冷回應。「取決於你能提供多少他的弱點。」

「好了，這就是問題。」小隊長停頓了一下，大聲吸吮塞在牙縫的東西。片刻過後，他把牙縫裡的東西吐到火堆裡，繼續說：「如果包蘭丁有弱點，我也不知道。那小鬼在奎林群島上就已經很危險了，但和現在的他根本沒得比。如果去過北方或西方，妳就會瞭解。」

胡楚開口時，語氣介於痛恨和不情願的敬畏之間。「我見過他平空撐起了兩座橋讓數百人騎馬通過，還見過他把半里長的柵欄燒成灰燼。我們族人中也有吸魔師，但沒有一個像他一樣能做到這些事。」

「他的魔力源——」跳蚤開口。

「是我們。」瓦林說，這話在他舌尖顯得十分沉重。「包蘭丁是情緒吸魔師，他獵食我們，汲取所有對他生出的情緒。」

一時之間，沒人說話。火焰熄滅，營地一片漆黑。儘管聽不懂他們的談話內容，厄古爾人依然在火堆對面擺出警戒的架式。

「席格，」跳蚤終於說。「紐特。你們兩個最好一起參與討論。看來我們已經殺了所有該殺的人了。」

兩名凱卓在戰鬥結束後就移動到火堆兩側的位置。瓦林聞得到他們，警語家身上有股泥濘的臭味，席格利則乾淨到令人費解。當席格利從他身後步入空地時，他聽見不少人輕聲驚呼，嚐到冷空氣中的困惑氣味。他能想像厄古爾人瞪眼凝視，彷彿有個貴婦身穿最華麗的服飾步出樹林，高傲地走在平民中間。

瓦林第一次遇上席格利時還是個九歲的男孩，如果「遇上」是正確的詞的話。他一整天都在瑟林島西海岸的紅樹林中進行導航訓練，大部分時間都渾身泥巴和水蛭，因為攀爬扭曲的樹根弄得處處瘀青。終於在黃昏前回到夸希島時，他已經精疲力竭，一心只想喝碗魚湯，回床上昏迷幾個小時。然而，當他走向餐廳時，一群學員從營區衝過來。

「快來。」荷・林大叫，抓住瓦林濕淋淋的黑衣袖子。

「要去哪？」他抗議道。

「跳蚤的小隊在格鬥場比試，至少有一部分是這樣。」

結果那一部分只有一個士兵：席格利．沙坎亞。老兵下場比試並不少見，但跳蚤不是普通老兵，他的隊員也不是。即使在當時，他也是個傳奇人物，而他和他的隊員大部分時間都在外執行任務。瓦林一直沒問出席格利那天出現在格鬥場上的原因，但那場比試令他難忘。

女人身穿黑衣，不過不是凱卓貫穿的實用羊毛衫，而是上好的黑絲綢。那套衣服雖然是作戰服，但裁剪合宜，看起來就像瓦林印象中黎明皇宮裡貴族仕女會穿的禮服。席格利的動作也很像那些女人，至少有一部分很像。她的優雅介於交際花和殺手之間。瓦林見過皮膚白的女人，安努和奎林群島上都有見過，但他從未見過可與這個金髮吸魔師相媲美的女人，她以女神踏足凡塵般的輕蔑神態步入格鬥場。

那天跳蚤就待在圍觀群眾裡，神情疲憊，有點不耐煩，完全沒有傳奇人物應有的樣子。而他的其他隊員似乎都比他興奮多了。黑羽蜚恩蹺起雙腳，斜躺在椅子上，和其他老兵一起對著格鬥場比手畫腳。琪浩．米喝醉了，癱在她的木杯旁，和任何願意聽她說話的人爭吵。人稱警語家的超醜爆破專家甚至還在接受賭金，將一堆又一堆的硬幣放在格鬥場外的粗石上，分享他那些深奧難懂的智慧。

「她要和誰打？」萊斯問，踮起腳尖，努力看穿群眾。

「菲兒普的小隊。」有人回答。

瓦林隱約聽過這個名字，那個女人三十來歲，顯然在曼加利領土上執行過很多任務。

「菲兒普小隊的誰？」林問。

「全隊。」瓦林緩緩說道，盯著五名嚴肅的凱卓進入格鬥場。「神聖的浩爾啊，她打算一次和全隊對打。」

她也確實開打了，如果那樣算打的話。

菲兒普小隊的士兵圍成一個粗略的圓形，謹慎揮舞著手中的鈍器。席格利搖搖頭，拔出腰帶匕首，劃過自己白皙的手臂。即使距離很遠，瓦林還是看到鮮血湧出，在刺眼的陽光下彷彿是黑色的。

「那是她的魔力源。」萊斯嘶聲道。「血！」

林伸手敲他後腦。「沒人知道她的魔力源是什麼。」

「但她每次都會那樣做。」萊斯大聲抗議道。「大家都是這麼說的，她每次開打前都會先割傷自己。」

確實，那個女人雙臂一路到肩膀上都布滿傷痕。

「但她在格鬥場中不能施法。」瓦林指出這一點。「違反規定。」

「我不認為她會在乎是不是違反規定。」荷．林低聲道，神情敬畏。

吸魔師看起來什麼都不在乎，不在乎四面八方歡呼的凱卓，不在乎面前站成弧形的五名士兵。她將流血的手臂舉到嘴前，伸出舌頭輕舔傷口。她的舌頭沾滿鮮血，還在滴血。瓦林看見鮮血染紅她潔白的牙齒。女人轉頭看了跳蚤一眼，他不耐煩地比了個手勢——*快點搞完*。接著格鬥場中陷入混戰。

即使到了戰鬥結束，瓦林還是不能肯定自己看見了什麼。沒有任何不合理的法術，地上沒有竄出火焰，空氣中沒有冒出冰劍。席格利用兩把鈍劍作戰，和其他凱卓用的一樣，施展的招式都是瓦林和其他人抵達奎林群島後就在練習的招式。她動作比幾名對手快，但也沒有快到哪裡去。她出招較為精準，但也沒有精準到哪裡去。包圍她的五名士兵照理說要不了多久就能解決她，但不知道出於什麼原因，他們就是輸了。

那感覺就像在一百下心跳的時間內，菲兒普小隊遭受了一整年分的霉運。每一下出手都慢半拍，每一下攻擊都偏離目標半個手掌。理應撲到她身上的人就是會錯過，而且遠到不像話。膝蓋會在關鍵時刻卡住，腳也會打滑。瓦林完全看不出問題，沒有任何地方能讓他指著大叫：看吧！她用法術。席格利在旋風中央作戰，劍化為殘影，雙腳隨時都在沙地上移動，但臉上一直都是那種鄙夷的神色。

五名凱卓躺在地上哀號時，她連大氣都沒喘過一口。她低頭看著他們，搖搖頭，自喉嚨中發出非常可怕又折磨人的嘶嘶聲。瓦林過了很久才發現她是在笑，那陣破碎的喉音就是舌頭被砍掉的她唯一能夠發出的笑聲。過了一會兒，她抬頭，揚起下巴，吐血，然後對觀眾說話。美麗的嘴唇吐出語意不清的破碎音節。

「我高貴的夥伴，」紐特翻譯。「想要感謝菲兒普隊長和她的隊員提供的挑戰。」

席格利嘴角上揚。跳蚤在她步出格鬥場時嘆了口氣，紐特則開始收下閃閃發光的錢幣堆。

席格利．沙坎亞就某方面而言，遠比跳蚤更危險，而她此刻就站在瓦林身後的小空地上。當然，他看不見她，但聞得到她，可以在薰衣草和茉莉花香之下聞到那個女人的血味，還有比血更熱、更紅的怒氣。

「妳怎麼看，席格？」跳蚤問。「包蘭丁在汲取我們的情緒嗎？有可能嗎？」

女人久久沒有吭聲。當她開口時，火堆對面的警語家幫忙翻譯她破碎的喉音。

「我美麗的夥伴說對。」

「什麼對？」跳蚤問。

「全都對。不只有可能，她相信瓦林說的沒錯。」

「包蘭丁親口承認過。」瓦林說。「在骸骨山脈。他騙倒我們，把我們綁起來，然後直接坦承，他留我們活口唯一的原因就是要汲取我們的情緒。」

「好吧。」跳蚤說。「什麼意思？」

席格利發出幾個音節。

「他很強。」紐特說。「比席格利更強。當今世上最強的吸魔師之一。」

「而且他還在變得更強。」瓦林說。安特凱爾之役後，他已經想過此事上千次。光是汲取一個人的恐懼——虎克島上可憐的安咪，就讓包蘭丁弄垮一整棟建築。然而，現在身為厄古爾人的戰爭領袖，有數以萬計的人怕他，不管是遊牧民族還是安努人。「隨著他聲名遠播，」瓦林語氣嚴肅。「他的力量也與日俱增。他的敵人越多，力量就越強，只要他們知道他是誰。」

席格利說了幾句話，然後陷入沉默。第一次，紐特沒有立刻翻譯。

「說什麼？」跳蚤終於問。

瓦林聽見警語家搖頭。「黑暗的言語能讓最明亮的營火黯淡無光。」

「我們身陷黑暗過，」跳蚤回道。「告訴我們她說什麼。」

「她說如果瓦林講得沒錯，那他的魔力源就強大到能在彈指之間埋葬大軍。」

瓦林皺眉。「那他為什麼還沒那麼做？」

「因為，」跳蚤沉思。「有人在阻擾他。」

26

他們一個早上都在英塔拉之矛中巨大的光和空氣柱內往上爬。艾黛兒才爬十樓腳就開始痠痛，接著抽痛，然後灼痛。她每次停下來喘氣，腿都會無法控制地顫抖。她口乾舌燥，手掌因為緊握欄杆而扭曲成爪。走到一半時，她感覺自己隨時會倒下，但不管如何吃力，都遠遠不及麥莉一路上的掙扎。

女孩的哭眠症在與艾黛兒見面後的三天中持續惡化。麥莉的眼睛深陷黑眼圈中，皮膚黃疸嚴重，疾病剝奪了所有健康的血肉，只剩下一層皮緊緊包覆在骨頭之外。她一副站都站不穩的模樣，更別說要登塔了，但她還是往上爬，步伐緩慢，咬牙切齒，經常停下來喘氣或咳嗽，只要絆到階梯就跪倒在地，但每次都會再度起身，顫抖地掙扎著，竭盡所能爬上永無止盡的階梯，迎向可怕的死亡。

艾黛兒的護衛，半身護甲的火焰之子，前二後二護送她們。他們本來可以幫忙，麥莉身材嬌小到士兵可以毫不費力就把她抬在中間，但被艾黛兒拒絕了。她對火焰之子的信任就和信任任何人一樣——也就是不太信任。麥莉有戴兜帽遮臉，但艾黛兒不願冒險。士兵會說閒話，就算是忠心耿耿的士兵也一樣，給他們越少話題越好。艾黛兒命令他們與自己拉開一段距離，確保他們聽不清楚也看不清楚。當然，那就表示麥莉每次跌倒時，艾黛兒都必須親自扶她起來。

抓女孩的手臂感覺就像握著一根脆木棍。艾黛兒能感覺到她皮膚下的高溫。凱潔蘭向她保證哭眠症不會傳染，但如此接近這種疾病，這樣扶著今天結束前就會死亡的女孩，令艾黛兒感到不安。她一整個早上都在壓抑這種感覺，用手肘或肩膀引領女孩，在她休息時幫她拍背。如果麥莉可以繼續爬樓梯，艾黛兒就能繼續幫助她。不過「幫助」並不是最恰當的詞語。

比較像是牧羊人帶羊前往屠宰場，艾黛兒冷冷地想。爬塔只是在女孩身上多增加一層痛苦。

早晨即將結束，當陽光自頭頂灑落而非透過塔牆而來時，她們終於抵達監獄，或至少是監獄的起點。鋼鐵地板還要再爬十幾階才會到，不過她們停下之處是鋼鐵牆壁環繞樓梯之前的最後一層，阻擋了所有的光線，是通往垂掛牢籠出入口的最後一座平台。通過這座平台後，就沒有犯錯的空間了。

「麥莉，」艾黛兒開口，轉向女孩，輕觸她的手肘。「準備好了嗎？妳還好嗎？」

接下來很長的一段時間裡，麥莉只是呆呆地望著明亮清澈的塔內空間。一對燕子在幾乎觸手可及的距離內，懶洋洋地在無形的微風中轉彎，她卻好像沒看見牠們。由於眼睛蓋在兜帽下，艾黛兒也很難確定她在看什麼，但麥莉似乎沒有在看任何東西。

「這裡好……亮。」她終於輕聲回應。「我從未見過這麼亮的地方。」

「這就是此塔以英塔拉為名的原因。」艾黛兒回道，不確定還能說什麼。

麥莉緩緩地搖了搖頭，好像很痛苦，然後轉過頭來。之前她總是避免和艾黛兒目光交集，此刻她卻直視艾黛兒的雙眼。「而祂愛妳。」女孩輕聲說。「我是指英塔拉。祂挑選了妳。」

艾黛兒點頭，一聲不吭。

麥莉再度搖頭。「我在想為什麼。」

這話沒有任何惡意，沒有懷疑或指責，只是真心迷惘，迷惘和認命。

「我也是。」艾黛兒低聲回答，她的心思回到永恆燃燒之泉的那一刻，震耳的雷聲和刺眼的閃光，還有在她腦中不斷迴盪的音節——羸——她認為是英塔拉本身的聲音。那段回憶現在感覺很不真實，彷彿是夢境，或在古籍中讀到的故事，關於其他人的故事。艾黛兒低頭看著自己雙手，看著皮膚上烙印的複雜傷痕。光滑的螺紋反射正午的陽光，彷彿隨之燃燒，但那又代表什麼意義？所有人都有傷痕。

「真的是祂的嗎？」麥莉問，指向塔牆。「這座塔真的是英塔拉建造的嗎？」

艾黛兒緩緩搖頭。「我不知道。沒人知道。」

麥莉轉身，她的表情充滿痛苦和困惑。「但妳是祂的先知。」

*我是嗎？*艾黛兒懷疑。安努的編年史中記載了數十名先知，信仰狂熱的男男女女，她向來認為他們是悲劇人物，遭受欺瞞，往往精神錯亂。

「我是。」艾黛兒說。「但就連先知也不能瞭解女神的所有想法。」

「祂會和妳說話嗎？」

永恆燃燒之泉後就沒有了，艾黛兒冷冷想著。*該死的一個字都沒有。*

「會。」她回答。「不過祂的信息隱晦難明。」

麥莉凝視她一段時間，然後點頭。「我準備好了。」她說，聽起來比早上更加堅強。「我可以上去了。」

「我是來審問囚犯的。」艾黛兒宣布。

一時之間，在場的人全都驚訝到說不出話來。經歷塔中明亮的光線過後，這間鋼鐵打造的房間感覺很陰暗，即使有十幾盞燈的光線反射在拋光的牆壁、天花板和地面，整個空間仍然像埋在地下，而不是位於地上數千呎的空中。這裡的人——坐在桌子前、筆高懸於紀錄簿上的書記，以及站在門口的守衛——也都一副久居地底的模樣，在她抵達時宛如穴居人般錯愕地瞪大雙眼，凝望她的燃燒之眼，彷彿從未見過太陽。

下一刻，所有人開始慌亂地動作。書記全體起立，深深鞠躬，撞倒椅子，守衛則肢體僵硬地敬禮。火焰之子之前提議要先上來預告她即將抵達，被艾黛兒拒絕了，她就指望這陣驚訝與困惑，她要地牢守衛和獄卒震驚到不知所措，忙於盯著自己，而不去注意身旁那個瘦小的麥莉。

「光輝陛下。」其中一名年紀較大的獄卒鞠躬行禮，迎上前來。潔淨無瑕的盔甲上反射油燈的火光，還有他的黑眼睛。*精明的眼睛*，艾黛兒冷冷地想。她本來希望能夠遇上蠢蛋。「我名叫哈蘭・希密特。」男人繼續說。「我是典獄長。您的大駕光臨令我們蓬華生輝。」

「我不是來讓你們蓬華生輝的。」艾黛兒簡短地回應。她在進入地牢前換上了皇帝的面具，此刻也用皇帝的嗓音說話。「我是來審問間諜的。」

希密特抿了抿嘴。「這裡關了很多間諜，光輝陛下。」

「維斯塔．達迪，曼加利人，闖入我弟弟書房的那個，你們一直抓不到的那個傢伙。」如此指責很不公平，但她希望能夠令典獄長不安。然而，希密特看起來一點也沒有不安。他輕輕搖頭。

「地牢人員不負責追捕罪犯，光輝陛下。我們的責任僅限於囚禁他們。」他指向一排座椅。「請坐。如果您和隨行人員想要休息，我這就派人去拿點飲水和食物。樓梯很長，就連常爬的人都會很累。」那些椅子都是硬裸木，沒有裝飾。艾黛兒很想癱坐在椅子上，讓顫抖的雙腳休息，但她此刻最不需要的就是坐在天殺的椅子上，讓希密特進一步觀察她。她們越早進入監獄，越快能離開這裡越好。她搖頭。

「如你所說，樓梯很長，我已經浪費太多時間了。我們現在就要去見間諜。」

希密特嘴唇緊抿，轉向麥莉。「光輝陛下，可否請問您的隨行人員是誰？」

麥莉在她身旁抽搐了一下，艾黛兒見狀伸手扶住她的手肘。

「不行。」艾黛兒回答，盡可能用字簡潔，不帶情緒。「你不能問。她有可以用來對付那個間諜的情報，你只要知道這點就行了。」

希密特打量了麥莉兩到三下心跳的時間，彷彿只要看得夠久，他就可以看穿她身上上好的羊毛兜帽。

「請見諒，光輝陛下，」他終於說。「但這不該是第一護盾和艾道林護衛軍的責任嗎？」

「你所謂的護衛，」艾黛兒厲聲喝道，用最輕蔑的語氣強調最後那個詞。「是放那些混蛋進入英塔拉之矛的人？是讓他們中的三人被一個間諜制伏的人？而你希望我相信這樣的護衛？」

她讓對方思考這些問題，腦袋微側，揚起眉毛。其他書記和獄卒都和雕像差不多，沒人移動，也彷彿都沒在呼吸。然而，她完全沒有辦法阻止他們旁觀一切，而當整件事情結束，艾黛兒離開，屍體被人發現時，他們就會想起此時的所見所聞，花很多時間思索艾黛兒來訪之事，反覆審視細節，爭論她的用字和一舉一動。她必須盡快離開這裡，在自己或麥莉露出馬腳前遠離那些目光。不過話說回來，操之過急也很容易露出馬腳，於是她強迫自己站好，不動聲色，等著希密特回答。

「請見諒，光輝陛下，」男人再度開口說道。「但我聽說您的弟弟宣稱，艾道林護衛軍不必為此事負責。」

我弟弟，艾黛兒冷冷想著，*似乎已經從皇宮裡消失了*。幾天前還有人看見凱登穿越幽靈門出宮，但那之後便……無消無息。基爾對艾黛兒和議會保證首席發言人只是暫時缺席，但艾黛兒不那麼肯定。她派了二十名火焰之子進城搜索她弟弟，他們卻無功而返。凱登缺席是令人困惑又危險的謎團，但想將崔絲蒂帶出英塔拉之矛就不能考慮太多，於是艾黛兒將問題拋開，讓它像老鼠啃食軟骨般靜靜啃食她內心某個角落。

「我弟弟喜歡怎麼宣告不關我的事。」

「但他是議會首席發言人。」

艾黛兒語氣冷酷又堅決。「而我是皇帝。」希密特微微鞠躬，表示認可，但艾黛兒在他有機會站直前繼續施壓。「此事比我弟弟想得更重要，我絕不會讓其他人進一步搞砸此事。」

這回希密特深深鞠躬。這傢伙態度尊敬，但毫不順從。即使他默默遵照她的要求，她還是能感受到他在監視的目光，可以看見他的心思在眼後遊走。這個房間並不熱，但艾黛兒在冒汗，她感覺到汗水沿著衣服下的皮膚滑落，在額頭上閃閃發光。

樓梯很長，她提醒自己。所有人上來時都會汗流浹背。

希密特再度凝視麥莉。「光輝陛下，如果我必須——」

「曼加利人。」艾黛兒說，用自己的嗓音蓋過對方。「在這裡攻擊我們，攻擊安努的中心。你或許不覺得那有什麼，但我認為事態嚴重，不會為了滿足你的好奇心就放棄安努的優勢。我不會透露這個隨行人員的身分。」

「我的書記和守衛都發誓不會洩露地牢中的事。」希密特抗議。「我也一樣。發生在地牢中的事情不會流露到這扇門以外。」他慎重比向艾黛兒身後的鋼門。

「我相信你們足夠謹慎，」艾黛兒冷冷一笑。「儘管如此……」

她不再繼續說下去，那陣死寂強過任何言語威脅。片刻過後，希密特再度鞠躬。「我把囚犯轉移到標準牢房給您審問。」

艾黛兒的心臟宛如驚慌的馬般狂奔。所有一切，整個計畫，都取決於在下面審問維斯塔·達迪，那裡的鋼籠吊在英塔拉之矛內。

「不。」她叫道。

希密特眼睛微微睜大。

艾黛兒克制她的恐懼，深吸口氣，把它甩到一邊。「我受夠等待，受夠無能和拖延了。我們現在就要去見他，不管他在哪裡。」

希密特搖頭，然後指向地板。「他在籠子裡，光輝陛下。掛在下面。」

「你是要告訴我，我沒辦法下去那些籠子？」她挑眉詢問。

「有辦法。」希密特回答。「有一種鋼籃，但不適合皇帝乘坐，太危險了。」

「坐在王座上也一樣危險。」

「但是鋼籃只能乘載兩人。」希密特說。

「一，」艾黛兒說著，指向自己胸口，然後轉向麥莉。「二。」

「您打算獨自審問犯人？」典獄長語氣擔憂，面對她的雙眼時顯得十分不安。

艾黛兒強迫自己直視他的目光，點頭道：「或許我之前沒講清楚，皇宮安全機制出了問題，在我得到我要的答案前，我會認定還有安全疑慮，而當有安全疑慮時，我就不信任任何人，包括你在內。」

希密特打量她。「這樣非常不合乎常規，光輝陛下。」

「我們現在就要見囚犯。」艾黛兒說。「單獨見他。如果繼續拖延，我就把你革職，剝奪護甲和榮譽，趕出皇宮。」

男人凝視她片刻，又一次鞠躬。「如您所願，光輝陛下。請隨我來……」

艾黛兒在對方終於轉身時吐出長長一口氣。或許有更優雅的方法可以應付這名典獄長，更細緻的做法，但是優雅和細緻也會帶來其他風險，她不能在伊爾．同恩佳抓住她兒子時承擔的風險。用皇家特權壓迫別人不太好看，但是有效。

有效，她淒然地反思著，只要妳願意燒光所有正常的人性羈絆。

希密特的金屬「籃」看起來比較像是功能不明的刑具，而不是用來載運蘋果或棉花的籃子。艾黛兒和麥莉站在一塊寬度勉強容納得下她們兩人的鑄鐵板上，抓住看起來像是從醉鐵匠的熔爐中打造出來的及腰金屬護欄。那道歪七扭八的護欄邊緣粗糙，和監牢其他地方的流暢線條形成強烈對比。

「那是要嚇嚇他們。」典獄長在把她們放下鋼鐵地上的活板門時解釋。「通往下方牢籠的旅程不該輕鬆。」

鋼籃掛在手腕粗的鎖鏈上，看起來堅固到足以吊起六頭牛，但艾黛兒在籃子顛簸下垂時還是覺得噁心想吐。鎖鏈在上方的滑輪中嘎嘎作響，讓籃子左搖右晃。頭暈目眩一陣後，艾黛兒閉上雙眼。她感覺到麥莉在她身邊無聲哭泣，在袍子下發抖，不過聲音都被鎖鏈的聲響蓋過。艾黛兒發現自己的恐懼逐漸減弱，被她的羞愧擠開。情況有可能出錯，巨大差錯，但麥莉是唯一來這裡赴死的人。

清楚自己不能活到明天日出，那會是什麼感覺？士兵經常在迎向死亡，在床上垂死的老人肯定能聽見安南夏爾的腳步聲，但幾乎沒有人可以預見死亡確實發生的時刻。士兵有可能在危急的戰況下存活下來，長灰痘的老奶奶可能再活五年，讓人繼續走下去的就是那個生存的機會，那種難以肯定的感覺，即便到最後一刻也一樣。麥莉沒有那個機會，艾黛兒不給麥莉機會。她的小口袋裡放著將會摧毀那個女孩的毒藥，麥莉知道，在爬樓梯前往地牢途中都很清楚這一點。

籃子突然停止下降，艾黛兒直接撞上變形的欄杆。她睜開眼睛，發現半步外掛著一座牢籠。如同她身處的鋼籃，牢籠靠鎖鏈掛著，順著鎖鏈往上看，會發現牢籠的鎖鏈固定在上方地板下。這些牢籠不會升降，犯人乘坐鋼籃下來後，通常到死都不會離開。

但這些事實看起來並沒有困擾維斯塔．達迪。海盜祭司盤腿坐在牢籠中央，身上只有一塊帆布遮住胯下，模樣比上次見面時淒慘，有人打破了他眼睛上方的頭皮，肩膀上還有一大塊瘀青，但他似乎毫不在意，不管是對身上的傷，還是剛抵達的訪客。

「沒事吧，光輝陛下？」

艾黛兒仰頭看見希密特彎腰站在活門旁，凝視著搖搖晃晃的鋼籃。

「沒事，你可以退下了。」

希密特遲疑。「要上來時請大聲叫，要非常大聲。」他的腦袋消失，不久後，上方的活板門關閉。艾黛兒不理會翻滾的腹部和內心的責難，轉回去面對祭司。

「你還好嗎？」她低聲道。他的傷勢令她心裡湧現不祥的預感，儘管他之前自信滿滿，但她現在有一種事情可能功虧一簣的想法。他怎麼能在被逮捕、運送、毆打和拷問下保住那塊布？他能在喉嚨裡塞著絲繩的情況下進食嗎？他能睡覺嗎？「東西還在嗎？」她問，突然覺得自己應該要想辦法帶繩子進來，不管會增加多少風險。

「妳是在和匕首海首席祭司說話。」達迪語氣平靜，揚起目光。在艾黛兒反應過來前，他腦袋後仰，然後就像數日前在凱潔蘭家一樣把絲繩吐在手上。絲繩黏黏滑滑纏成一團，但至少還在。繩子完全取出後，達迪朝牢籠地板吐口水。「沒有監牢關得住匕首海首席祭司。」

「這座牢籠呢？」艾黛兒看著面前的鋼鐵欄杆問道。與她在其他監獄中看到的那種簡單垂直欄杆不同，這座牢籠正面的欄杆縱橫交錯，欄杆間隔出的正方形空間不比祭司的手掌大，顯然比他的肩膀小很多，但他似乎一點也不擔心。

一時之間，他就和鋼牆一樣靜止不動，接著，他毫無預警地開始扭轉交纏自己的手臂，同時呼吸急促又猛烈，猛到艾黛兒擔心他會弄斷肋骨。麥莉推開兜帽，瞪大眼睛看著這名矮小男人，驚訝之色短暫取代了一直掛在臉上的痛苦神情。

「他在幹嘛？」她低聲問。

艾黛兒皺眉。「逃獄。」她希望。

突然之間，達迪再度靜止不動，閉上雙眼，用艾黛兒聽不懂的語言喃喃唸了幾句話，接著走向欄杆。他先伸一條手臂穿過欄杆，怎麼看都註定會失敗。然而，在艾黛兒失去希望前，祭司低哼一聲，手臂彷彿脫離身體般，自肩窩處與肩膀分離。那景象令人噁心，但又十分迷人。艾黛兒什麼都不能做，只能看著男人拉長他的肉體，將肢體扭曲到類似刑求般恐怖的姿勢，整個身體轉動成噩夢般的模樣。他看起來不像爬出來的，而是把自己倒出金屬欄杆，彷彿他的皮膚裡沒有肉和骨頭，只是缺乏固定形體的膠狀黏液。有那麼一刻，艾黛兒以為這傢伙是吸魔師，但隨著她繼續看下去，她發現對方沒有施法，只是把肉體控制到令人難以置信的程度。達迪花了幾分鐘時間，一切結束後，他已經站在牢籠外面，就跟拿出絲繩一樣輕鬆地依靠欄杆而立。下一秒，他一個翻身上了籠頂。

艾黛兒讚歎地搖著頭。「接下來呢？」終於恢復說話能力後，她問。

達迪咧開嘴，露出類似微笑的凶狠表情。「繩結。」

匕首海首席祭司十分擅長打繩結，他的細手指如同艾黛兒在白紙上簽下自己名字一樣輕鬆地穿過那些纏繞的繩圈，只花了一點時間就在絲繩上綁好許多固定小結，看起來是為了支撐手腳，接著又花了一下心跳的時間將繩子一端固定在牢籠的欄杆上。完成之後，他抬頭看向艾黛兒，然後指向她肩膀後方。

「我去帶那個女孩出來。」

艾黛兒動作謹慎地緩緩轉身，一邊移動一邊握著欄杆。她之前設法不往下看，除了達迪和他的牢籠外什麼也不看。然而，現在她不得不面對整座監獄。幾十個牢籠從上方地板垂掛下來，大部分高度都不一樣，面對不同的方向。她短暫想像了當初建築師和數學家解決這個問題的模樣，他們要在不讓囚犯清楚看見彼此的情況下盡可能建造最多牢籠。

就某方面而言，這整個地方都很荒謬。在石牆上打洞又便宜又輕鬆，也不太可能有人逃出在岩床中挖出來的地洞。

但是話說回來，艾黛兒凝視掛在空中的牢籠，見到鋼鐵上反射的光。輕鬆並非重點。就和這座我們決定要進駐的高塔一樣。重點在於權力。

所有看見高塔反射陽光的人，那些位於數里外海面上的水手、海岸道上的旅人、安努的訪客和居民，他們都知道這座塔屬於馬金尼恩家族。一個擁有燃燒之眼的家族占據了全世界最偉大的建築物，然後在裡面建造監獄。據說，這座地牢高到就算囚犯跳下牢房，也會在落地前死去。即使要進行邏輯上的爭辯，能讓全世界相信這種傳聞還是很值得。

維斯塔．達迪在籠頂拉緊最後一節繩結，滿意地哼了一聲，然後完全不往下看就跳過了他的牢籠和鋼籃之間的縫隙。鋼籃在他跳上欄杆時劇烈搖晃，艾黛兒和麥莉都手忙腳亂地穩住自己，達迪卻輕鬆保持平衡，伸手遮眼凝望西方。

「抵達那邊的牢籠要多久？」艾黛兒問。

首席祭司嘶吼一聲，搖了搖頭。「不用過去，女孩就在這裡。」

他指向距離只有二十到三十呎外的牢籠。

艾黛兒凝望牢籠。明亮的鋼牆冷冷面對她的目光。那座牢籠應該有一面是開放的，類似剛才達迪逃脫的那種欄杆。*最好是如此*，她心想。*否則就連達迪也不可能把崔絲蒂拉出實心的鋼牆。*

「她在那裡面？你怎麼知道？」

「妳要我救的是吸魔師。」達迪回話。「想要安全囚禁吸魔師，就必須對她下藥。那是守衛唯一會造訪的牢籠，連半夜都會跑來。」

我應該感到慶幸，艾黛兒心想。這是意料之外的情報，就像牢籠的位置。經過多方策劃和猜測之後，崔絲蒂就被關在咫尺之遙的牢籠裡。達迪一如承諾，離開了自己的牢籠。令人難以置信的是，這一切竟然十分順利。*我應該要感到慶幸*，雖然她再次這麼告訴自己，但依然一點也沒有慶幸之感，只覺得心跳加劇，恐懼湧上喉嚨，幾乎令她窒息。

「妳有帶抓鉤？」達迪語氣不耐煩。

艾黛兒愣了一下，然後點點頭。她盤起的頭髮裡有三支偽裝成髮簪的抓鉤，是祭司幾天前交給她的。現在看來，她其實直接放在口袋裡帶進來就行了，但她無法確保希密特不會搜身，不管她是不是皇帝。她僵硬的手指笨拙地拔出抓鉤，就在她將最後一根抓鉤交給祭司時，抓鉤自她汗濕的手掌滑落，墜入空蕩蕩的塔中。艾黛兒只能眼睜睜看著，但達迪手臂如同靈蛇般竄出，一把撈回抓鉤，並在挺直身軀時發出噓聲表示不滿。他沒花多少時間就把抓鉤組好，將絲繩穿過鉤子的三個繩眼。

「你要……」艾黛兒開口。

話還沒問完，他已經拋出鋼鉤。他拋得漫不經心，一副毫不在乎的模樣，那種態度讓艾黛兒聯想到自己洗澡前拋掉身上的衣服。她驚訝地看著絲繩跟著抓鉤竄出，看著光滑的鋼鉤反射陽光，喀啦一聲落在遠方的牢籠上。那聲音響亮駭人，照理說會讓希密特及其手下狂奔而來。她緊張兮兮地抬頭看著緊閉的活板門。鋼板沒有動靜，典獄長沒有出現。艾黛兒鬆了一大口氣，轉回去面對呈淺弧線垂在兩座牢籠間的絲線。

「待在這裡。」達迪說完，甚至沒低頭，就抓著絲線盪過去，宛如蜘蛛般掛在繩線下，單靠手掌和腳踝支撐，開始往上爬，動作靈活，速度驚人。他轉眼間抵達崔絲蒂的牢籠，一躍翻上籠頂，腦袋倒垂在牢籠另外一端。片刻後，他抬頭打了個手勢。

「她在那裡。」艾黛兒輕聲說道。「她在那裡。」

「他能帶她出來？」麥莉有氣無力地問。「他能把我弄進去？」

艾黛兒盯著遠方的牢籠，緩緩點頭。「妳也看見他是怎麼辦到的了，而妳和達迪一樣瘦小，應該比他還瘦。」

「但我的身體，」女孩反駁。「又不能那樣動。」

「可以。」艾黛兒回答。「他會幫助妳。」

事實上，「幫助」這個詞感覺和祭司的做法扯不上關係。他在凱潔蘭的宅邸中示範過這種不可思議的能力，以強壯又靈活的手指在艾黛兒的鼻子和肩膀間找出好幾個點，狠狠按下去，動作猛到她以為自己的皮膚會被按破。她在肩膀肌肉鬆弛時驚叫一聲，然後整條手臂就麻了，傻愣愣地垂在她身旁。

「這具軟弱的皇帝尊軀在匕首海上可撐不了一天。」祭司邊說邊比劃著。「但是能在訓練下服從。」

接著，他在艾黛兒開口爭辯前俐落地卸下她的肩膀。無論他用什麼方法替她放鬆肌肉，至少在那一刻減輕了疼痛。之後當手臂恢復知覺，劇痛也隨之歸返，那是一種刻骨銘心的錯誤感。凱潔蘭對此感到十分抱歉和擔憂，但艾黛兒化解了女人的憂慮。「重點在於有用，在於他能救出崔絲蒂，把麥莉弄進去。」

「他會幫妳放鬆身體……」艾黛兒開口。她話沒說完，麥莉已經摔倒在她身邊，不知道是出於恐懼還是後悔，她緩緩搖頭。「我辦不到。我很抱歉，光輝陛下。我很抱歉，但我辦不到。」

艾黛兒深吸口氣，跪在硬鐵板上，雙手摟住麥莉肩膀。她感覺到女孩纖瘦的身體在發抖，深受恐懼和疾病所影響。

「距離不遠。」艾黛兒說，在語氣中添加她沒有感覺到的寧靜。如果麥莉拒絕扮演自己的角色，整件事情就結束了。他們或許有辦法帶著凱登的吸魔師逃走，但過不了幾日，當守衛再次下來強餵崔絲蒂吃阿達曼斯時，他們就會發現她不見了，而艾黛兒毫不懷疑希密特會想到是她幹的。一切都取決於麥莉的合作，儘管如此，哄騙一個年輕女孩去死感覺很糟糕。

「達迪會帶妳過去。」艾黛兒指著對方說道。

在她說話的同時，瘦小祭司已經解開抓鉤，把絲繩的末端綁在支撐崔絲蒂牢籠的鎖鏈上。他將鋼鉤咬在嘴裡，手腳並用地爬了回來，再度翻到鋼籃的欄杆上，然後跳到麥莉身邊。

「動作快。」他嘶聲道，扶起她的手臂。她袍子底下只穿了輕便的亞麻連身裙，衣料因為洗太多次而薄到近乎透明，艾黛兒看到女孩憔悴的身軀時忍不住皺起眉頭。進入牢籠之後，她會和崔絲蒂換衣服，至少在麥莉失去勇氣前的計畫是如此。

達迪沒有發現女孩的恐懼，或說毫不在乎，他翻開她的外袍，開始製作鞍具。他有一條額外的絲繩，是從長絲繩上解下來的。趁麥莉凝望遠端的牢籠時，他手腳靈活地將絲繩在她的赤腳上編成一副鞍具。沒過多久他便完工，將之繫在抓鉤上。

「爬。」達迪說，再度跳上欄杆，抓住長絲繩。「掛在這上面，我會拉妳。」

「等一等。」艾黛兒說著，從外袍口袋裡拿出玻璃瓶。「她必須先喝下這個。」

「我辦不到。」麥莉抗議，目光從牢籠之間的空隙轉移到艾黛兒手中的藥瓶上。「喔，親愛的英塔拉呀。不，我辦不到。」

這話絕望透頂，驚慌失措，但幾乎細不可聞，彷彿女孩的肺裡完全沒有空氣供她說話。

妳非做不可，艾黛兒很想尖叫。妳說過妳要做的，現在妳非做不可！

她緩緩吸了口氣，強迫自己面對麥莉驚恐的眼神。「告訴我，妳怕什麼？」

麥莉凝望她。「我怕死。」

「我也是。」艾黛兒輕聲回答。

這話就這麼脫口而出，但其實並非事實。艾黛兒怕的不是自己會死，而是她兒子。當她閉上雙眼，隔絕麥莉的臉時，桑利頓就會充滿她腦海，嬌小的孩子伸出小手抓她的頭髮和臉。如果她在這裡失敗，他就完了，伊爾．同恩佳會知道她違背他的指令，然後像漁夫砍斷魚頭般冷酷無情地殺了她兒子。這個單純的事實宛如匕首般窩在她跳動的心臟旁。她睜眼看見淚流滿面的麥莉，和桑利頓完全不同，但一樣充滿困惑，遭受同樣無助的需求所改變。

而她媽媽在哪裡？

毫無疑問，她住在某間骯髒的小屋裡，充滿老鼠的地下室或香水區某間漏水閣樓中。不管在哪裡，總之過得不好，除非麥莉願意喝下毒藥，救她出來。艾黛兒想像那個女人片刻，想像她縮在狹窄的房間裡，看著最後一絲陽光掠過窗台，然後消失。一開始她會為了女兒失蹤而困惑，接著擔心，然後憂慮到極點。艾黛兒不知道她長什麼樣子，但彷彿能看見她的手掌，一生勞碌導致皮膚粗糙，握拳放在大腿上，指節泛白，毫無血色。

「妳沒必要這麼做。」艾黛兒說。她低頭看著手中的藥瓶，突然很想把它丟過鋼籃的欄杆，看著它消失在塵埃滿布的光線裡。

「但是那筆錢，」麥莉呻吟。「五千金陽幣……」

「我會確保妳母親收到錢，還有妳弟弟。」

「您會那麼做嗎？」女孩難以置信地搖頭，然後跪倒在地，抱住艾黛兒的小腿，為了表達感激或懇求。

艾黛兒默默點頭。一切都毀了。整個天殺的行動都毀於一旦。她很想大叫，但大叫於事無補。我可以拖延，她在心裡盤算著，告訴伊爾・同恩佳我需要更多時間。除非肯定我背叛他，不然他不會殺死桑利頓……

「您為什麼在哭？」麥莉問。

艾黛兒有些困惑地看著女孩，接著伸手摸臉。濕的，都是淚水。

「沒事。」她說著，擦拭眼淚。「我們必須離開。」

維斯塔・達迪在欄杆上皺起眉頭。

「妳要現在喊停？」

「情況改變了。」艾黛兒說。「取下絲繩，動作快。」

曼加利人瞇起雙眼。「我的船呢？行動失敗可不是我的錯。」

「我知道。」艾黛兒說。「你自己想辦法出去，就和我們之前約定的一樣，然後你會得到你的船。」

「軟弱的民族。」達迪嘟囔著搖了搖頭。「吸魔師呢？」他又問，光頭朝向崔絲蒂的牢籠。

艾黛兒搖頭。「留下。」

「她看到我了，她有可能說出去。」

「誰信她？」

麥莉抓住艾黛兒的膝蓋。她依然跪在地上，但是目光從艾黛兒的臉上轉向遠方的牢籠。

「她是誰?」她問，聲音無力，彷彿在喉嚨深處便已粉碎。

「無關緊要。」艾黛兒說，伸手握住女孩的手肘，用力拉她起身。「現在我們必須離開這裡了，立刻。」

放棄計畫的恐懼，以及這麼做所代表的意義產生的恐懼正推擠著她。絕望模糊了她的視線，擠壓她的心臟。她覺得只要自己停步，出現絲毫遲疑，絕望就會壓垮她。

「穿上妳的外袍。」她說，把麥莉拉向自己。她沒想到女孩會推開她。

「她是誰?」她又問，語氣比之前堅決。

艾黛兒對上她的目光。「她是個吸魔師，她在這座皇宮裡殺了超過一百人。」

麥莉臉色發白。「而您卻要救她出去?為什麼?」

「我們需要她。」

「但她是吸魔師。」

「她是把武器。」艾黛兒語氣疲憊地解釋。

「但您是皇帝。」麥莉爭論。「是英塔拉的先知，掌控全國軍隊。」

「那些軍隊，」艾黛兒簡短道。「節節敗退。我們快輸了。」

她不確定她是指輸給厄古爾人，還是輸給她自己的肯拿倫。當然，戰爭不止一種，戰敗也不止一種。一個女人可以一輸再輸，以上千種不同的形式輸。

麥莉搖頭。「我不知道這些。」她終於輕聲說道。

「妳怎麼會知道?戰事發生在北境，或海邊，或在魏斯特。除了這裡之外，到處都在開戰。

整個天殺的帝國都會瓦解，但安努只有在沒看見裝滿食物與補給的船和馬車後才會發現。」

「而這個吸魔師，」麥莉問，朝崔絲蒂的牢籠點頭。「能阻止戰爭？能拯救安努？」

「我也不知道。」艾黛兒說。她感覺爬塔的過程令自己雙腳重如鉛塊，懷疑自己是否能在不癱倒的情況下爬下英塔拉之矛，不過那似乎沒那麼重要。「或許不能。但我希望能。可能還會有其他辦法。」

麥莉看著崔絲蒂的牢籠，淚水盈滿大眼睛，然後目光穿透垂掛的牢籠，穿越英塔拉之矛的透明牆壁，遠遠看出去，看著數千呎下的安努街頭。下方的塔閃閃發光，散發渺小之美。運河吸收正午的日光，反射而出。從這個高度看下去，就連貧民窟也很美，一堆聞不到臭味、聽不見哭泣、看不見疾病的小房子。

「我做。」麥莉終於說。她又哭了，卻不再發抖。

艾黛兒看著她。

「反正我也要死了。」女孩輕聲說道。「如果沒有食物可買，如果厄古爾人騎馬過街的話，我母親和弟弟拿著五千金陽幣又能幹嘛？」

希望宛如噁心的甜花般在艾黛兒體內綻放。她討厭自己這種反應，但長久以來她為了很多事情討厭自己。她可以活在更多討厭自己的生活中。她抬頭看向二十呎外的活板門。門還是關著的。她們垂在鋼籃裡多久了？她告訴希密特自己需要時間，但那個男人又會等多久？肯定不會等一整天。她還有時間調包囚犯嗎？

「妳確定要這麼做？」她問，以比預期更強的力道抓住女孩的手肘。

麥莉面露痛苦，但是點頭，目光從艾黛兒雙眼轉向她手中的棕色藥瓶。凱潔蘭把阿亞瑪亞和布利塔烈酒混在一起，一邊研究藥瓶，一邊建議道：這樣或許能讓那個可憐的孩子不那麼痛。艾黛兒一點也不相信這種話。

麥莉看著藥瓶，彷彿它是條毒蛇，接著一把奪過來，手掌顫抖地抓向瓶蓋，像是迫不及待要喝瓶中烈酒的酒鬼。瓶子沾到眼淚，從她掌心滑落。艾黛兒連忙上前，在瓶子掉出欄杆前接住。當她抬起頭來時，麥莉望著她。

這個場面似乎該要說點什麼，畢竟皇帝總是在發表演說，長篇大論地講述愛國和犧牲等議題。將軍會在上戰場前對士兵精神講話，而麥莉將要面對的命運至少和厄古爾矛插入腹中的命運同等淒慘。她當然可以說些既高尚又能提供慰藉的言語，但艾黛兒發現自己想不出來。她拿女孩的命當賭注，為了什麼？對付朗．伊爾．同恩佳的渺茫機會？這個犧牲之中沒有任何高貴之處，只有絕望。

艾黛兒看著手中的藥瓶，拇指輕推打開瓶蓋。

麥莉發出了輕微的喘息聲，像是一個女孩在晚春踏入大海首度游泳時所發出的聲音，很輕，如笑聲的開端。艾黛兒想像她站在及膝的海水裡，雙眼因為興奮和寒冷而瞪大，準備潛入水中，但又靜靜等候，或許在等朋友。問題是麥莉沒有朋友，這裡沒有朋友，這裡只有不耐煩地待在欄杆上的維斯塔．達迪，還有艾黛兒，把她帶來這裡的女人，不是要她勇敢穿越明亮的春浪，而是要她在孤獨又無人見證之下痛苦死去。

「麥莉……」在艾黛兒想到要說什麼之前，女孩已經雙手握住藥瓶，拿到嘴邊，不顧一切地灌藥，近乎貪婪地喝，棕色的毒藥順著她的頸部流下。艾黛兒盯著女孩的喉嚨，看她瘋狂吞藥，然後突然抽搐一下。麥莉皺起眉頭，嘴唇緊抿，雙眼緊閉。有那麼幾下心跳的時間，她彷彿要把毒藥吐出來。

藥效有這麼快嗎？艾黛兒心想。這種毒藥如此猛烈嗎？

但是又過了一下心跳，麥莉終於脫離了毒藥的掌控，雙眼凝望瓶口，再度開始喝藥。這回喝得比之前慢，但還是一口一口地堅決喝下去。

「要喝多少？」她喝完三分之一時喘氣問道。

「不用了。」艾黛兒伸手阻止女孩，拿回藥瓶。根據凱潔蘭的說法，只要喝一口就夠了，但麥莉必須讓毒藥在體內醞釀一陣子。一時之間，兩人就這麼僵在原地看著彼此。麥莉瞪大雙眼，彷彿這時才意識到自己做了什麼，意識到已經沒有機會回頭了。

但我還可以回頭，艾黛兒冷冷想著，她內心深處某個冷酷的角落，她十分厭惡的角落，正在算計女孩死亡的過程。只有夏爾知道如果她現在就毒發的話會怎麼樣。她想像麥莉在崔絲蒂的牢籠裡嘔吐但是沒有死去，皮膚撐過了最可怕的水泡，雙眼被猛烈的毒藥侵襲得毫無血色。下一次守衛垂下來餵藥時，他們就會發現她，會知道崔絲蒂已經逃跑了，而警覺的希密特會輕易拼湊出真相。

「妳沒事吧？」艾黛兒問。

麥莉嘴唇微動，無聲做出口形。

「麥莉？」

女孩直視她。「我真的要死了。」

艾黛兒嚴肅點頭。「沒錯。但妳救了妳的家人，妳母親和弟弟，還有……」她遲疑，不確定該怎麼說下去。「或許還有更多人。或許，透過奇特的方式，拯救全安努的人。」

「她那麼重要？」麥莉問，凝視崔絲蒂的牢籠。「那個吸魔師。」

我不知道，艾黛兒差點就說出來，雖然這是事實。我不知道她是什麼人，我不知道我的將軍為什麼要她死，我不知道她有何威脅，又會威脅到誰？我不知道該怎麼做，甚至沒有任何計畫。我唯一能做的就是違背他的要求，而就連那麼做也可能毫無意義。

「對。」最後她說。「她很重要。妳也是。妳是這場救援行動的關鍵。」

接著，她驚訝地發現麥莉在笑。「關鍵。」她黯然搖頭，突然間彷彿變得比真實年齡還小。「您可以告訴我弟弟嗎？」她問。「我是關鍵。」

「當然，」艾黛兒說。「我會確認——」

她話沒說完，麥莉抽搐彎腰，宛如肚子中了一拳。她呻吟一聲，咬緊牙關。

「毒發了？」女孩半直身子問道，五官扭曲，看起來非常痛苦。

艾黛兒無奈點頭。

「真快。」麥莉訝然。

「現在，」達迪說。「走。」

祭司向下伸手，接著以驚人的力氣把女孩拉上欄杆，扶她站好，讓她抓住鎖鏈，然後把她身上的抓鉤扣上絲繩。

「走。」他重複，做了個手勢。

麥莉凝視下方，嚥下一口啜泣，然後抓緊鎖鏈。

「走了。」祭司又說一次。

「等等。」艾黛兒說。

兩人低頭看她，祭司面色輕蔑不耐，麥莉則瞪大充滿淚水又恐懼的雙眼。艾黛兒發現自己完全無話可說。她帶女孩來這裡送死，要把她留在這裡，而離開的時候就要到了。達迪又看她一眼，然後嘶吼表達不滿，朝麥莉胸口推一把，他們就一起翻出欄杆，女孩掛在臨時鞍具下，祭司則靠手支撐，膝蓋緊緊扣住她的腰，拖著她穿越深淵。

艾黛兒嚇了一跳，朝麥莉伸手，在人性驅使下做出愚蠢的舉動，彷彿只要碰到她就能提供任何慰藉。但是他們已經離開了，達迪的手動作很快，強健的手臂將兩人拉向崔絲蒂的牢籠。

謝謝妳。艾黛兒意識到。我應該這麼說的，只要告訴她我的感謝。

她張口要喊，但他們已經走遠了，提高音量風險太高。麥莉雙眼圓睜瞪著她看，彷彿在等待什麼，艾黛兒卻強迫自己閉上嘴巴，痛苦地意識到希密特在上面等待的事實，他就等在上方數步外的鋼鐵地板上。

結束了，她對自己說。反正說話的時刻早就已經結束了。

她很想偏開頭去，閉上雙眼，但她一直注視著麥莉的眼睛，直到他們抵達對面的牢籠。達迪將她抬離絲繩，引領她爬上籠頂，然後停步，強壯的手掌在她肌膚上遊走，指尖插入令女孩麻痺軟癱的穴位。接著，他用力一扯，將女孩的手臂扯離肩窩，再把她垂下籠頂。

接下來一段近乎永恆的時間裡，艾黛兒只能獨自站在鋼籠中，沐浴在午後的陽光下，遭受自身的情緒煎熬。*太久了*，她內心有一部分這麼想，而還能感覺到恐懼的那一部分似乎也被榨乾，疲憊到無法做出任何反應。只有一股冰冷破碎之感，猶如一把破碎匕首插在她胸口，隨著她的心跳而越陷越深。

海盜祭司終於拖著另外一個女人現身時，艾黛兒幾乎沒有注意到。是那個吸魔師，崔絲蒂，他們就是為她而來。他們已經非常接近這個瘋狂計畫的尾聲，計畫會成功的。但艾黛兒發現她根本不在乎。達迪把那個頭怪物拉過絲繩時，她唯一能想到的就是此刻麥莉正孤零零地待在牢籠裡，掛在距離世界上所有愛她之人數千呎外的空中，在毒素的利爪撕扯下顫抖著。

「好了，」達迪在將吸魔師隨手丟入鋼籃時說道。「記住，我逃出去後要三艘船。」

艾黛兒凝視面前的女人。崔絲蒂和麥利年紀差不多，身形接近，在劇毒發威之後，守衛不會注意到任何異狀。然而，兩人的相似之處僅止於那些基礎的層面。

麥莉長相清秀，只是白得有點誇張，而崔絲蒂的長相……完美。艾黛兒想不出其他形容詞。暴行在她皮膚上留下痕跡，紅色的鞭痕玷污她的臉和手臂，她的左手上有一片類似燒傷的疤。她的黑髮蓬鬆凌亂，糾結在頭皮上，彷彿她已經發瘋許久。但那一切都無關緊要。

她太美了。這是艾黛兒的第一個想法。這種想法感覺很不對，感覺很不可能。

「妳有他的眼睛。」崔絲蒂說。受藥物抑制的影響，她的聲音很輕，但清晰到足以劃破艾黛兒的思緒。

艾黛兒很習慣權力。她是皇帝的女兒、王子的姊姊、瑟斯特利姆人曾經的伴侶，並受阿特曼尼人提攜。然而，當她和這名年輕女子對看時，她凝視著那雙低垂的紫眼，心中竟然感到一絲畏懼。有那麼半下心跳的時間，她很想鞠躬，想卑躬屈膝，想要跳出鋼籃，如果那樣可以逃離對方目光的話。那道目光宛如匕首般貫穿她，然後就消失了，留下她膝蓋痠軟，頭暈目眩。

「凱登的眼睛。」崔絲蒂又說。「妳也有。」

艾黛兒扶著欄杆站穩，挺直背脊，以最沉穩的語氣說道：「妳會發現我和凱登不同。」

崔絲蒂張口欲言，接著搖頭住口，彷彿講話太費力，彷彿說話這件事情毫無意義。

「妳來劫獄，為什麼？」

「我需要妳。」艾黛兒回答。

「理由是？」

「我晚點解釋。」

崔絲蒂聳肩，對她來說答案是什麼似乎並不重要，好像劫獄和來送飯沒有什麼差別。藥物的影響，艾黛兒發現她被藥物影響到近乎喪失思考能力。

「穿上。」她說著，將麥莉入塔時所穿的兜帽長袍交給她。

崔絲蒂打量長袍，然後從頭套上。這個動作很隨興，很漠然，卻散發出能讓大部分女人忌妒的優雅氣息。

「她是誰？」吸魔師邊問邊整理長袍。

「同意代替妳死的人。」

「為什麼？」

艾黛兒想說些什麼，卻發現不知道該怎麼說。真相對於言語來說太過龐大，太過必要，也太過殘酷。當她終於能夠出聲時，從嘴裡冒出來的只是事實的影子，宛如冰冷的冬季疾病般沉重地籠罩在艾黛兒心頭。

「因為我他媽的付她錢。」

27

「我做不到。」快傑克小聲地說，瞪著在洞窟地上掙扎的乳白色怪物。

史朗獸被綁得很緊，但就算已經被綑起來，這種生物依然能讓最堅強的胃感到噁心、滑膩、扭絞、纏繞。好像有個變態把狼、蛇和人類大小的蠑螈拼湊在一起，葛雯娜心想。史朗獸的爪子和她拇指一樣長，嘴裡長了太多尖牙，不過牠們最可怕的部分並非爪子和利齒，而是眼睛，或說本應該是眼睛卻長了一大片空白皮膚的地方。

世界各地的男女都將貝迪莎視為溫柔慈愛的女神，所有生物的溫柔助產士。然而，人們也該記住，除了森林的動物和天上的鳥兒外，貝迪莎也創造了潛伏在漆黑寒冷之地的怪物。祂除了塑造人類的靈魂，同時也用過於濕滑慘白的血肉塑造出這種可怕生物。葛雯娜覺得，如果女神想要世界充滿生機，應該多在羽毛和嘴唇上下點功夫，少用點劇毒和利爪。不過話說回來，質疑神的旨意沒有多少意義。世界就是這個樣子，有些地方可以放鬆享樂，有些只能殺戮。

其他叛軍在史朗獸旁圍成一圈，默不吭聲地瞪視牠，臉上充滿敬畏和恐懼，眼中則是訝異。他們曾經面對過史朗獸，但人在激鬥中往往不會細看對手。好了，現在他們看到了，葛雯娜心想。他們看清楚了，而從他們臉上的恐懼神情來看，他們顯然希望自己沒有看清楚。他們在阿林島聽說過史朗獸的事，但聽說是沒有用的，言語或許能夠形容這種怪物的外表和行動，但人永遠無法形容這種東西對自己內心脆弱部分造成的影響。

「我當時做不到，」快傑克繼續說，從蠕動的史朗獸前退開半步，伸出雙手作投降貌。「現在也做不到。」

「可以，」葛雯娜冷冷地說。「你做得到，也會去做。我們把那個天殺的東西從洞穴深處弄來可不是為了玩摸摸看的遊戲。」

她和安妮克跟塔拉爾花了好幾小時才找到這隻史朗獸，終於把牠弄回叛軍紮營的洞窟時，葛雯娜已經想把那隻天殺的怪物扔進火堆裡，放棄整個浩爾試煉計畫。這隻史朗獸還沒成年，塔拉爾也施法暫時壓制牠的爪子了，但當她跳到牠身上時，這隻怪物還是差點把她胳膊卸下來。

要殺史朗獸就很不容易了，活捉這種天殺的怪物更是讓葛雯娜差點丟了小命。她勉強在史朗獸掙扎時壓在牠背上，在怪物把她甩去撞牆或刮地時驚險避過牠的大嘴和利爪，奮力用手臂扣住史朗獸的喉嚨，翻身讓怪物四腳朝天壓在自己身上怒氣沖沖地朝空氣揮爪。本來再過幾下心跳牠就能掙脫，不過安妮克和塔拉爾沒給牠那點時間。趁葛雯娜邊罵邊制伏怪物時，他們費勁地綁住牠長長的後腿，然後是較短的前腳。然而，此時汗如雨下的塔拉爾突然失去了控制史朗獸的力量，然後，當然，可憐的怪物再度襲向葛雯娜，無視牠被綑綁的四肢不斷掙扎吼叫，試圖在她翻身滾開時咬她。

經過一番搏鬥後，三人艱難地拖著史朗獸在蜿蜒地道中往上爬，這半里路同樣讓他們吃盡苦頭。塔拉爾手臂留下長長的爪痕，安妮克則被又長又強勁的尾巴打下十幾呎的岩架。這隻龐大的生物還一次又一次壓在葛雯娜身上，害她折到兩次手指。她忍著灼痛把手指扳回原位，忍受傷處持續隱隱作痛。不過，肉體上的痛楚降低了史朗獸本身造成的恐懼，直到他們把不停掙扎的怪物拖入營火照射範圍，直到葛雯娜看見退訓學員驚恐的表情，直到她聞到他們火熱又腐爛的恐懼氣味，她才完全意識到自己要做的事情所代表的意義。

「妳要牠咬我們？」克拉問，將葛雯娜的注意力從快傑克身上拉開。女人的光頭上布滿汗珠，黑皮膚在火光下閃閃發光。「妳要我們自願給牠咬？」

「妳想當凱卓？」葛雯娜問，朝史朗獸點頭。「這就是當凱卓的方法。」

克拉瞪大雙眼，他們全都瞪大雙眼，但只有幾個人在看綁在面前的史朗獸。葛雯娜發現大部分的人都瞪著自己，他們看她的眼神參雜敬畏和恐懼，彷彿眼前突然出現一名殘暴殺手，又或是無法抵抗的冷酷戰士。這整件事都令她噁心。

「你們到底他媽的對浩爾試煉有什麼期待？」她問。「從《兵法》裡挑出最喜歡的段落加以申論嗎？」

「有毒。」曼絲在人群後方說道。她拒絕進入怪物二十步內，但她站起身來，一副隨時要拔腿逃跑的模樣，一手放在劍柄上，另外一手不停拉扯骯髒的衣緣。她亂髮下的目光灼灼發亮，雖然語氣顫抖，音量還是足以讓所有人聽見。「記得阿林島上的卡爾嗎？抖個不停的可憐卡爾？這就是他變成那樣的原因。這個。」

葛雯娜強迫自己冷靜點頭，面對退訓學員恐懼的目光。「曼絲說的對，但她沒有告訴你們全部的事實。史朗獸牙齒有毒，但有辦法治療。地洞裡有蛋，史朗獸蛋，那些蛋就是解藥。找到一顆蛋，喝掉，毒自然就解了。」

「那為什麼要做這種事？」克拉問。「毫無意義。」

「不。」葛雯娜回答。「並非毫無意義。毒素和蛋兩者的結合會對人體造成影響……會改變一個人。你會變得更強壯、更敏捷。你能感覺到一些事物，聽見從未聽見過的聲音。就是那些優勢讓凱卓成為凱卓，那些跟鳥和劍同樣重要的優勢。而那就是我們有辦法深入地洞，把這傢伙拖出來的部分原因。」

人群中傳來驚訝和難以置信的聲浪。

「告訴他們，曼絲。」葛雯娜說。

女人後退了，搖著頭遠離火光遁入黑暗。「太瘋狂了。我拒絕參與。」

塔拉爾代替她走上前來。他手臂上的醜陋傷痕已經凝結，開始結痂。他將手高舉在火光下，讓所有人看見，手指沿著傷口撫摸。「是真的。」他簡明扼要地說。「我這裡受傷還不到一個小時。我們要求你們相信令人震驚的事實，但可以用自己的身體證明。」

一如往常，他冷靜的語氣和那雙黑眼中嚴肅又沉著的自信令葛雯娜讚歎。*如果我有點腦子的話，就該讓他出面說話，而我只需要在激怒別人時開口就好。*她心想。

四周的士兵身上依然散發恐懼的臭味，不過還有其他情緒，她有點難以肯定的味道，也許是敬畏，或是希望。

接著，傑克再度開口。「我知道你們說的是真話，」飛行兵輕聲說道。「我自己參與試煉時也聽過同樣的話。但我們有可能死在下面。」

這段發言讓葛雯娜沒辦法繼續閉嘴。

「你們可能死在任何地方。」葛雯娜厲聲說。「可能死在這座洞窟裡，營火可能會熄滅，史朗獸可能會來，拉蘭可能放火逼出你們或餓死你們。你們甚至可能吃到腐壞的海鷗肉，然後倒在地上拉出自己的腸子。」

奇怪的是，這讓她突然想起了派兒，那個對自己註定到來的死亡抱持漠不關心態度的女人。第一次，她覺得那種態度是明智的，令人羨慕。或許能如此輕描淡寫面對死亡醜陋的事實稱得上是一種美。葛雯娜絞盡腦汁尋找派兒可能會對這群嚇壞了的士兵說的話。那女人可能什麼都不會說，只會嘲笑這群人，然後走開。

她深吸口氣，保持鎮定，努力擠出講理的語氣。「重點在於——」

哈伯打斷她的話。「重點在於，這些人不是凱卓。」曼絲還在遠處黑影中顫抖，背部緊貼岩牆，她的丈夫卻趁葛雯娜跟傑克滔滔不絕時接近人群。現在他站在人群外，粗壯的胳臂交抱胸前，輕蔑地打量退訓學員。「他們還沒準備好接受試煉，而且可能永遠不會準備好，我之前就告訴過妳了。」

葛雯娜轉身面對男人。史朗獸在兩人中間掙扎，但她依然迎上前去，直接跳過張牙舞爪的怪物走向另一名凱卓。其他士兵察覺危險紛紛讓道。哈伯沒有後退，但一手移動到腰間的劍柄上。葛雯娜沒碰她的劍，在來到對方一步半外時拔出腰帶匕首。

哈伯確實有兩下子，迅速動手要拔出武器，問題是劍比匕首長，劍才剛出鞘，葛雯娜已經架開劍刃，跨步上前，匕首抵住他喉嚨。「你確實告訴過我，」她說。「我記得。你說他們沒準備好，但我說他們準備好了。他們都受過凱卓訓練，每個人都是。當拉蘭提供第二次機會時，他們都接受了。當拉蘭扯下面具開始殺人時，這些人還手、反抗、逃走。」

哈伯張口欲言，面色憤怒，但葛雯娜的匕首陷入他喉嚨。

「那不是你或你那個天殺的妻子的功勞，不管你們是怎麼告訴他們的，他們能活下來和你們無關。他們活下來是因為本身足夠堅強、擅長生存。你唯一幫助他們的就是躲藏。你說服他們停止狩獵，淪為獵物。他們節節敗退都是因為你們。所以如果再讓我聽到他們沒準備好、他們不是凱卓、辦不到非做不可的事之類的鬼話，我就割斷你的喉嚨，再割斷你妻子的喉嚨，然後把你們兩個毫無用處的懦弱屍體拿去餵史朗獸。」

哈伯並沒有因為脖子上的匕首而顯露出絲毫恐懼；相反，他抿起嘴唇，面露不屑。「妳這個笨蛋。」他緩緩搖頭說。「妳這個小笨蛋。」

葛雯娜直視男人憤怒的雙眼，懷疑她有沒有必要執行自己的威脅，但在她有機會回應前，克拉在她身後開口。女人的聲音雖然輕，卻蓋過了史朗獸在地上掙扎的動靜，以及劈里啪啦的柴燒聲。「我參加。」

葛雯娜沒有轉身，匕首繼續抵住哈伯的喉嚨，準備在他採取任何行動時劃開它。然而，哈伯的目光轉向他身後，看著聚集在史朗獸身邊的人。

「聽我說，聽好了。」他啐道。「一個勉強通過試煉的婊子說你們夠好並不表示你們夠好。我和凱卓一起執行任務超過十年，真正的凱卓，而我要說一件你們不想聽的事實：你們不是凱卓。你們太慢了、太弱了、太笨了。如果你們追隨她，」他朝葛雯娜揚起下巴，根本懶得用正眼瞧人。「賈卡伯・拉蘭就會把你們砍成肉醬。」

克拉再度開口：「那我就奮戰到死。那是凱卓之道，是不是？奮戰至死，不是藏頭縮尾。」

葛雯娜難得忍住不開口。她等著哈伯目光轉回她臉上，然後面露微笑。男人朝她身後的石頭吐了口口水後轉身，全然不把喉嚨上的小傷口放在眼裡，徑直走回洞窟對面妻子所在的陰影處。曼絲急切地對走向自己的丈夫說了幾句話。葛雯娜只能聽出一些：小心……我的愛……。接著哈伯伸手摟住她的肩膀，不理會葛雯娜和其他人，彷彿他們通通不存在。

葛雯娜緩緩吐出一口氣，收回匕首。她轉過身，看見克拉已經步出圍觀群眾，朝扭動的史朗獸踏出一步。

「我參加。」克拉又重複一次。接著，在任何人有機會反應前，彷彿被自己的恐懼拖著向前跑過最後幾步路，把手伸向史朗獸。聞到肉香的史朗獸在束縛下扭動，狠狠大口咬下。克拉嚇了一跳，大叫後退。她很快，但還不夠快。怪物咬中她左手兩根手指，從第二指節處咬斷，之後發出介於人類聽力邊緣令人毛骨悚然的尖叫。克拉站直身子，震驚地看著兩根手指冒出的鮮血，然後縮回手。

葛雯娜嚥下嘴裡的髒話，連忙奔向她。傷勢不嚴重，乾淨俐落，切口整齊，沒有碎骨，但那依然是道傷口，比參加浩爾試煉所需的傷勢嚴重，而且大量失血。其他人鴉雀無聲，彷彿恐懼卡住了他們的喉嚨。葛雯娜聞得到恐懼，火熱腐臭，他們已經快要崩潰了。

「看。」她說，握住克拉的手腕，在將女人的手掌舉在空中給眾人看時壓住她的動脈。「這就是你們害怕的情況。」

「她的手指……」有人驚呼。

「我知道。」葛雯娜回道。「牠咬掉了她兩根手指。」她目光慢慢在眾人面前游移，清晰地說出接下來的每一個字。「那又怎樣？」

他們目瞪口呆，聽不懂她在說什麼。

「那又怎樣？」葛雯娜又問。她聽見塔拉爾走到她身後，為某種原因在火堆邊忙碌。她不理會他，轉而對克拉說。

「妳還站得起來，對吧？」

女人顫抖點頭。

「妳還能說話嗎？」

她又點頭。

「讓他們聽妳說話。」

克拉停頓了很久，最後咬牙切齒地說：「我想幹掉那隻天殺的怪物。」

葛雯娜微笑。

「聽見沒？她不但能走能說，她還想要戰鬥。我瞭解你們全都害怕，但我要你們看看這個，一直看到瞭解為止。」她搖搖克拉殘缺的手掌。「你們在擔心的就是這個，但這根本無關緊要。是不是，克拉？」

拜託，浩爾，讓我猜對。她暗自祈禱。

克拉舔舔嘴唇，又過了一會兒，她點頭。

「我們必須用火消毒傷口，」塔拉爾輕聲道。吸魔師已經走到葛雯娜身後，手裡拿著一把火紅的腰帶匕首。葛雯娜皺眉。克拉顯露了些骨氣，但火燒會讓傷口更加疼痛。然而，她很驚訝地發現克拉望向塔拉爾，面對他的目光，然後點頭。「我自己來。」

塔拉爾想要反對。「會很——」

「讓她自己來。」葛雯娜說。「她贏得自己來的權力。」

而且他們必須見證此事。

塔拉爾遲疑地將匕首交給女人。克拉凝視火熱的匕首，彷彿那是條蛇，接著，她挑釁般地吼叫出聲，把匕首壓上傷口。鮮血吱吱冒泡，烤肉的味道瀰漫空中，片刻過後，她放下匕首，單膝跪地，然後緩慢吃力地再度起身。

「好了，」她輕聲道，與葛雯娜對視。第一次，她沒有大聲講話，語氣毫不憤怒。「我做到了，現在怎麼樣？」

葛雯娜點頭，拍拍女人的肩膀。克拉的背脊挺得更直，下巴驕傲地上揚——值得用兩根手指去換。葛雯娜打量其他退訓學員，目光停在傑克身上。飛行兵的臉色白得像史朗獸的肚子。也許克拉在傷口中獲得決心，但那個畫面顯然只有進一步加深飛行兵的恐懼。

「我現在要下去了？」克拉問。「去找史朗獸蛋？」

葛雯娜搖頭。「不，妳不自己下去。」

「我試煉時都是自己下去的。」傑克說。「一次一個。」

「對。」葛雯娜說。「我們也是那樣，但是那樣很蠢。你們本來就是小隊作戰，如果面臨死亡，也會和小隊同生共死。我認為你們可以組隊完成試煉。現在……誰要和克拉一隊？」

除了火堆和二十幾個退訓學員的心跳聲外，洞窟之中沒有任何聲響。葛雯娜看著一張張苦惱的面孔，各個大口呼吸，試圖獲取一絲決心、憤怒或他們迫切需要的勇氣。但沒人行動，也沒人敢與她對視。

我錯了，她冷冷想道。我的做法完全錯了。

洞窟對面傳來哈伯的嘲笑聲。「我說過了。」他叫道。「他們沒準備好。」

葛雯娜考慮殺了他，那樣做不會解決退訓學員的問題，但是處理她曉得該如何處理的問題感覺很好。她沒辦法處理懦弱，沒辦法解決一輩子的失敗，沒辦法用適當的言語將生鐵打成精鋼，但她有辦法面對持劍的活人，然後把他弄死。至少那是她能理解的事情。

然而，在她採取行動前，黛兒卡默默上前。

「我準備好了。」她說。

葛雯娜轉身盯著她看。這位五十幾歲的年長女人頭上的灰髮比棕髮多，眼周布滿細紋，深色的皮膚被太陽曬出許多斑點。葛雯娜聞到恐懼的氣味，但年長女人毫不畏縮地捲起衣袖，露出手臂伸向史朗獸。她打量怪物一段時間，轉而面對葛雯娜的雙眼，接著，令眾人震驚的是，她面露微笑。

「我準備好了。」她又說一次。「我為了這場試煉準備了很久很久。」

令人意外的是，到最後他們幾乎全都上前，只剩下快傑克沒有，他抖得彷彿秋天的樹葉，雙眼凝望著濺血的石頭。大部分叛軍已經下去了，四到五人一組搜尋能拯救他們的史朗獸蛋。三名已經被咬的士兵站在地道口，搗著身上的新傷，不耐煩地等候傑克上前露出蒼白的皮膚給扭動的史朗獸咬，然後加入他們。

然而，傑克沒有上前。

「時候到了。」葛雯娜說，試圖將語氣在鼓勵和輕蔑之間保持平衡。「輪到你了，傑克。」

他沒有反應，彷彿沒聽見她的話。他看著史朗獸，瞪著那張沒有眼睛的醜陋面孔，眼中充滿恐懼，宛如被蛇的冰冷目光擄獲的老鼠般無助。他注視著其他人，注視著他們每一個人，看著他們走上前去讓怪物咬。葛雯娜本來以為那是好現象，至少他沒有偏開頭，甚至沒有任何畏縮，沒有真的畏縮。但現在她不敢肯定了。他那種凝望的眼神似乎鎖死在臉上，瞪大眼睛看並不是因為他想看，而因為恐懼強迫他看。

「傑克，」她說，穿越粗石地去拉他的上衣。「時候到了。」

她必須搖晃他的身體才能吸引他的注意，讓他看向自己而不是那隻染血的史朗獸。然而他一轉頭過來，她立刻就知道沒希望了。恐懼徹底占據了他，烙印在他眼中。她聞得到，瀰漫在他的汗臭味中；她聽得出，從他又淺又快的急促呼吸中，透過齒縫和雙唇之間竄出。他不打算去做，他辦不到。在其他狀況下，她會任由他去，把他推開，花點時間對這個本來可以成為士兵的失敗者感到同情和噁心，然後放手。

但我們需要他。浩爾幫助我們，我們需要他。

叛軍中還有兩名飛行兵：黛兒卡和名叫克朗坦的赤黃色頭髮胖子。決戰時刻到來時，對抗拉蘭的成敗關鍵很可能就取決於凱卓鳥和駕馭凱卓鳥的人。

所以妳要一個懦夫，一個任由驚慌癱瘓四肢的廢物混在裡面？

她不想，但想不想並非重點。根據所有人的說法，快傑克只要騎到鳥背上就會變成天才。他畢竟已經通過所有訓練，有機會參與浩爾試煉。儘管他此刻動彈不得，但絕對不是徹頭徹尾的廢物。她需要他對付拉蘭，需要有人應付黎明之王，善用最快最強的凱卓鳥，而那之後……葛雯娜想要拋開那個想法，但真相就在眼前，光禿、醜陋、無法否認：萊斯過世後，她自己的小隊也需要飛行兵。黛兒卡或許過得去，但她太老、太心軟、太溫柔了。

葛雯娜就是沒辦法把傑克在午夜海面上游泳的畫面趕出腦海，強健、效率、幾乎毫不費力的動作，爬出海面、甩開海水時臉不紅氣不喘的模樣。他本來可以很強的……那感覺像是找到一把美麗的劍，完美平衡，但是劍刃整個生鏽。妳不會丟掉那種劍，會拿塊石頭開始磨劍。

「時候到了。」她又說。

他看著她，垂下雙眼。她幾乎能夠嚐到嘴巴後面那股噁心的甜味——羞愧。他強壯的肩膀無力軟垂，緩緩搖頭。

「我辦不到，葛雯娜。我當年辦不到，現在也辦不到。我很抱歉。」

「我不在乎當年如何，也不在乎你有多抱歉，你非做不可。你朋友需要你這麼做。」她幾乎要承認是她需要他這麼做，但還是忍住了。「來吧。」她說。

「我辦不到。」他堅持，音量不大，但是極度緊繃。他語氣中浮現憤怒，並甩開她搭在他肩上的手。「不要管我，好嗎？」

「不好。」葛雯娜說。「這樣不好，我不能不管。」

「葛雯娜。」塔拉爾出聲。吸魔師嚴肅地站在幾步之外，雙手交抱胸口。

「不要插手。」葛雯娜咆哮。

「浩爾試煉是自願性的。」塔拉爾繼續說。「非自願參加等於把試煉變成折磨。」

「你有看到我在強迫他嗎？」她舉起雙手問。

其他人在通往下方的地道入口看著他們，臉上同時有急迫和不情願兩種神情在天人交戰。葛雯娜還記得那種感覺，讓人不安的灼熱毒素緩緩沿著血肉上移、上移，不斷上移，宛如某種沒有意識的可怕酸液在尋找心臟。

「繼續拖延下去，」她說，湊近到傑克無法迴避她的臉。「你會害死隊員。」

「他們不是我的隊員。」

「試煉結束前是。」葛雯娜啐道。「你在讓他們失望。」

這句話讓傑克毫無徵兆地瞬間爆發。前一刻他還垂頭喪氣地散發羞愧和恐懼，下一刻他已經抓住葛雯娜肩膀，朝她齜牙咧嘴地吼叫，口沫橫飛。

「所以我才不要，葛雯娜！我不是凱卓，永遠不會成為凱卓。我很熟悉凱卓鳥，僅此而已！如果妳認為我現在就已經讓人失望，等開打後妳就知道了。妳看到虎克島上發生的事了，但妳根本不瞭解，我每次面對那種情況都是一樣的反應。我不喜歡那樣。我討厭那樣！我討厭那樣，但無能為力。葛雯娜。恐懼，我就是……擺脫不了恐懼。恐懼就像爪子，緊緊抓住我的心臟，我不能移動，不能呼吸，唯一能想到的就是逃走。逃到安全的地方！如果我能用匕首挖掉恐懼，」他說著，放開她的肩膀，露出胸口，彷彿在展示什麼危險的器官。「我就會開始挖，就算會死我也要把它挖出來。但挖不出來。」他搖頭，音量終於變小。「我一輩子都活在恐懼中，打從還是小孩子起。這種恐懼是我所有記憶的一部分。」

「我不接受這種說法。」葛雯娜終於說。

「妳接不接受無關緊要。」他說。「那是真的。醜陋噁心的真相，但那是真相。」

「好吧，我告訴你另外一個真相。」葛雯娜冷冷說道。「如果想解救自己，如果想生存下去，你就必須走下那些地道。」

「葛雯娜。」塔拉爾再次出聲，語氣比之前堅決。

「我不會下去。」傑克說。「我退出。我拒絕參加浩爾試煉。」

「不行。」葛雯娜說，以一腳為支點輕輕出腳，掃過飛行兵的腳踝，在他倒地前固定住他，用雙腳扣住他胸口，將他翻向掙扎不休的史朗獸。傑克瘋狂反抗，而他表現得相當不錯。他很強壯，如果他們是在摔角比賽中，要戰到對方倒地或昏倒，他會讓賽況變得非常激烈。但是她並不須要壓制他或擊倒他，只須要固定他半下心跳的時間，讓史朗獸的牙齒咬住他手臂，撕掉一塊皮膚和肌肉就好。傑克大叫，她放開他，翻滾起身，伏身備戰，以免他撲上來。

他卻只是瞪著自己的手臂。鮮血流過皮膚，在地上積成血泊。怪物牙齒咬合，尋找更多血肉，飛行兵退開，瞪大雙眼，難以置信。

「浩爾試煉是自願參與的。」他輕聲說道。「妳不能強迫別人參加。」

「沒人強迫你。」葛雯娜回答。「你有選擇。看你是要任由毒素荼毒你，或是和你天殺的隊員下去。」

♛

「那樣不對。」塔拉爾說。

「少給我上道德課。」葛雯娜啐道。她凝視著火堆，追隨著原木變成餘燼的變化，然後餘燼在自身的重量下崩潰，將火花和灰燼噴向空中。自從包括快傑克在內的最後一支中毒小隊消失在浩爾地道的盡頭以來，他們已經添加過六次柴火。在浩爾大洞中很難判斷時間，但現在應該要有人回來了。「我知道猛禽不是那樣幹的，但我們需要他，塔拉爾。」

「我們不需要。」安妮克說。她握著弓，葛雯娜看不出來她是在防備突然出現的史朗獸，還是在監視一直縮在洞窟角落竊竊私語的曼絲和哈伯。「他是所有人中最弱的一環，而他們本來就都很弱了。」

「他不弱。」葛雯娜堅持。「他只是害怕。」

狙擊手搖頭，彷彿這話毫無道理可言。「害怕就是弱點，很危險的弱點。」

「我們都有弱點。我不是說快傑克有朝一日會成為跳蚤，但他應該要有一次機會去試。」

「機會要自己爭取。」塔拉爾指出。「妳要他們深入地洞的部分原因在於建立自信。把男人打倒在地，丟給令他害怕的怪物並不能幫他建立自信。」

「我知道。」葛雯娜揚起一手，彷彿要擋開對方的意見。「我瞭解。但我們偶爾都需要有人推一把。我第一次桶降時完全嚇壞了，連釦環都扣不起來。你知道阿達曼．芬恩怎麼做嗎？他割斷皮帶，把我推下鳥爪。結果我一落海就知道我辦得到，我已經辦到了。第二次，我就自己扣好釦環。」

「妳又不是快傑克。」塔拉爾輕聲道。

「當然不是，我們都是獨立的個體。」

「他不是那個意思。」安妮克說。

「我的意思是妳……更適合幹這種事。」塔拉爾說。

「我不適合，我所有技巧都是勉強學會的。」

「或許。」安妮克打斷她的話。狙擊手抿了抿嘴唇，手指輕彈弓弦，弦音在空蕩蕩的洞窟中迴盪。安妮等到回音消失後才繼續說。「儘管如此，猛禽訓練我們時就是以妳為目標。妳是完美的凱卓。」

葛雯娜凝視她，一時之間完全無話可說。「妳他媽瘋了嗎？」她終於說。

「沒有。」安妮克冷冷回道。「對付長拳的時候我也在場，我看見妳指揮安特凱爾守城，我還看見妳在虎克島的亂局中救出克拉。」

「我是隨機應變，安妮克，我只是在見招拆招。」

塔拉爾大笑。突如其來的笑聲令葛雯娜感到愉快又不安。「那才是重點。」塔拉爾說。「凱卓就是要會隨機應變。他們邊飛邊打。之前跳蚤要妳負責指揮這支小隊是有原因的，因為妳很擅長這種事。」

葛雯娜看著他們，不確定喉嚨裡哽著的硬塊是怎麼回事。然而，在她被情緒淹沒之前，吸魔師臉上的笑容消失，他開始搖頭。

「關於傑克，我們就是想要讓妳瞭解這一點。對妳有效的做法未必對他有效。我也喜歡那傢伙，葛雯娜。很抱歉他崩潰了，但他確實崩潰了。妳是很強的爆破兵，更棒的小隊長，但那不表示妳能修好他。」

安妮克點頭。「繼續下去，會有人受傷，甚至有人死亡。」

「凱卓就是會死。」葛雯娜反駁。「我們會死。」

「快傑克不是凱卓。」

葛雯娜偏開頭，凝視通往下方地道的入口。當她終於再度開口時，她自己都覺得聲音有點奇怪，有點絕望，有點叛逆。

「還不是。」

♛

又在火堆上添加幾次柴火後，狙擊手的警告開始顯得非常有先見之明。所有小隊都從地道中回來，有的鮮血淋漓，有的手指骨折或扭到腳踝，他們一瘸一拐地互相攙扶著回來，在回想起恐怖景象或獲勝的記憶時頻頻回首。除了快傑克的小隊。

叛軍聚集在火堆旁，大部分人都筋疲力竭，無力分享故事或比較傷勢。有些人在打盹，其他人則宛如復仇般攻擊肉乾和水果。他們看起來比較像收割季裡辛勤工作一天的疲倦工人，而不像士兵，但葛雯娜能在他們身上聞到滿足的氣味，能在他們的聲音中聽見全新的驕傲。沒錯，她更動了浩爾試煉的規則；沒錯，她給了他們很多照明，還讓他們結隊出擊；沒錯，這樣的試煉比葛雯娜那期學員所面對的簡單十倍。但那都無所謂，對他們而言無所謂，對現在而言無所謂。他們面對史朗獸，在驚慌又中毒的情況下進入浩爾大洞，找出需要的東西，然後回來。他們贏了。

除了快傑克和他的三名夥伴。

葛雯娜在地道口不耐煩地來回踱步，往岩架走十八步，又回頭走十八步。她嘗試步入黑暗中傾聽，但那樣只有讓情況更糟。以她的聽力可以聽見洞穴深處傳來上百種不同的聲音，水洗刷冰冷的石頭，風侵蝕鐘乳石，地下河流隆隆作響地流經岩石窄縫，這些都是屬於浩爾黑暗的聲音，但都不是人類發出的聲響。

在她來回踱步四、五百次後，黛兒卡走了過來。此時塔拉爾正忙著照顧傷者，幫忙包紮繃帶，用木棍固定手指；安妮克則繼續站崗，留意任何可能的威脅，不管看得見還是看不見的。他們兩人都給了葛雯娜很多空間，讓她在自己的疑雲中來回踱步。然而，黛兒卡是在傑克事件發生前進入浩爾大洞的，她不知道出了什麼事，走近時臉上帶著笑容。

「謝謝妳。」她簡短說道。

葛雯娜瞪著她。女人手臂上的齒痕已經結痂了，但身上還有其他傷口，頭皮上的傷弄得她滿臉是血，左肩上有大片挫傷，除了邊緣的深紅色外全部紫得發黑。她牙齒上都是血，看起來像半個晚上都在打硬仗。她現在應該待在漆黑安靜的地方好好睡一覺，而不是站在葛雯娜面前微笑。不是天殺的感謝她。

「謝什麼？」葛雯娜問。

「讓我們參加試煉。鼓勵我們。」

「鼓勵……」葛雯娜搖頭，回想起快傑克被她壓制時瘋狂掙扎的模樣，想像他和小隊成員在下方的地道中迷路，或許已經死亡，被史朗獸撕成碎片。

「妳在下面時有遇上其他人嗎？其他……還沒上來的人。」

黛兒卡面對她的目光，緩緩搖頭。「只有史朗獸。但我們沒有在找人，葛雯娜。他們現在有可能找到蛋了，有可能已經在回程的路上。」

「也可能已經死了。」葛雯娜說。

她沒想到黛兒卡竟會點頭。「可能死了。」她同意，語氣像在陳述事實。「領導部隊就是這樣，葛雯娜。有時候妳做出正確的決定，還是會有人受傷，還是會有人死亡。」

「我瞭解。」葛雯娜低吼。「我比妳更瞭解這個。妳在阿林島吃火果切片時，我在安特凱爾和厄古爾人浴血奮戰。」她還能聽見皮克・強被五馬分屍時的慘叫聲。她還能看到手腳受縛的俘虜，腦袋抵住地面，在被她的碎星彈炸成碎片前宛如雕像般無助。「我知道在戰場上會折損戰將，但這裡並非戰場。」

她又看了黛兒卡一段時間，然後再次轉向漆黑的浩爾大洞。她聽見裡面的地下河流宛如痛苦的龐然大物般在石道中呻吟。她聞到血腥味，在舌頭後方顯得濃密火熱。有些臭味來自身後的洞窟，安然歸來的男女療傷的方向，有些則來自下方的地道。

「猛禽一直都有派人進入浩爾大洞。」黛兒卡輕聲說道。「不是所有人都能回來。」

葛雯娜搖頭。「猛禽派我們進去時，我們都受過完整的訓練，我們準備好了。」

年長女人伸手搭上葛雯娜肩膀。「其他三個人我不熟，但快傑克和我以前會一起在阿林島上跑步。他很強壯，也很聰明。」

「那樣就夠了嗎？」葛雯娜吼道。

黛兒卡攤開雙手。「我們只能等著看。」

葛雯娜輕輕搖了搖頭，從通道入口的臨時火把架上拔下一根火把，又從背上拔出一把劍。

「不。」她輕聲說道，在任何人阻止她之前步入黑暗。「我們不等。」

♛

結果，黛兒卡猜得沒錯，葛雯娜在距離叛軍營地不到四分之一里外的地方找到傑克，他在崎嶇不平的地面上瘸腿走路，手握一把血淋淋的劍，火把燒到見底。

感謝浩爾，她心想，欣慰的感覺如光線或空氣般透體而過。接著她看見了他的臉，他臉上寫滿了震驚。她越過他看向更深的黑暗，傾聽其他腳步聲，和他一起入洞的三名士兵，但沒有其他回來的士兵。

「他們死了。」他說。他的語氣聽起來也像死了一樣。

「怎麼死的？」葛雯娜問，大步拉近兩人的距離。

傑克只是搖頭。

「怎麼死的？」她大聲問，將火把直接湊到他面前，試圖從他臉上的鮮血和皮膚上沾染的煤灰中解讀真相。

他瞪大眼睛，難以置信地看著她。「妳問怎麼死的是什麼意思？底下有怪物，妳這個婊子。比妳拖到洞窟裡的那隻大，比妳拿我們的血去餵的那隻大。」

她搖頭，似乎拒絕接受事實。「其他人都成功了，其他人都回來了。」

「或許其他人比較強。」

「不。」她說。「他們沒有比較強。你是唯一完成浩爾試煉前所有訓練的退訓學員，你比他們大部分都年輕，也比他們強壯。我看過你游泳。」

「下面又不用游泳。」他說，凝視著手中的裸劍，彷彿才剛甦醒過來，發現自己手中有劍。

「比游泳醜陋多了。」

「出了什麼事？」

「史朗獸。」傑克搖頭，眼睛瞪得大大的，顯然迷失在回憶中。「六隻。我們找到巢穴和夠所有人吃的蛋，還以為自己很幸運，喝蛋汁的時候甚至在笑，互相拍背。」他閉上雙眼。「然後牠們展開攻擊。」

「你們有反擊嗎？」

「當然。」他低聲說道。「不然我們還能怎麼辦？」

不然我們還能怎麼辦？葛雯娜瞪著他看。飛行兵渾身是血，但看來多半都不是他的血。他身上除了有入洞前就在手臂上濕淋淋的傷，還有幾道擦傷，然後就沒有了。沒有任何近身肉搏的死戰痕跡。

不然我們還能怎麼辦？

「你可以逃跑。」葛雯娜說。即使在她自己耳裡，她的聲音聽起來都像匕首刮過石頭。

捷克睜開雙眼，面對她的目光。「沒有必要。到最後沒必要。」

「你殺了六隻史朗獸？」

「不是獨自殺的。赫莉至少殺了三隻，然後才被最大的那隻扯爛喉嚨。金姆應該殺了一隻。我唯一能肯定的就是他們最後全死了，我是唯一活下來的人，我和最大的那隻怪物，而牠已經傷痕累累。愚蠢的怪物，基本上已經死了，只是自己還不知道。我殺了牠。」

葛雯娜打量他。她可以聞出哀傷的氣味，但為何哀傷？為了眼看同伴遇害，還是為了丟下他們？他在虎克島那天晚上僵住，拋棄克拉，把她丟給拉蘭的惡棍處置。他真的有可能做出不同的反應？能在浩爾大洞密閉曲折的黑暗中表現得更好？葛雯娜把他塞入地道時滿懷希望，但是在火堆前來回踱步的幾個小時磨光了她的希望。絕望花了幾個小時低聲吟唱它的歌，宛如沖刷河岸的河水般堅決：*他是懦夫。他是懦夫，而妳是笨蛋。*

「妳不相信我。」傑克疲憊地搖頭。「妳認為我跑了。」

葛雯娜深吸口氣。「帶我去找屍體，他們應該被火葬。」

不光是火葬，只要檢查屍體幾分鐘，她就能得知事發經過，誰作戰，誰逃跑。

「我辦不到。」

「我們會找到他們。」葛雯娜面無表情地堅持道。「只要往回走點路就行了。」

「我沒忘記路。屍體不在那裡。我把他們推入從洞穴中穿刻出來的河道裡。」

葛雯娜下巴抽動。她發現她在咬牙，用力壓抑怒火，後排臼齒傳來陣陣刺痛。

「為什麼？」

「我不要把他們留給史朗獸。他們是人，不是肉。」

現在他們消失了，葛雯娜冷冷地想。屍體和真相都消失了。

「我沒有逃。」傑克說，目光疲憊但堅決。

她打算繼續逼問，但接著搖了搖頭，突然轉過身去。她沒辦法得知真相，再也沒辦法了。就算飛行兵真的逃跑，就算他僵住拋下夥伴，那也是葛雯娜·夏普逼他進洞的。

28

每天晚上，當傍晚的利刃刮走光線時，瓦林就會感覺到黑暗降臨，那令他的皮膚冷得像冰。他看不見，卻能在寂靜中聽見黑夜的聲音，鳥兒、松鴉和啄木鳥的低鳴逐漸被蝙蝠和貓頭鷹的長鳴取代。黑夜有它自己的味道，比白晝聞起來更冷酷哀怨，彷彿所有花朵都闔起，所有樹葉都為了避寒而蜷縮。瓦林還能從體內感應到黑夜，感覺到自己的身體在回應大世界的節奏，肌肉緊繃，雙手握拳，呼吸急促，聽力強化到足以聽見所有林地龜裂和風聲流竄。

他幾乎無法相信從前黑暗對他來說代表放鬆和休息，無法相信世界上還有數百萬名男女會熄滅油燈、吹熄蠟燭，然後舒舒服服地縮在毯子裡。眼睛瞎了之後，瓦林整個身體都背叛了睡眠。大部分夜裡他都噩夢不斷，經常在汗流浹背中顫抖地驚醒，手緊緊握住斧柄。通常他都盡可能對抗睡意，背對大石或樹幹，凝望冰冷的黑暗。因此儘管夜已深，他還是知道跳蚤來了，他的靴子在鐵杉針葉上無聲踏來。

厄古爾人在北方一百步外的松樹林間紮營。瓦林聽見幾名厄古爾人輕聲交談、吃東西、賭骰子。胡楚也是其中之一，她宏亮的笑聲乘著微風而來。如果她要來找他，那也是晚一點的事，再晚一點。

南方四分之一里外，凱卓待在自己的營地休息。瓦林能聞到席格利和紐特，吸魔師雅緻的香水味和警語家微微的酸腐味在夜空中交織成一股奇特的新氣味。瓦林聞不出來他們是睡是醒，但他們離得很遠，待在營地裡。瓦林不確定跳蚤怎麼知道他睡在哪裡，但小隊長朝他筆直走來，宛如黑夜降臨般緩慢而冷酷。

瓦林一直在等待這次會面，打從他得知跳蚤還活著時就在擔心。他本來以為小隊長會在發現他和一群厄古爾人在森林裡鬼混就割斷他的喉嚨，他體內某個崩壞的部分希望對方動手。畢竟，死亡很輕鬆，一點點痛楚，然後就結束了；而此刻即將發生的事絕不輕鬆。

跳蚤在六呎外停下腳步。他聞起來有皮革、羊毛和上好銳利鋼鐵的味道。他們早些時候有交談過，但這次不一樣，這次附近沒有厄古爾人，這次也沒辦法迴避話題。

「所以。」跳蚤輕聲說道。

「所以。」瓦林回道，用對方的話回應對方。

「該談談了。」

「早上才談過。」

「我不是那個意思。」

瓦林搖了搖頭。「你幾個月前已經和葛雯娜談過了。葛雯娜和安妮克。我肯定她們把一切都告訴你了。」

「我想聽你說。」跳蚤沒有提高音量，但語氣聽來有點危險。瓦林背靠樹幹，身體徒勞地企圖在兩人之間拉開一點距離。他並不想再說一次，不想大聲說出口，不想重新回想他那讓人沮喪的失敗過往，但是話說回來，有時候想不想根本不重要。蜚恩死了，他理應給對方一個交代，至少這一點十分明確。

他長長吐一口氣。「我們在黃昏前抵達阿塞爾——」

「不。」

瓦林遲疑。

「從更早說起。」跳蚤說。「從島上說起。你們為什麼要離開？」

瓦林默默搖頭，努力思索該怎麼說。奎林群島的日子——荷．林和甘特，桶降和大餐廳——全都恍如夢中的場景。更糟的是，當瓦林回想從前那個尚未失去視覺的自己時，他幾乎認不出那個人。凱卓學員瓦林，小隊的隊長，已經死在骸骨山脈和安特凱爾之間的某個地方。他現在變成了什麼，他自己也不知道。

「有個陰謀……」他終於開始說起。

這是個峰迴路轉、曲折離奇的故事，不過說起來不會花很多時間：包蘭丁殺死荷．林，企圖謀殺瓦林，艾道林護衛軍暗殺凱登，瓦林對肯拿倫懷抱的怒火遮蔽他的雙眼，他在朋友拚命奮戰、犧牲生命時待在塔頂。他曾反覆重溫所有細節，在噩夢中不斷驚醒，但是真的把故事大聲說出來又是另一回事。當他說完時，他整個人都在發抖。如果他本來不是坐靠大鐵杉樹，他覺得自己應該會崩潰倒地。

「失去隊員，」跳蚤終於說道。「並非易事。」

在瓦林說了這麼多事之後，對方的專注點在這上面似乎有點奇怪。在瑟斯特利姆人傳送門、帝國反叛陰謀之後，瓦林沒有料到跳蚤還會跳回一名士兵戰死沙場的單純事實上，畢竟那是士兵的本分，也是故事中最微不足道的部分。然而，這讓瓦林冷不丁地意識到，正是萊斯的死，讓他內心深處像中了一支淬毒的箭一般，始終無法拔除。他曾贏得短暫的勝利，殺死姚爾，確保凱登脫身，但姚爾和凱登是什麼人？陌生人。瓦林殺了一個，救了一個，而那兩件事現在都很渺小瑣碎。萊斯卻是朋友，是隊員，比瓦林的親兄弟更像兄弟，而瓦林丟下他不管，任由他獨自在橋上奮戰而死。

他很想把這些話都說出口，強迫自己把罪惡和悔恨都化為言語，但在把整個噁心的故事都說過一遍後，他發現自己無話可說，只能搖頭。「我們總有一天都會死。」

「儘管如此，」跳蚤回答，語氣低沉冷酷，宛如夜風。「那個日子還是深具意義。」

瓦林長長吁了口氣。「黑羽蜚恩，」他終於說。「我不是……」

他越說越小聲。跳蚤沒有反應，一動也不動，但身上突然散發出哀傷的氣味，濃烈的哀傷與憤怒交織，氣味強烈到瓦林以為自己會窒息。然而，當對方終於開口時，語氣卻很冷靜平淡。

「說說你的眼睛。」

「不。」瓦林回道。「這話我一定要說。蜚恩……」

他很想提阿塞爾那天的事，解釋整個情況，解釋自己無從確認跳蚤效忠於誰，解釋即使他決定信任對方，派兒還是會從黑暗中現身。他很想解釋她的殺人行為和自己無關，他並沒有下令動手，他不想……

「蜚恩的事情已經談完了。」跳蚤說，切斷瓦林的思緒。跳蚤沒有提高音量，但有那麼一瞬間，瓦林看見了——另一個小隊長站在一步外，手移動到腰帶匕首上，但眼睛沒有在看瓦林，而是看向上方的樹枝，彷彿黑夜之中有什麼須要解讀。接著，那個影像就像出現時一樣迅速消失。瓦林忍住不發抖。他的黑暗視覺代表危險，向來如此，也向來準確——致命危險——彷彿跳蚤輕聲細語之中透露出比刀光劍影更強大的危機。冷風自北方吹來，瓦林脖子上的寒毛豎起。對方沒有出言威脅或發怒，但他忽然很確定，死亡已經透體而過，輕輕吹亂他的頭髮。

言語沒有辦法縫合某些傷口，於是瓦林放下黑羽蜚恩死亡的話題。「我看得見。」他過了一段時間後說。「多半時候都看不見，只有在打鬥時，面臨死亡時，」他略過每天晚上與胡楚暴力做愛的事情。「宛如另一種感官，全新的感官，不完全算得上是視覺，而是在黑暗中層層堆疊的黑暗……」他越說越小聲，輕輕搖頭。

跳蚤沉默了一會兒。瓦林聞出哀傷退去，在晚風中消散，被熟悉的專注感所取代。「在浩爾大洞中發生的？」他問。

瓦林緩緩點頭。「我想或許是。一開始和其他隊員的……能力一樣，只是更強，也更多。塔拉爾認為是我吃了黑蛋的關係。」

「然後呢？」

「然後伊爾．同恩佳砍瞎我的眼睛。」

跳蚤又沉默了很長一段時間，最後他哼了一聲：「合理，我想。」

瓦林凝視著殘缺視覺中的無盡虛無。

「怎麼會，」他輕聲問。「算合理？」

「史朗獸在黑暗中行動無礙，蝙蝠也是。塔拉爾或許沒猜錯，你是從蛋裡得到那種能力的。」

「如果是這樣的話，我一離開浩爾大洞就應該能看見那種影像。」

「未必。你當時很淒慘，但還稱不上殘廢。」

「殘不殘廢有什麼關係？」

跳蚤有好一段時間沒有回答。一隻貓頭鷹的叫聲自東方很遠處劃破寂靜。瓦林隱約聽出掙扎的聲音，某隻小型森林動物在貓頭鷹爪中扭動，在慘叫聲中死去。一切轉眼間就結束了，然後夜晚再次降臨，冰冷而無情。

「有時候你必須打破一樣東西，」跳蚤終於說道。「才能看見裡面有什麼。」

29

「我不想要喝。」崔絲蒂說，搖頭看著艾黛兒將一小杯阿達曼斯推過光滑的桌面。

「世界上充滿我們不想要的東西，」艾黛兒回道。「喝。」

吸魔師警惕地瞥了一眼酒杯，然後揚起紫眼打量艾黛兒。

「我們不想要的東西？」她搖頭。「妳和我站在同一邊嗎？」

「那要看妳站在哪邊了。」

崔絲蒂沒有回答。她直視艾黛兒一段時間，然後偏開頭，開始觀察她們身處的房間。凱潔蘭的酒窖以皇室標準而言算小，約莫十二平方步，不過空間雖小，裝飾卻比大部分正式入口大廳還要奢華。牆邊的雪松木架上擺了數千支酒瓶，鮮紅的紅酒、亮白色的白酒、塞拉斯的玫瑰色陳年佳釀，和羅姆斯戴爾北方的冰酒，它們宛如黃金般閃亮耀眼。乍看之下，這裡的酒比城內大部分居民一輩子的積蓄還要值錢，但崔絲蒂不是在看酒。吸魔師的目光飄過酒架，停留在角落的一尊雕像上。

一共有四尊大理石雕像，每一尊都在獨立的台座上凝視室內，兩尊神像，兩尊女神像，年代早於安努帝國，線條簡潔，腰部纖細，赤身裸體。其中當然有英塔拉，祂眉目嚴厲，氣勢恢弘，皇冠是石刻的陽光。還有浩爾，深邃的眼睛炯炯有神。梅許坎特的模樣令艾黛兒毛骨悚然，痛苦之王形容枯槁，多餘的肉都被鑿去，彷彿是飢荒或什麼可怕疾病的受害者，雕像的表情卻近乎狂喜，匕首般的微笑令人作嘔。

但崔絲蒂不是在看浩爾或梅許坎特，她的目光停留在席娜身上。歡愉女神是畫像和雕像常見的題材，艾黛兒見過的版本多到數不清，大部分作品中的席娜都是前凸後翹的蕩婦，舌頭微吐，神態妖艷，不然就是閉上雙眼，張嘴呻吟。這尊席娜卻不同，目光真誠直率，大理石的身段給人一種堅定不移的感覺。

「這是什麼地方？」崔絲蒂問。她的目光又在雕像上停留了一會兒才慢慢轉身，勉強看回艾黛兒。「我們在哪裡？」

「私人住宅。」

「妳為什麼要帶我離開皇宮？」

「因為皇宮裡的人都想殺妳。」

崔絲蒂看起來沒有因為這句話而感到不安，那張傷痕累累的完美面孔也沒有透露絲毫情緒。這名幾乎才剛剛脫離少女時期的女孩，讓艾黛兒聯想到小時候經常看到彎腰站在皇宮花園生苔角落石桌上一聲不吭的演員。他們並沒有明顯的相似處，那些演員都很老，崔絲蒂卻很年輕，他們都是男人，而吸魔師毫無疑問是個女人，儘管如此，女孩在短短的人生中還是習得和那些精明石頭演員同等的技巧，封閉所有情緒，掩飾所有能夠被解讀並用來對付她的表情。

「而妳不想殺我？」

「我不想殺妳。」艾黛兒回答。*我想知道妳是誰，還有伊爾・同恩佳為什麼這麼想殺妳。*「這點顯而易見。」

吸魔師搖頭。「世界上沒有顯而易見的事情。妳應該身處北境，節節敗退。」

艾黛兒不理會她話裡的刺。「我回來了。」

「凱登允許妳回來？」

「他請我回來，簽署了一份和平協議。」

「議會呢？」

「只是一群白痴。」

崔絲蒂打量她。「就算是白痴也會殺人。我被丟入監牢時，那群白痴想殺妳的慾望就和想燒死我不相上下。」

「那是將近一年前的事了，形勢會改變。」

崔絲蒂又緩緩搖頭，彷彿在否定改變的可能性。再次開口說話時，她的語氣中帶有全新的警戒，布滿疤痕的纖纖玉手握成拳頭。

「而妳的將軍，朗·伊爾·同恩佳，他也一起回來了嗎？」

艾黛兒遲疑，希望可以再聽一次這個問題，聽聽女孩提問時的語氣。伊爾·同恩佳和吸魔師之間具有某種關聯，很重要的關聯，肯定有，而且那就是他冒這麼大風險也要暗殺她的原因。艾黛兒本以為崔絲蒂對此毫不知情，以為她不過是瑟斯特利姆人計畫中另一枚凡人棋子，但崔絲蒂的問題和提問時肩膀突然緊繃的模樣，都顯示出實情並非如此。崔絲蒂曉得他要來找她，甚至可能很清楚原因。

「妳認識肯拿倫嗎?」艾黛兒問。

崔絲蒂盯著她看。「我怎麼會認識?」

「妳認識嗎?」她提問的語氣比想像中強硬,咄咄逼人。崔絲蒂靠回椅背,皺起眉頭。

「不,我不認識。他在這裡嗎?」

艾黛兒搖頭,企圖看穿女孩的言語,進而揭露真相。「肯拿倫還在北境對抗厄古爾人。」

「但他派妳來。」這話切中要害。崔絲蒂冷冷微笑,彷彿已經在艾黛兒的臉上看見答案。

「他派妳來對付我。」

「我來,」艾黛兒壓低聲音回答。「是為了修補撕裂安努的裂縫。」

崔絲蒂緩緩搖頭。「妳剛拿自己的性命冒險,為了劫獄害死了一個女孩。妳是為我而來。」

突然之間,我變成在回答問題,而不是提問。艾黛兒心想。

她比向桌子中央的酒杯。「喝。」

崔絲蒂舉起酒杯湊到光線下查看,但沒有移到嘴邊。

「如果我不喝呢?」

艾黛兒剛把她拖出監牢時,她看起來昏昏沉沉,深受藥物影響,無從得知守衛給她喝了多少阿達曼斯。根據妮拉的說法,一劑阿達曼斯可以維持幾分鐘或一整天,可能影響的因素很多。艾黛兒在漫長的下塔途中強迫女孩喝了好幾口,崔絲蒂當時安靜又順從,心不在焉地喝著藥瓶裡的藥水,凝望旋轉梯欄杆外的空間。然而,一離開紅牆,她原先順從的態度立刻蕩然無存。離開黎明皇宮,吸魔師相信自己身獲自由後,她立刻開始反抗。

「如果妳不自己喝，」艾黛兒回答。「就會有人壓住妳，我再把藥灌進去。」

崔絲蒂彷彿早就料到一般，點了點頭。「所以——我還是沒有離開監牢。」

艾黛兒比向房間。「妳有看到欄杆嗎？我有把妳銬在鋼籠裡嗎？」

「不是所有鐐銬都是鎖鏈。等妳告訴我可以離開，打開那扇門，還有外面那扇，然後退開，讓我走到數里之外，完全沒人阻止我之後，我才會相信妳不是把我關在牢籠裡。」

艾黛兒伸手揉了揉頭髮。爬上塔令她雙腳疲憊，而那還是她整天做過最輕鬆的事情。她會在閉眼後看見麥莉抱住她膝蓋，不顧一切喝下毒藥，然後在毒藥生效時彎腰捧腹的畫面。下塔的整個過程中，每次聽見鋼門開關聲、金屬板上踏靴的回聲，或鎖鏈撞擊聲，她就會想像自己在那些聲音之後、那些聲音之下，能聽見女孩的慘叫聲。即使當她抵達塔底，即使當她離開巨塔，她還是覺得希密特和他的手下會衝出巨塔，口呼叛國，要求崔絲蒂拉開兜帽。一直到她終於踏入凱潔蘭守衛森嚴的宅邸大門後——不是她上次和達迪和麥莉碰面的那棟——艾黛兒才容許自己放鬆一點，同時發現自己有多疲憊。

「好吧，」她輕聲道。「妳並不自由。我把妳從黎明皇宮中劫出來，不是為了把妳丟在最近的酒館裡，還奉送一堆錢幣。我要問妳一些問題。一個女孩為此而死，所以在我得到答案前，妳哪裡也不能去。除了這些牆外，妳什麼都看不到。」崔絲蒂緊閉雙唇，但艾黛兒什麼都不在乎。

「我不信任妳。」她繼續說。「妳是吸魔師，是殺人犯。我看過妳在茉莉殿裡所作所為的報告，我知道妳是怎麼幫凱登奪權鋪路……」

「我不是——」

「我不在乎。」艾黛兒打斷她的話。「我之後也許須要知道妳這麼做的原因，或其他天殺的事情。但此時此刻，我只需要妳喝掉那酒杯裡的東西。妳可以自己喝，或是像我剛剛說的，找人來灌藥。這是妳的選擇。」

崔絲蒂與她對視，依然面無表情，但艾黛兒在那雙完美的眼珠裡看見新的光芒。那可能是憤怒，或怨恨。

至少她沒有繼續瞪著天殺的油燈。

崔絲蒂沒有轉頭，將阿達曼斯一飲而盡，然後猛地把杯子摔回桌上，力道大到杯子都裂了。崔絲蒂的臉抽搐了一下，顫抖著搖頭。「好吧，至少有件事很明白，妳和妳弟截然不同。」

艾黛兒差點笑出聲來。「沒錯，除了眼睛以外。」

「就連眼睛也不同。你們的眼睛都會冒火，但他的火……更冷酷。」

算不上什麼好開頭，但至少是個開頭。

「妳怎麼認識我弟的？」艾黛兒問。「他在哪裡找到妳的？」

看在浩爾的份上，妳知道他到哪裡去了嗎？

但她阻止自己繼續問下去，沒必要讓女孩知道更多情報。

崔絲蒂嗤之以鼻。「不是凱登來找我，是我去找他。我是被送給他的禮物。」

「送給他？」艾黛兒暗自思索這種說法，試圖瞭解這背後的意思。「誰送的？」

「塔利克·阿迪夫。」崔絲蒂提起這個名字時目光遙遠。那些音節在她嘴裡聽來有點奇怪，彷彿那根本不是文字，而是童話故事中吸魔師經常會唸的咒語。女孩沉浸在那個名字裡，像某種祈禱或詛咒。又是一個艾黛兒無力解開的謎團。

「所以，」她試著釐清真相。「我父親的密斯倫顧問帶妳前往阿希克蘭?為什麼?」

「誘餌。」崔絲蒂回答，傷痕累累的紫眼炯亮，如白日的最後一絲曙光。「我應該要讓光輝陛下……開心，確保他心無旁鶩，好讓他們布置陷阱。」

「什麼陷阱?」艾黛兒搖頭問。「根據凱登的說法，當時有好幾十個艾道林護衛軍，他手無寸鐵。如果阿迪夫真的想要殺他，為什麼不一到修道院就一劍刺穿我弟的肚子?」她看著對面的女孩。「妳又為什麼不親自動手?」

「妳以為我知道?」崔絲蒂問。「妳以為我瞭解為……為什麼阿迪夫要把我帶去那裡?」

艾黛兒攤開雙手。「妳知道嗎?」

「我告訴妳我知道些什麼。」崔絲蒂咆哮著，彎身湊近桌面，以顫抖的雙手撐住自己。「我應該要睡妳弟。『妳要讓他為所欲為。』阿迪夫這樣對我說，『妳要取悅他，一直取悅他。如果失敗，妳母親就死定了。』他們就是這樣告訴我的。據我所知，那就是我在那裡的原因。」

艾黛兒注視著女孩。藥物開始生效了，答案來得很快，從她口中傾瀉而出，咬字開始有點模糊。如果她在說謊，那就是很高明的騙子，和伊爾·同恩佳同樣高明。感覺不太可能，但會有其他狀況嗎?如果崔絲蒂說了實話，她就只是個妓女，用完就丟的棋子，那伊爾·同恩佳為什麼要花這麼大的心思對付一個毫無價值的棋子?事情沒有這麼簡單，艾黛兒還沒看出真相。

「妳的家人呢?」她問，從不同的角度切入。「他們在哪裡?」

女孩呆滯點頭。「我母親名叫洛伊蒂·莫潔塔，她曾經是席娜神廟的黎娜。」

「曾經是？」

崔絲蒂揮揮手，彷彿要揮散煙霧。「她死了。」

一時之間，她眼中彷彿湧出淚光，在搖曳的火光下很難分辨。崔絲蒂眨一眨眼，又眨一下，然後淚光就消失了。

「她怎麼了？」

「凱登聲稱她自殺了，在……茉莉殿的事情過後。」

艾黛兒瞇起雙眼。「聲稱？聽起來妳不相信。」

崔絲蒂聳肩，動作很遲緩又勉強。「事發當時我人在監獄裡。她或許是自殺。我想，她有足夠的理由那麼做。」

「什麼理由？」

「把我賣給我父親。背叛皇帝。發現她女兒是吸魔師，是殺人犯。自己挑。」

「妳父親是誰？」

崔絲蒂苦笑一聲。「凱登沒告訴妳？」

艾黛兒心跳加速。「告訴我什麼？」

「神聖的浩爾呀。」女孩搖頭。「甜蜜的英塔拉之光，妳回來後到底有沒有和凱登談過？」

「有。」艾黛兒謹慎回答。

「所以他不信任妳。即使妳回來了，他還是有事不告訴妳。」

「不如妳告訴我？」

崔絲蒂與她對視。儘管她受藥物影響的眼神迷茫，卻沒有絲毫妥協。「不然怎樣？妳要打到我說出來？」

艾黛兒很想打她，想要站起來，越過桌子，甩她一巴掌，然後大吼大叫：我，艾黛兒，是全首都裡唯一願意幫助妳的人。凱登把妳鎖起來，然後跑了。議會想要審判妳，再殺了妳。伊爾．同恩佳想要不經審判就殺妳。我是全安努唯一願意幫妳的人。

但她深吸一口氣，又再深深吸了一口，閉上了嘴，直到她鎖住所有怒氣。

「現在的問題，」她終於開口時，調整了自己的語氣，使之平穩流暢。「並不在於我和凱登的關係，而是我和妳的關係。我弟弟把妳關起來，而我把妳放出來。我認為這麼做應該能讓妳多信任我一點。」

「自由。」崔絲蒂說著，將她面前的破酒杯倒過來，發出類似鈴鐺的聲響。隨著它慢慢在血木桌面上滾出弧線，剩下的幾滴阿達曼斯自杯緣滴落。「多麼美好。」

「我告訴妳一件事。」艾黛兒決定試試看說實話。「妳說的對，伊爾．同恩佳想要妳的命。他搶走我兒子，威脅我去牢裡殺妳，不然就要傷害他。」

吸魔師首度瞪大雙眼。

所以，真相得一分。艾黛兒心想。

「妳有兒子？」崔絲蒂問。

艾黛兒點頭。那算不上什麼祕密。就算是祕密，現在也來不及收回了。「他叫桑利頓，以祖父之名命名。」

「他祖父。」崔絲蒂無奈地搖頭。

艾黛兒凝視她，想弄清楚女孩為何突然轉變心態。「我父親。」她澄清道，彷彿安努境內有人不知道先皇之名。

「妳父親，」崔絲蒂緩緩點頭，彷彿醉酒一般。「和我父親有血緣關係。」

艾黛兒張嘴欲言，結果發現自己無話可說。

崔絲蒂察覺到她的震驚，於是再度點頭。「塔利克・阿迪夫一輩子都戴遮眼布，就是因為那塊布下，他的眼睛……」她越說越小聲，輕輕朝艾黛兒的臉比了比。「……和妳一樣。」

「妳怎麼知道？」

「凱登說的。他發現了真相，然後殺了他，殺了我父親。」

「妳怎麼知道那是真相？」她要崔絲蒂繼續說，思緒一邊飛速地否定這個說法。「妳怎麼知道凱登沒說謊？」

「因為這很合理。」崔絲蒂腦袋側向一邊。「一切都很合理。再說，凱登為什麼要說這種謊？對他有什麼好處？」

「問題不在於他能得到什麼好處。」艾黛兒緩緩答道。「問題在於他能阻止我得到什麼。神聖的浩爾呀。」她喘道，感覺事情終於明朗化了。

馬金尼恩家族的統治資格源自女神血脈，特利爾以降所有皇帝都宣稱擁有這種血脈。馬金尼恩家族是英塔拉女神的後裔，他們的燃燒之眼是無可否認的證據。然而，血脈的問題就在於會有旁支。歷史上所有王朝都有表親和兄弟鬩牆發生，也有流放回歸的遠親或沒沒無聞之人宣稱自己有權繼承王位的記載。

安努沒有這種問題就是因為燃燒之眼。馬金尼恩家族擁有和其他皇室家族同樣多的兄弟和私生子，但那些人都沒有燃燒之眼。有很多灰眼旁系或棕眼私生子散布在兩座大陸上，甚至更遠的地方，那些男人和女人或許也有辦法追本溯源到英塔拉身上，但是燃燒之眼，那雙絕對不會出錯的火焰目光，似乎一直只留給最純正的血統，只有真正的繼承人才能獲得女神的祝福。

當然，也有故事提到遠離首都的男人和女人同樣擁有燃燒之眼的事情。艾黛兒小時候會抱著恐懼和著迷的心態聽那些故事。一方面，英塔拉祝福的任何變數都會使自己家族的正當性成為謊言；但另一方面，艾黛兒時常幻想世界上還有個像她這樣的小孩，和她同齡的女孩在梅利亞、撒來波爾，或莫爾長大。她們不是姊妹，而是表姊妹，她會是另外一個瞭解帶著燃燒之眼過日子是什麼感覺的人。艾黛兒花了很多時間想像她和這樣的人發展出來的友情。瓦林和凱登擁有彼此，為什麼她不能也有個伴，有個人分享她的憂慮和喜悅？

她曾問過父親，可不可以派遣皇室傳信兵尋找她很肯定自己擁有的遠房姊妹。桑利頓搖頭。「如果有其他小孩擁有燃燒之眼，我們會知道。那就是女神祝福的本質，燃燒之眼沒辦法隱藏。」

「但那些故事……」艾黛兒抗議。

「就只是故事。」他說。「人民基於無聊或困惑編造的故事到處流傳——藏匿的王子、迷失的國王、養豬戶養大的公主。那些故事幾乎都和真相無關。」

「所以我們家族完全沒有旁支？」

「有旁支。」他嚴肅地說。「但我們是唯一的馬金尼恩。」

於是艾黛兒找尋失聯表親的希望就此落空。她把那件事當作兒時玩具般拋下，將心思完全放在學習上，放在她父親給予她的訓練上，結果現在又遇上這種事。

「家族旁支。」艾黛兒緩緩說道，並打量桌子對面的女孩。崔絲蒂看起一點也不像她小時候幻想的遠親，一點也不像艾黛兒自己，但話說回來，她有什麼理由會像？艾黛兒和瓦林長得就不像，而他們還是同父同母。「這會不會就是伊爾・同恩佳要殺妳的原因？」

崔絲蒂盯著她看了一會兒，然後偏開頭去。艾黛兒靜靜等候，但女孩一言不發，呆滯的目光宛如堡壘城牆般冰冷。

「妳要瞭解，」艾黛兒終於說。「我是在幫妳。」

「妳是在幫妳自己。」崔絲蒂回答，依然沒有看她。「妳以為我是有用的工具，我受夠那種事了，我不要再當別人的工具了。」

不，艾黛兒做出結論，依然相信之前的直覺，不是這個原因。*不是王位繼承的問題。*

就算塔利克・阿迪夫真的擁有英塔拉之眼，崔絲蒂也沒有。密斯倫顧問死了，他女兒是個擁有紫眼又沒有盟友的吸魔師，對艾黛兒和伊爾・同恩佳都不構成威脅。這表示肯拿倫是因為其他原因想殺崔絲蒂。

「那是什麼感覺？」崔絲蒂問，突然伸手觸摸艾黛兒手上的疤。她動作緩慢又謹慎，宛如酒醉之人的老習慣。她冰冷的手指順著紅漩渦紋撫摸，然後縮回手。「受到女神眷顧、身為神選之人是什麼感覺？」

她語氣輕柔，但問題卻很尖銳，彷彿這比她逃獄後所說過的一切都還重要。艾黛兒收回她的手，藏在袍袖底下。先知應該無畏無懼，信仰堅定。她努力扮演那個角色幾個月了，在火焰之子和北境軍團之前，在李海夫、凱登和議會之前。她弄出了一套似乎能夠滿足所有人的陳腔濫調，一段簡短的聲明，充滿類似祝福、神聖信賴、神聖權力和責任之類的話語。有那麼一瞬間，她又想把那套說詞搬出來，接著她阻止自己。目前為止只有真話能打動崔絲蒂，所以她說了真話。

「很困惑。大半時候我甚至不相信這是真的。」

崔絲蒂神情變了，露出一絲微笑。艾黛兒看著她，等她說話，但她沒有繼續說下去，只是閉上雙眼，彷彿疲憊到無法繼續說話。艾黛兒壓下心頭的沮喪，試著從其他角度切入這個問題。

「我瞭解。」她緩緩開口。「妳不想當工具。然而，妳回安努時很樂意幫助我弟弟。妳願意幫他闖入黎明皇宮。」

艾黛兒不確定自己期待對方有什麼反應，可能是無聲反抗，又或是持續這種受到藥物影響的疲態。但崔絲蒂睜開雙眼時，眼裡卻充滿怒火。

「我連我們要去黎明皇宮都不知道。」

「妳一定知道，妳幫他殺了那麼多人。」

「我不是幫他殺人。」

她的嘴唇微微翹起，露出完美的牙齒。艾黛兒靠上椅背，身體急著拉開兩人間的距離，即使她的心智在懸浮的對話中竭力保持平衡。

「那為什麼？為什麼要殺害上百個妳不認識的人？」

崔絲蒂搖頭，她唯一的反應只有發自喉嚨深處一陣垂死般的叫聲。

「如果妳不是為了凱登，」艾黛兒逼問。「那是為了誰？」

「不，」崔絲蒂終於回答，吐出這個音節，謹慎地搖頭。「不。」

艾黛兒咬牙切齒。答案呼之欲出，終於有個答案了，她感覺得出來。就像她有時能在天色漆黑時感覺黎明到來。在那堆言語之中，交錯縱橫的事實底下，躺著伊爾・同恩佳想要殺死這個女孩的原因，這個原因也可能是武器，艾黛兒能用以對抗瑟斯特利姆將軍，也能用來拯救她兒子。

「我說完了。」崔絲蒂說，雙掌緊貼在面前的桌面上。

「妳說完了是什麼意思？」

「我不想和妳說話了。」

「妳這個愚蠢固執的笨蛋。」艾黛兒啐道。「凱登把妳關起來，伊爾・同恩佳要妳死，是我拯救了妳，妳為什麼幫他們跟我作對？」

「我誰都不想幫。」崔絲蒂說，聲音乾如灰燼。「肯定不想幫妳。」

艾黛兒長嘆口氣，面露疲憊。「如果妳沒弄錯妳父親的身分，我們就是一家人。遠房親戚，但總是親戚。」

「親戚？」崔絲蒂瞪著她。「家人對妳而言代表什麼？凱登是妳弟弟，而過去一年來你們都在自相殘殺。」

「凱登背叛安努，他不惜一切手段摧毀安努。妳和我……」她看著女孩，看著那張布滿傷痕的完美臉蛋。「我們可以聯盟。」

「不，我們不能。想要聯盟，妳需要地位對等之人，而沒人和皇帝地位對等。」

艾黛兒想要指出這個世界上充滿地位不對等的同盟，例如帝國會和獨立城邦同盟，國王會和貴族同盟，軍閥和他們保護的平民同盟，但她阻止自己說出來。不管崔絲蒂在乎什麼，不管拒絕艾黛兒和平提議的理由為何，這個決定都不太可能透過權力架構的學術討論而改變。問題在於兩人之間不信任的鴻溝，一道深谷，無法透過邏輯搭橋跨越。

「很好，」艾黛兒說。「既然妳今天不想談，我們就此打住。」

「妳以為明天會不一樣嗎？」

「我沒有任何期待。」艾黛兒回道。「但我知道自己要什麼，願意耗費必要的時間取得。」

至少這話有部分是事實。獄卒肯定已經發現麥莉死在她的牢籠裡。幸運的話，他們會把屍體當成崔絲蒂。他們當然會懷疑，不明白女孩在牢裡怎會得到這麼可怕的疾病，但儘管可能性不大，還是有半打可能的感染源，那些堆積在牢籠角落的鳥糞，遭受污染的食物等等。他們會展開調查，解剖那個可憐的女孩尋找死因，但他們會找錯方向，他們在麥莉身上劃下的每一刀，都只會遮蔽真相。

在所有人眼中，崔絲蒂已經死了，艾黛兒打算如此回報伊爾．同恩佳。她完全不期待他會把桑利頓送回來——他已經出招了，沒有辦法收回——但這個謊言能為她爭取時間。

「不管妳相信什麼，」艾黛兒終於說。「我不是妳的敵人。」

崔絲蒂輕聲苦笑。「那就放我走。」

「不。妳身上有些東西對伊爾．同恩佳而言很危險。如果我打算對抗他，就必須知道究竟是怎麼回事。」

「對抗他……」崔絲蒂低喃。在一下或兩下心跳之間，她眼中燃起一道光芒，臉上的線條也放鬆了些。她看起來年輕了好幾歲，年輕、迷茫，幾乎懷抱希望。接著她眨眼、顫抖，表情又再度封閉起來。

「我希望妳對抗他。」她說，咬字十分清楚。

「我想要——」艾黛兒開口。

女孩打斷她。「我希望妳和他戰鬥，而他也反擊。我還是會被關在某個地方，但我希望我能聽說。」

「聽說什麼？」

「他死掉。」崔絲蒂說，紫色的眼睛閃耀著火焰。「還有凱登死掉，妳死掉，妳兒子也死掉。那是唯一結束此事的辦法。妳知道，但固執到不願相信。你們這群詭計多端的混蛋將會互相殘殺。儘管我不常祈禱，但還是會祈禱，我祈禱這個——祈禱我能聽說你們是怎麼死的。」

30

東方天際在尚未浮出地平線的太陽照耀下逐漸由灰轉綠。河岸邊看不見的青蛙開始牠們單調的呱叫。魚兒游出水面，躍入空中，然後消失，無聲的漣漪逐漸擴大，擴散，也消失了。凱登在樹木和藤蔓間隱約看見羽毛斑斕的鳥兒，紅色、天藍色、天空白和綠色，牠們從夜間棲息處俯衝而下。

他心裡一部分，沒有遭受突然帶著壞消息抵達的基爾影響的那部分，在幫那些動物還有牠們的歌聲及鳴叫分類。叢林裡的動物與骸骨山脈相去甚遠，牠們更大膽、更大聲，但同樣都是動物，數百萬隻動物在飢餓、恐懼、慾望、困惑、歡愉、痛楚的驅使下行動。

「一切都會消失，」長拳彷彿看穿他的心思說道。「如果我配偶的宿主遇害。」

「崔絲蒂不是席娜的宿主。」凱登看著河面回應。「她沒有邀請女神進駐她的心靈。她不想要祂在體內。」

「那個女孩的邀請和意願無關緊要。你所認知的世界脆弱如玻璃，她的死亡就能粉碎世界。」

凱登轉頭審視對方。他們三人都坐著，長拳、基爾和凱登自己全坐在河邊一塊大圓石上。黎明岩，當地部族如此稱呼它，因為站在那塊岩石上，向東順著河道看去，就可以看見第一道曙光。凱登希望他們已經走在回坎它的路上，但長拳身為祭司，黎明前必須待在河邊，在旭日東昇時將一隻小黑毛猴的鮮血從圓石上灑入河中的漩渦。和昨晚的獻祭儀式不同，這是私下舉行的儀式，但顯然有其必要，於是他們三個坐在岩石上，目睹大嘴魚從深不見底的河中冒出頭來喝血，火熱的晨光點燃白霧。

「崔絲蒂沒死。」基爾說。「她只是失蹤了。從地牢裡消失。」

瑟斯特利姆人前一天晚上突然趕來，在兩名警惕的伊辛恩護送下抵達叢林營地，就和凱登來時一樣。

凱登搖頭。「地牢是保護她安全的最後防線。」

瑟斯特利姆人點頭。「她身處險境，性命堪憂。」

不管多危險，基爾的語氣都很冷靜，似乎不把崔絲蒂的命運或受困其中的女神命運放在心上。女孩失蹤只是個事實，和世界上其他事實沒有多少不同。就和長拳一樣，基爾盤腿而坐，凝望河水，但是厄古爾薩滿靜止不動透露出強大的力量，給人一種蓄勢待發的感覺，基爾靜止不動卻像是直接從石頭裡長出來的一樣，一副打算永遠坐在那裡。

「你怎麼知道牢籠裡的人不是她？」凱登問。

「我檢查過屍體。」歷史學家簡短回應。「不是她。」

「其他人都沒注意到？獄卒都沒起疑？」

「你們人類總是想要看清楚一切，但屍體的臉被害死她的毒藥搞得面目全非。到處都是水泡和潰瘍。皮膚變色，鮮血和黑膿摧毀了鞏膜——」

「鞏膜？」

「她的眼睛。眼睛無法辨識。」

凱登清楚記得第一次遇上崔絲蒂的情形。她的眼睛清澈、目光銳利，宛如此刻所有在陽光下盛開的叢林花朵。她當時比較年輕，感覺比現在年輕好幾歲，同時她驚恐萬分，受困於塔利克・阿迪夫精美華麗的繩結中，彷彿她不是女人，只是一件禮物，一樣物品，是獻給新皇帝的美麗玩具。當時讓凱登回過神來的就是她的眼睛，那對層層交疊的紫眸。他試著想像那雙眼睛變黑，遭受毒藥玷污的模樣，但是當然，毒藥並沒有玷污她的眼睛。基爾在牢籠裡見到的並非崔絲蒂，而是其他人。

「誰？」凱登問。「是誰？」

「死者不重要。」長拳插嘴。「我們必須找出活著的女孩，用身體隱藏她的女神的女孩。」

「找出她最好的機會，」凱登回道。「就是查出劫獄的是誰，還有劫獄的原因。」

基爾點頭。「牢籠裡的屍體顯然是個起點。我沒辦法查出她的姓名……」

「但是？」凱登問，聽出歷史學家話中有意。

「崔絲蒂失蹤當天，這個奇怪女孩的屍體出現在牢籠裡那天，你姊姊曾造訪地牢。」

驚訝輕輕敲打凱登的冷靜，一下心跳過後，憤怒開始用近乎無聲的利爪攫向他。他將兩種情緒保持在心中片刻，然後拋開。現在沒時間驚訝，沒時間應付隨著人性憤怒而來的錯誤，他需要的是瑟斯特利姆人那種深不見底的冷靜。但正當他接近那種境界時，長拳已經站起身來。「那我們就去安努，從你姊姊手中奪走那個女孩。」

好像事情有那麼簡單一樣。彷彿整個世界的問題都可以用跑去奪取來解決。

凱登沒有跟著薩滿起身，而是凝視河面上流速緩慢的漩渦。河水帶走了猴子的血，眼前只剩下漆黑的河水，自遠方山丘而來，遠遠流向看不見的海洋。

「艾黛兒是怎麼辦到的？」他問。「劫獄？」

「我不能肯定是她做的，」基爾回答。「只是推論。」

長拳發出類似吼叫的聲音。凱登抬頭看見薩滿的嘴唇後咧，露出一口利齒。「她在女孩失蹤當天去找她——」

「不，」凱登插話。「基爾說她造訪地牢。」

瑟斯特利姆人點頭。「她去那裡審問一個名叫維斯塔・達迪的男人，曼加利囚犯。」

「罪名是什麼？」

「潛入你的書房。」

「那是葛雯娜幹的。」

「沒錯。」

凱登吸了口氣，屏住幾下心跳，然後吐出。

艾黛兒要什麼？她到底想做什麼？

回答這個問題宛如在變幻的雲彩中找出形狀，不過艾黛兒的心比天空小多了，也更有規則。要理解她的想法，只須要透過她的眼睛。凱登閉上雙眼，釋放他的內心，試圖進入艾黛兒對於世界的概念。她劫獄的計畫很好，非常優秀，要不是有基爾完美的記憶，根本不會有人發現崔絲蒂失蹤了。

「沒時間說話了。」長拳說。「你姊姊和瑟斯特利姆人聯手，朗·伊爾·同恩佳。她會把女孩交給他，然後他就會摧毀她。」

凱登考慮這種說法。「不對。」他緩緩說道。「那樣不會有用。」

薩滿的目光停留在他身上，堅硬銳利到足以傷人。「他幾個月前就讓你姊姊幫他做事，此事眾所皆知，我們在大草原上都知道。」

「或許。」凱登同意。「但情況會變。」

「你如何肯定？」

「伊爾·同恩佳想殺崔絲蒂。」基爾說。

凱登點頭。「直接殺死她遠比把她帶出全世界守備最森嚴的監獄容易。如果艾黛兒是按照伊爾·同恩佳的指示行事，獄卒就會在牢籠裡發現崔絲蒂的屍體，那我們就已經輸了。艾黛兒耗費極大的心力，甘冒極大的風險，把那個女孩活著帶出監獄。」

長拳的手握成拳頭，說話時下巴緊繃。「為什麼？」

凱登皺眉。「那就是我必須問她的問題。」

31

這桶子又擠又暗，而且很悶熱，裡面充斥著蘭姆酒的味道。若只是蘭姆酒還不至於太糟，偏偏裡面還有醃鯡魚和凝結羊奶的腥味，再加上葛雯娜爬入桶子前倒入港灣裡的腐油味。虎克島的居民會重複使用木桶，葛雯娜本人不過是最新一批貨物，而不管接下來幾天會發生什麼事，她都不太可能是最後一批。她想像自己在史卡恩島的石灰岩懸崖下摔個粉碎，或臉部朝下飄在海面上。人是可以被犧牲的，特別在群島上，但是一個好木桶……你不會隨便浪費一個好木桶。她試著想像這個桶子之後會裝什麼。

這個問題以奇特的方式讓人感到放鬆。想著這些裝滿鯨魚油或私酒的木桶板，總比花太多時間思考自願被釘入桶狀木棺的事實好。她受訓時執行過數百次桶降，但從來沒有哪次是待在桶子裡桶降的。

當然，計畫不是要從五十呎的高空入海，而是要像真的蘭姆酒桶一樣盡可能被輕放在地上，無聲無息地待到晚上，然後用壓在膝蓋下的鑿子、手套和腰帶匕首在狹窄空間中鑿個洞出去。她很想多帶點武器，至少也要帶煙鋼劍，但桶子裡沒有空間裝更多東西，除非她不怕在運送過程中被砍傷腳。

理論上，那無所謂。她去史卡恩島是為了偷鳥，不是要對付拉蘭和他的手下；理論上，她要和躲在另外兩個桶子裡的快傑克和塔拉爾會合，偷偷溜出儲藏室，找出他們要的鳥，然後升空；理論上，拉蘭不會知道他們來了又走了，直到他們帶著完整的凱卓小隊飛回來，要把這個前凱卓叛徒吸魔師和他的血腥組織開膛剖肚，才會發現他們來過。

至少理論上是這樣。

計畫在浩爾大洞裡聽起來很棒。她和安妮克和塔拉爾討論了至少十幾次。現在她被釘在惡臭的木桶裡，感覺整件事情似乎很有可能在慘死中畫下句點。這個計畫有十幾種出錯的可能。負責執行運送補給品的鳥，拉蘭口中的「貢品和稅收」，有可能把她丟到海裡。拉蘭的手下可能會檢視貨物，然後才飛回島上的堡壘。虎克島的居民，對家園被焚毀懷恨在心，有可能基於反叛之心而放火燒掉桶子。等她起火燃燒後，他們是不是同一陣線就無所謂了。

抵達史卡恩島後會是什麼情況也是個問題，前提是能安然著陸，還能順利爬出桶子。臨時試煉已經過去一週，時間足夠讓大部分人的傷口癒合、瘀青消退，足夠讓史朗獸蛋在新進凱卓體內展開緩慢微妙的變化。不過葛雯娜看不出他們有沒有察覺自己的感官和肌肉變得敏銳且強健。

但是她看得出不一樣的地方。離開浩爾大洞的人都變得更堅強，站得更直，抬頭挺胸。事實上，他們的表現已經超乎葛雯娜預期了。她知道風險越高報酬越大，但她發現自己不是沉浸在生者的勝利中，而是執著於死者的沉默中，執著於那三個沒有離開洞窟的人身上。他們為她的賭局付出代價，他們三個都是，快傑克也是，不過方式不同。

在試煉當天情緒緊繃的交談過後，葛雯娜一直避免和飛行兵進一步衝突，擔心自己會出手傷害他。她嘗試讓自己相信他的說詞，但就是辦不到，沒辦法盡信。其他人都被撕成碎片，而他卻近乎毫髮無傷地回來，感覺實在太容易、太輕而易舉了。但為了此事去糾纏他完全沒有好處，沒辦法從他身上搖出真相。或許能挖出或燒出些什麼，但那樣和賈卡伯・拉蘭就沒什麼區別了，也和天殺的厄古爾人沒兩樣。

要解決飛行兵的懦弱問題，最簡單的方法就是禁飛，讓他待在洞裡，直到作戰結束，然後把他丟回阿林島，在不可能害死其他人的地方度過餘生。正如安妮克不斷提出的事實：有些人就不是當凱卓的料。問題在於，葛雯娜不太相信這一點。又或許她基本上相信，只是無法說服自己傑克也是那種人。每當她打算放棄他時，就會想起他輕鬆游到史卡恩島的模樣，當他不害怕時思緒有多周密且理性。加上萊斯的話不斷在她腦中迴盪，他說過快傑克是奎林群島最強的飛行兵。最重要的是，她需要飛行兵。

當然，等他們掌控大局後，其他人也可以學當飛行兵，但要做到那點，就必須殺死拉蘭和他的惡棍，而葛雯娜現在就需要飛行兵，需要有個可以釘在木桶裡，在史卡恩島上脫身後立刻就能控制凱卓鳥的人。

她差點就選擇了黛兒卡。那女人比傑克年長，身體素質較弱，行動也相對緩慢，但她穩定又靠得住。然而，當葛雯娜去找她談時，黛兒卡卻說服她不要那麼做。

「妳是指揮官。」她搖頭說道。「如果妳要我去，我會去。但我認為這是錯誤的決定。」

「這個錯誤有名字，」葛雯娜啐道。「快傑克。一看見有人拔劍，他就嚇得屁滾尿流。」

「但照理說不會有人拔劍。計畫是這樣，不是嗎？溜進去，偷鳥，溜出來。傑克會在開打時嚇呆，但應該不會開打。」

葛雯娜咬緊牙關。「我不確定。我不能肯定抵達史卡恩島後會是什麼情況。」

「當然不能。」黛兒卡說。「妳必須冒險。傑克開始受訓時，我已經在阿林島了。像他那種飛行兵一個世代只會出一個，夠幸運才碰得上。而且萬一拉蘭在你們升空後找上門來，妳就會需要最強的飛行兵。」

葛雯娜看向洞窟另一端。快傑克待在一根大鐘乳石的陰影下，反覆練習他的劍招。他的架式很好，動作流暢，但在沒有對手反擊時要流暢不難。「幹。」她說。

她沒想到黛兒卡會微笑認同道：「沒錯，幹。」

「妳認為他行？」

老女人聳肩。「我不知道。但還有一個重點，對吧？那隻鳥，最大那隻？」

葛雯娜緩緩點頭。「阿拉拉。」

「傑克的鳥。他訓練的。」

事情就這麼決定了，在不得已的情況下所做出了決定。接下來的九天裡，葛雯娜在苦惱和期盼中度過，試圖在剛剛徵召的士兵腦中盡可能塞入訓練，擬定出不會把他們全部害死的計畫，同時還要擔心在他們即將展開行動時，拉蘭會不會發現藏身處，炸坍上方的岩石，讓他們全都腐爛在洞裡。終於爬入木桶幾乎令她鬆了口氣。至少採取行動的時候到了，就算那表示要坐在悶熱狹窄的黑暗中，努力不讓自己吐出來。

凱卓鳥抵達時，這種輕鬆感已經退去，變成隱隱滲入肌肉和骨頭的鈍痛。在桶子裡沒辦法計算時間，一開始她嘗試計算心跳，但心跳太響亮刺耳了，數了一百多下之後，她把注意力轉到其他事物上。例如沖刷岩石的海浪聲、海鷗的怒吼，或是任何能讓她忘記從四面八方逼來的木桶板之物。

即使專注在木牢以外的世界，她還是差點錯過巨鳥接近的聲音。凱卓鳥俯衝時通常會叫，大部分飛行兵都鼓勵這種習慣，但是運送貨物不需要那種角度的俯衝。巨鳥自東方低調安靜地飛來，葛雯娜聽見巨翅搧動的風聲，然後感覺到木桶突然震動，接著凱卓鳥就抓起貨網，帶著整批貨物升空。

她過了一段時間才習慣晃動，習慣粗繩嘎嘎作響，還有貨物的低聲抗議。這些貨多到不是一隻鳥能夠運送的，葛雯娜也無從得知她有沒有和塔拉爾或快傑克綁在同一張貨網裡。不過那個倒是無所謂，反正所有貨物都會被送往史卡恩島，他們可以在目的地會合。

飛行時間很短，比游泳短多了，而且落地時也和起飛時一樣毫無警訊，她在半下心跳的時間內突然失重，緊接著就是一下猛烈到讓牙齒晃動的撞擊。

葛雯娜在木桶內轉身，試圖舒緩小腿抽筋的疼痛。一動不動幾個小時令她背部緊繃。鑿洞出去會很費力，而她已經可以想見出去後頭幾步路渾身肌肉會有多痠痛。然而，那些是她預料中的問題，她能解決的問題。第一道障礙已經度過了。

她不知道其他人的狀況如何，塔拉爾比葛雯娜高一點，而最難受的肯定是傑克。他第一個入桶，先是膝蓋，然後手肘，接著肩膀抵著木桶上緣。葛雯娜看著他，判斷他能不能受困在木桶中半天，試著在他臉上看出一絲驚慌感，找尋一釘上桶蓋就會崩潰的跡象。飛行兵在粗木撕裂他上臂被史朗獸咬傷的結痂時皺起眉頭，接著，彷彿察覺葛雯娜的目光般，轉頭看向她。他直視她的雙眼，沒有任何反應，沒有皺眉，沒有點頭，甚至沒有眨眼。他表現得好像準備好被關進木桶裡，純粹是因為他本來就一副半死不活的樣子。

*但他人在這裡，*葛雯娜提醒自己。他已經一聲不吭地撐過等待和飛行的過程，剩下的部分，偷鳥和飛行……那些都是他擅長的事情，也是她冒險帶他來的原因。

她轉身試著抓好手把，卻在聽見有人走近時僵住了。三個人，全都是男人。*不，*她仔細傾聽。*是四個。*第四個人沒有說話，但她聽見他和其他人的腳步聲，那種鞋底摩擦粗石的聲音。幾個人停在數步外。她想像他們站在木桶和木箱堆周圍。她緩慢無聲地將手掌貼在木桶板上，等著他們把桶子推走。

「你們打算從哪些開始？」對方聲音低沉宏亮，聽起來似乎很開心。

「你決定，蘭恩，反正最後全都要搬。」

「不一定。」第三個人的聲音很尖，語氣狡猾。「我們可以……丟掉幾箱。推下懸崖。」

停頓了一下，眾人大笑。

葛雯娜渾身緊繃。他們很顯然在說笑，沒道理大老遠從虎克島上運來補給品後，再從石灰岩壁上推下去。就連拉蘭的惡棍也不可能懶到那種程度。

「那是我們的食物，你們這群天殺的笨蛋。為什麼會想丟掉食物？」

「又不全是我們的食物，對吧？拉蘭會吃掉一半。我不是說要丟掉什麼好東西，但當然可以少個半噸……像是……南瓜？」

*南瓜。*傑克的木桶。叛軍為了幫飛行兵擠出空間，裝了兩大麻袋的黃綠色蔬菜。葛雯娜繃緊

神經，冰冷的恐懼感緩緩爬上脊椎。突然間，恐懼到了極點，她感覺自己全然無助。當動彈不得時，訓練變得毫無意義，如果沒辦法真的開打，戰鬥技巧就一文不值。更糟糕的是，她不是唯一聽得見這群懶鬼說笑的人。快傑克和塔拉爾一樣可以聽見他們說話，他比她更清楚那兩個字——南瓜——用粗紅墨水印在桶蓋上。

冷靜，傑克，她輕聲禱告。他們只是在開玩笑，只是在胡鬧，一定要冷靜。

「我喜歡南瓜。」有人說。「不准丟我的南瓜。」

「我們什麼都不丟。」第一個聲音插嘴。「按照吩咐做事。走吧，一人一桶，開始滾。」

事情不對勁。她腦中有個聲音大叫放棄、放棄、放棄。問題在於無法放棄。他們什麼都不能做。木桶被放倒時，她緊緊握住她的鑿子。鑿子算不上什麼武器，不過只要迅速插入敵人眼中還是足以致命。

那個天殺的玩意兒差點在桶子突然開始滾時插進她自己眼裡。推木桶的人一點也不打算保護木桶板，整個桶子就在崎嶇的地面上顛簸移動，撞上岩石和更大的障礙物，而葛雯娜就在裡面翻滾，努力不要吐在自己嘴裡。他們滾不到一百步就停下來，她覺得身上多了十幾處瘀傷，膝蓋、背部、手肘無一倖免。

正當葛雯娜試圖弄清楚上下方位時，一扇門發出嘎吱聲響，被鹽弄生鏽的鉸鏈刺耳地尖叫。她才剛聽見海浪拍打岩石的聲響，弄清楚海在身後，木桶已經再度開始移動。桶內沒有光線，但是從不平坦的石地變成平滑的木板地，讓她知道該知道的事——他們進入倉庫了。

懷疑和不安仍像蛇般在她胸口纏繞，每次吸氣都會感到窒息。她依然把鑿子握在手裡，這大概就是傾聽其他木桶推過石地、男人在咒罵聲中搬運其他木箱木桶時她唯一能做的事。之後只剩下寂靜，濃厚又悶熱。然後，她聽見有人說話，賈卡伯．拉蘭，那個陰鬱憤怒的嗓音就和海浪一樣好認。

「吸魔師在哪一桶？」

「不在這裡，指揮官。八成在下一趟裡。」

他知道！葛雯娜驚恐地意識到。他知道所有的計畫。

「你確定嗎？」拉蘭問。「他沒有逃走？」

「我想沒有，長官。那個混蛋被釘在桶子裡，要逃走很難。」

拉蘭哼了一聲，表示同意，接著他做出一個葛雯娜看不見但可以清楚想像的傲慢手勢，指向自己的木桶。

「把她弄出來。」

在她想出任何類似計畫的東西前，木桶已經遭受攻擊。約莫兩到三人拿大錘頭反覆用力敲打木桶，木板被砸爛，橡木碎片插入她皮膚。沉重的鋼錘持續砸下，打腫她的腰和肩膀，其中一下特別惡毒的敲擊使她小腿劇痛。她束手無策，無法抵抗。即使鋼錘打穿木桶，金屬桶環還是撐在原位，把她困在裡面。她懷疑拉蘭是想把她打成木板地上的一攤肉泥，只能拚命伸手護住自己的腦袋，然後她發現，對方動作雖然殘暴，卻都避開她的頭部。看來他們不打算殺她，至少還不打算讓她痛快死去。

她努力逼自己壓低手臂，將手掌塞在膝蓋之間的縫隙加以保護。如果附近出現武器，她希望有辦法伸手去拿。她很想閉上眼睛，但緊閉的眼皮沒辦法阻止八磅錘頭，於是她強迫自己睜開眼睛，試著透過劇痛和木桶殘骸形成的模糊影像看清楚室內布局。

這裡很大，但是光線陰暗，沒有窗戶。當暈眩感消失後，她發現附近有很多木箱一路堆到屋簷下。所以他們確實把她帶到倉庫來了。她壓下一陣冷酷的笑意，至少計畫的這一部分沒有出錯。至於塔拉爾，沒見到人，但印著南瓜的高木桶就被放在幾步之外。

*拉蘭不但知道我們要來，*她在鋼錘起起落落時想著，*還知道我們藏在哪幾個天殺的木桶裡。*

終於，感覺過了好幾年，她四周的木桶板整個被砸毀。她聽見拉蘭的喘息聲，聽見他的士兵劇烈的心跳聲，還有隱藏在那些聲音之下一陣低沉憤怒的呻吟。她發現那是自己的聲音，於是開始阻止自己發出那個聲音。

三道鋼圈依然箍著她蜷曲的身體。她試圖伸直雙腳，但失敗了。她在慘叫聲離開喉嚨前掐斷它，然後再度伸腳。

在動彈不得幾個小時又遭人痛毆之後，她不知道自己還有沒有可能伸直雙腳。她見過一些前任凱卓在桶降失敗或倉促撤離後摔得很慘，導致腰部以下都無法動彈。那個想法引發的恐懼攫住她的喉嚨，企圖令她顫抖，但她拋開恐懼，再度專注於腿上。終於，在痛苦中，她讓雙腳抽動了一下。它們在灼燒，在抽搐，但她繼續使勁，嘗試放鬆緊繃到快要斷掉的肌腱。

*這些混蛋最好小心點，*她邊轉動脖子邊想，希望那裡的劇痛不代表任何意義。*這樣下去我大概下個月中就能展開攻擊了。*

然而，拉蘭完全不打算冒險。「後退！」他對手下叫道。「退下！全部退下。她不是沒用的退訓學員，她是凱卓，貨真價實的凱卓。」

如果葛雯娜能站得起來，對方的警告會讓她獲得更多滿足感。她翻到側面，將血淋淋的膝蓋縮到身體下，然後用手肘撐起身體，抬起頭來東張西望。但拉蘭不打算給她任何機會。

一男一女兩名身穿黑衣的士兵站在五步外拿平板弓瞄準她，距離遠到她沒辦法在他們放箭前撲過去，也近到不必指望他們會射不中。而且還不只他們，另外兩個男人放下鋼錘，拔出雙劍。他們剛剛打她打得很過癮，但現在她自由了，他們看她的神情彷彿在看毒蛇，目光集中在她手中的鑿子上。她考慮要不要拋出鑿子，至少能殺死對方一人，但只殺一人沒有太大意義。

「五對一？」她對持劍之人說，盡量擠出輕蔑的語氣。「為了安全起見，你沒想過多帶幾個人來嗎？」她跟離自己最近的兩名士兵互瞪，微笑，然後朝對方咬了咬牙。那人像被螫了一般猛地後退，然後發現自己有多蠢，重新向前走，眼中閃著怒火。

「後退，白痴！」拉蘭吼道。「她在誘你上鉤，逼我們犯錯。」

其實犯錯也無所謂。拉蘭的手下再犯十幾個錯誤也依然能占上風。儘管如此，知道她把他們嚇成這樣感覺還是很好。即便有鳥、黑衣和劍，這些士兵也並非真正的凱卓，他們自己也很清楚這一點。

葛雯娜目光從那些拿著劍和弓的人臉上移開，在頸部劇痛下面對賈卡伯・拉蘭。一年前，學員主管還是夸希島上最肥的男人，他在通過浩爾試煉後沒多久就因為桶降失敗摔斷腿，骨頭沒接好，導致他無法跑步或游泳。他不拿枴杖幾乎無法走路，事實上，學員期間葛雯娜很少見他離開辦公室。他在辦公桌上吃飯，推開滿桌文件，騰出空位讓哪個不幸到受此懲罰的年輕士兵端上餐盤，只有在前往猛禽指揮部和高階軍官住所時才會外出。

然而，儘管當時他體型肥胖，她還是能看出拉蘭曾經是名凱卓，粗肥的四肢還是有一塊塊的肌肉，在格鬥場上絕對不好應付，而且那雙精明的黑眼不會錯過任何細節。

現在一切都不同了。肥油都沒了，彷彿蒸發般徹底消失，留下灰棕的皮膚鬆垂在骨頭外。那種改變看起來一點也不健康。他坐在某人扛到倉庫中央的木箱上，彷彿那是一張臨時王座，但身上沒有散發出絲毫王者風範。他的黑衣濕透了。雖然待在陰涼的倉庫，他的禿頭上仍汗水淋漓。至於他的眼睛，明亮卻呆滯，愣愣地盯著她看。

他依然危險，她一邊打量他一邊想。或許更加危險，但是不夠敏銳了。

她忍不住搖頭。「你們竟然聽命於這種貨色？」

拉蘭只是微笑，笑容陰森，舉起一個陶杯喝了一大口，然後笑容擴大。「葛雯娜・夏普，妳向來自視甚高，不尊重其他人。妳在這裡出言侮辱，但妳的訓練完全沒有用處。妳愚蠢到把自己像豬肉一樣送到我面前。」

這話讓兩名士兵笑出聲來。葛雯娜感覺自己臉頰漲紅，怒火在骨子裡燃燒。她繃緊肌肉，蓄勢待發。如果拉蘭不是吸魔師的話，她肯定能殺了他。就算身上插了兩支箭，她也還是能在死前掐死這個混蛋。她咬緊牙關，壓下了衝動。他是吸魔師。據她所知，他一察覺有異就能把她燒成灰燼。

「你是怎麼知道的？」她問。「木桶的事？」

對方又喝了一大口酒。他看著她，瞳孔放大，彷彿在吸收眼前的景象。「夏普，關於領導和忠誠，妳要學習的可多了。」

這話在她肚子裡挖出一個噁心的大洞。

「是誰洩露的？」

拉蘭噘嘴。「妳不想猜猜？」

她心裡立刻浮現半打名字，那些名字湧到喉嚨，又被她嚥了回去。這對拉蘭而言或許是遊戲，但並不表示她必須玩。

「不怎麼想。」她回答，舔了舔破唇上的鮮血，然後一口吐在木板地上。

就連這點微不足道的反抗都能讓旁邊的士兵瑟縮。葛雯娜抬頭看向拿平板弓的兩名士兵，片刻過後，目光集中在那個女的身上。她顯然比拉蘭其他手下年紀都大，約莫三十來歲，不過手臂結實，肩膀比大部分男人還寬。

「弓不是那樣拿的。」葛雯娜說著，朝平板弓點頭。

女人抿唇，微微後退，目光在葛雯娜和武器之間游移。

「別聽她的，寶兒。」拉蘭吼道。「她在測試妳，就只是這樣，她在尋找妳的弱點。」

名叫寶兒的女人臉色一紅，將平板弓舉到肩膀高度，再度上前，面色不善。

「妳想跟我玩？」她問，將恐懼轉為憤怒。葛雯娜在格鬥場上經常看到這種情形。「等妳喉嚨上插了支平板弓箭後還想跟我玩嗎？」

葛雯娜聳肩。「可能哦。妳何不試試？」

「夠了。」拉蘭咆哮，微微起身。「寶兒！退下。」女人遲疑，然後低聲咒罵，後退幾步。

拉蘭再度將注意力轉回到葛雯娜身上。「我知道妳想幹嘛。妳想讓我和我的手下內鬨。這樣做其實很可悲，因為妳蠢到沒發現這就是我對你們做的事。」他攤開雙掌。「哈伯，記得嗎？他出賣妳。免費的。他說這是他表達善意的舉動。」

憤怒在葛雯娜的喉嚨中燃燒，熱辣而激烈，濃稠得她覺得自己可能會因此窒息。然而，拉蘭正透過杯緣看她，所以她強迫自己不動聲色，面無表情。

「感謝分享。我會確保第一個殺了他。我是說殺了你之後。」

男人咳了一聲，發出令人厭惡的笑聲。「不用費心挑釁我了，沒用的。至於這些忠心耿耿的男女為什麼要追隨我……」他懶懶地舉起手來，扭轉手指。

葛雯娜感覺到一顆隱形大拳頭緊緊攫住了自己，空蕩蕩的空氣突然變得比木桶板還要堅硬。更硬，也更緊。她在拉蘭無形的空氣手掌中幾乎難以呼吸，在被平空舉起時連踢腳都辦不到，就這麼飄在半空中抽搐。

「他們追隨我的原因就和所有人追隨其他人的原因一樣：力量。」

他懶洋洋地轉動一根手指，葛雯娜發現自己在空中緩緩旋轉。拉蘭手下露出的敬畏與恐懼說明了一切。所以，葛雯娜無奈地想，*看來他從這裡可以取得魔力源*。當她終於又一次面對拉蘭時，拉蘭微笑。她停止旋轉，宛如被牽線扯緊的傀儡。

「在這裡等著。」拉蘭說，一邊喝著杯裡的東西，一邊轉向其他木桶。「等我們把另外那個白痴也弄出來。」

這一次，他發音有點模糊不清。葛雯娜瞥了杯子一眼，不知道那傢伙是不是天還沒黑就已經喝醉了。接著敲擊聲再次響起，先是木板，之後是敲打肉體發出的悶響。葛雯娜沒辦法轉頭去看身後，但她能聞到傑克的恐懼，如燃燒瀝青般刺鼻，也能看見拉蘭的眼神，呆滯但貪婪地看著眼前的暴行。空氣中瀰漫著血腥味，夾雜著傑克的恐懼。

對方終於打完後，拉蘭微笑。

「綁起來。」他比向飛行兵。士兵開始動作，拉蘭則拿起身旁木箱上的鑄鐵壺，再次倒滿陶杯。「我在享受這玩意兒。」

刺鼻的蒸氣令葛雯娜想打噴嚏。她花了點時間搜尋記憶，終於認出那個味道時，她瞬間瞭解了十幾件事：虎克島四周的鮮艷花田、拉蘭說話含糊不清的模樣、體重驟減、一層層鬆垮的灰皮肉、沒有焦距的空洞眼神。霎時間，真相大白。

「黃花。」葛雯娜說，語氣瀕臨爆發邊緣。拉蘭的隱形鐵箍緊到她必須很用力才能擠出這兩個字。這樣做意義不大，但如果要耐心等候這混蛋為所欲為，她寧願被送去見夏爾。她使盡吃奶的力氣出言挑釁，但是很值得。「喝掉你自己的利潤？」

拉蘭的目光銳利片刻，彷彿她真的打了他一拳，接著他放鬆大笑，舉起杯子行禮嘲弄，然後又喝一大口。

「黃花的功效遭人惡意毀謗。」他晃了晃杯子，看著其中冒氣的液體。「只要適當栽培，喝起來跟頂級紅酒一樣棒。儘管如此，」他放下杯子。「我不想讓自己遲鈍到沒辦法享受接下來的娛樂。」

前任學員主管顯然已經很遲鈍了。黃花茶沒有威士忌那麼烈，但效果有點難以預料。有些人說會看見幻覺，有些人只會異常疲憊，像是心靈外包裹一張絲被。葛雯娜在虎克島的某個鬼地方喝過一次，只喝了一小杯，那玩意兒就讓她皮膚發燙，想找人打架。

拉蘭在如此重要的行動中喝這種東西實在是愚蠢至極。很顯然，他已經從享受黃花變成了需要黃花，這有可能會害死他的手下。

那就想辦法殺了他，妳這個沒用的婊子。

她輕輕測試束縛，在感覺像鐵一般的空氣中掙扎。她身後的傑克呻吟一聲，然後就安靜了。他們要不了多久就會把塔拉爾拖進來，然後打爛他的木桶。葛雯娜現在還能說話，如果她動作夠快，可以在對方出錘前警告吸魔師。算不上什麼天殺的警告，畢竟塔拉爾的魔力源不強，倉庫裡沒有那麼多鋼鐵，她也從未見過他施展任何能把她固定在空中的法術。*他的魔力源，*她將注意力轉回拉蘭身上。*如果能弄清楚他的魔力源，就能想辦法——*真相像鏟柄般重擊她的肚子。她凝神細看，先看吸魔師，然後看向他身邊的杯子。*黃花。*拉蘭不是在黃花的影響下還能保有扭曲的力量，而是黃花茶就是他的魔力源。*神聖的浩爾呀，黃花就是他的魔力源。*

拉蘭在虎克島上種的黃花田，一排一排鮮艷的黃花，並不是要拿來賣的，至少不完全是。他是要自用。猛禽指揮部還在時，沒機會大量使用這種東西，不出幾週就會被人發現，然後被迫離職。然而，自從凱卓被摧毀，一切都變了。他可以肆意食用黃花葉。事實上，他非這麼做不可，如果想要手下的士兵敬畏並害怕他的話。膝蓋受傷的胖子很虛弱且無助，就連拉蘭召集來的那些半吊子退訓學員也能對付他。唯一能控制他們的辦法，就是像現在一樣，平空將葛雯娜定在空中，讓他們清楚他隨時都能取用魔力源，能夠彈指之間摧毀所有和他作對的人。

這樣讓他站在一條微妙的繩索上。短短不到一年，黃花已經開始明顯影響他的身體。他需要黃花葉，需要魔力源，但毒品就是毒品，會令他思緒遲鈍，反應變慢，即使血管中充滿力量也一樣。話說回來，他似乎已經找到了平衡之道，目前奎林群島上還沒有人能推翻他。

或許他們只是推得不夠大力。葛雯娜盯著吸魔師想。

如果她沒猜錯，如果拉蘭處境困難時必須仰賴黃花，他就會大量攝取。他會想要樹立榜樣，不光只是對葛雯娜和其他人，還得展示他本身的力量。這麼做起作用了。除了兩名看守傑克的士兵，其他人都壓低弓和劍，得意洋洋地看著葛雯娜。他們把警覺心都交給吸魔師。這是機會，雖然很渺茫……

「那麼，」葛雯娜挑眉問道，儘管胸口被緊緊壓迫著，她還是努力保持輕鬆。「你想要什麼樣的死法？」

拉蘭嘴唇緊抿了一會兒，伸手去拿身邊的杯子。葛雯娜強迫自己面露笑容。去呀，拿杯子。繼續喝。

吸魔師小啜一口，這樣似乎讓他冷靜了些。他盯著葛雯娜看，然後搖頭。

「妳的小嘲弄很討人厭。」

「那就殺了我，你這個陽痿的混蛋。」

就策略而言，這招應該很安全。拉蘭可以在她一落地就把木桶丟下山崖，她此刻還活著就表示他想讓她活著，至少再多活一陣子。

「等時候到了，」他說。「我很樂意殺妳，但我們還有些事要討論。」

「我不喜歡討論。」

凱卓指揮官長吐一口氣。「妳和我一樣瞭解此事之後的發展，夏普。訓練妳的人是我，我們真的有必要一步一步說明嗎？」

「訓練我？」葛雯娜揚起一邊眉毛。「你坐在桌子後面下達命令。你當時很軟弱，此刻依舊軟弱。訓練我的那些人隨手就能打斷你的膝蓋。」

「那他們現在人在哪裡？」拉蘭問。「他們死了。妳當然記得妳的《韓德倫兵法》中所說：『戰鬥結束時，唯一要緊的就是誰還活著。』」他左顧右盼，彷彿首度體會自己還活著的事實。「看來我贏了。」

這話說得自信滿滿、不容置疑，但他還是把杯子拿到嘴邊。

「喔，戰鬥可還沒有結束呢。」葛雯娜輕快地表示，努力在臉上擠出饒富興味又漠不關心的表情。

拉蘭皺著眉，繼續喝茶。「其實呢，我會說已經結束了。妳現在被綁得像是曼加利人肉市場裡的婊子。事實上，我覺得把妳賣掉這個點子很不錯。當然，我們得先砍斷幾條手腳才行。很遺憾，就——」

「把你的遺憾留給自己。」葛雯娜打斷他的話，直視他的目光，讓他以為她有計畫，讓他以為自己需要更多力量應付她的計畫。

拉蘭瞇起雙眼，警覺地審視她，輕咬臉頰內側。「妳以為妳很聰明。」他將杯子湊到嘴邊，發現茶喝光了，皺眉，然後拿起茶壺倒茶。當年葛雯娜喝黃花茶時，一杯比她拳頭還小的量就讓她覺得快要瘋掉，不過話說回來，拉蘭過去一年來可能每天都在喝，說不準他能喝多少。她這樣刺激他很可能只會讓他變得更強大，搞不好完全不會影響他的判斷和時機。但她沒有其他辦法。

「幸運的是，我不需要多聰明。」葛雯娜說。「目標是你時不用。」

最後那句話引發預期的效果。拉蘭的士兵不安地躁動，目光在吸魔師和葛雯娜之間來回。不管拉蘭打算上演什麼戲碼，葛雯娜顯然沒扮演好她的角色。

「讓我用妳聽得懂的話解釋給妳聽。」拉蘭說，音量比之前大。他講話比之前更含糊不清是不是出於她的想像？「我要折磨妳。然後繼續折磨妳……」

「那就動手啊。」葛雯娜說。「開始折磨啊。講這麼多幹嘛？」

拉蘭嘴唇上揚，作勢吼叫，並緊握拳頭。葛雯娜頓時感到肋骨一陣劇痛。他伸手指向她。「我等著拿匕首插進妳奶子中間，但首先妳要滿足我在幾件事上的好奇心。如果妳是會接受建議的人，我建議妳直接回答我的問題，我會賞妳一個痛快。不過，妳向來愚蠢又固執，所以看來我們得回到《用處和手段》了。」

拉蘭微笑，彷彿能看見在她心中點燃的恐懼，像高溫無聲的餘燼般燃燒著。那本書真正的書名是《酷刑的用處、手段和限制》。葛雯娜入學第三年時第一次看到那本書，當時她覺得那是這輩子見過最可怕的書。一頁一頁手繪圖畫組成痛苦的型錄：慘遭剝皮、焚燒、挫傷、斷骨，被小心而緩慢地剖開，即使在被取出各種器官，依然苟延殘喘。她知道此事無可避免，但聽到那個書名時還是感到雙腳痠軟。

「事實上，」她推開恐懼，語氣平淡，逼自己說：「你錯了。你已經死了。」她強迫自己微笑。「你只是還不知道。」

這種說法很瘋狂，超越瘋狂。拉蘭雙眼茫然地望向她，又抬頭看向屋椽，然後看向門口，彷彿期待倉庫隨時都有可能內爆。接著他再度舉杯。

《未成形的王座3 最後凡塵羈絆》上・完

未成形的王座

中英文名詞對照表

A

Aats-Kyl 阿茲凱爾

Acolyte 侍僧

Adaman Fane 阿達曼・芬恩

Adamanth 阿達曼斯

Adare 艾黛兒

Ae 阿伊

Aedolian 艾道林護衛軍

Aergad 艾爾加德

Agavani 阿嘉瓦尼河

akaza 阿卡薩

Akiil 阿基爾

Alin Birch 安林・伯區

Allar'ra 阿拉拉（凱卓鳥）

Amie 安咪

Ananshael 安南夏爾（古神）

Ancaz 安卡斯（山）

Andt-Kyl 安特凱爾

Anjin Serrata 安金・瑟拉塔

Anlatun 安拉頓

Annick Frencha 安妮克・富蘭察

Annur 安努（帝國）

Annurian 安努人

Annurian Republic 安努共和國

Annur's Northern face 安努北臉

Anthera 安瑟拉

Anvil 安維爾

Aphorist 警語家

api 阿皮

Arin 阿林島

Arim Hua 艾利姆・華

Ashk'lan 阿希克蘭

Assare 阿塞爾（死城）

Astar'ren 阿絲塔倫（古神）

Atmani 阿特曼尼

Axta 艾絲塔

ayamaya 阿亞瑪亞（毒藥名）

Ayokha 阿幽卡

B

Balendin Ainhoa 包蘭丁・安豪

Balsam Hawk 香脂鷹

Bascan 巴斯克人

Basin 貝辛區

Bedisa 貝迪莎（古神）

beshra'an 貝許拉恩（拋擲之心）

Black 黑河

Black Guard 黑衛士

Blackfeather Finn 黑羽蜚恩

Bleeding Willow 血柳樹

Bloody Horm 血腥霍姆

Bone Mountains 骸骨山脈

Bouraa Bouree 包拉・包里

Breata 布利塔

Broken Bay 破碎灣

Buzzard's Bay 巴薩德灣

C

Carl 卡爾

Channary 錢納利

Chapterhouse 禮拜堂

Chi Hoai Mi 琪浩・米

Chronicles 《大編年史》

Ciena 席娜（古神）

Circuit of Ravens 渡鴉環

Clarity 清澈（劍名）

Colt 柯特

combat Shock 戰鬥驚嚇

Corantan 克朗坦

Csestriim 瑟斯特利姆人

D

Darvi Desert 達維沙漠

Daveen Shaleel 妲文・夏利爾

Dawn King 黎明之王

Dawn Palace 黎明皇宮

Dawn Rock 黎明岩

Dead Heart 死亡之心

Dead Salts 死鹽地

Delka 黛兒卡

Diem Hra 狄姆・赫拉

Dombâng 唐班

Doubt 質疑（劍名）

Dowager's Garden 貴婦花園

Dusk 薄暮（毒藥名）

E

Edish 伊迪許人

Eira 厄拉（新神）

Ekhard Matol 伊克哈・馬托爾

Ennel the Bent 駝子英奈爾

Eridroa 伊利卓亞

Everburning Well 永恆燃燒之泉

Exte 艾克斯特

Eyrie 猛禽（凱卓指揮部）

F

Federated Cities 同盟城邦

Felp 菲兒普

Fen 費恩

First Pines 第一松林

First Shield 第一護盾

fisher Cat 食魚貂

Flatbow 長弓

Flickwick 甩芯彈

Flier 飛行兵

Floating Hall 飄浮大殿

Freeport 自由港

Fruin the First 傅魯恩一世

Fulton 弗頓

G

Gabril the Red 紅衣蓋伯瑞爾

Gent Herren 甘特・赫倫

Ghan 干城

Ghost's Gate 幽靈門

Gim 金姆

Godsway 諸神道

Graves 墳場區

Grounded 停飛凱卓

Gwenna Sharpe 葛雯娜・夏普

H

Ha Lin Cha 荷・林・察

Haag 哈格河

Hall of a Thousand Trees 千樹大殿

Hall of Justice 司法廳

Hannan 哈南

Hanno 漢諾

Haram Simit 哈蘭・希密特

Harrask 哈拉斯克

Helli 赫莉

Hendran's Tactics 《韓德倫兵法》

Henk 漢克

Heqet 黑奎特（新神）

High Minister 高階官員

Hobb 哈伯

Hook 虎克島

Hot Cells 熱牢

Huel 胡爾

hui'Malkeenian 修馬金尼恩

Hull's Trail 浩爾試煉

Hundred Bloom 百花鎮

Huutsuu 胡楚

I

Imperial Road 帝國大道

Intarra 英塔拉（古神）

Intarra's Spear 英塔拉之矛

Irfeth's Ford 厄費斯淺灘

Iron Sea 鐵海

Irsk 伊斯克島

Ishien 伊辛恩（第一代辛恩）

Itiriol 伊特利爾（毒藥名）

J

Jade 翡翠鎮

Jade Peaks 翡翠峰座

Jakob Rallen 賈卡伯・拉蘭

Jasmine Court 茉莉殿

Jumping Rock 跳岩

K

Kaden 凱登

Kadare 凱德爾

Kaveraa 卡維拉（新神）

Kei'ta 凱塔（凱卓鳥）

kenarang 肯拿倫

kenta 坎它

Keoh-Kâng 奇歐剛

Kettral 凱卓部隊

Kiel 基爾

Kresh 克拉西

Kreshkan 克拉希坎人

Krim 克林

ksaabe 克沙貝

Kwihna 克維納（痛苦之王梅許坎特）

Kwihna Saapi 克維納沙皮

L

Laith Atenkor 萊斯・阿坦可

Larch 拉奇

Leach 吸魔師

Lehav 李海夫

leina 黎娜（席娜高階女祭司）

Liran 利國製

Long Fist 長拳

Louette Morjeta 洛伊蒂・莫潔塔

Lucky Fucks' Row 幸運混蛋之家

M

Maat 麥特（新神）

Mailly 麥莉

Manjari 曼加利

Manthe 曼絲

Master of Cadets 學員主管

Maut Amut 毛特・阿暮

Meshkent 梅許坎特（古神）

Mireia 梅利亞

Mizran Councillor 密斯倫顧問

Moahe 莫黑

Mo'ir 莫爾

Mole 鼴鼠彈

N

Neck 內克

Nevariim 內瓦利姆人

Newt 紐特

Nira 妮拉

Nish 尼許

O

obviate 大消除

Old Cranes and New Crane 老鶴和新鶴鎮

Olon 奧隆

On the Uses, Methods, and Limitations of Torture 《酷刑的用處、手段和限制》

Onu An 昂努・安

Orella 奧雷拉（新神）

Orilon 奧利龍（新神）

Oshi 歐希

P

Palian Quar 帕里安夸爾

Pater 帕特

Pikker John 皮克・強

Pol 寶兒

Pta 普塔（古神）

Pyrre Lakatur 派兒・拉卡圖

Q

Qarsh 夸希島

Qel 凱爾島

Qirin Islands 奎林群島

Qora 克拉

Queen of the Streets 街頭女王

Quen Rouan 昆・羅安

Quick Jak 快傑克

quickpike 快狗魚

R

Raalte 拉爾特

Rampuri Tan 倫普利・譚

Randi Helti 蘭迪・海帝

Ren 蘭恩

Republican Guard 共和護衛軍

Retired Veterans' Housing 退伍老兵之家

Rishinira 麗希妮拉

Romsdals 羅姆斯戴爾

Ran il Tornja 朗・伊爾・同恩佳

Rot 腐化

S

saama'an 沙曼恩（刻劃之心）

Sanlitun 桑利頓

Sarai Pol 撒來波爾

Scar Lake 疤湖

Scial Nin 希歐・寧

Sea of Knives 匕首海

Sellas 塞拉斯

Sente'ra 森特拉（凱卓鳥）

Sente'ril 森特利（凱卓鳥）

Serpent 大蛇座

shaman 薩滿

Shin 辛恩（教派）

Shirrin 瑟林島

Shirvian 雪維安河

Shura'ka 蘇拉卡（凱卓鳥）

Sia 席亞

Sigrid sa'Karnya 席格利・沙坎亞

Si'ite 席特

Skarn 史卡恩島

Skinny Tom 瘦湯姆

Skullsworn 顱誓祭司

Slarn 史朗獸

Smith 鐵匠座

Sos 索斯

Starshatter 碎星彈

Stone Pit of Uvashi-Rama 屋瓦希—拉馬的石坑

Strider 水蜘蛛

Suant'ra 蘇安特拉（凱卓鳥）

Sun 陽幣（貨幣）

Sweet Kegellen 絲薇特・凱潔蘭

Sweethorn 甜棘（毒藥名）

T

taabe 塔貝

Talal M'hirith 塔拉爾・姆希利斯

Tan'is 坦尼斯

Tarik Adiv 塔利克・阿迪夫

Tea 提雅

Temple of Light 光明神殿

Terial 特利爾

The Bend 大彎

The Blank God 空無之神

The Crane 天鶴塔

The Design of Dungeons 《地牢設計》

The Flea 跳蚤

The Hole 大洞

The Lady of Light 光明女神

The mind is a flame. Blow it out.

心靈是火。吹熄心靈。

The Sons of Flame 火焰之子

Thousand Lakes 千湖

Triste 崔絲蒂

U

Uinian 烏英尼恩

Ulli 烏里

Umber's Pool 昂伯池

Urghul 厄古爾

V

Valyn 瓦林

vaniate 空無境界

Vash 瓦許

Vasta Dhati 維斯塔・達迪

Vena 維納河

Vessik 維席克

Vestan Ameredad 偉斯坦・阿莫雷德

W

Waist 魏斯特

Weeping Sleep 哭眠

Well 魔力源

Widow's Wish 寡婦心願號

Y

Yuala the Basc 尤阿拉巴斯克

Z

Ziav Moss 亞夫・摩斯

CHRONICLE of the Unhewn Throne

國家圖書館出版品預行編目資料

未成形的王座3 最後凡塵羈絆 上 / 布萊恩．史戴華利（Brian Staveley）作；
戚建邦 譯——初版．——台北市：蓋亞文化，2024.04
冊；　公分. --（Fever；89）
譯自：Chronicle of the Unhewn Throne 3 The Last Mortal Bond
ISBN 978-626-384-083-6（上冊：平裝）

874.57　　　　113001066

Fever 089

未成形的王座〔3〕最後凡塵羈絆 The Last Mortal Bond 上

作　　者　布萊恩．史戴華利（Brian Staveley）
譯　　者　戚建邦
封面設計　莊謹銘
總 編 輯　沈育如
發 行 人　陳常智
出 版 社　蓋亞文化有限公司
地址：台北市 103 承德路二段 75 巷 35 號 1 樓
電話：02-2558-5438　　傳眞：02-2558-5439
電子信箱：gaea@gaeabooks.com.tw
投稿信箱：editor@gaeabooks.com.tw
郵撥帳號 19769541　戶名：蓋亞文化有限公司
法律顧問　宇達經貿法律事務所
總 經 銷　聯合發行股份有限公司
地址：新北市新店區寶橋路二三五巷六弄六號二樓
電話：02-2917-8022　　傳眞：02-2915-6275
港澳地區　一代匯集
地址：九龍旺角塘尾道 64 號龍駒企業大廈 10 樓 B&D 室
電話：+852-2783-8102　　傳眞：+852-2396-0050
初版一刷　2024年04月
定　　價　新台幣530元
Published and printed in Taiwan

GAEA
ISBN／978-626-384-083-6